페스트

세계교양전집 32

페스트

알베르 카뮈 지음
구영옥 옮김

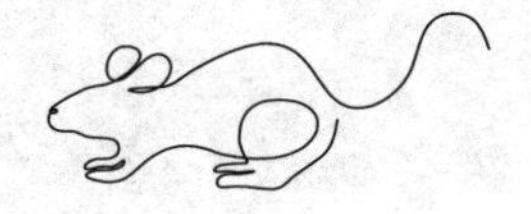

올리버

알베르 카뮈Albert Camus

• 차례 •

어떤 종류의 감금 상태를 다른 형태로 표현해 보는 것은

그것이 무엇이든 실제로 존재하는 것을

존재하지 않는 것으로 표현해 보는 것만큼 합리적이다.

– 대니얼 디포

1부

이 연대기에 등장하는 기이한 사건들은 194×년 오랑에서 일어났다. 이 사건들에 관해서는 이곳에서 흔히 일어날 법한 일은 아니라는 것이 대다수의 의견이다. 그도 그럴 것이 오랑은 얼핏 보기에도 평범한 도시이고, 알제리 해안을 끼고 있는 프랑스의 도청 소재지라는 것을 제외하면 특별할 게 없는 곳이기 때문이다.

고백하자면 이 도시는 실로 못생겼다. 겉보기에 평온한 모습 때문에 다른 많은 상업 도시와는 사뭇 다른 모습을 찾아내려면 퍽 시간이 걸린다. 가령 비둘기가 없고 나무나 공원도 없어서 힘찬 날갯짓이나 나뭇잎이 바스락거리는 소리도 들을 수 없는, 그야말로 무색무취한 도시를 어떻게 설명해야 상상할 수 있을까? 계절의 변화는 오직 하늘빛에서만 읽을 수 있다. 공기의 질이나 꽃을 파는 아이들이 교외 지역에서 들여오는 꽃바구니를 보고서야 봄이 왔음을 알게 된다. 시장에서 사고파는 봄인 것이다. 여름이면 집들이 이글거리는 햇볕에 바짝 마르고 벽은 잿빛으로 뒤덮여 있다. 그래서 덧창을 닫고 어둠 속에서 지낼 수밖에 없다. 가을에는 반대로 거리에 진창이 넘쳐흐른다. 날씨 좋은 날은 겨울에나 만날 수 있다.

한 도시에 관해 알 수 있는 간단한 방법은 그곳에 사는 사람들이 어떻게 일하고 어떻게 사랑하며 어떻게 죽는지 살펴보는 것이다. 우리의 작은 도시는 기후의 영향 때문인지 열정적인 동시에 무심한 분위기 속에서 모든 일이 동시에 벌어진다. 말하자면 사람들은 지루해서 여러 습관이라도 가져 보려고 하는 것이다. 우리의 시민들은 열심히 일하는데, 이는 전적으로 부자가 되기 위해서이다. 특히 상업에 관심이 많아서 그들의 말마따나 장사에 전념하고 있다. 단순한 즐거움에 몰두하는 천성도 있어서 여자, 영화, 그리고 해수욕을 좋아한다. 그러나 토요일 밤과 일요일에 만끽할 즐거움을 위해 주중에는 많은 돈을 벌려고 노력하면서 꽤 분별 있게 행동한다. 밤이 되면 일터를 떠나 일정한 시간에 카페로 모여들고, 같은 대로변을 산책하거나 발코니로 나온다. 젊은 사람들이 표출하는 욕망은 폭력적이고 짧은 데 반해, 연장자들의 방탕이란 공굴리기 모임이나 친목 회식, 판돈이 큰 카드 게임 이상을 넘어서지 않는다.

아마도 우리 도시만 유난히 그런 것이 아니라 요즘 사람들은 다들 그렇다고 말할 것이다. 오늘날 사람들이 아침부터 저녁까지 일하고 나서도 카드놀이를 하거나 카페에 들러 잡담을 나누면서 시간을 낭비하는 모습을 꽤 자연스럽게 보게 되니 말이다. 하지만 뭔가 다른 것이 있지 않을까 싶어 궁금해지는 도시나 나라가 가끔 있다. 그런 낌새를 느꼈다고 해서 그들의 삶은 변하지 않는다. 다만, 그런 낌새가 없는 것보다는 낫다. 그러나 오랑은 그 반대이다. 아무런 낌새도 없는 완벽하게 현대적인 도시이다. 그래서 이 도시에서 사람들이 사랑하는 방식을 정확히 설명할 필요가 없다. 남자들과 여자들은 성행위를 서둘러 해치우거나 오랜 습관에 얽매이게 된다. 이러한 양극단 사이에서 중간이라는 절충은 대부분 존재하지 않는다. 이것 역시 특별한 것이 못 된다. 다른 곳처럼 오랑에서는 시간이 없고 생각할 수도 없어서 사랑이라는 것을 알지 못한 채 사랑할 수밖에 없는 것이다.

우리 도시의 특이한 점이라면 죽는 데 어려움을 겪는다는 것이다. 어렵다는 말은 어떻게 보면 적절하지 않다. 불편하다고 말하는 편이 더 정확할 것이다. 병드는 것은 전혀 좋은 일이 아니다. 그러나 일부 도시나 나라에서는 환자를 지원하고 있고, 그런 곳에서는 그럭저럭 살아갈 수 있다. 환자는 배려가 필요하고 무언가에 기대고 싶어 한다. 지극히 자연스러운 일이다. 하지만 오랑의 극단적인 기후, 상업의 중요성, 볼품없는 환경, 순식간에 지는 노을, 쾌락의 특징을 두고 봤을 때 이 모든 면에서 건강한 신체가 없어서는 안 된다. 그래서 이 도시의 환자는 아주 고독하다. 모두가 전화로 또는 카페에서 거래나 선하증권, 어음 할인에 관해 이야기하고 있는데, 누군가는 열기로 타닥타닥 소리를 내는 수많은 벽 뒤에 갇혀 죽어 가고 있다고 생각해 보라. 비록 현대적일지라도 이 도시처럼 메마른 곳에서 죽음을 맞게 된다면 얼마나 불편할지 이해할 것이다.

이러한 몇 가지 정보만으로도 우리 도시에 관해서 충분히 감을 잡았을 것이다. 그렇다고 해서 무엇도 과장해서는 안 된다. 강조해야 할 것이 있다면 도시와 생활의 일상적인 모습이다. 사람은 자고로 습관이 들면 어려움 없이 생활하는 법이다. 이 도시가 습관 붙이기를 장려한 이후로 만사가 순조롭다고 말할 수 있다. 아마도 그런 면에서 보면 삶은 흥미로운 것이 못 된다. 그렇다고 이 도시가 무질서한 것은 아니다. 우리 시민들은 솔직하고 친절하며 활동적이어서 항상 여행자들에게 분별 있다는 인상을 준다. 이 도시에는 눈길을 끌 만한 것이 없고, 식물이나 영혼도 없어서 느긋한 분위기를 풍기기 때문에 사람들은 결국 잠이 들어 버린다. 그러나 도시가 헐벗은 고원 한가운데 양지바른 언덕들에 둘러싸여 있고, 앞쪽으로는 완벽한 그림과 같은 만灣이 펼쳐져 있어, 비길 데 없는 경치로 이어진다는 이야기를 덧붙이는 것이 공평하리라. 한 가지 아쉬운 점이라면 도시가 만을 등지고 있어서 굳이 찾으려 하지 않는 이상 바다가 있다는 사실을 알아채기 어렵다는 것이다.

이쯤 이야기했으니, 그해 봄에 일어난 사건들, 우리도 나중에야 알게 되었지만, 이 연대기에 등장하는 일련의 심각한 사태의 최초 신호였던 그 사건들을 시민들이 전혀 눈치채지 못한 것에 대해 조금은 납득할 수 있을 것이다. 일부 사람들은 그 사건들을 당연하게 여기겠지만 반대로 다른 사람들에게는 어림없는 일일 수 있다. 연대기 서술자라고 해서 이런 모순을 고려할 수는 없다. 실제로 서술자의 일이란 그저 그런 일이 일어났고, 모든 사람의 삶에 영향을 미쳤으며, 수천 명의 증인이 그의 말이 진실이라고 인정할 때 그저 '그런 일이 있었다'고 말하는 것이다.

더욱이 때가 되면 알게 되겠지만, 서술자가 우연하게도 많은 증언을 수집하지 못했고, 어쩌다 보니 서술하고자 하는 모든 일에 관여하지 못했다면 그는 이런 것을 시도할 자격을 갖추지 못했을 것이다. 그렇기에 그는 역사가의 역할을 맡게 된 것이다. 역사가라면 응당 전문가가 아닐지라도 대부분 사료史料를 가지고 있어야 한다. 이 이야기의 서술자도 자신만의 사료를 가지고 있다. 먼저 자신의 증언, 다음으로 다른 사람들의 증언이 그것이다. 서술자의 역할을 수행하면서, 이 이야기에 등장하는 모든 인물의 속내를 전부 들을 수 있었던 것이다. 마지막으로 그가 손에 넣은 문서들도 있다. 서술자는 이 기록들을 적절한 때에 마음대로 활용할 계획이다. 그리고 또 다른 계획으로는…. 이제 사설은 접어 두고 본론으로 들어가야 할 때가 된 것 같다. 처음 며칠 동안 일어난 일을 연결하자면 자세한 설명이 필요하다.

4월 16일 아침, 의사 베르나르 리외는 자신의 진료실에서 나오다가 층계참 한가운데에 죽어 있는 쥐를 밟았다. 그는 별다른 생각 없이 쥐를 발로 툭 차 버리고는 계단을 내려왔다. 하지만 현관 밖으로 나왔을 때 문득 거기가 쥐가 나올 만한 곳이 아니라는 생각이 들어서 발길을 돌려 수위에게 이 사실을 알렸다. 미셸 영감의 반응을 보아하니 그가 본 것이 보통 일이 아님을 실감했다. 리외에게는 단순히 이상한 일 정도였지만 수위로서는 치욕스러운 일대 사건이었다. 영감의 입장은 단호했다. 이 건물에 쥐란 존재할 수 없다는 것이다. 2층 층계참에 쥐 한 마리가 있고, 아마도 죽은 것 같다고 의사가 확실하게 말했지만 미셸 영감은 확신에 차 있었다. 이 건물에 쥐는 존재하지 않으니 필시 밖에서 누군가가 가져다 놓았으리라는 것이었다. 그러면서 영감은 이 일을 단순히 누군가의 장난으로 여겼다.

그날 밤, 베르나르 리외는 집으로 올라가려고 건물 복도에 서서 열쇠를 찾고 있었다. 그런데 그때 어두컴컴한 통로 끝에서 커다란 쥐 한 마리가 흠뻑 젖은 채로 불쑥 나타나더니 뒤뚱거리며 그에게 다가오는 것이 보였다. 그러다 잠깐 멈춰 서서 균형을 잡는 듯싶더니 의사를 향해 돌진했다. 그러다 또 잠깐 멈춰 서서 찍찍 작은 소리를 내며 같은 자리를 맴돌더니 갑자기 반쯤 벌어진 주둥이에서 피를 토하고는 쓰러졌다. 의사는 그 모습을 잠시 지켜보다가 집으로 올라갔다.

그가 신경 쓰이는 것은 쥐가 아니었다. 쥐가 토해 낸 피를 보니 걱정거리가 떠오른 것이었다. 그의 아내는 1년 전부터 병을 앓고 있었고, 내일이면 산에 있는 요양원으로 떠나기로 되어 있었다. 아내는 그가 시킨 대로 침대에 누워 있었다. 여독에 대비하기 위해서였다. 아내는 웃으며 말했다.

"기분이 정말 좋아."

의사는 그를 향해 있는 아내의 얼굴을 바라보았다. 아내는 침대 맡에 있는 전등 빛을 받으며 그를 바라보고 있었다. 나이는 서른이고 얼굴에는 병색이 완연했지만, 그에게는 여전히 젊어 보였다. 아마도 온갖 시름을 날려 버리는 미소 덕분인 것 같았다.

"가능하면 좀 자 둬." 그가 말했다. "간호사는 열한 시에 올 거야. 열두 시 기차에 맞춰 데려다줄게."

리외는 땀으로 촉촉해진 아내의 이마에 입을 맞췄다. 아내의 미소가 그를 문까지 배웅했다.

다음 날인 4월 17일 오전 8시, 수위는 지나가는 의사를 붙들고 불한당 같은 놈들이 복도 한복판에 죽은 쥐를 세 마리나 갖다 놨다며 투덜댔다. 쥐들이 피범벅이 되어 있는 것을 보니, 분명 커다란 쥐덫으로 잡은 것 같다고 했다. 수위는 범인들이 키득대며 나타나지 않을까 싶어 쥐 다리를 잡고 한동안 문 앞에서 기다리고 있었다. 하지만 아무도 나타나지 않았다.

"아이고! 이놈들, 꼭 잡고야 말 겁니다." 미셸 씨가 말했다.

리외는 영감의 말이 미심쩍었지만, 우선은 환자들 중에서 가장 가난한 사람들이 사는 변두리 지역부터 왕진을 시작하기로 했다.

그 동네는 쓰레기를 아주 늦게 수거하기 때문에 자동차로 너저분한 길을 가다 보면 길가에 둔 쓰레기통을 아슬아슬하게 지나칠 수밖에 없었다. 그렇게 길을 따라가면서 음식물 쓰레기와 더러운 옷가지 위에 버려진 쥐를 봤고, 세어 보니 10여 마리는 되는 듯했다.

제일 먼저 왕진하러 간 환자는 도로에 면해 있는, 부엌을 겸하는 방의 침대에 누워 있었다. 환자는 나이가 지긋한 스페인 사람으로, 주름이 파인 얼굴은 경직되어 있었다. 그는 이불 위로 콩이 담긴 냄비 두 개를 앞에 두고 있었다. 오래전부터 천식을 앓고 있었는데, 의사가 집으로 들어서자 침대에 앉아 있다가 몸을 뒤로 젖히며 거친 숨을 골랐다. 그의 아내가 대야를 가져왔다.

"그런데 선생님." 주사를 맞는 동안 환자가 물었다. "그것들이 밖으로 나오던데 선생님도 보셨소?"

"정말이에요." 그의 아내가 말했다. "옆집 사람은 세 마리나 주웠어요."

"여기저기서 기어 나오니 쓰레기통마다 난리더군요. 배가 고픈 게지!"

노인은 두 손을 비비며 말했다.

그 후 리외는 온 동네 사람들이 쥐 이야기를 하고 있다는 것을 쉽게 알 수 있었다. 마지막 왕진을 마치고 그는 집으로 돌아왔다.

"선생님께 온 전보를 위층에 갖다 놨습니다." 미셸 씨가 말했다.

의사는 그에게 또 쥐를 봤는지 물었다.

"아이고, 아니요!" 수위가 말했다. "보다시피 제가 이렇게 지키고 있으니까, 그놈들은 감히 발도 못 들이지요."

리외는 어머니가 다음 날 도착한다는 전보를 확인했다. 아픈 아내가 없는 동안 아들의 집을 돌보러 오는 것이었다. 의사가 집으로 들어갔을 때 간호사는 이미 와 있었다. 아내는 화장을 하고 정장을 입고 있었다. 그가 웃으며 말했다.

"보기 좋아, 정말."

잠시 후, 역에 도착해서 그는 아내를 열차의 침대칸으로 안내했다. 아내가 실내를 둘러봤다.

"우리 형편에 너무 비싼 거 아니야?"

"그래도 할 건 해야지." 리외가 대답했다.

"쥐 이야기는 무슨 소리야?"

"모르겠어. 이상한 일이긴 한데 곧 지나가겠지."

그는 아내에게 자기가 잘 돌봤어야 했는데 그동안 소홀해서 미안하다고 빠르게 말했다. 아내는 그런 말 하지 말라는 듯이 고개를 저었다. 그러자 그가 덧붙였다.

"당신이 돌아오면 모든 게 좋아질 거야. 그때 우리 다시 시작하자."

"그럼." 아내는 눈을 반짝이며 말했다. "우린 다시 시작할 수 있을 거야."

잠시 후, 아내는 등을 돌려 창밖을 내다봤다. 승강장에 있는 사람들은 분주히 오가며 서로 부딪쳤다. 기차가 내는 쉬익 쉬익 증기 소리가 그들한테까지 들려왔다. 그는 아내의 이름을 불렀다. 아내가 돌아봤을 때 그녀의 얼굴은 온통 눈물로 젖어 있었다.

"울지 마." 그가 부드럽게 말했다.

아내는 눈물을 닦고는 조금은 울먹거리며 미소를 지었다. 그러고는 깊게 심호흡하며 말했다.

"이제 가. 다 잘될 거야."

그는 아내를 꼭 끌어안았다. 승강장으로 내려와서 보니 차창 너머로 아내의 미소가 보였다.

"제발 몸조심해." 그가 말했다.

하지만 아내에게는 그 말이 들리지 않았다.

출구 근처에서 리외는 어린 아들의 손을 잡고 있는 예심판사 오통 씨와 마주쳤다. 리외는 그에게 여행을 떠나느냐고 물었다. 키가 크고 머리가 검은 오통 판사는 사교계 인물처럼 보이기도 했고 장의사처럼 보이기도 했다. 그는 상냥하지만 짤막하게 대답했다.

"우리 집에 인사 다녀오는 아내를 기다리고 있어요."

기차가 기적 소리를 냈다.

"쥐들이…." 판사가 말했다.

리외는 기차 방향으로 움직이다가 출구 쪽으로 방향을 틀었다.

"네." 리외가 대답했다. "별일 아니더군요."

그 순간 그의 시선에 들어온 것은 죽은 쥐가 가득 담긴 궤짝을 팔에 끼고 지나가는 철도원이었다.

그날 오후, 리외가 진료를 막 시작했을 때 한 젊은 남자가 들어왔다. 그는 기자였는데, 아침에도 한 차례 들렀다는 소리를 들은 바가 있었다. 레몽 랑베르라는 이름의 남자는 키가 작고 어깨는 벌어졌으며 얼굴을 보니 심지가 강해 보였다. 눈빛은 맑고 지적이며 편한 옷차림을 하고 있었는데 넉넉하게 사는 듯했다. 그는 대뜸 본론부터 말했다. 파리의 유명 신문에 아랍인들의 생활환경에 관한 기사를 실으려고 취재하고 있는데, 그들의 보건 상태에 관해 자문을 받고 싶다고 했다. 리외는 상황이 좋지 않다고 대답했다. 하지만 본론으로 들어가기 전에 기자에게 사실대로 기사를 쓸 수 있는지 물었다.

"물론입니다." 기자가 대답했다.

"내가 묻고 싶은 말은 이거예요. 철저하게 파헤칠 수 있느냐는 겁니다."

"철저하게라…. 그렇다고는 말 못 하겠네요. 그 정도의 근거는 없을 거라고 생각합니다만."

리외는 사실 그럴 정도의 근거는 없겠지만 랑베르가 기탄없이 기사를 쓸 수 있는지 궁금했을 뿐이라고 점잖게 말했다.

"저는 있는 그대로의 증언만을 믿습니다. 당신의 기사에는 제가 별로 도움이 되지 않을 것 같군요."

"생쥐스트*처럼 말씀하시는군요." 기자가 웃으며 말했다.

리외는 그것에 관해서는 아는 바가 없고, 자신이 살고 있는 이 세상에 진저리가 나지만 같은 세상에 살고 있는 인간에 대해서는 애정을 가지고 있다며, 제 나름대로 불의와 타협을 거부하는 사람으로서 하는 말이라고 담담하게 전했다. 그러자 랑베르는 목을 한번 움츠리며 의사를 쳐다봤다.

"무슨 말씀인지 알 것 같습니다." 기자는 이내 일어섰다.

의사가 그를 문까지 배웅했다.

"이해해 주셔서 감사합니다."

랑베르는 짜증이 난 것 같았다.

"네, 이해하고말고요. 폐를 끼쳐서 죄송합니다."

의사는 그와 악수를 하면서 지금 도시에 죽은 쥐가 수두룩한데, 그에 관해 취재하면 흥미로운 기사가 될 것이라고 말했다.

* 루이 앙투안 레옹 드 생쥐스트(Louis Antoine Léon de Saint-Just, 1767~1794). 프랑스혁명 시대의 정치가로 공포 정치를 지지했다. 비타협적이고 냉철한 연설로 유명하다.

"오! 그거 흥미롭네요." 랑베르가 큰 소리로 말했다.

오후 5시, 의사가 다시 왕진을 가려고 나왔을 때 층계에서 아직은 젊다고 할 만한 한 남자와 마주쳤다. 그는 몸집이 육중했고, 두툼하고 투박한 눈썹이 홀쭉한 얼굴을 가로지르고 있었다. 꼭대기 층에 사는 스페인 무용수들의 집에서 가끔 마주친 적이 있었다. 장 타루라는 그 남자는 담배를 열심히 빨아 대면서 자기 발치에서 쥐가 경련을 일으키며 죽어 가는 모습을 보고 있었다. 그는 의사를 조용히 올려다보고는 회색 눈동자를 찡긋하며 인사했다. 그러고는 쥐가 이러고 있는 모습을 보다니 참 희한한 일이라고 덧붙였다.

"그러게요. 결국 성가셔지겠네요." 리외가 말했다.

"어떤 의미에서는요, 선생님. 어떤 의미에서만 성가신 일이지요. 우리는 이런 걸 어디서도 본 적이 없잖아요. 그래서 관심이 가네요. 진짜 흥미로워요."

타루는 손으로 머리카락을 빗어 넘기며 이제는 움직이지 않는 쥐를 다시 내려다봤다. 그러고는 리외를 보며 웃었다.

"하지만 선생님, 이건 결국 수위가 처리할 일이지요."

의사는 때마침 집 앞에서 수위를 만났다. 그는 현관 옆 벽에 기대어 서 있었는데, 예의 그 붉은 얼굴에서 피로가 드러나 있었다.

"그럼요, 알다마다요." 리외가 또 쥐를 발견했다고 말하자 미셸 영감이 대답했다. "이제는 두세 마리씩 나타나요. 다른 집들도 마찬가지예요."

그는 허탈하고 걱정스러운 듯 보였다. 무의식적으로 목덜미를 긁었다. 리외는 건강이 어떤지 영감에게 물었다. 그는 수위로서 몸이 좋지 않다고 말할 수는 없어서 다만 몸이 무겁다고만 대답했다. 자기 생각에는 정신적인 문제 같다고 했다. 쥐 때문에 스트레스를 받았지만 쥐가 사라지면 모든 것이 다시 좋아질 터였다.

그러나 다음 날인 4월 18일 아침, 역에서 어머니를 모시고 온 의사는 미셸 영감과 마주쳤는데 전날보다 안색이 더 안 좋아 보였다. 지하에서부터 옥상까지 10여 마리의 쥐 사체가 층계참에 널브러져 있었던 것이다. 이웃집 쓰레기통도 쥐로 가득 차 있었다. 의사의 어머니는 이런 사실을 알고도 놀라는 기색이 없었다.

"그럴 수도 있지."

어머니는 은발 머리에 검은색의 온화한 눈동자를 가지고 있었으며 키는 아담했다.

"베르나르, 널 다시 만나니 기쁘구나." 그녀가 말했다. "쥐 좀 나온 게 무슨 대수라고."

그도 어머니의 말에 동의했다. 어머니와 함께 있으면 모든 것이 항상 별일 아닌 것처럼 느껴졌다.

그래도 리외는 설치류 방제 부서에 전화를 걸었다. 부서 책임자는 그가 아는 사람이었다. '책임자도 노상에 쥐 사체들이 잔뜩 버려져 있다는 걸 들었을까?' 책임자인 메르시에는, 그 사실은 익히 들었으며 부두에서 그리 멀지 않은 그의 사무실에서도 쥐 사체를 50여 마리나 발견했다고 말했다. 그러면서도 이 정도를 과연 심각한 상황이라고 봐야 하는 건지 의아해했다. 리외는 정확하게 설명할 수는 없지만 설치류 방제 부서인 만큼 조치를 해야 한다고 생각했다.

"그렇지." 메르시에가 말했다. "하지만 위에서 지시가 있어야 해. 자네가 그럴 필요가 있다고 생각한다면 지시가 내려지도록 애써 볼 수 있지."

"당연히 그럴 필요가 있지요." 리외가 말했다.

마침 리외는 가정부한테서 남편이 일하는 큰 공장에서 죽은 쥐 수백 마리가 발견되었다는 이야기를 들은 차였다.

어쨌든 우리 시민들이 쥐에 대해 불안해하기 시작한 것도 그때부터였다. 18일부터 여러 공장과 창고에서 수백 마리의 쥐 사체를 쏟아내기 시작했다. 어떨 때는 쥐가 죽기까지 시간이 꽤 걸렸기 때문에 손수 죽일 수밖에 없었다. 리외는 도시 중심에서부터 주변 지역까지 우리 시민들이 모여 사는 곳을 지나갈 때마다 쥐가 쓰레기통 안에 쌓여 있고 개울가에 줄지어 늘어서 있는 것을 보았다. 석간신문에서는 이날부터 이 사건을 대서특필하며 시 당국이 조치를 할 생각이 있는 것인지, 그리고 역겨운 쥐들의 습격으로부터 시민들을 보호할 긴급 조치를 구상 중인 것인지에 관해 문제를 제기했다. 시 당국에서는 어떤 입장도 내놓지 않았고 아무 계획도 없었지만 우선 회의를 소집해 논의했다. 설치류 방제 부서에 새벽마다 쥐 사체를 수거하라는 지시가 떨어졌다. 그러면 트럭 두 대가 소각장으로 가져가 태우기로 했다.

그 이후에도 상황은 심각했다. 사체의 수는 점점 늘어나서 아침마다 엄청난 양이 수거되었다. 나흘째부터는 쥐가 떼를 지어 밖으로 나와 죽기 시작했다. 골방, 지하실, 창고, 하수구에서 비틀거리며 나온 쥐들이 햇빛 아래서 우물쭈물 제자리를 맴돌다가 사람에게 다가와 죽어 버렸다. 밤에는 복도나 골목길에서 쥐들이 죽어 가며 내지르는 작은 비명이 들려왔다. 아침이면 외곽 지역에서는 쥐가 뾰족한 주둥이로 토해 낸 핏자국들이 꽃송이처럼 개울가에 즐비했다. 사체는 부풀어 썩어 가고 있었고, 벌써 빳빳하게 굳은 것들 사이에서 수염만이 곧게 솟아 있었다. 도시 안에서조차 층계참과 마당에서 사체들이 작은 더미를 이루고 있었다. 관공서의 홀과 학교 운동장, 카페의 테라스에서도 쥐가 외따로이 죽어 있었다. 우리 시민들은 도시에서 사람들이 가장 많이 모이는 장소에서까지 이런 광경을 보게 되자 아연실색할 수밖에 없었다. 중심가에서 멀리 떨어져 있는 연병장과 대로, 그리고 바닷가 산책길마저도 지저분했다. 새벽에 사체를 수거해 깨끗해진 도시는 다음 날이면 더 많은 쥐가 죽는 바람에 도로 더러워졌다. 밤에 산책을 나온 시민들은 죽은 지 얼마 되지 않아 여전히 말캉한 쥐의 사체를 자신의 발로 느껴야 했다. 내부에서 커지고 있던 종기와 피고름이 곪아 터져서 표면으로 새어 나오는 것 같았다. 사람들은 우리의 집들이 터를 잡은 바로 이 땅이 정화되고 있는 것이라고 말했다. 마치 건강한 사람이 고혈압으로 갑자기 야단법석을 떠는 것처럼, 며칠 전까지만 해도 평화롭기 그지없던 우리의 작은 도시가 며칠 만에 발칵 뒤집혔으니, 시민들이 얼마나 놀랐을지 한번 상상해 보라!

사태가 그 정도를 넘어서면서 온갖 정보를 다루는 랑스도크 통신사는 무료 라디오 방송을 통해 25일 하루에만 6,231마리의 쥐를 수거해 소각했다고 밝혔다. 일상에서 구체적인 숫자가 눈앞에 던져지자 도시는 혼돈 그 자체가 되었다. 그전까지만 해도 조금 불쾌한 사고에 불평을 늘어놓는 수준이었다면, 이제는 이 사태가 어느 정도로 커진 것인지, 그리고 그 원인은 무엇인지 알 수 없어서 불길하다고 느끼고 있었다. 천식을 앓는 스페인 노인만이 연신 손을 비비면서 노인 특유의 유쾌한 어조로 연거푸 말했다. "기어 나온다, 나와."

4월 28일 랑스도크 통신사가 8천 마리의 쥐를 수거했다고 밝히자 도시 안에는 불안이 극에 달했다. 사람들은 근본적인 해결책을 원했고 관청들을 비난했다. 해안가에 살고 있는 몇몇 사람들은 벌써부터 이사 갈 생각이라고 말하고 다녔다. 그러나 다음 날 통신사는 사태가 갑자기 멈췄으며 설치류 방제 부서가 수거하고 있는 쥐 사체의 수는 이제 미미하다고 밝혔다. 그제야 도시는 한숨을 돌렸다.

그날 정오에 의사 리외는 아파트 앞에 정차하고 있었다. 그때 도로 끝에서 힘겹게 걸어오고 있는 수위를 발견했다. 그는 머리를 앞으로 수그리고 팔과 다리는 벌린 채 꼭두각시처럼 걷고 있었다. 어떤 신부의 팔을 붙잡고 있었는데, 그는 그 신부를 바로 알아봤다. 박식하고 운동가의 면모를 가진 파늘루 신부였는데, 의사도 종종 마주치고는 했다. 마을에서뿐만 아니라 종교에 관심이 없는 사람들 사이에서도 명망이 높은 신부였다. 의사는 두 사람을 기다렸다. 미셸 영감은 눈을 반짝이며 거칠게 숨을 몰아쉬고 있었다. 몸이 좋지 않은 듯해서 바람을 쐬려고 했지만, 목과 겨드랑이와 사타구니에서 심한 통증이 느껴져 되돌아오는 길에 파늘루 신부에게 도움을 청한 것이었다.

"종기가 났어요." 그가 말했다. "과로했던 모양이에요."

의사는 차창 밖으로 팔을 내밀어 미셸 영감이 내미는 목덜미를 손으로 더듬었다. 옹이 같은 것이 맺혀 있었다.

"댁에 가셔서 누우세요. 체온도 재 보시고요. 오후에 들르겠습니다."

수위가 자리를 뜨자, 리외는 파늘루 신부에게 요즘 쥐 사건에 관해 어떻게 생각하는지 물었다.

"아!" 신부가 말했다. "그거 유행병일 겁니다."

신부는 동그란 안경 너머로 웃어 보였다.

리외는 점심을 먹고 난 후 아내가 잘 도착했다는 요양원의 전보를 다시 읽고 있었다. 그때 전화벨이 울렸다. 시청에서 일하고 있는 오래된 고객의 전화였다. 대동맥판막협착증을 오래전부터 앓고 있는 사람이었는데, 가난했기 때문에 리외가 무료로 치료해 준 적이 있었다.

"네." 그가 말했다. "저를 기억하시는군요. 이번에는 다른 사람 때문에 전화드렸어요. 빨리 와 주세요, 옆집에 일이 생겼어요."

그는 헐떡이며 말했다. 리외는 수위가 생각났지만 나중에 들르기로 했다. 몇 분 후, 그는 외곽 지역의 페데르브 거리에 있는 키가 낮은 집의 문턱을 넘었다. 냉랭하면서도 퀴퀴한 냄새가 나는 계단 가운데에서 시청 직원인 조제프 그랑과 마주쳤다. 리외를 마중하러 내려오던 참이었다. 그는 50대 정도의 남성으로 노란 콧수염을 기르고 있었다. 키는 크고 등은 굽었으며 어깨는 좁고 팔다리가 앙상했다.

"이제는 괜찮아졌어요." 그는 리외에게 다가오며 말했다. "아까는 저 사람 정말 죽는 줄 알았어요."

그는 코를 풀었다. 리외는 3층과 꼭대기 층 사이에 있는 왼쪽 문에 빨간색으로 써진 글을 봤다. "들어오시오. 나는 이미 목을 맸소."

그들은 집 안으로 들어갔다. 길게 늘어진 줄 아래로 의자가 뒤집혀 있고 탁자는 구석으로 밀려나 있었다. 하지만 줄에는 아무것도 매달려 있지 않았다.

"제가 때마침 줄을 풀었어요." 그랑은 제일 간단한 말을 하면서도 단어를 고르는 듯했다. "막 나가려고 하는데 안에서 소리가 들렸어요. 문에 써진 글을 봤을 때는, 뭐랄까, 그저 누군가 장난을 친 거라고 생각했지요. 그런데 이 사람이 이상하고 음산하기까지

한 신음 소리를 내더라고요."

그는 머리를 긁적였다.

"목을 매서 고통스러웠나 봐요. 그래서 당연히 안으로 들어갔지요."

그들은 문을 밀고 문턱에 섰다. 방은 밝았지만 살림은 옹색했다. 얼굴이 둥글고 작달막한 남자가 철제 침대에 누워 있었다. 그는 숨을 거칠게 몰아쉬면서 충혈된 눈으로 그들을 쳐다봤다. 의사는 멈칫했다. 그가 호흡하는 사이사이에 쥐가 내는 작은 비명이 들리는 듯했다. 하지만 구석에서는 어떤 움직임도 느껴지지 않았다. 리외는 침대로 다가갔다. 그는 그리 높지 않은 곳에서 천천히 떨어졌기 때문에 척추는 이상이 없었다. 물론 약간의 질식 증상은 보였다. 엑스레이를 찍어 볼 필요가 있었다. 의사는 강심제 주사를 한 대 놓고는 며칠 후면 좋아질 것이라고 말했다.

"감사합니다, 선생님." 그는 목멘 소리로 말했다.

리외가 그랑에게 경찰서에 알렸는지 묻자, 그는 어쩔 줄 몰라 했다.

"아, 아니요." 그가 대답했다. "제 생각에는 가장 급한 건…."

"물론이지요." 리외가 그의 말을 잘랐다. "그럼 제가 신고할게요."

그때 환자가 몸을 일으키려고 침대에서 움직였다. 몸은 괜찮고 아프지도 않다는 것을 보여 주려고 했다.

"진정하세요." 리외가 말했다. "별거 아니니 저를 믿으세요. 그리고 저는 신고를 해야 합니다."

"아이고!" 환자가 소리쳤다.

그는 몸을 뒤로 젖히고 조용히 울었다. 한동안 콧수염을 만지작거리던 그랑이 그에게 다가갔다.

"저기, 코타르 씨." 그랑이 말했다. "생각을 좀 해 보세요. 의사 선생님은 그럴 책임이 있어요. 만약 또 그런 일을 저지르려고 한다면…."

그러자 코타르는, 다시는 그러지 않을 것이고 잠깐 실성한 것뿐이라며 울면서 말했다. 자기를 가만히 내버려두기만을 바랐다. 리외는 처방전을 썼다.

"알겠습니다." 리외가 말했다. "이번 일은 그냥 둘게요. 이삼일 후에 다시 들르겠습니다. 하지만 바보 같은 짓은 하지 마세요."

층계참에서 리외는 자기로서는 신고를 해야 하고, 대신 경찰에게는 이틀 후에나 조사를 시작해 달라고 부탁할 생각이라고 그랑에게 말했다.

"오늘 밤은 좀 지켜봐야 하는데, 다른 가족은 없나요?"

"그건 모르겠습니다. 오늘은 제가 지켜볼게요."

그는 고개를 끄덕였다.

"서로 잘 아는 사이라고 할 수는 없지만 서로 돕고 살아야지요."

건물 복도에서 리외는 저절로 구석으로 눈길이 갔다. 그랑에게 쥐가 완전히 사라졌는지 물었다. 그는 아는 바가 전혀 없었다. 사람들에게 들은 이야기는 있었지만, 동네 소문에 그리 관심을 두지 않았다고 했다.

"저는 다른 걱정거리가 있어서요." 그가 말했다.

리외는 벌써 그와 악수하고 있었다. 수위에게 들른 후 아내에게 편지를 써야 했기 때문에 마음이 바빴다.

석간신문 판매원들은 쥐 떼의 침략이 끝났다고 외쳤다. 리외는 상반신이 침대 밖으로 반쯤 나와 있는 수위를 봤다. 영감은 한 손으로는 배를 잡고 있었고 다른 손으로는 목을 만지고 있었다. 쓰레기통에다 구역질을 하며 불그스름한 담즙을 토해 냈다. 영감은 한동안 속엣것을 게운 후 숨을 헐떡이며 다시 자리에 누웠다. 체온은 39.5도였고, 목의 림프샘과 사지가 부어 있었다. 옆구리에서는 커다랗고 거무스름한 반점이 두 개 보였다. 수위는 배가 아프다며 괴로워했다.

"화끈거려요." 그가 말했다. "이 나쁜 놈들이 후끈댄다고."

거무스름한 입술 밖으로 나오는 말들은 알아듣기가 힘들었다. 두통 때문에 눈물을 글썽이며, 돌출된 두 눈으로는 의사를 쳐다봤다. 그의 아내는 아무 말도 없는 리외를 불안한 듯 바라봤다.

"선생님." 그녀가 말했다. "대체 뭘까요?"

"원인은 여러 가지로 볼 수 있지만 확실한 것은 아직 없습니다. 오늘 밤까지 금식하고 정화제를 써 볼게요. 물을 많이 마시게 하시고요."

수위는 목이 타는지 허겁지겁 물을 마셨다.

리외는 집으로 돌아와 동료 의사인 리샤르에게 전화를 걸었다. 리샤르는 도시에서 유명한 의사 중 한 명이었다.

"아뇨." 리샤르가 말했다. "특이한 사례는 보지 못했어요."

"국부 염증을 동반한 발열은요?"

"아! 림프샘에 염증이 심했던 환자가 두 명 있었어요."

"비정상적이었나요?"

"음." 리샤르가 말했다. "아시겠지만 정상적이라는 게…."

수위는 저녁 내내 열이 40도까지 올랐고 헛소리를 하며 쥐에 대해 불만을 쏟아 냈다. 리외는 고정 농양 치료를 시도했다. 테레빈유*가 들어가자 수위는 비명을 질렀다. "야, 이 망할 놈들아!"

림프샘은 더 부어 있었는데 만져 보니 단단했고 심 같은 것이 느껴졌다. 그의 아내는 불안에 떨었다.

"밤새 지켜보세요." 의사가 말했다. "무슨 일이 생기면 저를 부르시고요."

다음 날인 4월 30일은 파랗고 눅눅한 하늘에서 어느덧 미지근한 미풍이 불어왔다. 미풍은 저 멀리 떨어진 교외에서부터 꽃향기를 실어 왔다. 아침에 거리에 퍼지는 소음은 평소보다 생기 있고 유쾌했다. 우리의 작은 도시에 한 주 동안 퍼졌던 막연한 걱정거리가 사라진 그날, 도시는 그야말로 새로운 날이었다. 리외 역시도 아내의 편지에 안도하며 가벼운 마음으로 수위 집으로 내려갔다. 아침에 보니 열은 38도로 떨어져 있었다. 기력은 쇠해졌지만, 그는 침대에서 웃고 있었다.

"나아지겠지요, 선생님?" 그의 아내가 물었다.

"조금 더 지켜보시지요."

하지만 정오가 되자 체온은 단번에 40도까지 올랐고, 영감은 계속 사경을 헤매며 토하기를 반복했다. 수위는 목의 림프샘을 건드리기만 해도 너무 고통스러운 나머지 머리를 몸에서 최대한 멀리 떼어 내고 싶은 것처럼 보였다. 그의 아내는 침대 발치에 앉아서 이불 위로 영감의 발을 부드럽게 쥐고 있었다. 그녀는 리외를 바라봤다.

"잘 들으세요." 그가 말했다. "격리해서 특수 치료를 받아야 합니다. 제가 병원에 전화하겠습니다. 구급차로 이송해야겠어요."

2시간 후, 구급차 안에서 의사와 수위의 아내는 환자를 내려다보고 있었다. 진균성 농양으로 뒤덮인 입에서 말 몇 마디가 튀어

* 송진을 주성분으로 만든 농양 치료제.

나왔다. "이 쥐새끼들!" 그의 얼굴은 푸르스름했고 입술은 핏기가 없었으며 눈꺼풀은 납빛이었다. 호흡은 불규칙하고 짧았으며 림프샘이 아파서 이러지도 저러지도 못했다. 마치 간이침대가 그를 삼켜 버린 것처럼, 또 땅속 깊은 곳에서 나온 무언가가 그를 계속해서 부르는 것처럼 침대에 파묻혔다. 수위는 보이지 않는 무게에 짓눌린 듯 숨 막혀 하고 있었다. 그의 아내는 울고 있었다.

"선생님, 그럼 이제 가망이 없는 건가요?"

"돌아가셨습니다." 리외가 말했다.

수위의 죽음을 기점으로 곤혹스러운 징조들이 가득했던 시기가 끝나고, 초기의 놀라움이 점차 혼란으로 변해 가면서 상대적으로 더욱 어려워지는 또 다른 시기가 시작된 것이라고 말할 수 있으리라. 이제야 알게 된 사실이지만, 우리 시민들은 우리의 작은 도시가 쥐가 햇살 아래서 죽고 수위들이 이상한 질병으로 죽어 나가는 특별한 장소가 되리라고는 생각하지 못했다. 그런 점에서 결국 그동안 잘못 생각해 왔고, 그 생각은 바뀌어야만 했다. 모든 일이 그때 멈췄다면 아마도 일상에 묻혔을 것이다. 하지만 우리 시민 중에서, 수위로 일한 적이 없고 가난하지도 않은 이들은 미셸 영감이 먼저 걸었던 길을 계속 따라가야만 했다. 공포, 그리고 공포와 함께 숙고가 시작된 것도 그 시점부터이다.

새로운 사건들에 관해 본론으로 들어가기 전에, 서술자는 방금 설명한 시기에 대해서 다른 증인의 의견을 들어 볼 필요가 있다고 생각한다. 이야기 초반에 등장한 장 타루는 몇 주 전 오랑에 정착한 이후 중심가에 있는 큰 호텔에서 지내고 있었다. 그는 보기에도 소득이 넉넉한 듯했다. 도시는 그에게 점차 익숙해졌지만, 그가 어디에서 왔고 왜 이곳에 온 것인지를 아는 사람은 아무도 없었다. 사람들은 모든 공공장소에서 그와 마주쳤다. 봄이 시작되자 해수욕을 하러 해변에 자주 출몰했는데 수영을 하면서 한껏 들떠 보였다. 항상 미소 짓고 있는 호인인 그는 여느 오락거리들을 즐기면서도 그것의 노예가 되지는 않았다. 사실 그에 관해 알고 있는 유일한 습관은 우리 도시에 퍽 많이 살고 있는 스페인 무용수와 음악가들 집에 열심히 드나든다는 것 정도였다.

어쨌든 그의 수첩은 이 고난의 시기를 서술하고 있는 일종의 연대기라고 할 수 있는데, 의미 없는 일들을 기록하려는 듯한 매우 특이한 연대기였다. 언뜻 보면 타루가 사물이나 사람을 과소평가하는 경향이 있다고 생각할 수 있다. 간단히 말하자면 만연한 혼란 속에서 딱히 이야깃거리가 안 되는 일을 기록하려는 역사가가 되려고 한다는 것이다. 아마도 이런 편견을 안타까워하고 감정이 메마른 것 아니냐고 의심할 수 있다. 하지만 그의 수첩이 이 시기에 관해 부차적이지만 중요한 수많은 세부 사항을 제공하고 있는 것이 사실이고, 그런 기이한 특성 때문에 이 흥미로운 인물에 관해 섣부른 판단을 하지 못하리라는 것도 분명한 사실이다.

장 타루가 초반에 작성한 기록은 그가 오랑에 도착한 날부터 시작한다. 내용을 보면 그 자체로 못생긴 도시를 찾았다는 묘한 만족감이 시작부터 드러나 있다. 시청 앞에 배치된 두 마리의 청동 사자에 관한 자세한 묘사와 나무가 없다는 사실, 볼품없는 집들, 그리고 불합리한 도시 계획에 관해 호의적으로 평가했다. 더구나 타루는 전차나 거리에서 들은 대화에 관해서도 해석 없이 덧붙였다. 하지만 나중의 일이지만, 캉이라 불리는 남자에 관해서는 두 전차 차장이 하는 이야기를 듣고 예외적으로 주석을 달아 놓았다.

“자네 캉이라고 잘 알지?” 한 차장이 말했다.

“캉? 덩치 크고 검은 콧수염 있는 사람?”

"맞아, 선로 변경부에 있었지."

"응, 잘 알지."

"글쎄, 그 사람이 죽었대."

"아니! 언제?"

"쥐 떼로 난리가 난 후에."

"이런! 어쩌다가?"

"모르겠어. 고열 때문이라나 봐. 건강한 편은 아니었잖아. 겨드랑이에 종양이 났더래. 그걸 못 버틴 게지."

"한데 다른 사람하고 큰 차이가 없어 보였는데."

"아니야, 폐가 약했는데 그 친구 브라스밴드에서 음악 했잖아. 매일 같이 나팔을 불어 댔으니, 몸이 안 상하고 배기나."

"아이고!" 나중 사람이 말끝을 맺었다. "아플 때는 나팔을 불지 말아야 해."

이런 대화를 들은 후 타루는, 왜 캉이라는 사람이 분명 안 좋은 일이 생길 텐데도 브라스밴드에 들어갔는지, 목숨을 걸고 주일 행렬에 참가한 진정한 이유가 무엇인지 자문했다.

그런 후 타루는 자기 방 창문과 마주 보고 있는 발코니에서 종종 목격하는 장면에 좋은 인상을 받은 듯했다. 그의 침실은 실제로 좁은 골목에 면해 있었는데 몇몇 고양이들이 벽에 붙어 그늘 속에서 낮잠을 자곤 했다. 매일 점심때가 지나면 도시 전체가 더위로 졸고 있는 시간에 한 키 작은 노인이 건너편 발코니에 나타났다. 그는 백발을 단정하게 빗고 군대식 복장을 하고 있어서 꼿꼿하고 근엄해 보였다. 노인은 차가우면서도 부드러운 목소리로 "나비야, 나비야." 하고 고양이들을 불렀다. 하지만 고양이들은 졸음 때문에 흐리멍덩한 눈을 뜨기만 할 뿐 꼼짝도 하지 않았다. 노인이 종이를 작게 찢어 위에서 떨어뜨리면, 그제야 고양이들은 떨어져 내리는 흰 종이 나비들에 이끌려서 마지막으로 떨어지는 종잇조각을 보고는 머뭇거리다가 한 발을 뻗었다. 그러면 노인은 고양이들을 향해 정확하게 냅다 침을 뱉어 버렸다. 그중에 한 마리라도 명중하면 킬킬 웃어 댔다.

타루는 도시의 외관과 생기, 그리고 즐거움마저 상업의 필요성으로 작동하는 것 같은 이 도시의 상업적 성격에 분명 매료된 듯했다. 그는 이 특성(수첩에 쓴 표현)을 칭찬했는데, 그 칭찬 중에는 '마침내!'라는 감탄사로 마무리한 것도 있었다. 이날은 이 방랑객의 기록에서 개인적인 성격이 드러나는 유일한 부분이었다. 그러나 그 의미나 진지한 정도를 판단하기란 어렵다. 그도 그럴 것이 죽은 쥐를 발견하고는 호텔의 프런트 직원이 실수를 저질렀다는 이야기를 적은 후에 평소보다 흘려 쓴 글씨로 이렇게 덧붙였다.

> 질문: 시간 낭비를 피하는 방법은?
>
> 대답: 그것을 완벽하게 경험해 본다.
>
> 방법: 치과의 대기실에서 불편한 의자에 앉아 여러 나절을 보내는 것, 일요일 오후 발코니에서 죽치고 있는 것, 못 알아듣는 언어로 강의를 듣는 것, 가장 길고 불편한 철도 노선을 선택해 입석으로 가는 것, 매표소에 줄을 서서 기다렸다가 차례가 와도 표를 사지 않는 것 등.

그러나 말이나 생각이 주제에서 벗어난 바로 다음에, 수첩에는 우리 도시의 전차와 좌석의 형태, 애매한 색깔, 묵은때에 관한 자세한 묘사를 시작으로, 어떤 설명도 되지 못하는 "주목할 만하다."라는 말로 관찰을 마치고 있다.

여하튼 쥐 사건에 관해 타루가 적어 놓은 내용은 다음과 같다.

오늘 맞은편에 사는 작은 노인은 당황했다. 거리에 고양이가 한 마리도 없었던 것이다. 실제로 고양이들은 거리에 수많은 쥐가 죽어 있는 것을 보고 놀랐던 것인지 사라져 버렸다. 내 생각에 고양이들이 죽은 쥐를 먹었을 리는 없다. 내가 기른 고양이들이 쥐를 싫어했던 기억이 난다. 그럼에도 고양이들은 창고 안에서 뛰어다니고 있을 테고, 작은 노인은 당황할 수밖에 없었던 것이다. 그는 머리를 덜 빗어 넘겼고 활기도 전보다 못했다. 불안한 눈치였다. 결국 그는 허공에 침을 한 번 뱉고는 집으로 들어가 버렸다.

오늘 도심에서 전차가 멈춰 섰다. 죽은 쥐를 발견했는데 어떻게 전차 안으로 들어간 것인지 알 수 없었다. 두세 명의 여자가 내렸다. 사람들이 쥐를 밖으로 던져 버렸다. 전차는 다시 출발했다.

호텔에서 믿을 만한 한 당직 직원이 죽은 쥐들을 보아하니 불행이 닥칠 것이라고 내게 말했다. "쥐들은 배를 떠날 때…" 나는 배에서는 그랬을지 모르지만 도시에서는 확인된 바가 없다고 대답했다. 그래도 그는 확신하고 있었다. 그의 말대로 불행이 닥친다면 어떤 불행이 올지 그에게 물었다. 그도 잘 모르지만 불행이란 예측할 수 없는 것이란다. 그는 지진이 일어나도 놀라지 않을 것 같다고 했다. 내가 그럴 수도 있을 것 같다고 인정하니 걱정되지 않느냐고 나에게 물었다.

"내가 관심 있는 것은 딱 한 가지." 나는 그에게 말했다. "마음의 평화를 찾는 것이에요."

그는 내 말을 충분히 이해한다고 했다.

호텔 레스토랑에 꽤 관심을 끄는 한 가족이 있었다. 아버지는 키가 크고 말랐으며 목깃에는 빳빳하게 풀을 먹였고 검은색 정장 차림이었다. 머리 한가운데는 대머리였고 좌우로 회색 머리카락이 나 있었다. 작고 둥근 강렬한 눈, 가느다란 코, 일자로 다문 입술은 훈련을 잘 받은 올빼미 같은 인상을 줬다. 항상 먼저 레스토랑 문 앞에 도착해 옆으로 비켜서서 검은 생쥐처럼 생긴 자그마한 아내를 들여보내면 뒤이어 똑똑한 강아지처럼 차려입은 어린 아들과 딸이 따라 들어왔다. 테이블에 와서는 아내가 자리를 잡고 앉은 후에야 자기도 앉았다. 그러면 두 강아지도 높은 의자에 올라앉았다. 그는 아내와 아이들에게 존칭을 쓰면서 아내에게는 예의 바르게 핀잔을 쏟아 냈고 자식들에게는 단호하게 말했다.

"니콜, 상당히 불쾌하게 구는군요."

딸은 울음이 터지기 직전이었다. 마땅히 그래야만 하는 듯했다.

그날 아침, 아들은 쥐 이야기를 듣고 완전히 신이 났다. 그래서 그는 식탁에서 그 이야기를 하고 싶었다.

"필립, 식사할 때는 쥐 이야기 같은 건 하면 안 돼요. 이제 그런 말은 쓰지 말아요."

"아버지 말씀이 맞아요." 검은 생쥐를 닮은 여자가 말했다.

두 강아지는 수프에 코를 박고 먹었고, 올빼미는 별 뜻도 없이 고맙다는 듯 고개를 끄덕였다.

이런 훌륭한 사례도 있었지만 도시 안에는 쥐 이야기로 가득하다. 신문들도 마찬가지였다. 지역 신문은 평소에는 기사에서 다양한 목소리를 냈지만, 이제는 온통 시 당국에 반대하는 캠페인으로 가득 찼다. "시 공무원들은 썩은 설치류 사체들의 위험성에 대해서 알고 있는 것인가?" 호텔 지배인은 도통 다른 이야기는 할 줄 몰랐다. 그도 괴로워서 하는 말이기는 했다. 신성한 호텔의 엘리베이터에서 쥐를 발견했을 때 그는 있을 수 없는 일이라고 여겼다. 나는 그를 달래려고 이렇게 말했다.

"하지만 누구나 겪는 일이에요."

"바로 그거예요." 그가 대답했다. "이제는 우리도 다른 사람들과 똑같아진 거예요."

사람들이 걱정하기 시작한, 갑작스러운 고열이 처음 발견된 사례에 관해 내게 말해 준 사람이 바로 그였다. 청소원 중 한 명이 열병에 걸린 것이었다.

"하지만 확실히 전염성은 없어요." 그는 재빠르게 꼬집어 말했다.

나는 그런 것은 상관하지 않는다고 말했다.

"아! 알겠어요. 선생님도 저처럼 운명론자시군요."

나는 그런 티를 낸 적이 없고 게다가 운명론자도 아니라고 말했다.

그때부터 타루의 수첩에는 이제야 대중들이 걱정하기 시작한, 원인을 알 수 없는 고열에 관해 상세히 설명되어 있었다. 작은 노인은 결국 쥐가 사라지자 고양이를 다시 볼 수 있었고, 자기의 목표물에 가래침으로 끈질기게 조준했다는 기록과 함께, 타루는 열병을 겪은 10여 건의 사례를 인용하면서 그중 대부분은 치명적이라고 덧붙였다.

참고삼아 타루가 묘사한 의사 리외의 모습도 옮겨 적겠다. 서술자가 판단하기로는 꽤 충실하게 묘사되어 있다.

대략 서른다섯 살 정도. 중간 정도의 키, 다부진 어깨, 약간 각진 얼굴, 어두운 눈동자에 곧은 눈매지만 턱은 튀어나왔음. 코는 큼지막하고 반듯함. 매우 짧은 검은색 머리. 입은 아치형이고, 입술은 거의 꽉 다물고 있음. 구릿빛 피부와 검은 털, 그리고 항상 어두운색 옷만 입어서 시칠리아 농부처럼 보이지만 잘 어울리는 복장.

빠른 걸음. 똑같은 보폭으로 인도로 내려와 세 번에 두 번꼴로 반대편 인도로 살짝 뛰어 올라감. 운전할 때에는 산만해져서 종종 방향을 튼 후에도 방향지시등을 끄지 않음. 항상 모자를 쓰지 않음. 모든 걸 꿰뚫고 있는 듯한 표정.

타루의 숫자는 정확했다. 의사 리외도 그중 몇 가지는 알고 있었다. 그는 수위의 시체를 격리한 다음 몸에 나타났던 사타구니 열병에 관해서 물어보려고 리샤르에게 전화를 걸었다.

"전혀 모르겠어요." 리샤르가 말했다. "두 명이 사망했는데 한 명은 사십팔 시간 만에, 다른 한 사람은 사흘 만에 죽었어요. 사흘 만에 죽은 사람은 어느 날 아침에는 완전하게 회복될 증상을 보였고요."

"혹시 다른 사례를 보면 알려 주세요." 리외가 말했다.

그는 다른 의사들과도 통화했다. 그렇게 알아본 끝에 며칠 만에 20여 건의 비슷한 사례가 있었음을 알게 되었다. 환자 대부분이 치명적인 경우였다. 그런 후 오랑 시 의사협회 회장인 리샤르에게 앞으로는 새로 발병하는 환자들을 격리해 달라고 요청했다.

"한데 제가 할 수 있는 일은 아무것도 없어요." 리샤르가 말했다. "도청의 조치가 필요합니다. 그런데 전염성이 있다고 누가 그러던가요?"

"누군가에게 들은 말은 아닙니다. 징후들이 예사롭지 않아서 그래요."

하지만 리샤르는 자기한테는 '권한이 없다'고 말했다. 할 수 있는 일은 오직 도지사에게 권고하는 것뿐이었다.

이런 대화를 나누는 중에 날씨가 나빠졌다. 수위가 사망한 다음 날, 거대한 안개가 하늘을 뒤덮었다. 억수 같은 비가 짧은 시간 도시를 덮쳤다. 기습적으로 소나기가 내린 후에는 몹시 심한 더위가 이어졌다. 흐린 하늘에서는 보는 것도 고통스러운 은백색 불꽃이 번쩍이고, 그 아래로 짙고 푸르던 바다는 그 빛조차 잃었다. 그 봄의 후덥지근한 더위보다는 차라리 여름의 폭염이 그리웠다. 고원 위에 달팽이 모양으로 건설된 도시에서는 바다가 보일락 말락 해서 우울한 분위기가 깔려 있었다. 길게 이어진 벽 가운데에 먼지가 낀 유리창이 보이는 거리에서 누런 때가 낀 전차를 타고 있는 사람들은 하늘 아래에 포로가 된 것처럼 느껴졌다. 리외의 늙은 환자만이 천식을 이겨 내고 이 봄을 즐겼다.

"푹푹 찌네." 그가 말했다. "기관지에는 좋겠구만."

실제로 푹푹 찌고 있었고 그야말로 열병 그 자체였다. 도시 전체가 열병에 시달리고 있었다. 코타르의 자살 시도에 관한 조사에 참석하기 위해 페데르브 거리에 도착했던 그날 아침에 의사 리외가 받은 인상은 그랬다. 그러나 이런 느낌은 터무니없는 듯했다. 예민해지고 걱정거리가 많아져서 그런 느낌을 받았다는 생각이 들었고, 빨리 정신을 가다듬어야 했다.

그가 도착했을 때에는 경찰이 아직 오기 전이었다. 그랑은 층계참에서 그를 기다리고 있었고, 두 사람이 먼저 그랑의 집에 들어가 있기로 했다. 문은 열어 뒀다. 시청 직원은 두 칸짜리 집에서 살고 있었는데 가구는 극히 적었다. 두세 권의 사전이 꽂혀 있는 흰색 선반과 검은 칠판이 눈에 들어왔는데, 칠판에서 반 정도 지워지긴 했지만 "꽃이 핀 오솔길들"이라는 글씨를 알아볼 수 있었다. 그랑이 말하기를, 코타르는 지난밤 잠을 푹 잤다고 한다. 그런데 아침에 일어나 보니 머리가 아파서 옴짝할 수 없었다고 한다. 그랑은 피곤해서 예민해진 것 같았다. 방에서 이리저리 서성거리고 테이블 위에 놓인 서류철에 가득한 수기 서류를 열었다 닫았다 했다.

그러다 그랑은 코타르에 관해 잘 모르지만, 재산이 좀 있는 것 같다고 의사에게 말했다. 코타르는 이상한 남자였다. 오래전부터 계단에서 만나면 그저 인사만 하는 정도였다.

"대화를 해 본 게 딱 두 번이에요. 며칠 전에 제가 층계참에서 분필 상자를 쏟는 바람에 집 앞에서 그걸 줍고 있었어요. 빨간색과 파란색 분필이었는데, 그때 코타르 씨가 층계참으로 나오더니 같이 주워 주더라고요. 여러 색 분필을 어디에 쓰는지 묻더군요."

그랑은 라틴어를 다시 공부해 보려고 한다고 대답했다. 고등학교를 졸업한 후로 라틴어가 가물가물했다는 것이다.

"맞아요." 그는 의사에게 말했다. "그렇게 하면 프랑스어의 의미를 더 잘 이해하게 된다고 하더라고요."

그래서 칠판에 라틴어들을 썼다. 파란색 분필로는 격 변화와 동사 변화에서 변하는 부분을 쓰고 빨간색 분필로는 변하지 않는 부분을 썼다.

"코타르 씨가 제 말을 잘 이해했는지는 모르겠지만 흥미를 느끼는 것 같았어요. 제게 빨간 분필 하나를 달라고 했어요. 약간 의외였지만 어쨌든…. 물론 그게 그렇게 쓰일 거라고는 상상도 못 했지요."

리외는 두 번째로 나눈 대화는 어떤 내용인지 물었다. 그러나 그때 경찰이 서기를 데리고 도착했다. 먼저 그랑에게 신고하게 된 경위를 듣고 싶어 했다. 의사는 그랑이 코타르를 매번 '절망한 사람'이라고 부른다는 것을 알아챘다. 심지어 '운명적인 결정'이라는 표현까지 썼다. 모두가 자살 동기에 관해서 한마디씩 했고 그랑은 어휘 선택에 고심했다. 결국 '마음의 슬픔'이라는 표현이 선정되었다. 경찰은 코타르가 그런 '결심'을 하게 만들 만한 일들은 없었는지 물었다.

"그 사람이 어제 제 집 문을 두드렸어요." 그랑이 말했다. "성냥을 빌려 달라고 하더군요. 그래서 성냥갑을 줬지요. 이웃끼리 어쩌고 하면서 미안하다고 하더군요. 나중에 성냥갑을 돌려주겠다고 하길래 그냥 쓰시라고 했지요."

경찰은 코타르에게 이상한 점은 없었는지 물었다.

"이상했던 점이라면 대화를 하고 싶어 하는 눈치였어요. 하지만 전 하던 일이 있어서요."

그랑은 리외를 돌아보고는 난처한 듯 말을 이었다.

"개인적인 일이요."

경찰은 환자를 만나고 싶다고 했다. 하지만 리외는 그 전에 코타르에게 언질을 주는 게 낫다고 생각했다. 침실로 들어갔을 때 코타르는 회색 플란넬 잠옷 바람으로 침대에 앉아 있었는데, 불안한 표정으로 문 쪽을 바라봤다.

"경찰이 온 거지요?"

"맞아요." 리외가 말했다. "당황하실 거 없어요. 한두 차례 형식적으로 조사하는 겁니다. 별일 없을 거예요."

하지만 코타르는 다 부질없는 짓이라며 경찰을 좋아하지 않는다고 대답했다. 리외는 불편한 기색을 비쳤다.

"저도 경찰은 별로예요. 질문에 빠르고 정확하게 답변하세요. 그러면 한 번에 끝날 겁니다."

코타르는 잠자코 있었고 의사는 문 쪽으로 돌아섰다. 그때 그가 의사를 불렀고 리외가 침대 근처로 왔을 때 그가 손을 잡았다.

"환자를, 그것도 목을 맸던 사람을 건들지는 않겠지요, 선생님?"

리외는 잠시 생각하더니, 이내 쓸데없는 걱정이고 더구나 환자를 보호하기 위해 자기가 여기 있는 것이니 안심하라고 말했다. 그제야 코타르가 마음을 놓은 듯 보였고, 리외는 경찰을 들어오도록 했다.

경찰은 코타르에게 그랑의 증언을 들려줬고, 그렇게 행동한 이유가 정확히 무엇인지 물었다. 그는 경찰을 보지도 않은 채, "마음의 슬픔이라… 네, 바로 그거예요."라고 답할 뿐이었다. 경찰은 또 그럴 마음인지 답변을 재촉했다. 코타르는 상기된 표정으로, 아니라고, 그저 방해받고 싶지 않을 뿐이라고 대답했다.

"꼭 말씀드리고 싶은 것은." 경찰이 짜증 섞인 어조로 말했다. "지금 다른 사람을 방해하는 사람은 바로 당신이라는 점입니다."

하지만 리외가 눈짓을 했고 거기서 마무리되었다.

"아시겠지만." 경찰은 한숨을 쉬면서 밖으로 나갔다. "이 열병 이야기가 시작된 후로 우리가 처리할 일이 산더미인데 말이지요."

그는 사태가 심각한지 의사에게 물었고 리외는 아는 것이 없다고 말했다.

"날씨 때문이에요, 그것 때문이지요." 경찰은 이렇게 결론을 지었다.

어쩌면 날씨 때문일지도 모른다. 해가 뜨면 모든 것이 손에 닿기만 해도 끈적거렸다. 리외는 왕진을 다닐수록 불안이 커졌다. 그날 밤, 변두리 지역에 사는 그 노인 환자의 한 이웃이 제정신이 아닌 상태로 사타구니를 누르면서 토하고 있었다. 림프샘의 멍울이 수위 때보다 더 컸다. 하나는 곪기 시작해 이내 썩은 과일처럼 터져 버렸다. 리외는 집으로 돌아와 도청의 의약품 보관소에 전화를 걸었다. 그날 그의 업무 노트에는 '부정적 답변'이라고만 적혀 있다. 그리고 비슷한 상황이 먼저 발생한 다른 곳에서도 그를 찾고 있었다. 농양을 열어야 함은 확실했다. 메스를 십자 모양으로 긋자 림프샘에서 피가 섞인 덩어리가 쏟아져 나왔다. 환자는 온몸을 비틀면서 피를 흘렸다. 반점이 배와 다리에 나타났고 멍울에서는 고름이 멈췄지만 이내 부어올랐다. 환자들의 대부분은 지독한 냄새를 풍기며 사망했다.

쥐 사건에 관해 그렇게 떠벌리던 신문은 이제 잠잠했다. 쥐는 거리에서 죽었고 사람은 침실에서 죽었다. 신문은 거리에서 일어나는 일에만 관심이 있었다. 그러나 도청과 시청이 자문하기 시작했다. 의사마다 두세 가지 경우의 환자만을 경험했기 때문에 누구도 나설 생각을 하지 않았지만 합계를 내본다는 생각만으로 충분했다. 합계된 수치는 엄청났다. 불과 며칠 사이에 치명적인 사례가 몇 배로 늘어났고, 이 이상한 질병에 대해 걱정하는 사람들 사이에서는 이 질병이 전염병임이 명백해졌다. 리외의 동료인 카스텔이 그를 만나러 온 건 그때였다. 그는 리외보다 나이가 훨씬 많았다.

"당연히." 그가 말했다. "리외 씨는 그게 뭔지 알고 있겠지요?"

"분석 결과를 기다리고 있습니다."

"나는 알고 있어요. 그래서 분석은 필요 없지요. 중국에서 잠시 의사로 지냈던 적이 있고, 이십여 년 전에는 파리에서 그런 사례들을 본 적이 있어요. 단지 그때는 그걸 뭐라 불러야 할지 몰랐습니다. 여론은 무서운 거예요. 섣불리 행동해서는 안 돼요. 경거망동하면 안 됩니다. 어떤 동료 의사가 그러더군요. '그건 불가능해요. 서구에서 이미 사라졌다는 것은 누구나 알고 있어요.'라고요. 맞아요, 죽은 사람만 빼고 모두가 알고 있지요. 자, 리외 씨, 그게 뭔지 당신도 나만큼 알고 있을 거요."

리외는 생각에 빠졌다. 진료실의 유리창 너머로, 멀리 만을 감싸고 있는 암석 절벽의 바위 등성이를 바라봤다. 하늘은 파랬지만 오후가 될수록 광채는 흐려지고 부드러워지고 있었다.

"그래요, 카스텔 씨." 그가 말했다. "믿을 수 없지만 페스트가 확실합니다."

카스텔은 일어나 문 쪽으로 향했다.

"우리가 무슨 대답을 들을지 선생도 알 거예요." 늙은 의사가 말했다. "'그건 벌써 몇 년 전에 온대지방에서는 사라졌어요.'라고 말이지요."

카스텔이 말했다.

"사라졌다는 말이 의미가 있기는 하겠습니까?" 리외가 어깨를 으쓱 올리며 물었다.

"맞아요. 이십여 년 전에 파리에서도 그랬다는 걸 잊지 마세요."

"알겠습니다. 그때보다 덜하길 바라야지요. 정말이지 믿을 수 없는 일이에요."

이제 막 사람들의 입에서 '페스트'라는 말이 오르내리기 시작했다. 이쯤에서 베르나르 리외가 진료실 창 너머로 느낀 불안과 놀라움에 관해 서술자가 설명해 보려고 하니 허락해 주길 바란다. 그의 반응은 우리 시민들 대부분과 큰 차이 없이 비슷했다. 실제로 재앙은 누구에게나 찾아오지만 막상 들이닥치면 믿기 힘들다. 세상에는 전쟁만큼이나 페스트가 유행한다. 게다가 페스트와 전쟁은 항상 사람들을 우왕좌왕하게 만든다. 의사 리외도 여느 시민들처럼 어찌할 바를 몰랐고, 그렇게 그의 주저함도 이해해야 한다. 불안과 안도 사이를 오가는 마음 또한 이해해야 한다. 전쟁이 발발하면 사람들은 "곧 끝날 것이다. 전쟁이란 어리석은 짓이니까."라고 말한다. 전쟁이 어리석은 짓이라는 것은 두말할 필요도 없지만, 그렇다고 해서 그것을 막지는 못한다. 어리석음은 지속되고 있다. 사람들이 자기만 생각하지 않았다면 그것을 알아챘을 것이다. 이런 점에서 보면 다른 사람들처럼 우리 시민들도 자기만 생각했다. 달리 말하자면 인본주의자였고, 그래서 그들은 재앙을 믿지 않았다. 재앙은 인간의 척도로 이해할 수 있는 것이 아니며 그래서 비현실적이라고 생각했다. 곧 잊힐 나쁜 꿈 같은 것 말이다. 하지만 나쁜 꿈이 항상 사라지는 것은 아니며, 점점 더 끔찍한 악몽이 되어 결국은 사라지는 것은 인간이다. 그리고 사라지는 첫 번째 대상은 미리 대비하지 않은 인본주의자들이다. 그렇다고 해서 우리 시민들이 다른 사람들보다 더 심각한 죄를 저지른 것도 아니었다. 그저 겸손을 잊은 것뿐이다. 자기들에게는 여전히 모든 것이 가능하지만 재앙만은 불가능하다고 여겼다. 그래서 계속 사업을 이어갔고 여행을 준비했으며 저마다 의견을 가지고 있었다. 이들이 어떻게 미래와 이동, 토론을 가로막는 페스트에 관해 상상할 수 있겠는가? 시민들은 자기가 자유롭다고 믿었지만, 재앙이 존재하는 한 누구도 자유로울 수 없다.

의사 리외가 여기저기 흩어져 있던 수많은 환자들이 징후도 없이 페스트로 빠르게 사망한 사실을 그의 동료들에게 인정했을 때에도 여전히 위험성을 실감하고 있지는 않았다. 의사라는 직업을 가지면 고통에 대해 나름대로 이해하고 머릿속에서 상상해 보게 된다. 창으로 내다본 도시는 변한 것이 없었고, 의사는 불안이라는 미래 앞에서 속이 약간 메슥거리는 것 같은 느낌이 들었다. 페스트에 관해 아는 것을 모조리 머릿속에 모아 보려고 했다. 머릿속에서 숫자들이 둥둥 떠다녔다. 30여 차례의 페스트가 역사에 남았고, 그로 인해 약 1억 명의 사람들이 사망한 사실이 떠올랐다. 그런데 1억 명의 죽음이란 무엇인가? 전쟁에 참전해 죽은 사람에 관해서는 거의 알지 못한다. 누군가의 죽음을 직접 본 경우에나 실감이 나는 것이지, 역사 속에 흩어져 있는 1억 명의 죽음은 그저 상상 속에서 사라질 연기에 불과하다. 의사는 콘스탄티노플에 퍼졌던 페스트를 생각했다. 프로코피우스*에 따르면 하루만에 1만 명이 사망했다. 1만 명이면 대극장 수용 인원의 다섯 배

* 6세기 역사학자.

는 되는 수이다. 다섯 곳의 대극장 밖에 사람들을 모은 후, 더 자세히 볼 수 있도록 도시의 광장으로 데려가 그곳에서 모두 죽여서 무더기로 쌓아 놓는다고 치면 더 이해하기 쉬울 것이다. 그러면 최소한 익명의 더미 속에서 아는 얼굴을 발견할지도 모른다. 물론 실현 가능한 일은 아니다. 누가 아는 사람이 1만 명이나 되겠는가? 더구나 프로코피우스 같은 옛날 사람들이 셈하는 방법을 몰랐다는 것은 널리 알려진 사실이다. 70년 전, 중국 광둥에서 4만 마리의 쥐가 페스트로 죽은 후, 그 재앙은 주민들을 덮쳤다. 하지만 1871년에는 쥐의 수를 셀 방법이 없었다. 대략적으로는 셀 수 있었겠지만, 오류가 생길 가능성이 컸다. 만약 쥐의 길이를 30센티미터 정도로 보고 4만 마리의 쥐를 끝에서 끝까지 이어 놓으면….

의사는 조바심이 났다. 그는 그저 보고만 있었지만, 이제는 그러면 안 될 것 같았다. 일부 사례만 보고 전염병임을 확신할 수는 없으니 예방책을 세우는 것만으로도 충분할 것이다. 알고 있는 것에 신경 쓰면 되는 것이다. 마비, 쇠약, 충혈된 눈, 구강 내 오염, 두통, 림프샘염, 극심한 갈증, 섬망, 피부 반점, 내부의 찢어질 듯한 고통, 그러다 결국…. 그리고 무엇보다 의사 리외에게 한 문장이 떠올랐다. 의학서에는 이런 징후들을 열거한 후 마지막으로 "맥박이 실낱같이 희미해지고 약간의 움직임 이후 사망한다."라고 결론을 맺었다. 그렇다. 우리는 실낱에 매달려 있고 정확하게는 4분의 3 정도의 사람들은 무의미하게 움직여 죽음을 앞당기는 것이다.

의사는 계속 창밖을 바라봤다. 창밖에는 선선한 봄 하늘이, 창안에는 한 단어만이 가득했다. 페스트. 이 단어는 과학적인 용어일 뿐만 아니라 일련의 예외적인 이미지들도 담고 있었다. 그 이미지들은 이 시간쯤에는 적당히 활기를 띠면서 소란스럽기보다는 웅웅거리는 도시, 그리고 만약 사람이 행복하면서 동시에 우울할 수 있다면 누렇고 우중충하지만 결국 행복하다고 볼 수 있는 이 도시와 어울리지 않는다. 이토록 평화롭고 무심하고 평온한 도시를 보고 있자면 페스트의 해묵은 이미지는 가볍게 지워져 버렸다. 그 이미지란 이런 것들이다. 페스트가 퍼지면서 새 한 마리 남지 않은 아테네, 조용히 죽어 가는 사람들로 가득한 중국의 도시들, 분비물이 뚝뚝 떨어지는 시체들을 구덩이에 쌓았던 마르세유의 죄수들, 페스트라는 매서운 바람을 멈추기 위해 세운 프로방스의 거대한 벽, 야파 시와 끔찍한 거지들, 습기가 차고 썩은 침대가 흙바닥에 달라붙어 있는 콘스탄티노플의 병원, 갈고리에 찍혀 옮겨지는 환자들, 페스트가 한창일 때 마스크를 쓴 의사들의 카니발, 밀라노의 여러 공동묘지에서 살아남은 자들이 벌이는 성교, 공포에 사로잡힌 런던의 사망자를 옮기던 수래, 밤낮으로 온종일 여기저기서 터져 나오는 사람들의 비명. 아니다, 이 모든 것은 한낮의 평화를 날려 버리기에는 다소 부족했다. 창문의 반대편에서 보이지 않는 전차의 벨 소리가 갑자기 울려 퍼지면서 잔혹과 고통을 일순간에 부정해 버렸다. 흐릿한 바둑판처럼 모여 있는 주택들 끄트머리에서 바다만이 세상에 속해 있는 불안한 그 무엇을 보여준다. 만灣을 바라보던 의사 리외는 루크레티우스가 말한 바 있는, 페스트에 점령당한 아테네 사람들이 바다 앞에 쌓았던 그 장작더미에 관해 생각했다. 밤중에 시체를 그곳으로 옮겼지만 공간이 충분하지 않았고, 산 자들은 그들에게 한때 소중했던 사람들을 다른 곳에 유기하지 않고 그곳에 두기 위해 횃불을 휘두르며 싸우는 혈투도 마다하지 않았다. 고요하고 컴컴한 해수면 앞에서 불타고 있는 장작더미, 그리고 타닥타닥 불똥이 튀는 소리가 나는 밤에

횃불로 전투를 벌이고, 저 위에서 내려다보는 하늘을 향해 유독한 연기가 뭉게뭉게 피어오르는 모습을 상상할 수 있었다. 우리가 두려워하는 것은….

하지만 이런 현기증 나는 공포는 이성 앞에서는 버티지 못한다. '페스트'라는 단어가 언급된 것은 사실이고, 이 재앙이 당장에 세상을 흔들고 한두 명의 희생자를 무너뜨린 것도 사실이다. 어쨌든 이 재앙은 끝낼 수 있었다. 해야 할 일은 결국 인정할 것은 인정하고 쓸데없는 모호함을 몰아내며 적절한 조치를 하는 것이다. 페스트는 상상도 하지 못하거나 제대로 상상하지 못하는 전염병이기 때문에 결국 멈출 것이다. 페스트가 멈춘다면 틀림없이 모든 일이 잘될 것이다. 멈추지 않는다면 페스트가 무엇인지, 그리고 해결할 방법이 있는지 알게 될 것이고 그 후에 페스트를 무너뜨리게 될 것이다.

의사가 창문을 열자, 도시의 소음이 와락 달려들었다. 옆 작업장에서 기계톱 소리가 짧게 반복적으로 들려왔다. 리외는 머리를 흔들었다. 확실한 것은 매일 같이 일터에서 보내게 되었고, 그 외에는 그저 실낱과 무의미한 움직임에 연결되어 있었다. 거기서 멈출 수는 없었다. 가장 중요한 것은 자신의 일을 제대로 해내는 것이다.

의사 리외는 조제프 그랑이 방문한다는 소식을 들었을 때 생각에 잠겨 있었다. 그는 시청에서 일하면서 다양한 업무를 담당했지만, 정기적으로는 통계과와 호적 부서에서 일했다. 그래서 사망자 수를 추산하는 업무를 담당하고 있었다. 그는 본래 싹싹한 사람인지라 리외에게 관련 명부의 사본을 가져다주기로 약속했다.

리외는 그랑이 이웃인 코타르와 함께 들어오는 것을 봤다. 그랑은 종이를 흔들며 말했다.

"선생님, 사망자 수가 증가했어요. 사십팔 시간 동안 열한 명이 더 사망했습니다."

리외는 코타르에게 인사를 건네고 몸은 어떤지 물었다. 그랑은 코타르가 리외에게 감사 인사를 전하고, 폐를 끼쳐서 죄송하다는 말을 하기 위해 왔다고 설명했다. 그러나 리외는 통계 자료를 들여다보고 있었다.

"자." 리외가 말했다. "그렇다면 이 전염병을 제대로 부르기로 결정해야 할 것 같군요. 지금까지는 이러지도 저러지도 못했지만요. 저와 같이 가시지요. 연구실에 가 봐야겠습니다."

"네, 맞아요." 그랑은 의사를 뒤따라 계단을 내려오면서 말했다. "제대로 된 이름으로 불러야지요. 그런데 병명이 뭔가요?"

"제가 말씀드릴 순 없습니다. 그리고 아셔도 별로 도움이 되지 않을 겁니다."

"그렇지요." 그랑이 웃으며 말했다. "쉬운 일은 아니니니…."

그들은 연병장으로 향했다. 코타르는 내내 입을 다물고 있었다. 거리가 사람들로 붐비기 시작했다. 이 고장에서 금세 지고 마는 땅거미는 이미 밤으로 이어지고 있었고, 별들이 선명한 지평선 위로 떠오르고 있었다. 잠시 후, 거리에 가로등이 켜졌고 하늘이 온통 어둑어둑해졌다. 사람들의 대화 소리는 한층 커졌다.

"죄송하지만." 연병장 모퉁이에서 그랑이 말했다. "저는 전차를 타야 해요. 저녁 시간은 신성하니까요. 우리 고향에서는 이런 말이 있습니다. '오늘 할 일을 내일로 미루지 말라.'"

리외는 그랑의 이상한 습관을 이미 기억해 두고 있었다. 몽텔리마르 출신인 그랑은 자기 고향에서 흔히 하는 말들을 인용하면서 '꿈같은 시간'이라든가 '몽환적인 빛'이라든가 하면서 출처도 없는 진부한 표현을 덧붙이는 습관이 있었다.

"저런!" 코타르가 말했다. "정말 그래요. 저녁을 먹은 후에는 밖으로 불러낼 수가 없다니까요."

리외는 그랑에게 시청 일 때문에 가야 하는 것인지 물었다. 그랑은 아니라고, 개인적인 일이라고 대답했다.

"그렇군요!" 리외는 무슨 말이든 해야 했기에 질문을 던졌다. "그건 잘 되어 가고 있나요?"

"아무래도 몇 년 전부터 하고 있으니까요. 그런데 어떻게 보면 딱히 진전이 없어요."

"도대체 어떤 일인데요?" 의사는 걸음을 멈추고 물었다.

그랑은 큰 귀 위로 둥근 모자를 푹 누르며 알아듣기 힘들 정도로 우물거렸다. 그래서 리외는 그것이 인격 개발과 관련된 것이라고 막연하게나마 이해했다. 그 사이에 그랑은 이미 그들을 떠나 마른Marne 대로로 올라가 무화과나무 아래에서 잰걸음하고 있었다. 연구실 입구에서 코타르는 자문을 구할 것이 있는데 방문해도 되는지 의사에게 물었다. 주머니 속에 있는 통계 자료를 만지작거리던 리외는 진찰 시간에 오라고 했다가, 마음을 바꿔서 내일 그 동네에 갈 일이 있으니 늦은 오후에 들르겠다고 말했다.

의사는 코타르와 헤어지면서 자신이 그랑에 관해 생각하고 있음을 깨달았다. 페스트가 한창일 때의 그랑에 관해서 상상했다. 그리 심각하지 않은 정도의 페스트가 아니라 역사상 길이 남을 큰 전염병으로서 기승을 부릴 상황 속에서의 그랑에 관해서 말이다. '그런 사람들은 그런 상황에서도 살아남지.' 허약한 사람은 페스트를 피해 갔지만 건강한 사람은 그러지 못했다는 글을 어디선가 봤던 기억이 났다. 그에 관해 계속 생각하다 보니 리외는 그랑에게 조금은 이상한 구석이 있음을 알게 되었다.

사실 언뜻 봤을 때 조제프 그랑은 비슷하게 생긴 여느 하급 공무원들과 다를 바가 없었다. 더 오래 입을 수 있다고 착각하면서 항상 큰 옷을 입었기 때문에, 키가 크고 마른 몸은 옷 안에 붕 떠 있는 것 같았다. 아랫니는 대부분 그대로 있었지만, 윗니는 거의 없었다. 그래서 웃을 때면 윗입술이 말려 올라갔기 때문에 유령이 웃는 것 같았다. 이런 모습에 신학생 같은 몸가짐과 벽을 스치듯 지나 미끄러지듯 문을 통과하는 솜씨, 지하실 냄새와 담배 냄새, 이런 자잘한 것들을 모두 덧붙이면 책상 앞에서 그가 시립 공중목욕탕 요금을 수정하고, 젊은 직원을 위해서 생활 쓰레기 수거의 새로운 세금에 관한 보고서를 작성하려고 자료를 열심히 모으는 모습은 도저히 상상할 수 없다. 게다가 선입견 없이 보더라도 하루에 62프랑 30상팀*을 받는 시청 임시 직원으로서, 드러나지는 않지만 필수적인 업무들을 처리하기 위해 태어난 것처럼 보였다.

실제로 그가 말한 바에 따르면 그것은 고용 양식에서 '자격' 항목에 기재되어 있다. 22년 전, 돈이 없어서 학업을 마칠 수 없었던 그는 이 직책을 맡기로 했다. 우리 지역이 가진 첨예한 행정 문제에 관해 얼마간 자기의 능력을 보여 주기만 하면 '정식 직원'으로 채용될 수 있다는 말을 들은 것이었다. 그런 다음 정식 직원이 되면 넉넉하게 생활할 수 있다고 사람들이 그를 확신하게 만든 것이다. 물론 조제프 그랑은 우울한 미소를 지으며 자신을 움직이게 했던 것이 야망은 아니었다고 단언했다. 정직한 방법으로 얻어낸 물질적으로 여유 있는 삶의 전망과 좋아하는 일을 맘껏 할 수 있다는 가능성 때문이었다. 그가 그 직책을 받아들인 것은 명예로운 이유로, 이를테면 이상에 대한 충성심 때문이었다.

이런 임시적인 상황은 여러 해 이어졌고 물가는 엄청나게 올랐다. 그랑의 월급은 다른 사람들만큼 오르긴 했지만 보잘것없었다. 리외에게 그 점에 관해 넋두리를 늘어놓았지만 아무도 알아주지 않는 것 같았다. 바로 이런 점이 그랑의 특이한 점이자, 적어도 그런 특징이 엿보이는 부분이었다. 사실 그는 확신이 없어서 권리를 주장하지는 못하더라도 약속받았던 것들을 최소한 요구할 수는 있었다. 그러나 앞서 그를 고용한 부서장은 오래전에 세상을 떠났고, 그랑 또한 약속받은 내용을 정확하게 기억하고 있지 못했다. 그래서 결국 조제프 그랑은 뭐라 말해야 할지 몰랐던 것이다.

* 프랑스에서 예전에 사용하던 화폐로 1프랑은 100상팀이다.

리외가 눈여겨봤던 것처럼, 우리의 훌륭한 시민 그랑이 어떤 사람인지를 잘 보여 주는 것이 바로 이러한 특징이었다. 그가 심사숙고하며 요청서를 쓰지 못하거나 상황에 따라 필요한 조치를 취하지 못한 것도 사실 이러한 특징 때문이었다. 그의 말에 따르면 특히 그도 확신이 없었던지라 '권리'라는 말을 쓸 수 없었고, '약속'이라는 말도 쓸 수 없었다. 약속이란 그의 몫을 요구한다는 의미인 데다 그것은 자신의 보잘것없는 업무와는 어울리지 않았기 때문이었다. 한편으로 '호의' '청원' '감사' 같은 표현도 쓰기를 꺼렸는데, 이는 개인적으로 자존심 때문이었다. 그런 이유로 적당한 표현을 찾을 수 없었고, 나이가 지긋해질 때까지 하찮은 공무를 이어갔던 것이다. 더구나 의사 리외에게 항상 말했듯이, 어쨌든 생활비를 소득에 충분히 맞출 수 있었기 때문에 물질적인 생활이 보장된다는 것을 깨달았다. 그렇게 그는 우리 시의 큰 사업가인 시장이 즐겨 쓰는 단어가 얼마나 적절한지 인정하기에 이르렀다. 시장은 이 표현을 고집했는데, 이 단어에는 자기 논리의 모든 중요성이 담겨 있었다. 결국 지금까지 굶어 죽은 사람을 본 적이 없다는 점을 강하게 피력한 것이었다. 어쨌든 조제프 그랑의 금욕에 가까운 삶이 이런 상황에서 마침내 그를 모든 시름으로부터 해방시킨 셈이었다. 그러나 그는 여전히 적절한 표현을 고르고 있었다.

어떤 의미에서 그의 삶은 모범적이라고 할 만하다. 다른 곳과 마찬가지로 우리 시에서도 선의에서 나오는 용기를 가진 이런 사람은 드물다. 그가 자신에 관해 털어놓은 몇 안 되는 이야기에서 요즘 사람들은 섣불리 드러내지 않는 선의와 애정이 엿보였다. 그도 그럴 것이 그는 유일한 혈육인 조카들과 누나를 사랑하고, 2년마다 프랑스로 만나러 간다는 말을 하면서도 부끄러워하지 않왔다. 어릴 때 부모님이 돌아가셨는데, 그 생각을 하면 슬퍼진다는 이야기도 털어놨다. 오후 5시면 은은하게 울려 퍼지는 마을 종소리를 좋아한다고 서슴없이 말하기도 했다. 그러나 그런 단순한 감정을 표현하기 위해 단어를 고르는 일도 그에게는 무척 힘든 일이었다. 결국 이런 어려움이 그의 가장 큰 고민이었다. "정말이지! 선생님, 저는 저를 표현하는 방법을 배웠으면 좋겠어요." 리외를 만날 때마다 그는 그렇게 말하고는 했다.

그날 저녁, 의사는 그랑이 떠나는 모습을 보면서 그랑이 하고 싶었던 말을 불현듯이 이해하게 되었다. 아마도 그랑은 책이나 그와 비슷한 무언가를 쓰고 있는 듯싶었다. 연구실에 다 도착했을 때 리외는 그런 생각을 하면서 안심했다. 이런 감정이 바보 같다는 것은 알고 있지만 존경할 만한 편집증이 있는 겸손한 공무원들이 일하는 도시에 페스트가 퍼지리라고는 믿을 수가 없었다. 정확하게는 페스트가 만연한 곳에 이러한 편집증이 존재할 자리가 있을 리 만무했다. 그래서 우리의 시민들은 페스트가 오래가지 않으리라 판단했던 것이다.

이튿날 리외가 무례하다 싶을 정도로 고집을 피운 덕에 관할 보건위원회를 소집할 수 있었다.

"실제로 모두가 불안해하고 있어요." 리샤르는 인정한다는 듯 말했다. "과장된 얘기들만 나오고 있고요. 도지사가 제게 '당신들이 원하면 서둘러서 하되, 대신 조용히 진행'하라고 하더군요. 그런데도 도지사는 이 모든 게 기우라고 생각하더라고요."

베르나르 리외는 도청으로 가려고 카스텔을 차에 태웠다.

"알고 있지요?" 카스텔이 말했다. "도내에 혈청이 부족하다는 거요."

"알고 있습니다. 보관소에 전화했더니 소장이 깜짝 놀라더군요. 파리에서 가져와야 해요."

"오래 걸리지 않아야 할 텐데요."

"전보는 벌써 보냈습니다." 리외가 대답했다.

도지사는 친절했지만, 신경이 예민한 상태였다.

"여러분, 시작합시다." 그가 말했다. "제가 상황을 정리해 볼까요?"

리샤르는 그런 것은 쓸데없다고 생각했다. 의사들은 이미 상황을 잘 알고 있었다. 문제는 단지 어떤 조치가 적절한지 파악하는 것이었다.

"문제는." 늙은 의사 카스텔이 불쑥 말했다. "이게 페스트인지 아닌지 알아야 한다는 것입니다."

의사 두세 명이 탄식했다. 다른 의사들은 망설이는 것 같았다. 도지사는 소스라치며 반사적으로 문 쪽으로 향했다. 이런 중차대한 대화가 복도로 새 나가지는 않는지 확인하기 위해서였다. 리샤르는 불안에 휩쓸려서는 안 된다고 자기 생각을 잘라 말했다. 중요한 것은 림프샘 합병증이 동반된 열병이고, 현재로서는 이것이 설명할 수 있는 전부라며, 인생에서처럼 과학에서도 가정은 항상 위험하다는 것이었다. 늙은 의사 카스텔은 자기의 노란 콧수염을 조용히 만지작거리며 리외를 반짝이는 눈으로 쳐다봤다. 그러고는 참석한 의사들에게 온화한 시선을 돌리며, 그것이 페스트임은 잘 알고 있지만 공식적으로 이런 사실을 인정하려면 엄격한 조치를 해야 한다고 지적했다. 그는 사실 동료 의사들이 주저하는 이유도 그 때문이라는 걸 알고 있었기에 동요를 잠재우기 위해서라도 페스트가 아니라고 인정하고 싶은 심정이었다. 도지사는 흥분하면서 어쨌든 논리적이지 않다고 목소리를 높였다.

"중요한 것은." 카스텔이 말했다. "논리적이냐 아니냐가 아니라 우리가 무엇을 심사숙고하게 되느냐는 것이지요."

리외가 아무런 말도 하지 않자 그에게 의견을 물었다.

"중요한 것은 고열은 장티푸스와 비슷하지만 림프샘 멍울과 구토가 동반되는 점이지요. 림프샘 멍울을 절개한 적이 있습니다. 연구소에 분석을 의뢰했는데 페스트균 덩어리임이 밝혀졌어요. 보충하자면 균의 일부 특정 변이가 기존 양상과 일치하지 않는다는 사실입니다."

리샤르는 그 점 때문에 주저하게 된다며, 적어도 통계치와 며칠 전에 시작된 분석 결과가 나올 때까지는 기다려야 한다고 주장했다.

"어떤 병원균 때문에." 리외가 잠시 가만히 있다가 말했다. "사흘 만에 비장의 크기가 네 배 커지고 장간막 멍울이 오렌지 정도로 커져서 곤죽처럼 될 정도라면 전혀 주저해서는 안 됩니다. 전염병이 퍼진 집들이 점점 많아지고 있어요. 전염병이 퍼지는 속도로 봐서는, 계속 확산될 경우 두 달 안에 우리 시민의 절반이 사망할 위험이 있습니다. 그러니까 그걸 페스트라 부를지 성장열이라 부를지는 하나도 중요하지 않아요. 중요한 것은 이겁니다. 시민의 절반이 죽지 않도록 막는 것이지요."

리샤르는 상황을 부정적으로만 봐서는 안 되며, 어쨌든 자기 환자들의 가족들한테까지 전염되지는 않았으므로 전염성이 입증된 것은 아니라고 말했다.

"하지만 다른 사람들이 죽었지요." 리외가 지적했다. "물론 전염성이 있다고는 확신할 수 없지만, 이대로 가만히 있다가는 끝도 없이 퍼져 나가서 결국 급격하게 인구가 감소할 겁니다. 상황을 부정적으로만 보는 것이 아닙니다. 예방책을 세우자는 것이지요."

그러나 리샤르는 페스트가 저절로 중단되지 않는다면 확산을 막기 위해 법적으로 엄격한 조치가 필요하다고 생각했다. 그러기 위해서는 공식적으로 페스트임을 인정해야 하는데, 그 점에 대해서는 아직 확신할 수 없으므로 더 지켜봐야 한다며 상황을 정리하려고 했다.

"문제는." 리외는 굽히지 않았다. "법적인 조치를 엄격히 할 것이냐 아니냐가 아니라, 시민의 절반이 죽어 나가는 것을 막기 위해서는 그런 조치가 필요한가 아닌가 하는 것이 중요하다는 것이지요. 그 외의 것은 행정 문제입니다. 이런 문제들을 해결하라고 우리 제도를 통해 도지사직을 만들어 놓은 것입니다."

"그 점은 틀림없습니다." 도지사가 말했다. "하지만 저로서는 여러분이 이 전염병이 페스트임을 공식적으로 인정해 주셔야 합니다."

"우리가 인정하지 않더라도." 리외가 말했다. "시민의 절반이 죽게 될 위험은 남아 있어요."

리샤르가 격앙되어 끼어들었다.

"우리 동료들은 페스트라고 생각하고 있습니다. 그 증상들로 증명이 되었지요."

자기는 증상을 설명한 것이 아니라 본 것을 말한 것이라고 리외는 응수했다. 그가 본 바로는 멍울, 반점, 그리고 48시간 이내 사망하게 되는 열성 섬망증이 그 증상이었다. 그러니까 리샤르 씨는 엄격한 조치 없이도 이 전염병이 저절로 멈추리라는 의견에 책임질 수 있다는 것인가?

리샤르는 머뭇거리며 리외를 쳐다봤다.

"어떻게 생각하시는지 허심탄회하게 말씀해 주세요. 페스트라고 확신합니까?"

"질문이 잘못되었어요. 용어의 문제가 아니라 시간의 문제란 말입니다."

"그러면 리외 씨는." 도지사가 말했다. "페스트가 아니더라도 페스트가 발생했을 때와 같은 예방 조치를 적용해야 한다는 말씀이시군요."

"제 생각을 꼭 짚고 넘어가야 한다면 그 말씀이 맞습니다."

의사들은 서로 논의했고 마지막으로 리샤르가 말했다.

"그러면 우리는 이 병을 페스트처럼 대응하는 것에 관해서 책임을 져야 합니다."

모두 그 표현에 열렬히 동의했다.

"이것이 리외 씨의 의견이기도 하지요?" 리샤르가 물었다.

"어떻게 표현하시든 상관없습니다." 리외가 말했다. "다만 시민의 절반이 죽을 일은 없다는 듯이 행동해서는 안 된다고 생각합니다. 왜냐하면 곧 그렇게 될 테니까요."

참석자 대부분이 불쾌해하는 와중에 리외는 자리를 떴다. 얼마 후 튀김 냄새와 지린내가 나는 변두리 지역에서 한 여자가 죽을 듯이 소리를 질렀다. 그녀는 사타구니에서 피를 흘리며 죽어 가고 있었다.

회의가 소집된 다음 날 열병이 다시 증가했다. 신문도 이런 사실을 보도하긴 했지만 단신 보도 정도에 그쳤다. 그다음 날, 어쨌든 리외는 도청에서 도심 내 가장 구석진 자리에 재빠르게 붙인 작은 포고문을 볼 수 있었다. 그런데 포고문을 봐도 당국이 현재 상황을 정면 돌파하려는 것인지 파악하기가 힘들었다. 조치도 엄격한 수준이 아니었고, 그저 여론을 잠재우려는 것 같았다. 실제로 포고문의 서두를 보면 전염성이 있다고는 볼 수 없는 악성 열병이 오랑에서 몇 건 발생했다고 나와 있었다. 이런 사례들이 실제로 우려스러운 수준은 아니나, 시민들이 냉정하게 대응하리라 의심치 않는다는 것이었다. 그런데도 모든 시민이 양해해 주리라 생각하며 도에서는 신중을 기하기 위해 몇 가지 예방책을 실시한다고 했다. 시민들이 이해하고 협조해 준다면 이 조치를 통해 전염병의 위험을 사전에 방지할 수 있을 것이라고 했고, 그래서 도지사 개인의 노력에 더해서 시민들도 다분히 개인적인 노력을 더 기울여 줄 것이라 믿어 의심치 않는다고 했다.

이어서 포고문에는 여러 조치가 적혀 있었는데, 그중에는 과학적인 방법으로 하수도에 독가스를 살포해 설치류를 방제하고 상수도에는 감독을 강화한다는 내용이 있었다. 시민들에게는 철저히 위생에 신경 쓰고, 벼룩이 있는 사람은 보건소에 방문할 것을 권고했다. 한편으로 가정에서는 의사의 진단을 받은 경우 반드시 신고해야 하며, 가족 내 환자가 있는 경우에는 병원의 특별 병실에 격리될 수 있도록 동의해야 했다. 그 병실은 최단기간에 최대한의 치료를 받을 수 있는 장비들이 갖춰진 특실이라고 했다. 환자의 방과 차량을 의무적으로 소독할 것을 추가 조항으로 덧붙였다. 그 외에는 환자 주변 사람들에게 위생 감독을 받을 것을 권고하는 수준이었다.

의사 리외는 포고문에서 홱 돌아서서 다시 진료실을 향해 걸었다. 그를 기다리고 있던 조제프 그랑이 그를 보자 두 팔을 들어 올렸다.

"네." 리외가 말했다. "알고 있습니다. 사망자 수가 늘었지요."

어제도 10여 명의 환자들이 죽었다. 의사는 그랑에게 코타르를 만날 예정이니 저녁에 볼 수 있을 거라고 했다.

"선생님." 그랑이 말했다. "잘 생각하셨어요. 그 사람에게 좋은 영향을 주실 거예요. 벌써 사람이 바뀌었으니까요."

"어떻게 변했나요?"

"친절해졌어요."

"전에는 그렇지 않았나요?"

그랑은 대답을 머뭇거렸다. 그는 코타르가 무례한 사람이라고 말할 수는 없었다. 코타르는 생김새는 멧돼지 같아도 집에 틀어박혀서 조용히 지내는 사람이었다. 그의 방, 저렴한 식당, 다소 비밀스러운 외출, 그것이 코타르 삶의 전부였다. 공식적으로 그는 와인과 주류를 판매하는 사람이었다. 이따금 고객인 듯한 두세 명이 그를 찾아왔다. 가끔은 밤에 집 맞은편에 있는 극장에 가고는 했다. 그랑은 코타르가 갱스터 영화를 좋아하는 것까지 알아챘다.

하지만 항상 혼자 지내면서 경계를 풀지 않았다.

그랑에 따르면 그는 모든 면에서 변했다.

"어떻게 말씀드려야 할지 모르겠지만, 사람들과 알고 지내려고 하고 잘 어울리고 싶어 한다는 인상을 받았어요. 코타르 씨는 저한테 말도 자주 걸고 함께 외출하자고 제안을 하기도 했는데 거절할 방도가 없더군요. 게다가 그 사람에게 관심도 있고요. 아무래도 제가 구한 사람이니까요."

자살 시도 이후, 아무도 코타르를 찾아오지 않았다. 그래서인지 그는 거리에서나 상점가에서 일단 모두에게 호감을 사려고 했다. 식료품 상인들에게도 전에 없이 친근했고 담배 가게 여주인의 말을 그처럼 흥미롭게 들어 주는 사람은 없었다.

"그 담배 가게 주인은." 그랑은 힘주어 말했다. "정말 독사 같은 사람이에요. 코타르 씨에게 그런 말을 했더니 제가 오해하고 있는 거라고 하더군요. 그 여자에게는 좋은 점이 있고, 그 점을 찾을 줄 알아야 한다면서요."

그리고 코타르는 그랑을 도시에서 가장 고급스러운 식당과 카페에 두세 번 데려가기도 했다. 그러고는 그곳에 자주 드나들기 시작했다.

"거기 가면 기분이 좋아요." 그가 말했다. "손님들도 다 품위 있고요."

그랑은 직원들이 코타르를 특별하게 대우하고 있음을 눈여겨봤다. 그가 팁으로 꽤 큰 금액을 주는 것을 보고 그 이유를 알게 되었다. 코타르는 그 대가로 돌아오는 친절함에 상당히 예민한 것 같았다. 어느 날에는 지배인이 그를 배웅하면서 외투 입는 것을 도와주자, 코타르는 그랑에게 이렇게 말했다.

"좋은 사람이군요. 저 사람도 증언해 줄 수 있을 텐데…."

"증언이라니요?"

코타르는 머뭇거렸다.

"그러니까, 내가 나쁜 사람이 아니라는 것을요."

게다가 그는 변덕이 심했다. 식료품점 주인이 전보다 친절하지 않다고 분기탱천한 채로 집으로 돌아왔다.

"그 사람도 딴 놈들하고 한패예요, 천박한 놈." 그는 이 말을 여러 번 했다.

"딴 놈들이라니요?"

"딴 놈들 전부요."

언젠가 그랑은 담배 가게에서 이상한 광경을 목격했다. 화기애애하게 대화를 나누던 중에 담배 가게 여주인이 알제를 떠들썩하게 만들었던 최근 체포 사건 이야기를 꺼냈다. 무역 회사에 다니는 한 젊은이가 해변에서 아랍인을 죽인 사건이었다.

"그런 쓰레기 같은 놈들은." 여주인이 말했다. "감옥에 처넣어야 정직한 사람들이 숨 쉬고 살 수 있을 거예요."

그런데 코타르가 한마디 말도 없이 갑자기 가게 밖으로 뛰쳐나가 버렸고, 여주인은 영문을 몰라 입을 다물어 버렸다. 그랑과 여주인은 두 팔을 들어 올리면서 도망치는 그를 보고 있을 수밖에 없었다.

그 이후로도 그랑은 리외에게 코타르의 성격에서 바뀐 또 다른 점들을 알려 줬다. 코타르는 상당히 자유분방한 견해를 가지고 있었다. 그가 "항상 큰 놈이 작은 놈을 잡아먹는다."라는 말을 즐겨 쓰는 걸 보면 알 수 있었다. 얼마 전부터 코타르는 오랑의 보수적인 신문만 샀고, 공공장소에서 그런 신문을 읽어 대는 통에 다소

허세를 부린다는 생각이 들지 않을 수 없었다. 마찬가지로 자리를 털고 일어난 지 얼마 안 되었을 때, 우체국에 가려는 그랑에게 100프랑짜리 우편환을 대신 부쳐 달라고 부탁했다. 멀리서 사는 누이에게 매달 같은 금액을 보내고 있었던 것이다. 그런데 그랑이 막 떠나려는 순간, "이백 프랑을 보내 주세요." 하고 코타르가 부탁했다. "그러면 깜짝 놀라며 좋아하겠지요. 누이는 내가 누이를 잊고 산다고 생각해요. 사실 난 누이를 정말로 아끼는데 말이에요."

마지막으로 코타르는 그랑과 묘한 대화를 나눈 적이 있었다. 코타르는 그랑이 밤마다 열심히 하는 그것이 무엇인지 궁금해했는데, 그런 코타르의 질문에 그랑은 대답하지 않을 수 없었다.

"그럼." 코타르가 말했다. "책을 쓰고 계시는 거군요."

"그렇다고도 볼 수 있지만, 그것보다 더 복잡해요!"

"그랬군요!" 코타르가 외쳤다. "나도 당신처럼 그런 걸 해 보고 싶네요."

그랑은 놀란 듯했고. 코타르는 예술가가 되면 모든 일이 잘 해결될 것이라고 중얼거렸다.

"왜 그렇지요?" 그랑이 물었다. "그거야 예술가는 다른 사람보다 더 많은 권한을 가졌기 때문이지요. 모두가 그걸 알고 있고요. 예술가에게는 허용되는 것이 많잖아요."

포고문이 붙은 날 아침에 리외가 그랑에게 말했다. "자, 그 사람도 다른 사람들처럼 쥐 사건 때문에 머리가 어떻게 된 모양이군요. 뭐, 그게 아니라면 열병이 걱정되었던가요."

그러자 그랑은 대답했다.

"그렇지는 않아요, 선생님. 제 생각에는…."

설치류 방제 차량이 배기통 소리를 요란하게 내면서 창문 아래로 지나가고 있었다. 리외는 조용해질 때까지 입을 다물고 있다가 별생각 없이 그랑의 생각을 물었다. 그러자 그랑은 리외를 심각하게 바라봤다.

"그 사람은." 그랑이 말했다. "뭔가를 자책하는 것 같아요."

의사는 어깨를 으쓱 올렸다가 내렸다. 경찰의 말마따나 자신도 해야 할 일이 산더미였다.

그날 오후, 리외는 카스텔과 논의했다. 혈청이 아직 도착하지 않았던 것이다.

"그런데 과연 혈청이 도움이 될까요? 페스트균이 이상해서요." 리외가 물었다.

"아! 저는 그렇게 생각하지 않아요. 페스트균은 항상 달라 보이거든요. 하지만 기본적으로는 같아요."

카스텔이 말했다.

"그렇게 생각하시는군요. 우리는 이 모든 것에 관해 정말이지 아는 게 아무것도 없네요."

"물론 제 생각일 뿐입니다. 하지만 모두가 그럴 거예요."

리외는 온종일 페스트를 생각하느라 두통이 점점 심해지고 있음을 느꼈다. 그러다 결국 자신이 겁을 먹고 있음을 깨달았다. 사람이 가득 찬 카페를 두 번 들어갔다. 코타르처럼 그 역시도 사람의 온기가 필요하다고 느꼈던 것이다. 바보 같은 짓이라는 것은 알고 있었다. 그런데 그 덕분에 코타르를 방문하기로 했던 약속이 떠올랐다.

그날 저녁, 코타르는 부엌의 식탁 앞에 있었다. 리외가 들어갔을 때, 식탁 위에는 탐정소설이 펼쳐져 있었다. 이미 오후에서 저녁으로 넘어가는 시간이었고, 어둑해지기 시작했으니 책을 읽기는 어려웠을 것이다. 코타르는 책을 읽었다기보다 조금 전까지 어둠 속에 앉아서 생각에 깊이 잠겨 있었을 것이다. 리외는 그에게 몸은 어떤지 물었다. 코타르는 자리에 앉으면서 자기는 괜찮은데, 자기한테 다들 아무 관심도 없다는 확신만 있으면 훨씬 더 좋아질 것이라고 투덜댔다. 리외는 사람이 온전히 혼자일 수는 없다고 지적했다.

"아! 그게 아니고. 내 말은 괜히 참견하면서 귀찮게 구는 사람들을 말하는 겁니다."

리외는 아무런 말도 하지 않았다.

"제 이야기를 하는 게 아니라 읽고 있던 소설 이야깁니다. 책에, 어떤 불쌍한 사람이 나오는데 어느 날 아침에 갑자기 체포돼요. 사람들은 그를 걱정했지만 그는 그걸 전혀 몰랐어요. 경찰서에서 그 사람에 관해 이야기했고, 파일에 그의 이름이 올라갔어요. 그게 정당하다고 생각하시나요? 우리에게 그럴 권리가 있다고 보시나요?"

"때에 따라 다르겠지요." 리외가 말했다. "어떤 의미에서 사실 그럴 권리는 전혀 없지요. 하지만 그런 건 부차적인 문제예요. 너무 오래 실내에만 있으면 안 됩니다. 외출을 좀 하세요."

코타르는 신경질이 난 것 같았다. 자기가 하는 일이라고는 외출뿐이고, 증명이 필요하다면 온 동네 사람들이 증언해 줄 수 있다고 말했다. 동네 밖에도 이를 아는 사람이 있다고 했다.

"건축가인 리고 씨라고 아세요? 제 친굽니다."

방 안에 어둠이 짙어졌다. 변두리 거리는 활기를 띠고 있었고, 가로등이 켜지자 밖에서 희미한 안도의 탄식이 들려왔다. 리외가 발코니로 나가자 코타르도 뒤따랐다. 우리 마을이 매일 밤 그렇듯이, 주변의 모든 동네에서 소곤대는 소리와 고기 굽는 냄새, 웅성거리는 웃음소리, 시끄러운 젊은이들이 조금씩 모여드는 거리에 가득 채워지는 자유의 향기를 미풍이 실어 왔다. 밤에는 보이지도 않는 배의 큰 뱃고동 소리와 바다에서 들려오는 파도 소리, 지나가는 사람들, 한때 리외가 잘 알고 사랑했던 이 시간이 그가 알고 있는 모든 것 때문에 오늘은 답답하게 느껴졌다.

"불 좀 켤까요?" 그가 코타르에게 물었다.

불을 켜자, 코타르가 눈을 깜빡이며 그를 쳐다봤다.

"선생님, 제가 아프면 병원에서 저를 치료해 주실 수 있나요?"

"물론이지요."

그러자 코타르는 진료소나 병원에 있는 환자를 체포했던 일이 있었는지 물었다. 리외는 그런 적은 있지만 환자의 상태에 따라 다르다고 대답했다.

"저는 선생님을 믿습니다." 코타르가 말했다.

그러고는 의사에게 자신을 차로 시내까지 데려다줄 수 있는지 물었다.

시내의 거리는 이미 한산했고 불도 띄엄띄엄 켜져 있었다. 아이들은 그 시간까지 문 앞에서 놀고 있었다. 코타르가 아이들 앞에 세워 달라고 했고 의사는 차를 세웠다. 아이들은 소리를 지르면서 돌 차기 놀이를 하고 있었다. 그중에서 꾀죄죄한 얼굴에 가르마를 반듯하게 타고 양쪽으로 검은 머리를 착 붙인 한 녀석이 맑고 도전적인 눈빛으로 리외를 빤히 쳐다봤다. 의사는 눈길을 돌렸다. 코타르는 인도에 서서 그와 악수했다. 그가 거칠고 알아듣기 힘든 목소리로 말하면서 두세 번 뒤돌아봤다.

"사람들이 전염병이라고 하더군요. 진짜인가요, 선생님?"

“원래 사람들은 그러잖아요.” 리외가 말했다.

“맞아요. 열 명만 죽어도 세상이 끝난 것처럼 굴지요. 그게 우리에게 필요한 건 아닌데 말이에요.”

엔진이 부릉 소리를 냈다. 리외는 기어에 손을 올려놓고 있었다. 그를, 그리고 그 아이를 다시금 쳐다봤다. 그때 아이가 갑자기 그를 향해 이가 드러나도록 환하게 웃었다.

“그러면 우리에게 필요한 건 뭘까요?” 의사는 아이에게 미소를 지으며 물었다.

코타르는 갑자기 문을 움켜잡더니 슬픔과 분노가 뒤섞인 목소리로 힘껏 소리치고는 내달렸다.

“지진이지요, 진짜 지진이요!”

하지만 지진은 일어나지 않았고, 이튿날 리외는 도시 구석구석을 사방으로 뛰어다니면서 환자 가족과 상담하고 환자들과 입씨름을 벌이면서 하루를 보냈다. 리외는 요즘처럼 자신의 직업이 버겁게 느껴진 적이 없었다. 지금까지 환자들은 편히 진찰할 수 있도록 의사를 도왔고 모든 것을 맡겼다. 그런데 근래 들어 처음으로 환자들이 망설이고 놀란 마음에 경계하면서 질병 깊숙이 숨어드는 것을 느꼈다. 아직 익숙하지 않은 투쟁과 같았다. 밤 10시경, 천식을 앓는 노인의 집 앞에 차를 세웠다. 마지막으로 들를 환자였다. 리외는 힘겹게 차에서 내렸다. 어두운 거리와 깜깜한 하늘 속에서 사라졌다 나타나기를 반복하는 별들을 하염없이 바라봤다.

천식 환자는 침대에 앉아 있었다. 숨 쉬는 것이 편해 보였다. 한 냄비에서 다른 냄비로 콩을 옮기며 세고 있었다. 그는 반색하며 의사를 맞았다.

"선생님, 그런데 그건 콜레라요?"

"어디서 그런 말씀을 들으셨어요?"

"신문에서요, 라디오에서도 그러고."

"아니에요, 콜레라는 아닙니다."

"어쨌든." 노인은 격앙된 채 말했다. "너무들 하는구먼. 그 높으신 양반들 말이오!"

"그런 거 믿지 마세요." 의사가 말했다.

그는 노인을 진찰하고 나서 누추한 부엌 한가운데에 앉아 있었다. 그렇다. 그는 겁이 났던 것이다. 심지어 변두리 지역에서도 내일 아침이면 또 10여 명의 환자들이 림프샘 멍울 때문에 허리도 펴지 못한 채 자신을 기다리고 있을 것이다. 멍울을 절개한 후에 호전되는 환자는 두세 명뿐이었다. 하지만 그마저도 대부분은 병원행일 것이고, 병원이 가난한 사람들에게 어떤 의미인지 의사는 잘 알고 있었다. 한 환자의 아내에게서 "그 사람들의 실험 대상이 되고 싶지 않아요."라는 말을 들은 적이 있었다. 그는 실험 대상이 되는 것이 아니라 죽을 것이고, 그뿐이다. 결정된 조치들이 충분하지 않았음이 분명하게 나타났다. '장비가 갖춰진 특수' 병실이라면 그도 잘 알고 있었다. 두 개의 병동에 서둘러 환자들을 옮겨 놓고, 창문에는 틈을 메워 놓았으며, 방역 선이 둘러쳐진 곳이었다. 전염병이 스스로 사라지지 않는 한 당국이 고안했던 조치들로는 어림없을 것이다.

그런데 그날 밤에도 공식 발표는 여전히 낙관적이었다. 다음 날, 랑스도크 통신사는 도내 조치를 시민들이 침착하게 수용하고 있고, 이미 30여 명의 환자가 자진해서 신고했다고 밝혔다. 카스텔이 리외에게 전화를 걸어 왔다.

"병동에 병상 수는 몇 개인가요?"

"80개예요."

"지역에 환자가 30명 이상이겠지요?

"겁에 질린 사람들도 있고, 대부분은 시간이 없어서 신고하지 않았을 겁니다."

"사망자를 매장하는 것은 감독을 안 하고 있나요?"

"안 해요. 저는 리샤르 씨에게 전화해서 말만 할 게 아니라, 필요한 건 전염병을 막을 수 있는 방어벽이라고 말했지요. 그게 아니면 아무것도 의미가 없다고요."

"그랬더니 뭐라던가요?"

"자기는 권한이 없다고 하더군요. 제 생각에 사망자 수는 곧 오를 겁니다."

실제로 사흘 만에 두 병동은 환자로 꽉 찼다. 리샤르는 학교를 폐쇄해 임시 병원을 마련할 수 있으리라 생각하고 있었다. 리외는 백신을 기다리면서 환자들의 림프샘 멍울을 절개했다. 카스텔은 고서들을 뒤적거리며 오랜 시간을 서재에서 보냈다.

"쥐는 페스트나 그와 상당히 유사한 질병으로 죽었어요." 그가 결론을 지었다. "쥐는 수만 마리의 벼룩을 옮기기 때문에 제때 멈추지 않으면 전염이 기하급수적으로 늘어날 겁니다."

리외는 잠자코 있었다.

그 시기에는 시간이 멈춘 것 같았다. 태양은 며칠 전에 내린 소나기로 생긴 물웅덩이를 빨아올렸다. 파란 하늘은 노란빛으로 가득했고, 피어오르는 열기 속에서 비행기의 엔진 소리가 퍼졌으며, 그 계절의 모든 것이 평온함을 자아내고 있었다. 그런데 나흘 만에 열병이 네 번이나 급증했다. 사망자는 16명, 24명, 28명, 그리고

32명으로 늘어났다. 나흘째 되는 날에는 한 유치원에 임시 병원을 마련했다는 보도가 나왔다. 그때까지 농담을 던지며 불안을 숨겨오던 우리의 시민들은 이제는 거리에 나와 침울한 표정으로 조용히 오갔다.

리외는 도지사에게 전화를 걸기로 마음먹었다.

"그런 조치들로는 부족합니다."

"통계 자료를 보고 받았소." 도지사가 말했다. "정말 우려할 만한 수준이더군요."

"우려 정도가 아닙니다. 그건 분명해요."

"총독부에 명령을 요청하겠습니다."

리외는 카스텔 앞에서 전화를 끊었다.

"명령을 기다리라니! 저리 융통성이 없어서야."

"그런데 혈청은요?"

"주중에 도착할 겁니다."

도청에서는 리샤르를 통해서 명령을 요청할 수 있도록 식민지 수도에 보낼 보고서를 작성해 달라고 리외에게 의뢰했다. 리외는 보고서에 임상과 수치들을 기술했다. 이날, 사망자는 40여 명에 달했다. 다음 날, 도지사는 자신이 말했던 것처럼 정해진 조치를 강화하기로 결정했다. 신고를 의무화하고 격리 조치를 유지하는 것이었다. 환자가 발생한 가정은 폐쇄되어 소독을 실시하고, 가족들은 안전을 위해 격리되어야 했으며, 장례는 향후 결정될 조건에 따라 시에서 맡기로 했다. 하루가 지나, 혈청이 항공편으로 도착했다. 지금 치료 중인 환자들에게는 충분했지만, 전염병이 확산된다면 부족한 양이었다. 리외는 전보를 통해 응급 재고가 소진되었고 생산이 시작되었다는 답변을 받았다.

그러는 동안 인근의 모든 교외 지역에서부터 시장에까지 봄이 찾아왔다. 수천 송이의 장미가 상인의 바구니 속에서 시들어 가면서 인도를 따라 달짝지근한 장미 향기를 온 시내로 퍼뜨렸다. 겉으로 보기에 변한 것은 아무것도 없었다. 전차는 러시아워에 여전히 승객으로 가득 차 있었고, 낮에는 한산하고 지저분했다. 타루는 고양이를 겨냥해 침을 뱉는 작달막한 노인을 지켜봤다. 그랑은 매일 밤 집으로 돌아가 그 비밀스러운 일을 계속했다. 코타르는 이곳저곳을 서성거렸고, 예심판사 오통 씨는 여전히 그의 동물원을 이끌고 다녔다. 천식을 앓는 노인은 콩을 옮겨 담았고, 기자 랑베르도 가끔 보였는데, 평온하고도 흥미로운 듯한 표정이었다. 그날 밤, 어제와 같은 무리들이 거리를 가득 메웠고 극장 앞으로는 줄이 길게 늘어져 있었다. 게다가 전염병도 며칠 동안 주춤하는 듯싶더니 10여 명 정도만이 사망했다. 그러더니 갑자기 사망자 수가 치솟았다. 사망자 수가 다시 한번 30여 명 선에 도달한 날, 베르나르 리외는 "다들 잔뜩 겁을 먹었어요."라고 말하면서 도지사가 내미는 공문을 받아 봤다. 공문의 내용은 이랬다. "페스트 사태 선포. 도시 폐쇄!"

2부

선포 이후로 페스트는 더 이상 남의 이야기가 아니었다고 말할 수 있다. 그전까지는 처음 겪는 사태라서 놀라거나 걱정하면서도 우리의 시민들은 모두 각자의 자리에서 여느 때처럼 소임을 다하며 지냈다. 이런 상황은 필시 지속되었을 것이다. 그러나 도시가 폐쇄되자 서술자를 포함하여 그들은 이제 같은 배를 탔으며 알아서 헤쳐 나가야 한다는 것을 깨달았다. 그래서 가령 사랑하는 사람과 떨어져야 할 때 느끼는 개인적인 감정은 얼마 지나지 않아 모든 사람이 똑같이 겪는 감정이 되었고, 여기에 공포심까지 더해져 오랜 시간 이별해야 한다는 생각에 다들 고통스러워했다.

도시가 폐쇄되고 가장 눈에 띄는 결과 중 하나는, 미처 마음의 준비도 하지 못한 채 갑작스러운 생이별을 경험하게 된 것이었다. 어머니와 자식, 부부, 연인 들은 며칠만 떨어져 있는 것이라 믿었고, 두세 가지 당부의 말을 건네면서 기차역 승강장에서 부둥켜안았다. 이들 중 몇몇은 인간의 어리석은 믿음에 빠져 며칠 혹은 몇 주 후면 다시 만나게 될 것이라고 헛되이 믿으면서 평소의 걱정거리를 붙들고 있었다. 그렇게 다시 만나거나 소식도 전하지 못한 채 어쩔 도리 없이 생이별을 겪게 된 것이었다. 도청의 명령이 발표되기 몇 시간 전에 이미 도시가 폐쇄되는 바람에 당연하게도 개인 사정은 고려하지 못했다. 질병의 갑작스러운 유행으로 인해 우리의 시민들은 무엇보다 개인적인 감정을 느끼지 못하는 것처럼 행동해야만 했다. 명령이 발효된 그날, 초반 몇 시간 동안 피치 못할 사정이나 거절할 수 없는 상황을 설명하려는 민원인들로 도청 전화통은 불이 났고, 일부는 공무원들 앞으로 몰려오기도 했다. 사실상 우리가 처한 상황에 타협이란 없고, '합의' '특전' '예외'라는 단어도 이제는 의미가 없음을 받아들이기까지는 여러 날이 걸렸다.

편지를 주고받을 수 있는 사소한 즐거움마저도 거부당했다. 한편으로 기존의 통신 수단을 통해서는 다른 지역과 연락할 수 없었고, 다른 한편으로 편지가 전염 매개가 되는 것을 방지하기 위한 새로운 명령이 떨어지면서 서신 교환도 전면 금지되었던 것이다. 처음에는 일부 특권층이 지역 입구에서 초소 보초병에게 홍정을 시도했는데, 이때만 해도 보초병은 서신이 외부로 전달되는 것을 눈감아 줬다. 페스트가 막 퍼지기 시작한 초반에는 사정이 딱해 그리하는 것이 당연하다고 여겼던 것이다. 하지만 얼마 안 가서 보초병조차도 상황이 심각하다는 사실을 수긍하게 되었으니, 예측할 수 없는 일에 대해 책임지는 것을 받아들이지 않았다. 시외전화도 처음에는 허용되었지만 공중전화 부스 앞이 인산인해를 이루는 바람에 회선에 과부하가 걸렸다. 결국 이마저 엄격하게 제한되어 사망이나 출생, 결혼과 같은 중대한 사항만 연락이 가능해졌다. 그러는 통에 전보만이 유일한 수단으로 살아남았다. 정신과 마음, 육체로 연결되어 있던 존재들은 마지못해 이 오래된 통신 수단을 찾았고, 열 마디 정도의 전보를 쳤다. 실제로 전보에 쓸 말들은 빨리 바닥이 나 버렸기 때문에 오랜 공동생활이나 고통스러운 마음 같은 것들은 정기적으로 전보를 교환하면서 이런 모양새로

빠르게 축약되었다. '잘 지내. 당신을 생각해. 사랑해.'

우리 가운데 어떤 사람들은 그래도 편지를 보내겠다고 우기거나 도시 밖으로 서신을 보내려고 쉼 없이 궁리했지만 결국 그런 궁리는 헛된 결과를 맞았다. 고심했던 방법 중에 몇 가지는 심지어 성공하기도 했으나 답장을 받지 못하니 우리로서는 알 길이 없었다. 그래서 몇 주 동안 우리는 계속 같은 내용의 편지를 쓰거나 전보를 복사하기에 이르렀고, 어느 정도 시간이 흐른 다음에는 쓰라린 아픔에서 우러나온 말들은 그 의미가 퇴색되었다. 우리의 고된 생활을 전하려고 애쓰면서 죽어 버린 말들을 기계적으로 베꼈던 것이다. 결국 무미건조하고 고집스러운 독백이나 벽을 보고 이야기하는 것보다는 전보라는 전통적인 방식이 더 나아 보였다.

며칠이 지나 누구도 우리 도시에서 나갈 수 없음이 명확해지자, 전염병이 퍼지기 전에 도시를 떠났던 사람들이 돌아오는 것은 가능할지 궁금해졌다. 며칠간의 고심 끝에 도청은 이에 가능하다는 입장을 내놓았다. 단, 돌아온 사람은 어떤 경우에라도 다시 도시 밖으로 나갈 수 없으며, 돌아오는 것은 자유이지만 다시 시외로 나갈 수는 없다고 분명하게 밝혔다. 그런데도 드물긴 하지만 일부 가정에서는 상황을 가볍게 여긴 나머지 가족을 만나고 싶은 욕심에 이 기회를 이용하라고 남은 가족을 부추기기도 했다. 하지만 페스트 때문에 갇힌 사람들은 가족들이 위험에 처할 수 있음을 빠르게 인지하고 생이별을 견딜 수밖에 없다고 받아들였다. 전염병이 가장 심각했을 때, 인간적인 감정이 고통스러운 죽음에 대한 공포보다 더 강해지는 경우는 단 한 번밖에 없었다. 흔히 기대하듯이, 고통을 이겨 내고 서로에게 푹 빠진 연인의 경우가 아니라 그것은 늙은 의사 카스텔과 그의 아내였다. 이들은 결혼한 지

수십 년이나 지났다. 카스텔 부인은 전염병이 퍼지기 며칠 전, 옆 도시에 갔다. 이들 부부는 세상에 모범이 되는 잉꼬부부는 아니었다. 그래서 부부가 지금까지의 결혼 생활에 대해 만족스럽다는 확신조차 없을 것이라고 서술자는 자신 있게 말할 수 있다. 그러나 부부는 갑작스럽게 헤어졌고, 또 막상 그 기간이 길어지자 서로 멀리 떨어져서는 살 수 없다고 확신하게 되었고, 이런 진실을 급작스럽게 인지하게 되면서 페스트 같은 것은 대수롭지 않은 것이 되었다.

하지만 그것은 예외적인 경우였다. 대부분의 경우 이별 상태는 전염병 종식과 함께 끝날 것이 분명했다. 우리 모두에게 우리의 삶을 이루고 우리 또한 잘 알고 있다고 믿었던 그 감정은(이미 말했다시피 오랑 사람들은 단순한 열정을 가지고 있다.) 새로운 면모를 보이기 시작했다. 상대방을 가장 신뢰하는 남편과 애인 들은 질투심에 사로잡혔다. 사랑을 가볍게 여기던 남자들은 성실해졌다. 어머니 곁에 있으면서도 본체만체하던 아들들은 기억 속에서 되살아나는 어머니의 얼굴에 파인 주름을 보면서 걱정과 후회를 느꼈다. 완벽할 정도로 갑작스럽고 미래를 예측할 수 없는 이별로 우리는 당황했고, 그토록 가까웠지만 이제는 멀리 있는 존재, 우리의 매일매일을 차지하고 있는 그 존재에 대해 떠오르는 추억에 저항할 수 없었다. 사실 우리는 이중으로 고통을 받았다. 첫 번째는 우리 자신의 고통이고, 두 번째는 집에 없는 사람들, 즉 아들, 아내, 연인이 겪는 고통이었다.

더구나 다른 상황이었다면 우리의 시민들은 더 외향적이고 활동적인 삶에서 탈출구를 찾았을 것이다. 그러나 페스트는 시민들을 무위도식하며 우울한 도시에서 어슬렁거리게 만들었고, 추억의 고약한 장난질에 놀아나게 만들었다. 목적 없이 되는 대로 길을 산책하며 매일 같은 길을 걸었는데, 작은 도시인만큼 그 길은 이제는 곁에 없는 그 누군가와 과거에 함께 누볐던 바로 그 길이었기 때문이다.

우리 시민들이 페스트로 인해 가장 먼저 겪은 것은 귀양살이였다. 당시에 서술자 본인도 많은 시민과 동시에 그 일을 겪었으므로 이곳에 모두를 대변하여 서술할 수 있다고 믿는다. 그렇다. 그것은 이별의 감정으로 내면에서 우리가 끝도 없이 느끼는 공허였다. 정확하게는 과거로 돌아가거나 반대로 시간을 앞당기고 싶은, 당치도 않은 바람과 불화살 같은 기억이 귀양살이로 인해 느낀 감정이었다. 때때로 마음껏 상상을 펼치면서 초인종 소리나 층계참에서 들려오는 익숙한 발소리를 기다리고, 기차가 운행되지 않는다는 사실을 잊으려 애쓰면서 저녁 급행열차 시간에 맞춰 집에서 돌아올 누군가를 기다리기도 했지만, 당연히 이런 유희가 오래갈 리 없었다. 기차는 오지 않는다는 것을 분명하게 깨닫는 때가 반드시 오기 마련이었다. 그래서 우리의 이별이 오래갈 운명이니 시간과 타협할 수밖에 없다는 것을 알았다. 그때부터는 결국 우리의 수감 생활로 돌아와 과거만을 떠올리며 지내야 했다. 우리 중에 누군가가 미래를 바라보며 살겠다고 다짐했다가도 그런 상상을 공연히 믿었다가는 상처만 받는다는 것을 깨닫고는 곧장 이를 포기했다.

특히 시민들 모두는 이별 기간을 계산하는 습관을 일찌감치 대놓고 포기해 버렸다. 왜 그런 것이냐고? 가장 비관적인 사람들이 그 기간을 6개월로 정하고, 그간 겪을 고통을 미리 있는 대로 맛보고, 고통의 수준에 맞춰 최대한 용기를 힘겹게 끌어 올리고, 기나긴 날들 동안 느낄 찢어지는 고통에 약해지지 않고 살아남기 위해 마지막 힘까지 짜내다가도, 어쩌다 친구를 만나거나 신문에 실린 전망이나 찰나의 의심, 불현듯이 생겨 버린 통찰력 등으로 인해 페스트가 6개월이나 1년, 어쩌면 그 이상 지속되지 말란 법은 없다는 생각이 들었기 때문이다.

당시 용기와 의지, 그리고 인내심이 너무 빠르게 무너져서 그 수렁에서 영원히 헤어 나올 수 없을 것만 같았다. 그래서 일부러 훗날 해방의 날에 대해서 생각하지 않거나 더는 미래를 준비하지 않으면서, 이를테면 눈을 감고 살기로 작정해 버리는 것이었다. 당연한 일이지만, 고통을 숨기고 방어 자세를 취하는 신중함도 딱히 효과는 없었다. 동시에 어떤 대가를 치러서라도 피하려고 했던 의기소침한 상태는 피했지만, 훗날의 재회를 상상하면서 페스트를 잊을 수 있는 기회들을 포기하게 된 것이다. 이렇게 심연과 정점 사이에서 좌초된 사람들은 산다기보다는 떠돌았고, 방향 없이 흘러가는 세월과 메마른 기억 속에 버려진 채, 고통의 땅에서 기꺼이 뿌리 박혀야만 힘을 얻을 수 있는 방황하는 망령이었다.

사람들은 아무런 소용도 없는 추억을 품고 살아가는 포로나 유배자가 겪는 깊은 고통을 느꼈다. 끝없이 고민하는 그런 과거에서조차 오직 회한의 맛이 났다. 지금 자신이 기다리는 사람들과 무언가를 함께할 수 있었을 때 아무것도 하지 않았다는 생각에 그 모든 것을 과거에 추가하고 싶었을 것이다. 죄수로서의 삶에서 상대적으로 행복했던 모든 순간에 곁에 없는 사람들을 껴 넣어 생각하고 있었다. 있는 그대로의 상태로는 만족할 수 없었던 것이다. 현재는 참을 수 없고, 과거는 적이며, 미래는 박탈당한 우리는 인간에 대한 정의나 혐오로 철창에 갇힌 사람들과 닮았다. 결국 이

견딜 수 없는 휴가에서 벗어날 수 있는 유일한 방법은 다시 한번 상상 속에서 기차를 달리게 하고, 한사코 침묵을 지키고 있는 초인종을 연달아 울리면서 시간을 메우는 것뿐이었다.

그러나 그것을 유배라고는 하지만 대부분 자기 집 안에서의 유배였다. 서술자가 겪은 유배도 모든 사람이 겪는 유배와 같았다. 그러나 기자 랑베르와 그 외 다른 사람들을 잊어서는 안 된다. 이곳으로 여행을 왔다가 페스트 때문에 예상치 못하게 도시에 발이 묶여서, 이제는 지인들을 만날 수도 없고, 고향으로부터 멀리 떨어져서 이별의 고통이 증폭된 사람들이었다. 일반적인 귀양살이에서도 가장 멀리 유배된 사람들이었다. 이들은 모든 사람에게 그렇듯이 시간이 일으키는 불안에 시달리고 동시에 장소에 얽매여서, 페스트로 인해 잃어버린 고향과 갈라놓은 벽에 끊임없이 부딪히고 있었기 때문이다. 자기만이 알고 있는 저녁과 고향의 아침을 조용히 불러 보며 먼지로 뒤덮인 도심을 종일 떠돌아다니는 사람들은 필시 그런 사람들이었다. 이들은 낮게 나는 제비 떼나 해 질 녘의 이슬, 황량한 거리에서 때때로 태양이 뿌리는 이상한 빛처럼 헤아릴 수 없는 여러 징조와 당황스러운 신호로 그들의 불행을 키웠다. 언제나 모든 것으로부터 구원해 주는 바깥세상에 사람들은 눈을 감아 버리고, 너무나 생생한 자신의 공상만을 어루만지면서, 어떤 빛과 두세 개의 골짜기, 좋아하는 나무와 여자들의 얼굴이 그들에게 대체할 수 없는 풍토를 이루고 있는 고향의 모습을 온 힘을 다해 찾고 있었다.

마지막으로 가장 흥미롭기도 하고, 서술자가 이야기하기가 가장 적절하다는 생각에서 연인들에 관해 구체적으로 이야기해 보려 한다. 이들은 여러 고통으로 괴로웠지만 그중에서도 후회 때문에 무척 괴로웠다. 사실상 이러한 상황 덕분에 열정적이고 객관적으로 그들의 감정을 깊이 생각해 볼 수 있었다. 이때 그들의 실수가 분명하게 드러나지 않는 경우란 거의 없었다. 곁에 없는 사람의 행동거지를 정확히 떠올리기 어려웠다는 점에서 처음 자신의 실수를 깨달았다. 어떻게 시간을 보내는지 알 수 없다는 사실에 안타까워했다. 전에는 이를 알고자 하지 않았고, 사랑하는 사람이 어떻게 시간을 보내는지 아는 것이 기쁨의 원천일 수 없다고 착각했던 자신의 경솔함을 책망했다. 그때부터는 제 사랑의 역사를 거슬러 올라가 불완전한 점을 검토하는 것은 어렵지 않았다. 평상시에 의식을 했든 안 했든 사랑이 더 나아질 수 있다는 것을 알면서도 그 사랑이 보잘것없다는 것을 다소 담담하게 받아들이고 있었던 것이다. 하지만 추억이란 더욱 까다롭다. 당연한 결과이지만, 외부에서 들어와 온 도시를 초토화하는 이러한 불행은 분노할 수밖에 없는 부당한 고통만 가져다주지는 않았다. 우리로 하여금 스스로 괴로워하고 그 고통을 수긍하게 만들어 버렸다. 이것이 우리의 관심을 돌리고 사태를 은폐하는 이 질병이 사용하는 방법 중 하나였다.

저마다 오직 하늘만 쳐다보며 그날그날을 외로이 보낼 수밖에 없었다. 이처럼 만연해진 포기 상태는 사람들의 성격을 단련시켰을 수도 있었을 테지만 실제로는 반대로 경박하게 만들었다. 가령, 우리의 시민 중 일부는 태양이나 비를 보면서 또 다른 노예 생활을 하게 되었다. 그들을 보면 난생처음으로 날씨에 직접적으로 영향을 받는 것 같았다. 황금빛 햇살이 비추는 것만으로도 얼굴에 희색이 만연하고, 반면 비가 오는 날에는 얼굴과 생각에 짙은 그림자가 드리워졌다. 몇 주 전만 해도 이런 나약함과 어처구니없는 노예 상태에 있지는 않았다. 이들은 세상 앞에서 혼자가 아니었는데, 어떤 의미에서는 그들과 함께 사는 사람들이 그들의 세상 앞에 있었기 때문이다. 그런데 이때부터 그들은 전과는 반대로 하늘의 변덕에 좌지우지되었다. 즉 이유 없이 고통받고, 이유 없이 희망에 차 있었던 것이다.

이런 극단적인 고독 속에서 누구도 이웃의 도움을 바랄 수 없었고, 모두 자신만의 걱정에 빠져 있었다. 어쩌다가 우리 중 누군가가 속내를 이야기하거나 자신의 감정에 관해 무언가를 말하려고 하면 돌아오는 대답이 무엇이든 대부분 그들에게 상처가 되었다. 그제야 그들은 상대방과 다른 이야기를 하고 있었음을 알아챘다. 사실 그는 오랜 기간 마음속에서 곱씹고 괴로워한 끝에 자신의 심정을 표현했고, 그가 전달하고자 하는 이미지는 기대와 열정 속에서 오랜 기간 익혀 온 것이었다. 그런데 그런 심정을 흔한 감정, 시장에서 파는 고통, 연속극에서 볼 수 있는 우울 정도로만 상상했다. 호의적이든 적대적이든 그 대답은 늘 엇나갔고, 그래서 포기해야 했다. 더 이상 침묵을 견딜 수 없었던 사람들은, 다른 사람들이 진심 어린 말을 할 줄 모르게 된 이상 자신도 시장에서나 쓸 법한 말투를 받아들이고, 일간지 기사처럼 상투적인 방식으로 단순한 이야기나 잡담을 하고 마는 것이었다. 이런 경우에도 진정한 고통은 보통 진부한 표현으로 드러났다. 페스트에 걸린 포로들은 그 대가를 치르고서야 비로소 수위의 동정심과 옆 사람의 관심을 끌 수 있었다.

하지만 가장 중요한 것은 그런 고통이 너무 쓰라리고 견디기가 버겁고 마음이 공허하더라도, 페스트가 퍼지기 시작한 초반에 유배된 사람들은 그래도 특혜를 받은 사람들이라는 점이었다. 사실상 사람들이 미쳐 버리기 시작한 그 시점에 그들의 머리는 자기들이 기다리고 있는 사람들에 관한 생각으로 가득 차 있었다. 만연한 괴로움 속에서 사랑의 이기주의가 그들을 지켜 줬고, 페스트를 생각하면 그로 인해 이별이 영원히 지속될까 봐 걱정하는 정도였다. 심지어 이들은 전염병이 창궐한 가운데서도 냉정함이라고 착각할 정도로 유익한 여유를 누리고 있었다. 그들의 좌절이 혼란으로부터 그들을 구했고, 그들의 불행에 장점도 있었다. 예를 들면 누군가가 질병으로 사망했다 해도 대부분 이를 눈치채지 못했다. 망령과 나눈 기나긴 내면의 대화에서 빠져나오자마자 곧장 지상의 가장 무거운 침묵 속으로 던져졌다. 그는 시간적 여유가 전혀 없었던 것이다.

우리 시민들이 갑작스러운 유배 생활에 잘 적응하려고 애쓰는 동안 페스트로 인해 도시 입구에는 초소가 생기고, 오랑으로 입항하는 선박들은 기수를 돌렸다. 도시가 폐쇄된 이후, 차량도 도시 안으로 들어오지 못했고, 그날부터 자동차는 빙빙 돌기만 하는 것 같았다. 큰길의 높은 곳에서 항만을 내려다보면 항구의 모습은 요상했다. 항구를 가장 번화한 해안 부두로 만들었던 평소의 활기가 갑자기 사라져 버린 것이다. 검역 중인 선박들은 여전히 오도 가도 못하고 있었다. 부둣가에는 텅 빈 대형 기중기선들과 옆으로 쓰러져 있는 화물차들, 버려진 술통과 자루 더미가 무역 역시 페스트로 인해 죽어 버렸음을 보여 주고 있었다.

익숙하지 않은 이런 광경에도 우리의 시민들은 그들에게 무슨 일이 닥친 것인지 이해하기 어려운 듯했다. 사람들은 이별이나 공포처럼 일반적인 감정을 느끼기는 했지만, 여전히 개인적인 관심사를 가장 중요하게 여겼다. 그때까지 페스트를 현실로 받아들인 사람은 아무도 없었다. 특히 대부분이 일상을 방해하거나 이익에 영향을 미치는 것에 예민하게 반응했다. 그래서 사람들은 날을 세우거나 짜증도 냈지만, 이런 감정이 페스트에 대항할 수 있는 것은 아니었다. 이를테면 사람들이 처음 보인 반응은 관공서에 책임을 전가하는 것이었다. 언론의 반응(검토된 조치들을 완화할 수는 없는 것인가?)에 관해서 도지사는 조금은 뜻밖의 대답을 내놨다. 지금까지 신문도 랑스도크 통신사도 페스트 통계에 관한 공식 문서를 받아 보지 못했다. 이에 도지사는 통계를 날마다 전달할 테니 매주 발표해 달라고 요청했다.

그런데 이번에도 대중의 반응은 즉각적이지 않았다. 페스트가 발생하고 3주가 흐른 뒤 발표에 따르면 사망자가 302명에 달했지만 사람들에게는 딱히 떠오르는 바가 없었다. 아마도 사망자 모두가 페스트가 원인은 아닐 것이고, 평상시에는 일주일에 몇 명이 사망하는지 아는 사람은 아무도 없었다. 이 도시의 주민 수는 20만 명이었다. 그런데도 일반적인 사망률을 알지 못했다. 분명 의미가 있는 자료임에도 이렇게 정확성을 기반으로 한 자료에는 결코 관심을 두지 않는다. 어떤 의미에서 보면 대중에게는 비교 대상이 없었다. 시간이 흘러서야 사망자가 증가하고 있다는 것을 확인했고, 여론은 그 진상을 알게 되었다. 실제로 5주째에는 321명이 사망했고, 6주째에는 345명이 사망했다. 그러나 이런 증가율도 충분하지 않았는지, 시민들은 전염병을 걱정하면서도 분명 안타까운 일이지만 곧 지나갈 사건이라고 생각했다.

여전히 사람들은 거리를 돌아다니고 카페의 테라스에 자리를 잡았다. 사람들은 대체로 겁쟁이가 아니었고 슬퍼하기보다는 농담을 하며 장난도 쳤다. 그러면서도 언젠가는 지나갈 것이라며 불편을 유쾌하게 받아들이는 체했다. 체면을 차리는 것이었다. 하지만 월말이 다가오면서, 나중에 자세히 이야기하겠지만, 기도 주간 동안 일어난 심각한 변화들이 우리 도시의 모습을 바꾸어 놓았다. 먼저 도지사는 차량 통행과 보급품에 대한 조치를 결정했다. 보급품은 제한되고 연료도 배급받아야 했다. 절전도 시행되었다. 유일하게 생활필수품만이 오랑까지 육로와 항로로 들어왔다. 그렇게 교통량은 점차 줄어서 지나다니는 차가 거의 없다시피 했고, 고급 상점들은 갑자기 문을 닫았으며, 다른 상점들은 매진되었다는 표지판을 붙여 놓았지만 모든 가게의 문 앞에는 손님들이 줄지어 서 있었다.

이처럼 오랑은 이상한 모습으로 변했다. 보행자의 수가 눈에 띄게 줄었고, 상점과 일부 사무실이 문을 닫는 바람에 많은 사람이 아무것도 하지 않았으며, 평소 같으면 한산한 시간임에도 거리와 카페에는 사람들로 가득했다. 당분간 이들은 실업 상태가 아니라 휴가 중인 것이었다. 예를 들어 오랑은 오후 3시쯤이면 도시는 화창한 하늘 아래에서 축제가 열리고 있는 것 같은 착각을 일으켰다. 행사를 진행하기 위해 교통을 통제하고 상점들은 문을 닫았으며 축제를 즐기려고 나온 주민들이 거리를 점령하고 있는 모양새였다.

당연히 극장은 만인의 휴가 기간을 틈타 큰돈을 벌었다. 하지만 도시 안으로 들어오던 영화 배급이 끊기자 2주 뒤에 극장들은 프로그램을 변경해야 했고, 얼마 후에는 결국 매일 같은 영화만 상영하게 되었다. 그럼에도 수입은 줄지 않았다.

마지막으로 와인과 술이 가장 많이 거래되는 도시이다 보니, 카페에는 재고가 상당히 쌓여 있었던 덕분에 손님들의 수요를 충족시킬 수 있었다. 솔직하게 말하자면 사람들은 술을 많이 마셨다. 한 카페에서 "좋은 와인은 병원균을 죽입니다."라고 써 붙이자, 대중들의 머릿속에는 술을 마시면 전염병을 예방할 수 있다는 생각이 박혀 버렸다. 매일 밤, 새벽 2시쯤 카페에서 쫓겨난 꽤 많은 주정뱅이가 거리를 메웠고 낙관적인 이야기를 주고받았다.

어떤 의미에서 이 모든 변화는 너무도 이상한 것이었고, 너무 빠르게 진행된 까닭에 그것이 정상적인 것이고 앞으로도 지속될 것인지 파악하기가 어려웠다. 그 결과 우리는 계속해서 우리의 개인적인 감정만을 앞세웠다.

도시가 폐쇄되고 이틀 후, 의사 리외는 병원에서 나오는 길에 코타르를 우연히 만났다. 그는 리외를 향해 고개를 들어 반가운 기색으로 알은척했다. 리외는 그의 안색을 보고 기뻤다.

"네, 아주 잘 지내고 있습니다." 코타르가 말했다. "그런데 선생님, 이 빌어먹을 페스트가 정말이지 심각해지는군요."

의사는 그렇다고 인정했다. 그러자 코타르는 호탕하게 단정을 지었다.

"이제 와서 페스트가 멈출 것 같지는 않네요. 모든 것이 엉망진창이 되겠군요."

그들은 잠시 같이 걸었다. 코타르는 동네에 있는 식료품점의 덩치 큰 주인이 식료품을 비싸게 팔아먹으려고 사재기를 하고 있었다고 말했다. 그를 병원으로 옮기려고 가 보니 침대 밑에서 쌓여 있는 통조림을 발견한 것이었다. "그 사람은 병원에서 죽었어요. 페스트에는 돈도 소용없어요." 코타르는 페스트에 관해서 맞기도 하고 틀리기도 한 이야기를 쭉 늘어놨다. 가령 이런 이야기였다. 어느 날 아침에 시내 중심가에서 페스트 징후를 보이던 한 남자는 머리까지 이상해졌는지 갑자기 밖으로 뛰쳐나가 처음 마주친 여자에게 달려들어 부여잡고는 자기가 페스트에 걸렸다고 소리쳤다는 것이다.

"아무렴! 우린 모두 미쳐 가고 있는 게 확실해요." 코타르는 하는 말과는 어울리지 않게 부드러운 목소리로 힘주어 말했다.

그날 오후에는 조제프 그랑이 의사 리외에게 개인적인 이야기를 털어놓았다. 그는 리외의 책상 위에서 리외 부인의 사진을 보고는 의사를 쳐다봤다. 리외는 자기 부인은 다른 도시에서 요양 중이라고 대답했다. "어떻게 보면 잘된 일이네요." 그랑이 말했다. 의사는 어쩌면 잘된 일이라며 아내가 낫기만을 바란다고 대답했다.

"아, 이해합니다." 그랑이 이렇게 말했다.

리외가 그를 안 이후로 처음으로 그랑은 허심탄회하게 이야기하기 시작했다. 여전히 단어를 고르느라 애를 썼지만 마치 오래전부터 생각해 놨던 것처럼 거의 매번 단어를 적절하게 선택했다.

그는 아주 젊은 나이에 이웃에 살던 가난한 아가씨와 결혼했다. 학업을 그만두고 일을 하기 시작한 것은 순전히 결혼하기 위해서였다. 잔느도 그랑도 결코 동네를 떠나 본 적이 없었다. 둘은 잔느의 집에서 만났고, 잔느의 부모님은 조용하고 어리숙한 이 구혼자를 보며 슬쩍 웃고는 했다. 그녀의 아버지는 철도원이었다. 쉴 때는 창문 옆, 구석 자리에 앉아서 커다란 손을 허벅지 위에 올려놓고 생각에 잠긴 채, 거리에서 움직이는 것들을 바라봤다. 어머니는 쉴 새 없이 집안일을 했고, 잔느가 어머니를 도왔다. 잔느는 어찌나 체구가 작던지 그랑은 길을 건너는 그녀를 보면서 항상 노심초사했다. 자동차들이 너무나 거대해 보였던 것이다. 어느 날, 크리스마스 상점 앞에서 잔느는 진열창을 들여다보다가 감탄하면서 그랑에게 몸을 기댔다. "너무 예쁘네요!" 그랑은 그녀의 손을 잡았다. 결혼은 그렇게 결정되었다.

그랑의 말에 따르면, 남은 이야기는 평범하기 그지없었다. 모두가 그렇듯이 말이다. 결혼하고 여전히 사랑하고 일을 한다. 일을 하다 보면 사랑하는 것도 잊게 된다. 잔느도 일을 해야 했다. 상사가 그랑에게 한 약속을 지키지 않았기 때문이다. 이 대목에서 그랑이 하고 싶었던 말을 이해하려면 약간의 상상력이 필요하다. 그는 피로가 쌓이면서 흘러가는 대로 지냈고, 말수도 점차 줄어드는 바람에 어린 아내는 사랑받고 있다는 생각이 들지 않았다. 일하는 남자, 가난, 조금씩 암울해지는 미래, 식탁을 감도는 정적, 그러한 세상에서 열정이 설 자리는 없다. 잔느는 아마도 괴로웠을 것이다. 그래도 그녀는 떠나지 않았다. 고통을 겪는 줄도 모르고 오랫동안 괴로워하는 일이 사람에게는 흔한 법이다. 몇 해가 지났다. 그 후, 잔느는 떠나 버렸다. 물론 그냥 떠난 것은 아니었다. '당신을 무척 사랑했지만, 지금은 내가 너무 지쳐 버렸어요. …… 떠나는 것이 기쁘지는 않지만, 다시 시작하는 데 꼭 행복이 필요하지는 않지요.' 그랑에게 남긴 편지의 내용은 대충 이랬다.

이번에는 조제프 그랑이 괴로워질 차례였다. 리외가 지적했던 것처럼 그도 다시 시작할 수 있었다. 하지만 자신이 없었다.

다만 그는 항상 잔느를 생각했다. 그가 바라는 것은 변명이라도 하기 위해 편지를 보내는 것이었다. "하지만 쉽지 않았어요." 그가 말했다. "그런 생각을 오랫동안 했지요. 서로 사랑할 때는 말이 없어도 서로를 이해한다고요. 하지만 우리가 언제나 사랑한 것은 아니었어요. 적당한 시기에 잔느를 붙잡을 만한 말을 해야 했지만, 그럴 수 없었지요." 그랑은 체크무늬가 있는 손수건 비슷한 것에 코를 풀었고 콧수염을 닦았다. 리외는 그를 바라봤다.

"죄송합니다, 선생님." 그랑이 말했다. "하지만 어떻게 말씀드려야 하나…. 저는 선생님을 믿습니다. 선생님한테는 말할 수 있어요. 그래서인지 조금 떨리네요."

확실히 그랑은 페스트와는 아주 멀리 떨어져 있었다.

그날 밤, 리외는 아내에게, 도시가 폐쇄되었고 자기는 잘 지내고 있으니 건강만을 걱정하라며, 그녀를 생각하고 있다고 전보를 보냈다.

도시가 폐쇄된 지 3주가 지났을 때, 리외는 병원 현관에서 자기를 기다리는 젊은 남자와 마주쳤다.

"저를 기억하실 거라 생각합니다." 남자가 말했다.

리외는 어렴풋해서 확신할 수 없었다.

"이런 일이 터지기 전에 찾아뵈었지요." 남자가 다시 말했다. "아랍인들의 생활환경에 관해서 조언을 부탁드리려고요. 저는 레몽 랑베르입니다."

"아, 네." 리외가 말했다. "기억나요. 그럼, 이제는 좋은 르포 주제를 찾으셨겠네요."

남자는 신경질이 난 듯 보였다. 그것 때문은 아니고 리외에게 도움을 청하러 왔다고 말했다.

"죄송하지만, 저는 이 도시에 아는 사람이 한 명도 없고 저희 신문사 주재원은 안타깝게도 멍청이예요." 그 남자가 이렇게 덧붙였다.

리외는 도심에 있는 보건소에 지시할 사항이 있으니, 보건소까지 함께 걷자고 했다. 그들은 흑인들이 사는 동네의 골목길을 따라 내려갔다. 저녁이 가까워지고 있었는데, 예전 같으면 이 시간에 시끄러워야 할 도시가 이상하게도 고요한 것 같았다. 황금빛 하늘을 향해 퍼지는 나팔수의 소리만이 제 할 일을 하고 있다는 사실을 증명했다. 무어 풍* 집의 황갈색과 보라색, 파란색의 벽 사이

* 무어(Moor)인은 8세기경에 이베리아반도를 정복한 이슬람교도를 부르던 말로 이들이 주로 사용하던 양식을 말한다.

로 가파른 길이 길게 이어지는 동안 랑베르는 무척 흥분한 상태로 말을 이었다. 그는 파리에 아내가 있었다. 솔직히 말하자면 결혼한 것은 아니지만 아내나 다름없었다. 그는 아내에게 도시가 폐쇄되었다고 전보를 쳤다. 곧 지나갈 일이라는 생각이 먼저 들었고, 아내에게 연락할 방법만 궁리했다. 오랑에 있는 그의 동료들은 자신들은 아무것도 할 수 없다고 했고, 우체국에서는 그를 돌려보냈으며, 도지사의 비서는 그의 면전에서 대놓고 비웃었다. 그는 대기줄에서 2시간을 기다린 후에야 "다 괜찮아. 곧 만나."라고 쓴 전보를 보낼 수 있었다.

하지만 그는 아침에 일어나자 무엇보다 이런 상황이 얼마나 지속될지 알 수 없다는 생각이 불현듯 들었다. 그래서 그는 떠나기로 마음먹었다. 그는 추천을 받아(직업상 그런 점이 수월했다.) 도지사 비서실장에게 연락할 수 있었고, 자신은 오랑과 아무런 관계가 없으니 이곳에 머무를 이유가 없다고 말했다. 어쩌다 오랑에 머무른 것이라서 밖으로 나가서 격리되더라도 일단 도시를 떠날 수 있게 허가해 주는 것이 당연하다고 말했다. 비서실장은, 사정은 이해하지만 예외는 있을 수 없다며, 검토는 하겠지만 전반적으로 상황이 심각해서 확답을 줄 수 없다고 말했다.

"하지만 저는 결국 외지인인걸요." 랑베르가 말했다.

"그렇지요. 어쨌든 전염병이 오래가지 않기를 바랄 뿐입니다."

리외는 오랑에서 흥미로운 르포를 쓸 수 있을 것이고, 무슨 일이든 좋은 면은 있다면서 랑베르를 달래려고 했다. 랑베르는 어깨를 으쓱 올렸다. 그들은 도심에 도착했다.

"정말 터무니없는 일이지요. 선생님은 이해하실 겁니다. 저는 르포를 쓰려고 세상에 태어난 게 아니에요. 여자랑 같이 살려고 태어난 것 같아요. 그게 정상 아닌가요?"

리외는 어쨌든 그의 말이 옳은 것 같았다.

도심의 대로에는 여느 때와 같은 인파는 없었다. 몇 안 되는 행인들이 먼 집을 향해 발걸음을 재촉하고 있었다. 웃고 있는 사람은 아무도 없었다. 리외는 그날 있었던 랑스도크 통신사의 발표 때문일 것이라고 생각했다. 24시간이 지나면 우리 시민들은 다시 기대를 품기 시작할 것이다. 하지만 그날 그 수치는 기억 속에 너무도 생생하게 남아 있었다.

"아내와 저는 만난 지 얼마 되지 않았어요. 그래도 서로 잘 맞았지요." 문득 랑베르가 말했다.

리외는 잠자코 있었다.

"제가 지루한 이야길 했군요." 랑베르가 말을 이었다. "제가 이 망할 놈의 전염병에 걸리지 않았다는 증명을 해 주십사 부탁드리러 왔습니다. 그게 도움이 될 것 같아서요."

리외는 고개를 끄덕였다. 그때 한 사내아이가 그의 다리로 달려들었고, 리외는 천천히 아이를 일으켜 줬다. 그들은 다시 길을 걷기 시작해 연병장에 도착했다. 먼지가 쌓여 회색이 된 무화과나무와 종려나무 가지는 가만히 축 늘어져 있었고, 그 옆에 있는 공화국 여신상은 분진으로 지저분했다. 그들은 여신상 아래에서 걸음을 멈췄다. 리외는 신발에 뒤덮인 먼지를 땅에 툭툭 치며 털어냈다. 그는 랑베르를 바라봤다. 펠트 모자를 약간 뒤로 젖혀 쓰고, 셔츠의 단추는 넥타이 아래까지 풀어져 있었으며, 면도를 대충 한 기자의 모습을 보니 고집이 세고 뭔가 꿍해 보였다.

"무슨 말씀인지 아주 잘 알아요. 하지만 옳은 생각은 아니네요. 저는 그런 증명서를 써 드릴 수 없습니다. 실제로 병에 걸렸는지 아닌지 알 수 없고, 안다고 해도 내 진료실을 떠나는 순간부터 도지사 사무실에 들어가는 순간까지 전염되지 않는다는 것을 보장할 수 없기 때문이지요. 게다가…." 리외가 마침내 말했다.

"게다가?" 랑베르가 말했다.

"게다가 증명서를 써 드린다고 해도 아무 도움이 안 될 겁니다."

"왜요?"

"이곳에는 당신과 비슷한 처지에 놓인 사람이 수천은 되기 때문이에요. 그들을 다 내보내 줄 수도 없고요."

"페스트에 걸리지 않아도요?"

"그건 충분한 사유가 아닙니다. 바보 같은 이야기라는 걸 잘 압니다. 하지만 우리 모두가 관련된 문제예요. 그러니 상황을 있는 그대로 받아들여야 합니다."

"하지만 전 여기 출신도 아니란 말입니다!"

"안타깝지만 지금부터는 다른 사람들처럼 이곳 사람입니다."

랑베르는 격앙된 채 말했다.

"이건 분명 인도적 차원의 문제라고 생각해요. 서로 잘 맞는 두 사람이 떨어져 지낸다는 게 어떤 의미인지 선생님은 모르실 겁니다."

리외는 바로 응수하지 않았다. 잠시 후 무슨 의미인지 알 것 같다고 말했다. 랑베르가 아내를 다시 만나서 서로 사랑하는 사람이 함께하기를 진심으로 바랐지만, 명령과 법이 있었고 페스트가 있었다. 랑베르에게 그가 해 줄 수 있는 것은 그의 역할을 다하는 것이었다.

"아니요, 선생님은 이해할 수 없을 겁니다. 추상의 세계에서 이성적인 말씀만 하고 계시니까요." 랑베르가 씁쓸하게 말했다.

의사는 동상을 올려다보며, 이성적인 말이라는 게 무슨 뜻인지는 모르겠지만 명백한 사실을 말하고 있고, 둘은 반드시 같은 것은 아니라고 말했다. 기자는 넥타이를 고쳐 맸다.

"그럼, 제가 다른 방식으로 알아서 헤쳐 나가야 한다는 뜻인가요? 하지만 저는 이 도시를 반드시 떠날 겁니다." 그는 도전적으로 말했다.

의사는 그를 이해하지만 자기와는 관련 없는 문제라고 말했다.

"아니요, 선생님과도 관련되어 있어요." 랑베르는 분연히 언성을 높이며 말했다. "결정된 조치에서 선생님이 관여한 부분이 크다는 소리를 들어서 선생님께 달려온 겁니다. 그래서 최소한 한 건은 처리해 주실 수 있지 않을까 생각했습니다. 하지만 선생님도 마찬가지겠지요. 남의 사정은 신경 쓰지 않아요. 헤어진 사람들은 안중에도 없고요."

리외는 어떤 의미에서는 그의 말이 옳다고 인정하면서 그 점까지는 고려하지 않았다고 말했다.

"아! 알겠어요." 랑베르는 말했다. "공익을 말씀하시는 거군요. 하지만 공익도 개개인의 행복으로 만들어지는 겁니다."

"맞아요." 의사가 정신을 차리고 말했다. "이런 점도 있고 저런 점도 있습니다. 그러니 속단해서는 안 돼요. 당신이 화를 내는 것도 이해는 합니다. 당신이 이 상황에서 벗어날 수 있다면 저도 매우 기쁠 겁니다. 하지만 간단히 말하자면 제 직업상 그건 금지된 일이라는 거예요."

기자는 인내심을 발휘하며 고개를 가로저었다.

"그래요, 제가 화를 내는 건 잘못된 일이지요. 여태 선생님 시간을 너무 많이 빼앗았네요."

리외는 일이 어떻게 진행되는지 알려 달라고 하면서 자신을 원망하지 말라고 부탁했다. 분명히 서로 맞는 지점이 있다는 것이다. 랑베르는 갑자기 당황한 것 같았다.

"저도 그렇게 생각해요." 그는 잠시 후 다시 말을 이었다. "그럼요, 제 뜻이나 선생님한테 들은 이야기를 감안하더라도 그렇다고 생각해요."

그는 망설였다.

"하지만 선생님 말을 인정할 수는 없어요."

그는 펠트 모자를 이마까지 내리고는 서둘러 떠났다. 리외는 그가 장 타루가 지내는 호텔로 들어가는 것을 봤다.

잠시 후, 의사는 고개를 가로저었다. 기자가 행복을 간절히 바라는 것도 일리는 있었다. 그렇다고 해서 자기를 비난하는 것은 옳은 것인가? "선생님은 추상적이에요." 매주 평균 500명이 죽어 나갈 정도로 페스트가 잠식하고 있는 요즘에 병원에서 며칠씩 보내는 것이 정말 추상적인 것일까? 그렇다, 불행 속에는 추상적이고 비현실적인 부분이 있다. 그러나 그 추상이 우리를 죽이기 시작할 때에는 추상을 해결해야 한다. 그래서 리외는 그것이 정말 쉽지 않다는 것을 알고 있다. 예를 들어 임시 병원(이제는 세 곳으로 늘어났다.) 관리가 그의 담당이었는데 쉽지 않은 일이었다. 진료실을 바라보도록 병실과 접수처를 개조했다. 땅을 파서 크레졸*을 탄 물을 채워 연못을 만들었고, 그 가운데에는 벽돌로 작은 섬을 만들었다. 환자가 그 섬으로 이송되면 재빨리 옷을 벗겨 그 물에 던졌다. 환자를 씻기고 난 후 까슬까슬한 환자복으로 갈아입히면

* 소독제의 일종.

리외에게 데려간다. 그러면 어느 한 병실로 그를 보냈다. 초등학교 강당을 이용해야 했고, 그곳은 이제 500개의 병상이 있는데 거의 꽉 찼다. 리외는 아침에 직접 환자 접수를 끝내고 난 후, 환자들에게 예방접종을 하고 림프샘 멍울을 절개하고 다시 통계를 확인하고 오후 진료를 시작했다. 저녁에는 왕진하러 갔다가 밤늦게 집으로 돌아오고는 했다. 전날 밤에는 어머니가 며느리가 보낸 전보를 건네주는 와중에 아들의 손이 떨리고 있다는 것을 알아챘다.

"네, 손이 좀 떨리네요. 조금만 참으면 괜찮아질 거예요." 그가 말했다.

그는 활기차고 단단한 사람이었다. 사실 그는 아직은 그리 피곤하지 않았다. 그래도 그가 견딜 수 없는 것이 바로 왕진이었다. 유행성 열병 진단이 내려지면 환자를 재빨리 이송해야 했다. 실제로 추상과 난관이 시작되는 것이었다. 그도 그럴 것이 환자의 가족들은 이런 경우 환자가 완치되거나 사망하거나 둘 중 하나라는 것을 알고 있었기 때문이다. "가엾이 여겨 주세요, 선생님!" 로레 부인이 말했다. 로레 부인은 타루가 묵고 있는 호텔에서 청소부로 일하는 여자의 어머니였다. 이 말이 무엇을 의미하겠는가? 물론 그도 가엾다고 생각했다. 하지만 그것이 도움이 되지는 않는다. 그는 전화를 걸어야 했다. 그러면 곧장 구급차가 요란한 소리를 내며 도착했다. 처음에는 이웃들이 창문을 열고 내다봤었다. 하지만 나중에는 황급히 창문을 닫아 버렸다. 그렇게 싸움, 눈물, 설득이 이어진 끝에 추상이 시작된다. 열기와 불안으로 과열된 아파트 안은 아수라장이 되어 버린다. 그래도 환자는 이송된다. 그러면 리외도 떠날 수 있었다.

처음에는 병원에 전화를 건 후, 구급차를 기다리지 않고 바로 다른 환자들에게 달려갔다. 하지만 가족들은 헤어지느니 페스트와 함께 지내는 쪽을 선택하고, 그가 가고 나면 문을 닫고 열어 주지 않았다. 그것이 그들이 알아낸 방법이었다. 소리치고 명령이라고 말하고 경찰이 개입하고 군인들까지 투입된 후에야 환자들을 억지로 끌고 갈 수 있었다. 그래서 처음 몇 주 동안 리외는 구급차가 도착할 때까지 기다려야 했다. 그 후에는 의사마다 자원봉사 감독관이 왕진에 동행하게 되면서 리외는 다른 환자에게 달려갈 수 있었다. 하지만 처음에는 매일 저녁이 로레 부인네에 갔던 날의 저녁과 같았다. 부채와 조화로 꾸며진 작은 아파트인 로레 부인 집에 들어갔을 때 로레 부인은 그를 맞아 주면서 일그러진 미소로 이렇게 말했다.

"사람들이 말하는 그 열병이 아니면 좋겠네요."

그는 이불을 걷어 내고 옷을 벗긴 후, 배와 허벅지에 난 붉은 반점과 림프샘 멍울을 말없이 살폈다. 어머니는 딸의 다리 사이를 보고는 참지 못하고 소리를 질렀다. 매일 밤 어머니들은 추상적인 분위기와 함께 죽음의 징후들이 나타난 배를 보고는 소리를 질렀고, 또 매일 밤 리외의 팔에 매달려 무의미한 말들과 약속과 눈물을 쏟아 냈으며, 매일 밤 구급차 경적이 들리기 시작하면 모든 고통과 마찬가지로 헛된 비명이 이어졌다. 항상 이와 비슷하게 기나긴 밤이 지나가면 리외는 그 장면들이 계속 되풀이되는 것을 제외하고는 아무것도 기대할 수 없었다. 그렇다, 추상처럼 페스트는 변하지 않았다. 아마도 유일한 변화라면 그것은 리외 자신일 것이다. 그날 밤 리외는 공화국 여신상 아래에서 랑베르가 사라진 호텔 문을 계속 바라보며 마음속에 차오르기 시작한 담담함을 인식하면서 그렇게 생각했다.

녹초로 지낸 몇 주가 지난 후, 시민들이 거리로 쏟아져 나와 빙글빙글 맴돌기만 하는 모든 황혼 녘이 지나간 후, 리외는 더 이상 연민과 싸울 필요가 없다는 것을 깨달았다. 더 이상 연민이 필요 없어지게 되면 연민에 피로감을 느끼기 마련이다. 자신 안에서 마음의 문이 서서히 닫히고 있다는 것만이 위로가 되었다. 그렇게 되면 이 일이 더 수월해지리라는 것을 알았기 때문이다. 어머니는 그가 새벽 2시에 퀭한 눈으로 들어오는 것을 보고 마음 아파했지만, 리외가 유일하게 얻은 위로에 대해서는 한탄했다. 추상에 맞서 싸우려면 그것과 닮아야 한다. 하지만 랑베르가 어떻게 이것을 느낄 수 있겠는가? 랑베르에게 추상은 행복을 막는 모든 것이었다. 리외는 실제로 어떤 면에서는 기자의 말이 옳다는 것을 알고 있었다. 하지만 추상은 행복보다 강해질 때도 있어서, 오직 그런 경우에만 추상을 감안해야 한다는 것 또한 알고 있었다. 랑베르에게는 그런 일이 일어날 수밖에 없고, 의사는 랑베르가 나중에 자신에게 털어놓은 진심을 통해 사실을 자세히 알게 되었다. 그래서 우리 시민의 삶을 오랜 기간 지배했던, 모든 사람의 행복과 페스트라는 추상 사이에 벌어진 우울한 투쟁을 새로운 차원에서 뒤따를 수 있었다.

누군가가 추상을 본 곳에서 다른 이는 진리를 봤다. 페스트가 발생한 첫 달은 전염병이 확산되기도 했고, 미셸 영감의 초반 증세를 지켜봤던 파늘루 신부의 열렬한 설교 때문에 침울하게 끝이 났다. 신부는 오랑 지리학회의 회보에 자주 기고하면서 이미 두각을 드러내고 있었는데, 그는 금석문 복원으로 저명했다. 현대의 개인주의에 관한 일련의 강연을 진행하면서 여느 전문가보다 더 많은 청중을 모은 일도 있었다. 그는 강연에서 현대의 방종이나 지난 세기의 반계몽주의와는 거리가 먼, 까다로운 기독교의 열정적인 수호자로 분했다. 이런 경우에 신부는 청중에게 혹독한 진실에 관해서는 가차 없이 설교했다. 그러면서 그는 그때부터 명성을 얻기 시작했다.

그런데 그달 말, 우리 도시의 고위 성직자들은 기도 주간을 꾸려서 자체적으로 페스트에 맞서기로 했다. 대중의 신앙심을 고취하기 위해 페스트에 걸렸던 성인인 성 로크Saint Roch에게 봉헌하는 장엄한 미사로 일요일에 기도 주간을 폐막할 예정이었다. 파늘루 신부는 그 미사에 설교를 요청받았다. 신부는 교단에서 성 아우구스티누스와 아프리카 교회에 대한 연구로 특별한 지위를 얻고 있었는데, 2주 전에야 겨우 연구에서 손을 뗄 수 있었다. 신부는 열정적이고 혈기 왕성한 기질이어서 자신에게 맡겨진 사명을 결연히 받아들였다. 예정된 날보다 훨씬 전부터 도시 안에서는 설교에 관한 이야기가 돌았고, 이 설교는 나름대로 이 시대에 역사적으로 중요한 사건으로 기록되었다.

기도 주간에는 많은 청중이 참석했다. 평소 오랑 시민들이 특별히 독실한 것은 아니었다. 가령 일요일 아침 미사의 경쟁 상대는 해수욕일 정도였으니 말이다. 그렇다고 시민들이 깨달음을 얻고 갑자기 개종한 것도 아니었다. 그것은 도시가 폐쇄되고 항구가 통제되면서 더 이상 해수욕을 즐길 수 없게 되었기 때문이고, 다른 한편으로는 시민들이 특수한 정신 상태에 있었기 때문이었다. 그들에게 놀라운 사건들이 닥쳤을 때, 마음속으로 그것을 온전히 받아들이지 않은 채, 그저 무언가가 변한 것이 틀림없다고 느끼는 것이었다. 그러면서도 여전히 많은 사람이 페스트가 곧 멈추고 자기 가족들은 무사하리라는 기대를 품고 있었다. 그래서 그들은 딱히 뭐라도 해야 한다는 의무감을 느끼지 않았다. 이들에게 페스트는 어느 날 왔다가 언젠가 떠날 불청객일 뿐이었다. 겁먹기는 했지만 절망하지는 않았다. 페스트가 그들의 생활 자체가 되거나, 그때까지 그들이 영위해 왔던 생활 방식 자체를 잊게 만드는 순간은 아직 오지 않았던 것이다. 한마디로 그들은 기다리고 있었다. 다른 많은 문제처럼, 종교에서 바라보면 페스트로 인해 사람들은 무관심이나 열정과는 거리가 멀고 '객관성'이라는 단어로 정확하게 정의될 수 있는 독특한 사고방식을 가지게 된 것이다. 예를 들자면, 기도 주간을 지켜본 사람들 대부분은 한 신실한 신자가 의사 리외에게 했던 말을 지지할 것이다. "어쨌든 해를 끼치지는 않을 테니까요." 타루가 수첩에 기록하기를, 그런 경우 중국인들은 페스트라는 망령 앞에 북을 칠 것이고, 실제로 북이 예방책보다 더 효과적일지는 결코 알 수 없다고 강조했다. 그는 단지 어떤 문제에 관해 결론을 내려면 페스트라는 망령의 존재에 관해 알아야 하는데, 우리는 그 존재에 관해서 알지 못해 우리가 가진 의견은 아무런 의미가 없다고 덧붙였다.

어쨌든 우리 도시의 성당은 매주 신자들로 가득 찼다. 처음 며칠은 많은 주민이 성당 문 앞에 있는 종려나무와 석류나무 정원에 머물면서 거리로 퍼져 나가는 축원과 기도 소리를 들었다. 이 청중들은 차츰 앞사람을 따라 성당 안으로 들어가더니, 어느덧 신자들의 목소리에 자신의 작은 목소리를 보태기 시작했다. 그래서 일요일이면 많은 청중이 예배당을 점령했고, 성당 정원과 마지막 계단에까지 인산인해를 이뤘다. 전날부터 하늘이 흐려지더니 비가 쏟아졌다. 밖에서 머물던 사람들은 우산을 폈다. 향냄새와 옷에서 나는 축축한 냄새가 성당 안으로 퍼지는 가운데 파늘루 신부가 교단에 올라갔다.

그는 평균 키에 다부진 체격이었다. 설교단 가장자리를 큼지막한 손으로 움켜잡고 섰을 때 신부는 철제 안경 너머로 불그레한 볼이 두텁게 튀어나온 시커먼 하나의 형체로만 보였다. 그의 목소리는 우렁차고 열정적이었으니, 강렬한 하나의 문장만을 또박또박 힘주어 말하며 청중을 사로잡았고, 그 목소리는 멀리까지 퍼졌다.
"형제들이여, 당신은 불행합니다. 형제들이여, 그 불행은 마땅합니다."

논리적으로 볼 때 그다음 발언들은 비장한 서두와 맞지 않는 것 같았다. 시민들은 다음 대목을 들은 후에야 비로소 이 발언은 신부가 능숙한 웅변술로 단숨에 일격을 가하듯 전체 주제를 제시하는 일련의 수사임을 알아챘다. 파늘루 신부는 저렇게 말한 뒤, 바로 전염병에 관련된 출애굽기의 한 구절을 인용했다. "이 재앙은 하느님의 적을 처단하기 위해 역사상 처음으로 나타났습니다. 파라오는 영원한 하느님의 계획에 반대했기 때문에 페스트가 그를 무릎 꿇게 한 것입니다. 유사 이래로 하느님의 재앙은 교만한 자와 눈먼 자들을 신의 발밑에 꿇어앉혔습니다. 이를 유념하고 무릎을 꿇으십시오."

밖에서는 비가 더욱 거세졌다. 완전한 침묵 속에서 퍼진 마지막 한마디는 스테인드글라스 창문을 두드리는 장대비로 인해 더욱 심오해졌고, 어떤 신자들은 잠시 머뭇거리다가 이내 기도 의자에서 미끄러지듯 내려와 무릎을 꿇었다. 다른 사람들도 그들을 따라 해야 한다고 생각했는지 옆에 있는 사람들부터 한 명도 빠짐없이 차례로 무릎을 꿇었다. 의자가 삐걱대는 소리 외에는 아무 소리도 들리지 않았다. 파늘루 신부는 다시 몸을 일으켜 심호흡을 한 뒤 점차 고조되는 어조로 설교를 이어갔다. "오늘 여러분에게 페스트가 닥친 것은 반성할 때가 되었기 때문입니다. 의인은 이를 두려워하지 않으나 악인은 두려워서 온몸을 떨 것입니다. 세상이라는 거대한 곳간에서 무자비한 이 재앙은 겨에서 낟알이 분리될 때까지 인류라는 밀을 타작할 것입니다. 그러면 낟알보다는 겨가 더 많을 것이고, 선택된 자보다 부름을 받는 자가 더 많을 것입니다. 이 불행이 신의 뜻은 아닙니다. 세상은 너무 오랜 시간 악과 타협했고 너무 오랜 시간 신의 자비에 의존해 왔습니다. 그러는 동안 회개하는 것으로 충분했고 모든 것이 허용되었습니다. 그리고 회개에 대해 모두 자신했습니다. 때가 되면 틀림없이 회개할 것이고, 그러니까 그때까지는 가장 쉬운 방법으로 멋대로 살더라도 그 나머지는 자비로운 하느님이 해결해 주시리라 생각한 것입니다. 그런데 그런 식으로는 오래 가지 못합니다. 퍽 오랫동안 이 도시에 사는 사람들을 연민 어린 표정으로 바라봤던 하느님은 기다림에 지치고 영원한 희망에 실망하셔서 이제는 그 시선을 거두셨습니다. 신의 빛을 잃은 우리는 이제 오랫동안 전염병의 어둠 속에 놓이게 된 것입니다!"

예배당 안에서 누군가 성마른 말처럼 콧바람 소리를 냈다. 신부는 잠시 멈췄다가 낮은 어조로 다시 설교를 시작했다. "《황금 전설》*에는 이런 이야기가 나옵니다. 훔베르트 왕** 시대에 이탈리아의 롬바르디아에서 페스트가 창궐했는데, 그때 살아남은 자들이 죽은 자들을 묻기 버거울 정도였습니다. 그리고 이 페스트는 로마와 파비아에서도 맹위를 떨쳤다는데, 선한 천사가 나타나 사냥용 창을 들고 있는 악한 천사에게 집마다 문을 두드리라고 명령했습니다. 두드린 만큼 그 집에서 사망자가 나왔다고 합니다."

파늘루 신부는 이 대목에서 짧은 두 팔을 마당 쪽으로 쭉 뻗었다. 마치 비가 내리는 와중에 펄럭거리는 휘장 너머로 무언가를 가리키려는 것 같았다. "형제들이여!" 그는 힘차게 소리쳤다. "이것은 우리 거리를 휩쓸고 있는 죽음의 사냥과 같습니다. 보십시오. 페스트라는 천사는 루시퍼처럼 아름답고 그 자체로 빛나는 악이며 모두의 집 위에 있습니다. 오른손으로 붉은 창을 머리 위로 치켜들고 왼손으로는 여러분의 집을 가리키고 있습니다. 아마도 지금 이 순간 그의 손가락이 집 문을 가리키고 창은 나무 대문

* 중세 말, 도미니코회 수사이자 제노바의 대주교였던 야코부스 데 보라지네가 가톨릭 교회의 성인들을 집대성한 책이다.

** 이탈리아의 왕(1312~1355).

을 두드리고 있을지 모릅니다. 지금 이 순간 페스트는 여러분의 집으로 들어가서 침실에 들어앉아 당신이 오기를 기다리고 있을 것입니다. 세상의 질서처럼 인내심을 가지고 조심스럽게 그곳에서 기다리고 있는 것입니다. 반드시 알아 두십시오. 여러분은 세상의 어떠한 힘으로도, 인간의 쓸모없는 지식으로도 그 손을 피할 수 없습니다. 여러분은 피가 흥건한 마당에서 흠씬 두들겨 맞고 지푸라기 위로 버려질 것입니다."

여기서 신부는 비장한 이미지들을 더 광범위하게 다시 소개했다. 그는 거대한 나무 조각이 도시의 하늘에서 빙빙 돌다가 무작위로 공격하고 다시 피로 물든 채 솟아올랐다가 마침내 '진리의 수확을 준비하는 파종'을 위해 인간의 피와 고통을 흩뿌리는 광경을 연상시켰다.

신부가 긴 이야기를 마치자, 머리카락이 이마 앞으로 흘러내렸고 양손을 통해 설교대에까지 그 떨림이 전달되고 있었다. 그는 나직하게 다시 설교를 시작했는데, 이번에는 비난하는 어조가 섞여 있었다. "그렇습니다. 반성할 시간이 온 것입니다. 여러분은 평일에는 방종하게 지내다가 일요일에 하느님을 만나면 만사형통이라 생각했습니다. 여러분은 몇 번 무릎을 꿇으면 사악한 무관심을 용서받을 수 있으리라 생각했습니다. 하지만 신은 미온적인 분이 아닙니다. 이렇게 소원한 관계는 하느님의 끝없는 자애를 만족시킬 수 없습니다. 그분은 여러분을 오래 보고 싶어 하셨으니, 그것이 여러분을 사랑하는 그분의 방식이고 진실로 사랑하는 유일한 방법이었습니다. 그런 이유로 여러분이 오기를 기다리다 지친 하느님은 유사 이래 재앙이 죄지은 모든 도시를 휩쓸었던 것처럼 여러분에게 닥쳐도 내버려두기로 하신 것입니다. 카인과 그의 후손

들, 대홍수 이전의 사람들, 소돔과 고모라의 사람들, 파라오와 욥, 그리고 저주받은 자들이 알고 있었던 것처럼 여러분은 지금 자신의 죄가 무엇인지 알고 있습니다. 그들이 모두 그랬던 것처럼 이 도시가 여러분과 이 재앙을 둘러싼 벽들을 닫은 이후로 여러분은 사람들과 사물에 대한 새로운 시각을 갖게 되었습니다. 여러분은 이제야 본질로 돌아가야 한다는 사실을 알게 된 것입니다."

축축한 바람이 예배당 아래로 몰아치자, 촛불이 지글대며 너울거렸다. 양초 냄새가 진하게 퍼지면서 재채기와 기침 소리가 파늘루 신부에게까지 들렸다. 그는 높이 평가받은 바 있는 교묘한 언변을 발휘해 잔잔한 목소리로 돌아와 설교를 이어갔다. "여러분 중에 많은 분이 제가 어떤 결론에 이를지 궁금해하신다는 것을 저는 압니다. 앞서 그렇게 말하긴 했지만, 저는 여러분을 진리 앞으로 데려가 기쁨을 누리는 방법을 가르쳐 드리고 싶습니다. 이제는 조언이나 형제의 손길이 여러분을 바른 곳으로 이끄는 수단이던 때는 지났습니다. 오늘날 진리는 하나의 명령입니다. 그리고 붉은 창이 구원으로 가는 길을 당신에게 보여 주고 그곳으로 향하도록 떠밀 것입니다. 형제들이여, 여기서 모든 일에 선과 악, 분노와 연민, 페스트와 구원을 두신 하느님의 자비가 마침내 드러납니다. 여러분을 죽이는 이 재앙이 도리어 여러분을 고양시키고 길을 보여 주고 있습니다.

아비시니아*의 기독교인들은 오래전에 페스트를 불멸을 얻을 수 있는 효과적이며 신성한 수단이라고 생각했습니다. 그래서 페스트에서 살아남은 자들은 확실하게 죽기 위해서 페스트 환자들

* 에티오피아의 옛 이름.

이 쓰던 이불로 몸을 감쌌습니다. 구원을 향한 이러한 열정이 바람직하지 않을지도 모릅니다. 그것은 후회하게 될 성급함을 의미하고 오만에 가까운 행동입니다. 우리는 하느님보다 서두르지 말아야 하고 그분이 한 번에 세우신 불변의 질서를 서둘러 완성하겠다고 주장하는 모든 것은 결국 이단으로 이어집니다. 하지만 적어도 여기에는 교훈이 있습니다. 더욱 통찰력 있는 사람에게 이러한 예는 모든 고통의 심연 속에 있는 섬세한 빛을 돋보이게 합니다. 이 빛은 구원으로 이어지는 황혼의 길을 비춥니다. 또한 반드시 선을 악으로 변화시키는 하느님의 뜻을 보여 줍니다. 오늘도 죽음과 고뇌, 아우성에 이르는 여정을 통해 우리를 본질적인 침묵과 모든 생명의 근원으로 인도합니다. 형제들이여, 저는 여러분에게 바로 이 거대한 위안을 전하고자 했습니다. 여러분은 징벌하는 말뿐만 아니라 마음을 진정시키는 말씀도 듣고 가시기 바랍니다."

파늘루 신부의 설교가 끝난 것 같았다. 밖에는 비가 그쳤다. 물기와 햇볕이 뒤섞인 하늘이 광장 위로 빛을 쏟아 내며 활기를 띠었다. 거리에서는 목소리와 자동차 미끄러지는 소리가 울려 퍼지며 도시의 모든 언어가 깨어났다. 청중들이 소지품을 조심스럽게 챙겼지만, 조용한 소란이 일었다. 그러나 신부는 설교를 다시 이어갔다. 페스트는 원래 신이 내린 것이고, 그 징벌적인 성격을 밝힌 이상 자기로서는 더 이상 할 말은 없으며, 더욱 비극적인 주제를 다루면서 어울리지 않는 웅변으로 마치고 싶지 않다고 말했다. 그에게는 모든 것이 모든 이에게 명확해진 것 같았다. 신부는 다만 마르세유에 페스트가 대규모로 발생했을 때, 전기 작가인 마티외 마레*가 지옥

* 마티외 마레(Mathieu Marais, 1665~1737)는 프랑스 법학자이자 전기 작가이다.

에 떨어져서 도움이나 희망도 없이 살고 있다며 한탄했다는 사실만 언급했다. 마티외 마레는 하느님도 보지 못하는 맹인과 다름없었다! 이와는 반대로, 오늘만큼 파늘루 신부가 모두에게 베풀어진 신의 구원과 희망을 생생하게 느낀 적은 없었다. 그는 요즘에 만연하는 공포와 죽어 가는 자들의 비명에 굴하지 말고 우리의 시민들이 기독교의 말씀이자 사랑의 말씀을 하늘을 향해 외치기를 바랐다. 그 나머지는 하느님이 하시리라.

이 설교가 우리의 시민들에게 영향을 미쳤음은 분명하지만 어떤 영향인지 설명하기는 어렵다. 예심판사 오통 씨는 리외에게 파늘루 신부의 설교에 관해서 "결코 반론의 여지가 없다."고 말했다. 그러나 모든 사람이 이처럼 확고한 의견을 가진 것은 아니었다. 간단히 말하자면, 설교를 듣고 어떤 사람들은 그때까지는 막연했던 생각, 그러니까 알지도 못하는 범죄로 인해 상상조차 할 수 없는 감금이라는 처벌을 받고 있다는 생각을 절실히 느꼈다. 일부는 소박한 삶을 이어가면서 감금 생활에 적응하는가 하면 또 다른 사람들은 그때부터 이 감옥에서 탈출할 생각뿐이었다.

처음에 사람들은 외부와의 단절을 그저 일상의 일부분만을 방해하는 일시적인 성가심 정도로 받아들였다. 그런데 이글거리기 시작하는 여름의 태양 아래에서 불현듯 이것이 일종의 감금임을 인식한 그들은, 이런 감옥살이가 삶을 송두리째 위협하고 있다는 것을 어렴풋이 느꼈고, 밤이 되면 선선한 공기에서 에너지를 얻어 절망적인 행동을 하기에 이르렀다.

무엇보다 그것이 우연의 일치이든 아니든 간에, 그 일요일부터 도시 안에서는 일종의 공포가 만연하며 짙게 퍼지기 시작했는데, 우리의 시민들이 자기가 처한 상황을 드디어 이해하기 시작한 것은 아닌가 하는 생각이 들 정도였다. 그런 점에서 우리 도시의 분위기가 약간 변하기는 했다. 그러나 사실 분위기가 변한 것인지 마음이 변한 것인지, 바로 그것이 문제였다.

설교가 있은 지 얼마 지나지 않아 리외는 변두리 지역으로 향하면서 그랑과 이 일에 관해 이야기를 나누고 있었다. 밤이었는데, 그들 앞에서 몸을 이리저리 흔드는 한 남자와 마주쳤다. 점점 점등 시간이 늦어지던 가로등이 그때 갑자기 켜졌다. 산책하는 사람들 뒤로 높이 달린 가로등이 갑자기 그 남자를 비췄다. 그는 눈을 감고 소리 없이 웃고 있었다. 희끄무레한 그의 얼굴은 웃고 있느라 옆으로 퍼져 있었고 굵은 땀방울이 떨어지고 있었다. 그들은 남자를 지나쳤다.

"미친 사람이네요." 그랑이 말했다.

리외는 그랑을 끌어당기려고 팔을 붙잡았을 때 그가 짜증이 나서 부들부들 떨고 있음을 느꼈다.

"머지않아 도시 안에는 미친 사람들밖에 없을 겁니다." 리외가 말했다.

피로 탓인지 목이 말랐다.

"뭐 좀 마시지요."

그들은 작은 카페로 들어갔다. 카페에는 카운터에 놓인 전등 한 개만이 켜져 있었는데, 무겁고 불그스름한 분위기 속에서 사람들은 왠지 목소리를 낮추고 이야기를 나누고 있었다. 그랑이 카운터에서 술 한 잔을 시켜 단숨에 털어 넣는 것을 보고 의사는 놀랐다. 그랑은 자신이 술이 세다고 했다. 잠시 후 그랑은 밖으로 나가자고 했다. 밖으로 나오자 리외는 밤이 비명으로 가득한 것 같았다. 검은 하늘 어딘가에서부터 가로등 위로 들려오는 둔탁한 휘파람 소리가 뜨거운 공기를 계속 휘젓고 있는, 보이지 않는 재앙을 연상시켰다.

"다행이지요, 정말 다행입니다." 그랑이 말했다.

리외는 그가 무슨 말을 하는 건지 생각하고 있었다.

"다행히 저는 할 일이 있잖아요." 그랑이 말했다.

"그렇지요, 좋은 점이지요." 리외가 말했다.

휘파람 소리가 듣기 싫었던 리외는 그랑에게 그 일이 마음에 드는지 물었다.

"그렇습니다, 제가 잘하고 있다고 생각해요."

"오래 걸리나요?"

그랑은 활기를 띠었고 술기운이 목소리에 묻어났다.

"잘 모르겠습니다. 하지만 문제는 그게 아닙니다, 선생님. 다른 게 문제예요."

리외는 어둠 속에서 그가 팔을 흔들고 있음을 알아챘다. 할 말을 준비하고 있었던 듯 별안간 술술 털어놓았다.

"제가 바라는 것은요, 선생님. 발행인이 제 원고를 받아서 읽고 난 뒤 자리에서 일어나 사원들에게 이렇게 말하는 겁니다. '여러분, 모자를 벗어 경의를 표하세요!'"

뜻밖의 고백에 리외는 놀랐다. 그랑은 손을 머리로 가져가 모자를 벗는 시늉을 하며 팔을 수평으로 뻗었다. 저 높은 곳에서 이상한 휘파람 소리가 더욱 강하게 들리는 듯했다.

"그럼요, 원고는 완벽해야 합니다." 그랑이 말했다.

리외는 문단의 관례에 대해서는 잘 모르지만 그렇게 간단하게 처리될 것 같지는 않았다. 예를 들어, 발행인은 자기 사무실에서 모자를 쓰고 있지는 않을 것이다. 그러나 결코 알 수 없는 일이니, 리외는 잠자코 있기로 했다. 그는 자기도 모르게 페스트가 내는 기이한 소리에 귀를 기울였다. 그랑이 사는 동네에 가까워지고 있었다. 지대가 높았기 때문에 미풍이 열기를 식혀 줬고, 동시에 도시의 모든 소음도 씻어 줬다. 그런데 그랑은 말을 멈추지 않았고, 리외는 이 호인이 하는 말을 전부 이해하지는 못했다. 그저 문제의 작품이 상당히 진척되었고, 작품을 완성하기 위해 작가가 들인 노고란 그에게 퍽 고통스러운 것이라는 점은 이해했다. "며칠 밤, 몇 주일 내내 단어 하나를 가지고…. 어떨 때는 접속사 하나를 고르는 데만…." 여기서 그랑은 말을 멈추고 의사의 코트 단추를 잡았다. 비뚤배뚤하게 난 치아 사이로 말이 새어 나왔다.

"생각해 보세요, 선생님. 엄밀하게 말해서 '그러나'와 '그리고' 중에서 선택하는 건 정말 쉬워요. 그런데 '그리고'와 '그다음에' 중에서 선택하는 건 조금 어렵지요. '그다음에'와 '이어서'는 정말이지 어려운 일입니다. 하지만 제일 어려운 것은 '그리고'를 넣어야 할지 말아야 할지를 결정하는 것이지요."

"그렇겠네요." 리외가 대답했다. "무슨 말씀인지 알겠어요."

그들은 가던 길을 다시 걸었다. 그랑은 혼란스러운 듯했지만 다시 리외에게 가까이 왔다.

"죄송해요." 그랑이 우물거렸다. "오늘 밤에 제가 왜 이러는지 모르겠어요!"

리외는 그랑의 어깨를 부드럽게 토닥이면서 자기도 그를 돕고 싶고, 이야기가 아주 재미있다고 말했다. 그랑은 기분이 조금은 나아진 듯했다. 그랑은 집 앞에 이르자 잠시 망설이더니 의사에게 잠시 올라가지 않겠느냐고 권했다. 리외는 그러자고 했다.

그랑은 부엌으로 가 리외를 식탁 앞에 놓인 의자로 안내했다. 식탁에는 수정 사항이 빼곡하게 표시된 작은 원고 뭉치가 놓여 있었다.

“네, 바로 그겁니다.” 눈짓으로 묻는 의사에게 그랑이 말했다. “마실 것 좀 드릴까요? 와인이 조금 남아 있어요.”

리외는 괜찮다고 했다. 원고들을 보고 있었다.

“보지 마세요.” 그랑이 말했다. “그건 첫 문장인데요, 여간 힘든 게 아니에요.”

그랑도 종이 뭉치를 보고 있었다. 그러다 자기도 모르게 원고 한 장을 들어 전등갓이 없는 조명에 대고 비춰 봤다. 원고를 쥐고 있던 손이 떨렸다. 그랑의 이마가 땀으로 젖어 있는 것이 리외의 눈에 띄었다.

“앉아서 읽어 주세요.” 리외가 말했다.

그랑은 그를 바라보며 감사하다는 의미로 미소를 지었다.

“네.” 그가 말했다. “저도 그러고 싶군요.”

그는 원고를 보면서 잠시 뜸을 들이다가 자리에 앉았다. 리외는 도시에서 재앙의 휘파람 소리에 응답하는 것 같은 윙윙거리는 혼란스러운 소리를 동시에 들었다. 바로 그 순간, 그의 발치에 펼쳐진 이 도시와 도시가 형성하고 있는 닫힌 세계, 그리고 밤이면 도시를 질식시키는 끔찍한 비명을 이상하리만치 예민하게 지각했다. 그랑의 목소리가 은근히 커졌다. “5월의 어느 아름다운 아침에, 우아한 한 여인이 근사한 알레잔 암말을 타고 부르고뉴의 숲의 꽃이 만발한 오솔길을 달리고 있었다.” 침묵이 돌아왔고, 더불어 고통받는 도시의 희미한 소음도 들려왔다. 그랑은 원고를 내려놓고 계속 그것을 바라봤다. 잠시 후 고개를 들었다.

“어떻게 생각하세요?”

리외는 도입부를 들으니 뒷이야기가 궁금해진다고 대답했다.

그랑은 그런 관점은 좋지 않다고 열정적으로 말했다. 그는 손바닥으로 원고를 탁 쳤다.

"이 부분은 그저 초고일 뿐이에요. 내가 상상한 장면을 완벽하게 표현해서, 하나 둘 셋, 하나 둘 셋 하는 말의 속도와 제 문장이 맞아떨어지면 나머지는 훨씬 쉬워질 겁니다. 무엇보다 시작부터 그 모순이 바로 그려져서 이런 말을 나올 정도가 되는 것이지요. '모자를 벗고 경의를 표하세요!'"

그러나 그러려면 그에게는 아직 할 일이 태산이었다. 그랑은 인쇄소에 이 문장을 그대로 넘길 생각이 결코 없었다. 때로는 만족스러웠지만 여전히 현실과는 멀고, 어떤 의미에서는 안이한 어조가 느껴져서, 상투적이지는 않아도 그와 비슷한 것이 남아 있다는 것을 알고 있었기 때문이다. 그가 하는 말의 의미는 대충 그러했다. 그때 창문 아래에서 사람들이 달려가고 있는 소리가 작게나마 들려왔다. 리외는 자리에서 일어섰다.

"제가 그걸 어떻게 할지 아시게 될 겁니다." 그랑은 창문 쪽으로 돌아서면서 이렇게 덧붙였다. "이 일이 다 끝나면요."

다급한 발걸음 소리가 들렸다. 리외는 어느덧 계단을 내려가 인도에 이르렀고, 그때 두 남자가 그 앞으로 지나갔다. 필시 그들은 도시 입구로 향하는 것이리라. 우리의 시민 중 일부는 실제로 더위와 페스트 사이에서 이성을 잃고는 폭력을 행사하고 보초병의 눈을 속여 도시에서 탈출하려고 했다.

랑베르처럼 다른 사람들도 막 조성되기 시작된 공포 분위기에서 벗어나려고 끈질기고 약삭빠르게 노력했지만, 성공에 이르지는 못했다. 우선 랑베르는 공식적인 절차를 따랐다. 끈기만 있으면 결국 모든 것을 해낼 수 있다는 것이 그의 인생철학이었다. 그런 관점에서 보면 곤경에서 벗어나는 일이 그의 직업이기도 했다. 그래서 수많은 공무원과 능력이 출중한 사람들을 만났다. 하지만 그의 경우에 그들의 능력은 아무런 소용이 없었다. 그들은 은행, 수출, 감귤류, 와인 무역과 관련된 모든 것에 관해 정확하게 알고 있고 생각이 정리된 사람들이었다. 확실한 학벌과 선의는 말할 것도 없고, 소송이나 보증 문제에 관해서도 해박한 지식을 가진 사람들이었다. 가장 인상적이었던 것은 모두가 호의적이었다는 점이다. 하지만 페스트에 관해서라면 그들은 아는 것이 거의 없었다.

랑베르는 그들 앞에서 기회가 있을 때마다 자기 입장을 변호했다. 주장의 근거는 항상 그렇듯이 자신은 외지인이며, 그러므로 자신의 경우는 특별 검토 대상이라는 것이었다. 일반적으로 기자의 대화 상대들은 그 점은 기꺼이 인정했다. 하지만 다른 많은 사람 역시도 비슷한 상황이었기 때문에 그의 상황은 본인이 생각하는 것만큼 특별한 경우는 아니라는 답변을 매번 들어야 했다. 이에 대해 랑베르는 자신이 주장하는 바의 근거는 조금도 변함이 없다고 응수했다. 그러면 사람들은 큰 반감을 드러내면서 선례를 만들 위험이 있고, 특별 조치를 허용하지 않는 와중에 그를 허용하게 되면 행정 방침이 바뀌게 되는 것이라고 대꾸했다. 랑베르가 의사 리외에게 제시한 분류법에 따르면 그런 식으로 따지기 좋아하는 사람들은 형식주의자에 속했다. 그런가 하면 언변이 좋은 사람들도 있었다. 그들은 이런 일은 절대 오래가지 않고, 그가 결정을 내려달라고 하면 좋은 조언을 아끼지 않으면서 일시적인 괴로움에 불과한 것이라고 말하며 청원자인 랑베르를 위로해 줬다. 영향력 있는 사람들도 있어서 찾아가 보면 그의 상황을 요약해 메모로 남겨 놓으라고 하고는 곧 결정을 내리겠다고 대답했다. 경박한 사람들은 숙박권을 주거나 저렴한 하숙집 주소를 알려 주겠다고 했다. 꼼꼼한 사람들은 양식을 채우라고 한 다음 잘 분류해 두었고, 일이 바쁜 사람들은 두 손을 들었으며, 귀찮아하는 사람들은 눈길을 돌려 버렸다. 마지막으로 대다수를 차지하는 보수적인 사람들은 다른 기관을 알려 주거나 다른 방법을 찾아보라고 권유했다.

기자는 그렇게 여기저기 찾아다니느라 지쳐 버렸다. 인조 가죽을 입힌 의자에 앉아 세금이 면제되는 국채에 가입하라거나 식민지 군대에 입대하라는 대형 포스터를 보면서 기다리고, 얼마나 관공서를 드나들었는지 파일이나 서류 선반을 보는 것만큼이나 사무원들의 얼굴만 봐도 일이 어떻게 진행될지 쉽게 예측할 수 있을 정도였고, 그곳이 어떤 곳인지 정확하게 파악할 수 있었다. 랑베르가 리외에게 씁쓸하게 말했던 것처럼, 그러고 다니느라 그는 모든 것을 제대로 보지 못하고 있었다는 것이 유리한 점이었다. 페스트가 확산되고 있었지만, 그는 그런 사실을 눈치채지 못했던 것이다.

하루가 빨리 지나간다는 것은 말할 것도 없고, 도시 전체가 처한 그 상황 속에서 만약 죽지 않는다면 모두가 그만큼 페스트라는 시련의 종말에 가까워지는 것이라고 할 수 있었다. 리외는 그런 관점이 틀린 것은 아니지만 지나친 일반론임을 인정하지 않을 수 없었다.

랑베르도 잠시 희망을 품었더랬다. 도청으로부터 신원 조사 양식을 받았는데 공란을 정확하게 채우라고 되어 있었다. 양식지에는 그의 신분, 가족 관계, 과거와 현재의 소득, 그리고 이력에 대한 내용을 채워야 했다. 거주지로 돌려보낼 사람들을 추리기 위한 조사라는 생각이 들었다. 정확하지는 않지만, 어떤 기관에서 들은 바가 있어 그런 생각이 확고해졌다. 몇 가지 세부적인 조사를 거친 후 양식지를 보낸 사무실로 찾아간 그는 '만약의 경우'를 대비해서 정보를 수집하고 있다는 대답을 들었다.

"어떤 경우를 말하는 건가요?" 랑베르가 되물었다.

페스트에 걸려서 사망했을 때 가족들에게 알리고, 한편으로는 병원비를 시 예산으로 부담해야 하는지 아니면 친족에게 그 대금을 보상받을 수 있는지에 관해 파악해야 하는 경우라는 설명을 들었다. 그렇다면 분명히 그를 기다리고 있는 아내와 완전히 이별하게 되는 것은 아닐뿐더러 사회가 그들에게 관심을 두고 있다는 사실을 증명하는 것이었다. 그러나 그것이 위로가 되지는 않았다. 더 주목할 만한 점이자 랑베르가 결과적으로 더 주목하게 된 것은 재난이 최고조에 달했을 때에도 기관은 계속 업무를 보고 있으며, 그런 목적으로 설립된 기관이라는 이유만으로 종종 최고 기관에 알리지 않고 앞장서서 조치할 수 있다는 사실이었다.

그 이후로 이어진 시기는 랑베르에게 가장 쉬우면서도 가장 어려운 시기였다. 마비된 시기였던 것이다. 그는 모든 부서에 찾아가 모든 절차를 밟아 봤지만 당장에 그쪽으로는 해결책이 막혀 버렸다. 그래서 그는 이 카페 저 카페를 전전했다. 아침에는 테라스에서 미지근한 맥주 한 잔을 앞에 두고 앉아서 이 전염병이 곧 끝날 기미가 있는지 알아보려고 신문을 읽었다. 거리에서 행인들의 슬픈 표정을 보면 역겨움을 느꼈고, 맞은편에 있는 상점 간판과 더 이상 팔지 않는 훌륭한 식전주 광고를 수 차례 읽은 다음, 자리에서 일어나서 도시의 노란 거리를 정처 없이 걸었다. 산책하면서 이 카페에 들어갔다가 다시 식당으로 홀로 자리를 옮기다 보면 저녁때가 되었다. 리외는 어느 날 저녁, 카페 앞에서 들어가기를 망설이고 있는 기자를 알아봤다. 그는 이윽고 뭔가를 결심한 듯 안쪽으로 들어가 앉았다. 도청의 명령으로 카페에 불을 켜는 시간을 최대한 미루던 시기였다. 황혼이 검은 물처럼 실내로 들어왔고, 지고 있는 하늘의 붉은빛이 진열창에 반사되었다. 대리석 테이블이 밀려드는 어둠 속에서 희미하게 빛났다. 텅 빈 실내 한가운데에서 랑베르는 마치 길 잃은 그림자처럼 보였고, 리외는 그때가 랑베르가 그의 결심을 포기한 순간이라고 생각했다. 그러나 동시에 이 도시에 갇힌 수감자들도 자포자기한 순간이었다. 해방을 앞당기기 위해 무언가 조치를 하지 않으면 안 되었다. 리외는 발길을 돌렸다.

랑베르는 역에서도 많은 시간을 보냈다. 승강장에는 접근하지 못하게 되어 있었다. 하지만 외부에서 들어갈 수 있는 대합실은 여전히 열려 있었고, 때때로 거지들이 더운 날이면 그늘지고 시원한 그곳에 자리를 잡고는 했다. 랑베르는 그곳에서 오래된 열차 시간표나 침 뱉기 금지 벽보, 승객 규정을 읽고 나서 구석 자리에 앉왔다. 대합실은 어두웠다. 오래된 무쇠 난로는 구식 살수기의 팔각 울타리 안에서 몇 달 동안 차게 식어 버렸다. 벽에는 방돌이나 칸에서 행복하고 여유로운 삶을 보내라는 포스터가 여러 장 붙어 있었다. 랑베르는 가난의 끝에서 볼 수 있는 일종의 끔찍한 자유를 그곳에서 느꼈다. 적어도 그가 리외에게 말했던 대로 가장 떠올리기 힘든 이미지는 파리였다. 오래된 석조 건물과 소루의 풍경, 팔레 루아얄에 모여 있던 비둘기들, 북역, 팡테옹의 황량한 구역, 그리고 그가 그토록 사랑하는데도 미처 몰랐던 도시의 다른 장소들이 랑베르에게 떠오르는 통에 그는 아무 일도 할 수 없었다. 리외는 그가 이런 기억을 사랑의 기억과 동일시하고 있다는 생각밖에 들지 않았다. 그래서 랑베르가 새벽 4시에 일어나 자신이 사는 도시에 관해 생각하는 것을 좋아한다고 말했던 날, 의사는 자신의 오랜 경험에 비추어볼 때, 그가 두고 온 여자를 떠올리기 좋아한다는 것을 어렵지 않게 짐작할 수 있었다. 사실 그때가 그가 그 여자를 자기 것으로 만드는 시간이었다. 새벽 4시에 우리는 보통 아무것도 하지 않고 잠을 잔다. 비록 그 밤이 부정을 저지르는 밤이라 하더라도 말이다. 그렇다, 그 시간에 우리는 잠을 자고 잠을 자면 안심이 된다. 사랑하는 사람을 영원히 소유하거나 사랑하는 사람과 재회할 때까지 그 사람을 끝나지 않고 꿈도 없는 잠 속에 빠뜨려 놓을 수 있기를 바라는 것이 불안한 사람이 품는 거대한 욕망이기 때문이다.

설교가 있은 지 얼마 지나지 않아 더위가 시작되었다. 날짜는 6월의 끝자락에 다다라 있었다. 때늦은 비가 내려 설교를 더욱 강렬하게 만들었던 일요일 다음 날, 하늘과 지붕 밑으로 여름이 성큼 다가와 있었다. 무엇보다 하루 동안 뜨거운 바람이 휭휭 소리를 내며 불었고, 온 벽이 바짝 말랐다. 태양은 꼼짝도 하지 않았다. 열기와 햇볕이 온종일 도시에 쉬지 않고 밀려들었다. 아케이드 거리와 아파트를 제외하면 도시에서 눈을 찌르는 햇볕을 피할 곳은 없을 듯했다. 태양은 거리 구석구석까지 우리의 시민들을 쫓아왔고, 잠시 서기라도 하면 맹공격을 퍼부었다. 한 주에 희생자 수가 700명으로 치솟으면서 첫 무더위가 시작되자 절망적인 분위기가 도시 안에 팽배했다. 변두리 지역에서는 평지와 테라스가 있는 집 사이에 돌던 활기가 줄었고, 주민들이 문 앞에 나와 살던 그런 동네에서는 문과 덧창이 모두 닫혀 있었는데, 그것이 페스트를 막으려는 것인지 아니면 햇볕을 막으려는 것인지는 알 수 없었다. 그러나 몇몇 집에서는 신음이 새어 나왔다. 전에 그런 일이 생기면 밖으로 나와 살펴보던 사람들이 종종 있었다. 그러나 그런 상황들이 길어지다 보니 사람들이 무뎌져 버렸는지 마치 신음이 인간의 자연스러운 언어인 것처럼 지나치거나 그 옆에서 살고 있었다.

도시 입구에서 소동이 벌어지면 경찰들은 무기를 사용할 수밖에 없었다. 그런 소동으로 조용한 혼란이 생겼다. 부상자가 발생한 것뿐임에도 더위와 공포 때문에 도시에서 벌어지는 모든 것이 과장되는 상황에서 사망자 이야기까지 나오는 것이었다. 어쨌든 불만은 끊임없이 터져 나왔고, 최악의 상황이 발생할 것을 우려한 당국은 페스트로 격리된 사람들이 폭동을 일으킬 경우를 대비한 조치를 신중하게 고려했다. 신문에는 외출 금지 명령이 계속 게재되고, 이를 위반하는 경우 징역형에 처하겠다고 위협했다. 순찰대가 시내를 돌고 있었다. 인적이 끊긴 채 더위로 펄펄 끓고 있는 거리에서 길 양쪽의 닫힌 창문들 사이로 기마순찰대가 말발굽 소리를 내며 지나갔다. 기마순찰대는 위험에 처한 도시에 내려앉은 경계 어린 침묵 속에서 사라졌다. 최근 개와 고양이는 벼룩과 접촉할 수 있으므로 사살하라는 행정명령이 떨어졌고, 이에 특별전담팀이 발포하는 총소리가 이따금 들려왔다. 그 메마른 총소리는 도시에 위기감을 조성하는 데 일조했다.

게다가 더위와 침묵 속에서 안 그래도 공포에 사로잡혀 있던 우리의 시민들은 모든 것이 심각하게 느껴졌다. 계절의 변화를 알 수 있는 하늘의 색깔과 흙냄새가 처음으로 모두에게 예민하게 다가왔다. 전염병이 여름에는 더욱 기승을 부린다는 것을 아는지라 모두가 두려워하던 와중에, 어느덧 여름이 완연해졌음을 누가 봐도 알 수 있었다. 밤하늘에 울려 퍼지는 명매기 소리가 도시 위로 더욱 가냘프게 들려왔다. 그 소리는 우리 고장의 지평선 먼 곳에서 떨어지는 6월의 석양과 어울리지 않았다. 시장에서 파는 꽃들은 봉오리가 아니라 이미 활짝 핀 상태였다. 그래서 아침에 장사가 끝나고 나면 먼지로 지저분한 인도에 꽃잎이 잔뜩 떨어져 있었다. 봄기운은 사그라들었다. 봄이 사방에서 수천 송이의 꽃을 만개하게 했다가 이제는 페스트와 더위에 짓눌려 천천히 스러져 오그라들고 있는 것이었다. 여름 하늘, 그리고 먼지와 권태로 혈색을 잃은 이 거리들은 시민 모두에게 매일 100여 구의 시체들 못지않게 위협적인 의미로 다가왔다. 뙤약볕이 쉴 새 없이 쏟아지니 잠과 휴가에 구미가 당기는 이 시간에도 더 이상 예전처럼 물과 육체의 축제를 즐기기란 불가능했다. 오히려 폐쇄되어 정적이 감도는 도시에서 공허한 소리만 들려왔다. 행복한 계절의 구릿빛 광채를 잃고 만 것이다. 페스트라는 태양은 모든 색채를 바래게 만들고 모든 즐거움을 몰아냈다.

이것이 질병이 가져온 가장 큰 혁명과도 같은 변화였다. 우리의 시민 모두는 보통 행복한 마음으로 여름을 환영했다. 그래서 도시는 바다를 향해 열려 있었고, 젊음을 해변으로 쏟아 냈었다. 그런데 이번 여름에는 오히려 바다에 접근하는 게 금지되었고, 온몸으로 즐거움을 누리지 못했다. 이런 상황에서 무엇을 할 수 있겠는가? 그때 우리 삶을 가장 충실하게 표현한 사람이 타루였다. 그는 전염병의 전환점을 정확하게 기록하면서 페스트의 전반적인 진행 상황을 따라갔다. 라디오에서는 주에 백 단위로 보도하던 것을 이제는 날마다 92명, 107명, 또는 120명이 사망했다는 식으로 보도했다. '신문과 당국은 페스트를 가지고 장난질을 치고 있다. 910명보다 130명은 훨씬 적은 수이기 때문에 페스트를 몇 점 차이로 이기고 있는 것이라고 생각한다.' 그는 페스트가 보여 주는 비장하거나 연극적인 측면도 덧붙였다. 덧창이 닫혀 있는 인적 없는 동네에서 갑자기 어떤 여자가 창문을 열고 위를 향해 두 번 괴성을 지르더니 짙은 어둠이 깔린 침실의 덧창을 다시 닫았다는 것이다. 그리고 약국에서는 박하사탕이 바닥났는데, 많은 사람이 감염 가능성으로부터 자신을 보호하기 위해 박하사탕을 사 먹었기 때문이라고 지적했다.

그는 자신이 좋아하는 인물들을 계속 관찰했다. 고양이에게 침을 뱉던 작달막한 노인도 비극 속에서 살고 있음을 알게 되었다. 어느 날 아침에 실제로 총성이 울렸고, 타루가 묘사했듯이 총알이 가래침처럼 날아가 골목에 있는 대부분의 고양이를 명중시키는 바람에 고양이들은 겁에 질려 거리를 떠났다. 같은 날, 노인은 평소처럼 같은 시간에 발코니로 나와서 몸을 굽혀 거리를 끝에서 끝까지 살펴보고는 하는 수 없다는 듯이 기다렸다. 그는 손으로 발코니의 철망을 가볍게 두드리고 있었다. 기다리면서 종이를 잘게 찢었고, 안으로 들어갔다가 다시 나오기도 했다. 그러더니 잠시 후 갑자기 분풀이를 하듯 발코니 문을 쾅 닫으면서 집 안으로 사라졌다. 며칠 동안 같은 장면이 반복되었다. 노인의 얼굴에서 슬픔과 혼란이 점점 더 뚜렷하게 드러났다. 일주일이 지나고, 타루는 여느 때처럼 그가 나타나기를 기다렸지만 허사였다. 창문은 고집스레 닫혀 있었는데, 그 슬픔을 충분히 짐작할 만했다. '페스트가 돌 때에는, 고양이에게 침을 뱉지 말 것.' 타루는 노트에 그렇게 결론을 지었다.

한편 타루는 밤에 호텔로 돌아올 때면 이리저리 거니는 야간 경비원의 우울한 얼굴을 어김없이 로비에서 마주쳤다. 경비원은 만나는 사람마다 무슨 일이 일어날지 자기는 이미 예상했다고 끊임없이 주지시켰다. 타루는 그가 불행을 예상했다는 건 익히 들어왔다고, 하지만 그게 지진이라고 하지 않았느냐고 그에게 상기시켰다. 그러자 늙은 경비원은 이렇게 대답했다. "아! 지진이었다면, 한 번 흔들리고 마는 거면 더 이상 아무런 말도 없을 테지요, 사망자와 생존자 수를 세면 끝나니까요. 그런데 이 망할 놈의 페스트는, 심지어 걸리지 않은 사람도 페스트에 걸린 것 같다니까요."

지배인 역시 압박감을 느꼈다. 초반에는 여행객들이 도시 밖으로 나갈 수 없어서 호텔에 발이 묶였다. 그런데 전염병이 끝날 줄을 모르자, 친구 집에서 묵는 편이 낫겠다고 생각하는 여행객들이 많아졌다. 호텔 객실이 가득 찼던 이유와 똑같은 이유로 객실은 텅 비게 되었다. 새로운 여행객들이 더 이상 우리 도시에 오지 않았기 때문이다. 타루는 몇 안 되는 투숙객 중 한 명이 되었고, 지배인은 기회를 놓치지 않고 그에게 마지막 투숙객한테도 친절히 서비스하고자 하는 마음이 없었다면 진작 호텔 문을 닫았을 거라고 콕 집어 말했다. 그는 타루에게 종종 전염병이 얼마나 갈 것 같은지 물었다. "추위가 이런 종류의 질병에는 상극이라고 하더군요." 타루가 대답했다. 지배인은 당황해했다. "하지만 손님, 이곳은 전혀 춥지 않은걸요. 어쨌든 몇 달은 걸리겠군요." 게다가 지배인은 여행객들이 오랫동안 도시에 등을 돌릴 것이라고 확신하고 있었다. 전염병 때문에 관광산업이 엉망이 된 것이다.

올빼미 신사 오통 씨가 한동안 보이지 않더니 식당에 다시 나타났다. 그 뒤를 훈련된 강아지 같은 두 아이가 따랐다. 알고 보니, 그의 아내는 친정어머니를 간호했지만 결국 돌아가셨고 현재 격리되어 있었다.

"저는 마음에 안 들어요." 지배인은 타루에게 말했다. "격리를 하든 말든 그 부인은 병에 걸렸을 가능성이 있고 저 사람들도 마찬가지예요."

타루는 그에게 그렇게 생각하자면 모든 사람이 의심스러운 법이라고 지적했다. 그러나 지배인은 확고했고, 이 문제에 관해서는 이미 명확한 관점을 가지고 있었다.

"아니요, 손님. 손님도 나도 그럴 가능성은 없지만 저 사람들은 그렇지 않지요."

오통 씨는 전과 별반 다르지 않았고, 이번 페스트도 그에게는 힘을 못 썼다. 그는 전과 같이 레스토랑에 들어가 아이들 앞에 앉았고, 여느 때처럼 고상하면서도 공격적으로 말했다. 어린 아들만이 외모가 달라져 있었다. 여동생과 마찬가지로 검은색 옷을 입고 있었는데, 조금은 다부진 그 모습을 보니 마치 자기 아버지의 작은 그림자처럼 보였다. 오통 씨가 마음에 들지 않았던 야간 경비원은 타루에게 이렇게 말했다.

"아이고! 저 사람은 저렇게 옷을 입은 채 죽을 거예요. 갈아입힐 필요도 없겠네요. 곧장 가면 되니까요."

파늘루 신부의 설교에 관해서도 역시 이야기가 나왔다. 다만 이런 논평이 달려 있었다. "나는 동정 어린 열정을 이해한다. 재앙이 시작될 때와 끝날 때 약간의 미사여구는 항상 존재하는 법이다. 시작될 때는 일상이 아직 사라지지 않았고, 끝날 때는 일상을 되찾기 때문이다. 불행한 순간에야 진실, 즉 침묵에 익숙해진다. 좀 더 기다려 보자."

마침내 타루는 그가 의사 리외와 긴 대화를 나눴음을 기록해 뒀는데, 수첩에는 결과가 좋았다는 말만 적혀 있었다. 덧붙여서 어머니인 리외 부인의 눈동자가 밝은 갈색임을 적으면서 그렇게 선의 넘치는 눈빛은 페스트도 이길 법하다고 단언했다. 마지막으로 리외가 치료했던 노인 천식 환자에 대해서는 제법 길게 쓰고 있었다.

그는 의사와 대화가 끝난 후 그 노인을 보러 함께 갔다. 노인은 손을 비비며 냉소를 머금은 채 타루를 맞았다. 침대 위에서 베개에 기대앉아 있었고, 콩이 든 냄비 두 개가 앞에 놓여 있었다. "아! 한 분이 더 오셨군요." 그는 타루를 보며 말했다. "세상이 거꾸로 돌아가고 있군요, 환자보다 의사가 더 많아지다니. 병이 빠르게 퍼지고 있는 거지요? 신부님 말씀이 맞아요. 그래도 싸지." 다음 날 타루는 예고도 없이 그를 다시 찾아갔다.

그의 노트에 적힌 내용에 따르면, 직업이 잡화상이었던 이 노인은 쉰 살이 되면서 자신은 할 만큼 했다고 판단했다. 그때 그는 자리에 누웠고, 그 후로 다시는 침대를 떠나지 않았다. 그의 천식은 일어나서 움직인다고 해서 문제가 되는 병은 아니었다. 그는 적지만 연금 덕분에 75세까지 걱정 없이 살았다. 그는 시계를 보는 것을 참을 수 없어서 집에는 시계가 하나도 없었다. "시계는 비싸기만 하고 멍청한 물건이라오." 그는 시간을, 특히 유일하게 중요하게 여기는 식사 시간을 어림짐작해서 파악했다. 잠에서 깨면 한 냄비에 가득 차 있는 콩을 비어 있는 냄비에다 한 알씩 부지런하고 규칙적으로 채웠다. 그는 이 방법으로 하루 만에 식사 시간의 기준을 찾아냈다. "냄비를 열다섯 번 채울 때마다." 그가 말했다. "밥을 먹는 거지. 아주 간단해."

그의 아내에게 듣기로는, 그는 아주 젊어서부터 그런 기질을 보였다고 한다. 사실 그는 일, 친구, 커피, 음악, 여자, 산책, 그 어떤 것에도 관심이 없었다. 어느 날에는 집안일로 알제에 가야 할 일이 있었는데, 그날을 제외하고는 고향 도시를 떠난 적이 없었다. 그때도 더 멀리 가는 것은 그에게 모험이었기에 오랑에서 가장 가까운 역에서 내렸다. 그리고 첫차를 타고 집으로 돌아왔다고 한다.

그는 자신의 은둔 생활을 듣고 놀란 듯한 타루에게 종교에서 보면 인생이란 전반부는 오르막이고, 나머지 절반은 내리막이며, 내리막일 때 인생은 더 이상 그의 것이 아니고 언제든지 빼앗길 수 있는 것으므로, 그때는 아무것도 할 수 없고 아무것도 하지 않는 것이 최선이라고 말했다. 그는 모순에도 겁내지 않았다. 조금 뒤에 타루에게 신은 존재하지 않는 것이 분명하다며, 존재한다면 신부가 존재할 필요가 없기 때문이라고 말했다. 타루는 이어서 몇 번 숙고한 후, 그의 철학이 그의 교구에서 자주 헌금을 모금했던 것에 대한 기분과 밀접하게 관련되어 있다고 이해했다. 타루에게 몇 번이고 되풀이한 오랜 소원을 통해 그가 어떤 사람인지 짐작할 수 있었다. 그의 소원은 바로 아주 오래 살다가 죽는 것이었다.

'그는 성인聖人일까?' 타루는 스스로에게 물었다. 그는 이렇게 스스로 답했다. '그렇다, 신성함이 모든 습관의 총체라면 말이다.'

그러나 동시에 타루는 페스트가 만연한 도시의 하루를 상당히 세밀하게 묘사했고, 이번 여름 동안 우리 시민들의 활동과 삶에 관해 정확한 의견을 제시했다. "술에 취하지 않고는 웃는 사람이 아무도 없다. 그런데 취한 사람들은 웃음이 꽤 헤프다."라고 적었다. 그런 후, 다음과 같이 도시를 그리고 있었다.

새벽이면 아직은 인기척 없는 도시에 가벼운 바람이 분다. 밤의 죽음과 낮의 고뇌 사이에 있는 이 시간에 페스트는 잠시 힘을 빼고 숨을 고르고 있는 듯하다. 상점의 문은 모두 닫혀 있다. 그중 몇 곳은 "페스트로 닫습니다."라는 표지판이 달려서 다른 상점과 달리 금세 열지 않을 것임을 보여 준다. 신문 판매원들은 아직 잠이 덜 깨어서 뉴스를 큰 소리로 외치지 않고, 길모퉁이에 기대서 몽유병 환자 같은 몸짓으로 가로등 아래에 신문을 내놓고 있다. 잠시 후, 첫 전차 소리를 듣고 잠에서 깨면 도시 전체로 흩어져 '페스트'라는 단어가 적힌 신문 뭉치를 팔을 쭉 펴고 내밀게 될 것이다. "가을에도 페스트는 사라지지 않을 것인가? B 교수는 부정적" "페스트 발생 후 94일째 사망자 수, 124명"

일부 간행물이 쪽수를 줄일 수밖에 없을 정도로 신문의 위기는 더욱 극심해지고 있는데도 새로운 신문이 창간되었다. 바로 '전염병 통신사'로서 스스로 부여한 사명이란, "우리 시민들에게 꼼꼼한 객관성을 바탕으로, 전염병의 진행과 쇠퇴에 관해 알리고, 전염병의 진행에 관해 가장 권위 있는 증언들을 제공하고, 알려졌든 알려지지 않았든, 이 재앙에 맞서 싸우려는 모든 사람에 관한 기사를 통해 시민들의 사기를 북돋우고, 당국의 지시를 전달하면서, 한마디로 우리를 공격하는 불행에 맞서 효과적으로 싸우기 위해 모든 선의를 모으는 것"이었다. 실제로 이 신문은 얼마 안 가 페스트를 예방하는 데 특효인 신약품들을 광고하는 데 그치고 말았다.

신문은 아침 6시쯤부터, 문 열기 1시간 전부터 문 앞에 줄을 서 있던 사람들에게 팔리기 시작하고, 잠시 후 교외 지역에서부터 만원이 되어 들어오는 전차 안에서도 팔린다. 전차는 유일한 교통수단이 되었기에 계단과 난간에까지 승객을 태워 터질 듯했다. 그런데 희한한 점은 그런 와중에도 승객 모두가 전염될까 두려워 가능한 한 서로 등을 돌리고 있다는 것이다. 전차는 정류장에 한 무리의 사람을 쏟아 냈고, 그러면 이들은 재빨리 흩어져 홀로 남았다. 그런 언짢은 상황에서 자주 싸움이 벌어지는데 그런 나쁜 상황은 만성적인 일이 되고 말았다.

첫 전차가 지나가고 나면 도시는 슬슬 잠에서 깨어난다. 먼저 문을 연 식당들은 “커피 매진” “설탕 지참” 등의 표지판을 카운터 앞에 달아 놨다. 잠시 후 상점들이 문을 열면 거리에 활기가 돈다. 동시에 해가 떠오르면 더위가 7월의 하늘을 점점 짓누른다. 이제는 할 일 없는 사람들이 대로로 나가 보는 시간이다. 사람들 대부분은 자신의 사치를 과시함으로써 전염병을 피하기로 한 것 같다. 매일 11시쯤이면 주요 간선도로에서 젊은 남녀들의 행진이 벌어진다. 엄청난 불행 속에서도 삶의 열정은 커진다는 것을 느낄 수 있다. 전염병이 확산되면 도덕관념도 느슨해지는 법이다. 무덤가에서 벌어지는 사투르누스 축제*를 다시 보게 될 판이다.

정오가 되면 식당은 눈 깜짝할 사이에 손님으로 가득 찬다. 자리가 없어 문 앞에서 기다리는 사람들이 무리를 이룬다. 하늘은 과열된 더위로 빛을 잃기 시작한다. 햇볕이 쏟아지는 거리의 가장자리를 차지하고 있는 커다란 차양의 그늘 아래에서 대기하며 자기 차례를 기다리고 있다. 식당에 사람이 많다는 것은 그 식당에서 간단하게 식사 문제를 해결할 수 있기 때문이다. 그러나 식당도 전염에 대한 불안을 떨치지 못했다. 손님들은 몇 분 동안이나 식기류를 꼼꼼하게 닦는다. 얼마 전에 일부 식당에서는 “식기류를 뜨거운 물로 세척합니다.”라고 표시했다. 그랬더니 손님이 너무 많이 몰려오는 바람에 결국 표지판을 없앴다. 게다가 손님들은 기꺼이 지갑을 열었다. 최고급 와인과 그에 버금가는 다른 와인들, 그렇게 열광적인 경주가 시작된다. 어떤 식당에서는 몸이 좋지 않았던 손님이 갑자기 얼굴이 창백해지더니 자리에

* 사투르누스는 로마에서 농업을 관장하는 신이다. 사투르누스 축제는 12월 중 7일간 풍작을 비는 제사로, 이때에는 시민 모두가 일도 하지 않고 밤낮으로 환락을 즐기며 보냈다고 한다.

서 비틀거리며 일어나 급히 나가 버리는 바람에 식당이 발칵 뒤집힌 일이 있었다.

오후 2시가 되면 도시는 점차 텅 비고, 이제는 침묵과 먼지, 햇볕, 페스트가 거리에 모이는 시간이 된다. 잿빛의 거대한 집들을 따라서 더위는 멈출 줄 모르고 흐른다. 인구가 많고 시끌벅적한 도시에 저녁놀이 불타기 시작하면 감금의 시간도 끝이 난다. 무더위가 시작된 초반에는 어쩐 일인지 이따금씩 저녁이면 도시가 텅 빌 때도 있었다. 그러나 이제는 서서히 날씨가 선선해지면서 희망까지는 아니어도 안도감이 든다. 그러면 모두가 거리로 나와 떠들고, 다투고, 서로를 탐한다. 7월의 붉은 하늘 아래서 연인과 시끌벅적한 거리는 숨 막히는 밤을 향하고 있다. 매일 저녁, 계시를 받았다는 한 노인이 페도라와 큼지막한 나비넥타이를 하고 거리로 나와 군중 사이를 가로지르며 쉼 없이 이렇게 외쳤다. "하느님은 위대하시니 그분에게 오라." 이와는 반대로 모두들, 자기 자신은 잘 모르지만, 하느님보다 더 시급해 보이는 무언가를 향해 달려간다. 처음에 그것이 다른 질병과 별반 다르지 않은 질병이라고 믿었을 때 종교는 제 역할을 할 수 있었다. 하지만 그들이 심각한 상황임을 알게 되었을 때 향락이라는 것이 떠올랐다. 낮 동안 얼굴에 드리워진 온갖 불안이 그제야 불타는 잿빛 황혼 속에서 일종의 격한 흥분이나 모든 사람을 들뜨게 하는 서툰 자유로 변하고 만 것이다.

나도 그들과 똑같다. 그래서 뭐 어떻단 말인가! 나 같은 사람에게 죽음은 아무것도 아니다. 죽음은 그들이 옳다는 것을 보여 주는 하나의 사건일 뿐이다.

타루는 리외에게 면담을 요청했는데, 그런 내용도 수첩에 기록되어 있었다. 저녁에 리외는 타루를 기다리면서 부엌 구석에서 다소곳이 의자에 앉아 있는 어머니를 정면으로 바라봤다. 어머니는 남은 집안일이 없으면 매일 같이 그곳에서 시간을 보냈다. 무릎 위에 두 손을 모으고 어머니는 기다렸다. 리외는 어머니가 기다리는 사람이 자신인지조차 확신하지 못했다. 그러나 리외가 나타나면 어머니의 표정에 무언가 변화가 생기고는 했다. 고된 삶이 얼굴에 침묵으로 드리운 모든 것이 그때만큼은 생기를 띠는 것 같았다. 그러고는 다시금 침묵에 빠졌다. 그날 밤 어머니는 이제는 인적이 끊긴 거리를 창밖으로 내다보고 있었다. 가로등의 불빛은 3분의 2로 약해져 있었다. 그리고 여기저기서 아주 희미한 전등만이 도시의 어둠 속에 반사광을 만들고 있었다.

"페스트가 계속되는 동안은 전기를 제한할 모양이지?" 리외 부인이 물었다.

"아마도요."

"겨울 전에는 끝나면 좋으련만. 그러지 않으면 쓸쓸할 거야."

"그러게요." 리외가 말했다.

그는 어머니의 시선이 그의 이마에 머무는 것을 봤다. 그는 지난 며칠 동안 걱정과 과로로 얼굴이 퀭하다는 것을 알고 있었다.

"오늘은 일이 잘 안 되었니?" 리외 부인이 물었다.

"아! 평소와 똑같아요."

평소와 똑같다! 다시 말하자면 파리에서 보낸 새로운 혈청은 처음 받은 혈청보다 효과가 떨어지는 것 같았고 통계 수치는 증가했다. 이미 병에 걸린 가족이 있는 경우를 제외하고는 여전히 혈청을 접종할 가능성은 없었다. 접종을 일반화하기 위해서는 대량 생산이 필요했다. 림프샘 멍울들이 딱딱해지는 시기라도 된 것인지 점점 더 절개하기가 어려웠고 환자들은 고문을 당하는 듯했다. 전날부터 도시에는 새로운 형태의 전염병이 두 건이나 발생했다. 이제 페스트가 폐로 옮겨 간 것이었다. 같은 날, 기진맥진한 의사들이 회의 중에 어쩔 줄 몰라 하는 도지사 앞에서 구강에서 구강으로 전염되는 폐페스트肺pest의 확산을 막기 위한 새로운 조치를 요청하고 승인을 받았다. 평소처럼 우리는 여전히 아무것도 몰랐다.

그는 어머니를 바라봤다. 아름다운 밤색 눈동자가 그로 하여금 수년간 느꼈던 온화함을 되새기게 했다.

"어머니, 무서우세요?"

"내 나이쯤 되면 무서울 게 없지."

"하루는 너무 길고, 저는 내내 집에 없으니 그래요."

"네가 돌아올 거라는 걸 아는 이상 기다리는 건 상관없단다. 그리고 네가 없으면 네가 무얼 하고 있을지 생각해 보기도 하고. 그나저나 처한테서 온 소식은 없니?

"네, 지난번 전보에 잘 지내고 있다고 하더라고요. 하지만 저를 안심시키려는 말이에요."

초인종이 울렸다. 의사는 어머니에게 웃어 보이고는 문을 열러 나갔다. 층계참의 어둠 속에 서 있는 타루는 회색 옷을 입은 큰 곰처럼 보였다. 리외는 손님을 책상 앞에 앉혔다. 그는 소파 뒤에 서 있었다. 책상 위에 놓인 유일한 조명을 사이에 두고 서 있었다.

"선생님이라면 단도직입적으로 대화할 수 있을 것 같아요." 타루는 밑도 끝도 없이 그렇게 말했다.

리외는 조용히 고개를 끄덕였다.

"이 주 혹은 한 달 후면 선생님은 여기 계실 필요가 전혀 없을 거예요. 사태가 선생님을 능가할 테니까요."

"맞는 말씀입니다." 리외가 대답했다.

"의료 서비스 조직은 엉망이고 선생님은 인력과 시간이 부족하지요."

리외는 그 말이 사실임을 인정했다.

"시에서 건강한 남성들을 강제로 일반 구조에 참여시켜서 민간 봉사대를 조직할 계획이라고 들었어요."

"잘 알고 계시는군요. 하지만 이미 불만이 터져 나와서 도지사는 망설이고 있어요."

"자원봉사자들을 모아 보는 건 어떤가요?"

"그것도 해 봤지만 딱히 효과는 없었어요."

"미덥지 않은 공식 경로를 통해서 그래요. 그 사람들에게 부족한 건 상상력이에요. 이 재앙의 규모를 전혀 모르고 있어요. 그들이 떠올리는 대책이라고는 기껏 코감기 치료 정도지요. 그 사람들이 하는 대로 그냥 내버려두면 우리도, 그 사람들도 모두 죽고 말 겁니다."

"그럴지도 모르겠네요." 리외가 말했다. "그런데 좀 험한 일에 죄수들을 동원하는 방안도 고려했다는 것을 말씀드려야겠네요."

"일반인이 하면 더 좋을 텐데요."

"저 역시도 그렇게 생각해요. 그런데 왜 그렇게 생각하세요?"

"저는 사형 선고를 싫어하거든요."

리외는 타루를 바라보면서 물었다.

"그래서요?"

"그래서 저는 자원 보건대 조직을 계획하고 있습니다. 그 일을 제게 맡겨 주시고 당국은 제외하면 어떨까요? 게다가 행정은 일이 몰려 있잖아요. 저는 여기저기에 친구들이 있는데, 그 친구들이 핵심적인 일을 맡아 줄 겁니다. 물론 저도 참여할 거예요."

"물론이지요." 리외는 흔쾌히 대답했다. "기꺼이 받아들이겠습니다. 의사는 특히 이런 일에 도움이 절실하지요. 제가 시 당국의 승인을 얻도록 하겠습니다. 게다가 그 사람들에게는 선택하고 말고 할 계제가 아니에요. 다만…."

리외는 곰곰이 생각했다.

"다만 아시다시피 이 일을 하면 죽게 될 수도 있어요. 어쨌든 주의하셔야 합니다. 잘 생각해 보신 건가요?"

타루는 그의 회색 눈동자로 리외를 바라봤다.

"선생님, 파늘루 신부의 설교에 관해서 어떻게 생각하세요?"

자연스럽게 질문하기에 리외도 자연스럽게 대답했다.

"저는 병원에서 오래 일했기 때문에 집단 처벌이라는 개념이 마음에 들지 않습니다. 하지만 아시다시피 기독교인들은 그렇게 생각하지도 않으면서 그런 말을 하고는 하지요. 보기보다는 좋은 사람들이에요."

"그러면 선생님도 파늘루 신부처럼 페스트가 그 자체로 유익하고, 사람들의 눈을 뜨게 하며, 생각하게 만든다고 생각하시는군요!"

의사는 황급히 고개를 저었다.

"이 세상의 모든 질병이 그렇습니다. 이 세상의 악에 관해 진실인 것은 페스트에 관해서도 진실입니다. 페스트가 일부 사람들을 성장시킬 수도 있어요. 하지만 페스트 때문에 겪게 되는 비참함이나 고통을 보고도 그것을 받아들인다면 분명 미친 사람이거나 눈이 먼 사람이거나 비겁한 사람일 겁니다."

리외는 목소리를 높이지는 않았다. 그러나 타루는 그를 진정시키려는 듯한 손짓을 했다. 그는 웃고 있었다.

"알겠습니다." 리외는 어깨를 으쓱하며 말했다. "그런데 답변을 안 주시네요. 잘 생각해 보신 건가요?"

타루는 의자에 편하게 자리 잡으면서 조명 안으로 머리를 내밀었다.

"신을 믿으시나요, 선생님?"

다시 자연스럽게 질문이 이어졌다. 이번에는 리외가 주저했다.

"아니요. 그런데 그게 무슨 의미일까요? 저는 어둠 속에 있지만 명확하게 보려고 노력해요. 유별난 짓이라고 생각하지 않은 지도 벌써 오랩니다."

"그게 파늘루 신부와 다른 점이 아닌가요?"

"그렇지는 않아요. 파늘루 신부는 학자예요. 죽음을 충분히 경험해 보지 못했기 때문에 진리에 관해서 말하는 것이지요. 하지만 아무리 작은 시골 마을의 신부라도 자신의 교구에서 신자들과 자주 만나고, 죽어 가는 사람의 숨소리를 들어 본 사람이라면 저와 똑같은 생각을 할 겁니다. 신부라면 재앙의 탁월함을 증명하기 전에 치료부터 할 거예요."

리외는 일어섰다. 그의 얼굴은 이제 어둠 속에 가려졌다.

"이쯤 해서 그만두지요." 그가 말했다. "대답하고 싶지 않으신 것 같으니….”

타루는 의자에 가만히 앉아 웃고 있었다.

“대답을 질문으로 드려도 될까요?”

이번에는 리외가 미소 지었다.

“수수께끼를 좋아하시는군요.” 그가 말했다. “해 보시지요.”

“그렇다면.” 타루가 말했다. “선생님은 신을 믿지도 않는데 왜 그토록 헌신하시나요? 선생님의 답변이 제가 답을 하는 데 도움이 될 것 같습니다.”

의사는 어둠 속에서, 그 대답은 이미 했다면서 전능한 신을 믿었다면 사람을 치료하는 일을 그의 손에 맡기고 그만뒀을 것이라고 말했다. 그러나 세상 누구도, 심지어 신을 믿는다고 생각하는 파늘루 신부조차도 이런 신을 믿는 것은 아니었다. 누구도 자신을 완전히 포기하는 사람은 없기 때문이다. 최소한 그런 점에서, 리외는 있는 그대로의 창조된 세계에 맞서서 진리를 향해 가고 있다고 생각한다고 말했다.

“아! 그러니까 선생님 직업에 대한 생각이신 거죠?”

“대충 그렇습니다.” 리외는 조명 빛 속으로 다시 모습을 드러내며 대답했다.

타루는 나직하게 휘파람을 불었고 의사는 그런 그를 쳐다봤다.

“그래요.” 리외가 말했다. “그러려면 자부심이 필요하다고 생각하시는군요. 저도 자부심이 있지만 딱 그 정도뿐이에요. 정말입니다. 무엇이 나를 기다리고 있을지, 이 모든 일이 끝난 후에는 무엇이 다가올지 저는 모릅니다. 지금으로서는 아픈 사람들이 있고 그들을 치료해야 해요. 그러면 그 사람들도 저도 깊이 생각해 볼 겁니다. 하지만 가장 시급한 것은 그들을 치료하는 거예요. 힘닿는 데까지 그들을 보호하는 것이지요. 그게 다예요."

"무엇으로부터 보호하는 것이지요?

리외는 창문 쪽으로 몸을 돌렸다. 그는 짙게 응축된 수평선을 보면서 저 멀리 바다가 있음을 어렴풋이 알 수 있었다. 그는 피로감만을 느꼈고, 그와 동시에 이 특이한 남자에게 조금 더 털어놓고 싶다는, 갑작스럽고도 터무니없는 욕구를 억제하면서도 그에게 우정을 느끼고 있었다.

"타루 씨, 저는 그에 관해서는 아는 바가 없어요. 맹세컨대 나는 아무것도 몰라요. 제가 이 길에 들어섰을 때에는 추상적으로 생각했었어요. 저는 직업이 필요했고, 다른 직업들처럼 젊은 사람이 할 만한 직업이었어요. 저 같은 노동자의 아들에게는 꽤 어려운 직업이었기 때문일 수도 있습니다. 그러고는 죽는 모습을 지켜봐야 했지요. 죽기를 거부하는 사람들이 있다는 것을 아세요? 어떤 여자가 죽는 순간에도 '안 돼!'라고 외치는 걸 들어 본 적 있으신가요? 저는 들어 봤어요. 그때 이런 일에 절대 익숙해지지 않으리라는 것을 깨달았습니다. 그때는 저도 젊었기 때문에 제 혐오가 세상의 질서를 겨냥한 것이라고 믿었어요. 그 이후로 저는 좀 더 겸손해졌습니다. 하지만 여전히 죽는 모습을 보는 일이 익숙해지지 않아요. 그 이상은 아무것도 모르겠습니다. 하지만 결국…."

리외는 아무 말 없이 다시 앉았다. 입이 마르는 느낌이었다.

"결국?" 타루가 부드럽게 말했다.

"결국." 의사는 말을 계속 이었지만, 다시 머뭇거리며 타루를 주의 깊게 바라봤다. "그건 당신 같은 분은 이해할 거라 생각하는데, 그렇지 않나요? 세상의 질서가 죽음으로 결정되는 만큼 신이 침묵하고 있는 하늘을 쳐다볼 것이 아니라, 신을 믿지 않고 힘껏 죽음과 싸우는 편이 신에게도 더 나을지 몰라요."

"그렇지요." 타루도 동의했다. "이해가 갑니다. 하지만 선생님의 승리는 언제나 일시적일 거예요. 그뿐이지요."

리외의 얼굴이 어두워졌다.

"그건 항상 알고 있습니다. 하지만 그건 싸움을 멈출 이유가 되지 않아요."

"그렇지요, 그래서는 안 되지요. 하지만 이 페스트가 선생님께 어떤 의미일지 상상이 되네요."

"그래요." 리외는 말했다. "끝없는 패배지요."

타루는 잠시 의사를 빤히 쳐다보다가 자리에서 일어나서 문을 향해 무거운 발걸음을 옮겼다. 리외가 그 뒤를 따랐다. 리외가 그에게 가까이 갔을 때 자기 발끝을 내려다보는 것 같던 타루가 그에게 물었다.

"선생님, 무엇에서 그런 걸 배우셨나요?"

대답은 즉각적으로 나왔다.

"가난이요."

리외는 진료실 문을 열고 복도로 나와 타루에게 자기도 변두리 지역으로 환자들을 보러 가야 한다며 같이 내려갔다. 타루는 동행해도 되는지 물었고, 의사는 좋다고 했다. 복도 끝에서 그들은 리외 부인과 마주쳤고, 의사는 타루를 소개했다.

"친구예요."

"어머!" 리외 부인이 말했다. "만나서 정말 반가워요."

그녀가 자리를 떠나자 타루는 다시 그녀를 돌아봤다. 층계참에서 의사는 스위치를 켜려고 했지만 헛수고였다. 계단은 여전히 어두웠다. 의사는 이것이 새로운 절전 조치 때문인지 궁금했지만,

알 수 없었다. 한동안 집과 도시에서 모든 것이 제대로 작동하지 않고 있었다. 아마도 수위, 그리고 더 넓게는 우리의 시민 모두가 더 이상 아무것도 돌보지 않았기 때문일 것이다. 그러나 의사는 더는 자문할 시간이 없었다. 타루의 목소리가 뒤에서 들려왔기 때문이다.

"한 말씀만 더 드리겠습니다, 선생님. 좀 우습게 들리실지 몰라도 선생님 말씀이 전적으로 옳다고 생각해요."

리외는 어둠 속에서 어깨를 으쓱했다.

"정말 모르겠습니다. 타루 씨는 그것에 관해 대체 무얼 알고 있나요?"

"아!" 타루가 태연하게 말했다. "저는 배워야 할 게 별로 없어요."

의사는 멈춰 섰고, 뒤에 있던 타루의 발이 계단에서 미끄러졌다. 타루는 리외의 어깨를 붙잡았다.

"인생을 다 안다고 생각하시나요?" 리외가 물었다.

어둠 속에서도 여전히 그는 조용한 목소리로 대답했다.

"네."

그들이 거리로 나왔을 때는 이미 꽤 시간이 늦었는데, 대략 11시쯤인 것 같았다. 도시는 고요했고 바스락거리는 소리만 가득했다. 아주 멀리서 구급차 사이렌 소리가 들렸다. 그들은 차에 올랐고 리외는 시동을 걸었다.

"내일 병원에 오셔서 예방 주사를 맞으셔야 합니다." 그가 말했다. "마지막으로 그 이야기에 들어가기 전에 살아남을 확률이 삼분의 일이라는 걸 명심하세요."

"그런 계산은 의미가 없어요, 선생님. 백 년 전에 페스트로 페르시아의 한 도시에 사는 모든 주민이 죽었어요. 유일하게 살아남은 사람들은 바로 쉬지 않고 시체를 씻기던 사람들이었지요."

"삼분의 일의 기회를 얻은 것뿐이지요." 리외는 더 무딘 목소리로 말했다. "사실, 우리에게는 이 문제에 관해서 알아야 할 것이 아직 남아 있어요."

그들은 이제 변두리 지역에 들어서고 있었다. 전조등이 인적 없는 거리를 비췄다. 차를 세웠다. 차 앞에서 리외는 타루에게 같이 들어가겠느냐고 물었고, 그는 그러겠다고 대답했다. 하늘에서 반사된 빛이 그들의 얼굴을 밝혔다. 리외는 갑자기 다정하게 웃었다.

"그런데, 타루 씨." 리외가 말했다. "무엇 때문에 그 일에 그렇게 관심을 가지는 건가요?"

"모르겠습니다. 아마도 도의적인 것이겠지요."

"어떤 도의지요?"

"이해하는 거요."

타루는 집 쪽으로 돌아섰고, 리외는 노인 천식 환자의 집에 도착할 때까지 그의 얼굴을 볼 수 없었다.

다음 날부터 타루는 작업을 시작했다. 첫 번째 보건대를 꾸렸고, 더 많은 사람이 그 뒤를 따랐다.

그러나 서술자는 이 보건대에 실제보다 더 큰 중요성을 부여하려는 의도는 없다. 사실 오늘날 많은 우리의 시민이 그 역할을 과장하고 싶은 유혹에 빠질지도 모른다. 그러나 서술자는 이 선행을 지나치게 중요시하다 보면 결국 악에 대해서는 간접적으로 강렬하게 경의를 표하게 된다고 믿는 편이다. 아름다운 행동이 대단한 이유는 그것이 드물기 때문이고, 악의와 냉담함이 인간의 행동을 이끄는 원동력이 되는 경우는 더욱 흔한 것이라 가정하게 되기 때문이다. 서술자는 이에 동의하지 않는다. 세상에 존재하는 악의는 대부분 무지에서 비롯되며, 무지에서 비롯된 선의도 악의만큼 해를 끼칠 수 있다. 인간은 악하기보다는 선하지만, 사실 그것은 그리 중요하지 않다. 그러나 인간은 다 조금씩은 무지하기 마련이고, 그런 무지는 우리가 미덕 또는 악덕이라고 부르는 것이다. 가장 절망적인 악덕은 모든 것을 안다고 믿고 스스로 살인을 허용하는 무지의 악덕이다. 살인자의 영혼은 맹목적이고, 통찰력이 없으면 진정한 선도 아름다운 사랑도 존재하지 않는다.

그런 이유로, 타루 덕분에 실현된 우리의 보건대가 아무리 만족스러워도 객관적으로 평가를 받아야 한다. 바로 그런 이유로,

서술자는 적정한 중요성만 부여할 뿐, 그 의지와 영웅주의를 지나치게 예찬하지는 않을 것이다. 그러나 페스트로 인해 모든 시민이 겪은 고통과 까칠하게 변해 버린 마음씨에 관해서는 계속 기술할 것이다.

보건대에 헌신했다고 해서 그렇게까지 칭찬받을 이유는 없다. 그들이 할 수 있는 유일한 일이었고, 그 방법뿐이라는 것을 알고도 결정을 내리지 않는다면 그것이야말로 오히려 믿을 수 없는 일이었다. 보건대는 우리의 시민들이 페스트에 관해 더 깊이 파고드는 데 도움이 되었고, 전염병이 발생한 이상 병에 맞서 싸우기 위해 해야 할 일을 하는 것이라고 부분적으로나마 시민들을 설득할 수 있었다. 그렇게 페스트는 누군가에게는 의무가 되었기 때문에 실제로 전염병의 실체가 드러났고, 이는 곧 모든 사람의 문제가 되었다.

그것은 좋은 일이다. 그러나 2 더하기 2가 4라고 가르치는 교사를 훌륭하다고 말할 수는 없는 노릇이다. 좋은 직업을 선택한 것에 대해서 칭찬할 수는 있을 것이다. 그러므로 이를테면 타루와 다른 사람들이 2 더하기 2가 4임을 증명한 것은 칭찬받을 만한 일이라고 해 두자. 그리고 서술자는 이 선의가 교사와 그의 마음과 닮았고, 선의를 가진 사람들이 생각보다 훨씬 많다는 것을 확신하고 있다. 서술자는 이 사람들이 목숨을 걸고 있다고 반박하는 사람이 있을 수 있다는 것을 알고 있다. 그러나 역사에서 2 더하기 2가 4라고 용감하게 말하는 사람이 사형을 당하던 시기는 항상 있었다. 교사도 이 사실을 잘 알고 있다. 그래서 문제는 이러한 논리 뒤에 어떤 보상이나 처벌이 따라오는지가 아니다. 문제는 2 더하기 2가 4인지 아닌지를 아는 것이다. 당시 목숨을 내걸었던 우리의 시민들에게 닥친 문제는 페스트에 뛰어들 것인가 말 것인가와 맞서 싸울 것인가 말 것인가 사이에서 하나를 선택하는 것이었다.

그 무렵 이 도시에 새로운 도덕주의자가 대거 등장했는데, 이들은 아무것도 소용이 없고 무릎을 꿇는 수밖에 없다고 말하며 돌아다녔다. 타루와 리외, 그리고 그의 친구들은 이러저러한 대답을 내놓을 수 있었지만, 그들은 언제나 결론을 알고 있었다. 어떤 방법으로든 맞서 싸우고 무릎을 꿇어서는 안 된다는 것이었다. 문제는 가능한 한 많은 사람의 죽음을 막고 궁극적으로 이별을 겪지 않도록 하는 것뿐이다. 그러려면 한 가지 방법뿐이었다. 바로 페스트와 싸우는 것이다. 이런 진리가 칭찬받을 만한 것은 못 된다. 필연적으로 그리될 수밖에 없기 때문이다.

그런 이유로, 늙은 의사 카스텔이 임시변통으로 구한 재료로 현장에서 혈청을 만드는 데 온 신념과 노력을 쏟아부은 것도 당연한 일이었다. 리외와 그는 도시를 감염시킨 병원균을 배양해 만든 혈청이 외부에서 온 혈청보다 더 직접적인 효능이 있기를 기대했다. 현재의 병원균이 전통적으로 정의된 페스트균과는 약간 달랐기 때문이다. 카스텔은 첫 번째 혈청이 빨리 완성되기를 바랐다.

또한 그런 이유로, 영웅적인 면모라고는 전혀 없었던 그랑이 이제 보건대에서 일종의 비서 역할을 맡게 된 것도 당연한 일이었다. 타루가 조직한 보건대 중 일부는 실제로 과밀 지역에서 예방 지원에 전념했다. 그곳에 필요한 위생 환경을 도입하려고 했고, 소독이 이루어지지 않은 헛간과 지하실을 집계했다. 다른 팀은 의사의 왕진을 도왔고 페스트 환자의 이송을 책임졌으며 나중에는 전문 인력이 없는 경우, 환자와 사망자를 태운 차를 직접 운전하기까지 했다. 이 모든 일에는 등록과 통계 작업이 필요했는데 그랑이 그 일을 맡았다.

이러한 관점에서 볼 때, 리외나 타루 이상으로 그랑이 보건대에 활기를 불어넣은 조용한 미덕을 실질적으로 대표한 사람이라고 서술자는 생각한다. 그는 원래 성품이 그러하듯 무엇에든 주저 없이 "네."라고 말했다. 다른 사람들에 비해서는 퍽 지긋한 나이였으니 작은 일에라도 도움이 되기를 바랐다. 그는 오후 6시부터 8시까지만 시간을 낼 수 있었다. 리외가 그에게 진심으로 감사를 전하자, 그는 깜짝 놀라며 "제일 고된 일도 아니잖아요. 페스트가 발생했으니 스스로 지켜야 하는 것이고요. 아, 만사가 이렇게 간단하면 좋으련만!" 하고 말했다. 그러고는 자신이 쓰고 있는 문장에 관해 다시 이야기를 꺼냈다. 저녁에 파일 작업이 끝나면 리외는 그랑과 이야기를 나누고는 했다. 나중에는 타루도 대화에 끼어들었고, 그랑은 점점 즐거운 마음으로 속내를 두 동료에게 털어놨다. 리외와 타루는 그랑이 페스트가 한창임에도 계속해서 끈기 있게 작업하고 있다는 것을 관심 있게 지켜봤다. 그들 역시도 궁극적으로 거기서 일종의 휴식을 얻은 것이다.

"말을 탄 여자는 어떻게 되어 가고 있나요?" 종종 타루가 물었다. 그러면 그랑은 난감한 미소를 지으며 매번 똑같이 대답했다. "달리고 있지요, 달리고 있어요." 어느 날 저녁, 그랑은 결국 말을 탄 여자에 대해 형용사 '우아한'을 포기하고 '날씬한'으로 바꿨다면서 그게 더 구체적이라고 덧붙였다. 또 한번은 이렇게 수정한 첫 번째 문장을 두 사람에게 읽어 줬다. "5월 어느 아름다운 아침에, 날씬한 한 여인이 근사한 알레잔 암말을 타고 부르고뉴의 숲의 꽃이 만발한 오솔길을 달리고 있었다."

"그렇지요?" 그랑이 말했다. "이러면 여인이 더 부각되지요. 저는 '5월 어느 화창한 아침에'가 더 나은 것 같아요. '5월의'라고 하면 문장이 좀 늘어지는 것 같아서요."

그러고는 '근사한'이라는 형용사에 관해 특히 고민하는 것 같았다. 그에 따르면 이 형용사는 생동감이 없었다. 그래서 그가 상상한 화려한 암말을 단번에 정확히 그릴 수 있는 표현을 찾고 있었다. '살찐'은 별로였다. 구체적이긴 하지만 조금은 비방하는 느낌이었다. '윤이 나는'에는 잠시 혹했지만, 리듬이 마음에 들지 않았다. 어느 날 저녁, 그는 의기양양하게 찾았다고 말했다. '검은 알레잔 암말'이었다. 그의 생각에 검은색은 항상 은근한 우아함을 드러내는 것이었다.

"그건 불가능한 표현이에요." 리외가 말했다.

"왜 그런가요?"

"알레잔은 말의 품종이 아니라 색깔을 말해요."

"어떤 색깔이지요?"

"흠, 어쨌든 검은색은 아니에요!"

그랑은 실망한 기색이 역력했다.

"감사해요." 그랑이 말했다. "선생님이 계셔서 다행이에요. 그런데 이게 얼마나 어려운 건지 이제 아실 거예요."

"'굉장한'은 어떨까요?" 타루가 물었다. 그랑이 그를 쳐다봤다. 잠시 생각하고는 말했다.

"그렇군요." 그가 말했다. "그래요!"

그랑의 얼굴에 점차 미소가 되살아났다.

그날 이후 또 얼마 만에 그랑은 '꽃이 만발한'이라는 표현을 어찌해야 할지 모르겠다고 털어놨다. 그는 오랑과 몽텔리마르밖에 몰랐기 때문에 꽃이 만발한 부르고뉴의 숲은 어떤 모습인지 두 친구에게 가끔 물었다. 엄밀히 말하자면 그런 오솔길이 리외와 타루에게 그런 인상을 준 적은 없었지만 그랑의 확신은 그들의 마음을 흔들었다. 그는 그들이 우물거리는 모습에 놀랐다. "예술가만이 볼 줄 알아요." 그러나 한번은 그가 꽤 흥분해 있다는 것을 의사가 알아챘다. 그는 '꽃이 만발한'을 '꽃이 가득한'으로 바꾼 것이었다. 그는 두 손을 문질렀다. "이제야 눈앞에 보이고 느껴져요. 여러분, 모자를 벗으세요!" 그는 의기양양하게 문장을 읽었다. "5월 어느 아름다운 아침, 우아한 한 여인이 굉장한 알레잔 암말을 타고 부르고뉴의 숲의 꽃이 가득한 오솔길을 달리고 있었다." 그런데 소리 내어 읽고 나니 연달아 등장하는 소유격이 불쾌하게 느껴졌고, 그랑은 말을 약간 더듬거렸다. 그는 초주검이 된 듯 앉아 있었다. 그러더니 의사에게 집에 가도 되는지 물었다. 그에게는 잠시 생각할 시간이 필요했다.

나중에 안 사실이지만, 그는 사무실에서 가끔 정신이 딴 데 팔린 것처럼 행동했기 때문에 가뜩이나 감축된 인원으로 태산 같은 일을 처리해야 될 입장인 시청에서는 이를 유감스럽게 여겼다. 그가 소속된 과에서는 그런 점 때문에 피해를 보고 있었다. 국장은 맡은 일은 해내지 않고 월급만 날름 챙겨 간다며 그를 맹비난했다. "업무와는 별개로 보건대에서 봉사활동을 하고 있는 것 같군요. 내가 상관할 바는 아니지만 당신의 업무가 걱정입니다. 이런 끔찍한 상황에서 당신이 도움이 되려면 맡은 일을 잘 해내는 것이 첫 번째예요. 그렇지 않으면 나머지가 다 소용이 없는 거요." 상사는 이렇게 말했다.

"그 말이 맞아요." 그랑이 리외에게 말했다.

"네, 맞는 말이네요." 의사도 동의했다.

"제가 산만해서 이 문장을 어떻게 마무리 지어야 할지 모르겠어요."

그는 모든 사람이 이해할 거라고 믿고 '부르고뉴의'를 삭제하기로 했다. 그러면 '오솔길'에 걸려야 하는 구절이 '꽃'에 걸리는 것 같았다. 그는 '꽃이 가득한 숲의 오솔길'로 쓸 가능성도 염두에 뒀다. 하지만 '숲'이 명사와 수식어 사이에서 둘을 분리하는 듯한 느낌이 들어 살에 박힌 가시 같았다. 어느 날 저녁에는 실제로 그가 리외보다 더 피곤해 보일 정도였다.

그렇다, 그는 평생을 바친 이 연구에 지칠 대로 지쳐 버렸지만 그래도 보건대에 필요한 합산과 통계 자료를 계속 만들었다. 그는 끈기 있게 매일 밤 서류들을 정리하고 그래프를 첨부하며 가능한 한 정확하게 기술하기 위해 천천히 최선을 다했다. 그는 리외가 일하고 있는 병원에 자주 와서 사무실이나 진료실 한편에 책상을 놓아 달라고 요청하고는 거기 가서 앉아 있고는 했다. 시청 책상에 앉아 있는 것처럼 소독제와 질병 자체에서 풍겨 나오는 텁텁한 공기 속에서 종이를 흔들어 잉크를 말렸다. 그럴 때면 말을 탄 여인도 잊고 할 일을 하려고 애썼다.

그렇다, 사람은 영웅이라고 부를 만한 본보기나 모델을 세워 놓기를 원하고, 만약 이 이야기 속에서 그런 사람이 반드시 있어야 한다면, 서술자는 약간의 선의와 겉보기에는 우스꽝스러운 이상밖에 없는 이 영웅, 보잘것없고 존재감 없는 이 영웅을 추천하고자 한다. 그러면 진리에는 그것에 합당한 것을, 2 더하기 2가 4라는 것을, 그리고 영웅주의에는 본래의 자리, 즉 행복이라는 인간적인 욕망의 앞자리가 아니라 바로 뒷자리를 부여할 수 있을 것이다. 그러면 이 연대기에 그 특성이 부여될 것인데, 그 특성은 두드러지거나 악하지 않고 흥행물처럼 상스럽거나 자극적이지 않은 선량한 감정으로 이루어진 기록이라는 성격을 부여할 수 있을 것이다.

전염병이 유행하는 이 도시에 외부로부터 쇄도하는 후원과 격려를 신문에서 읽거나 라디오로 들었을 때 의사 리외가 한 생각은 적어도 그런 것이었다. 항공편이나 육로로 구호품이 도착하는 동시에 매일 저녁 전파나 신문을 통해서 이제는 고립된 이 도시에 대한 동정이나 감탄 어린 논평이 쏟아졌다. 그리고 의사는 서사시 같은 어조나 수상식 연설 같은 말투를 참을 수 없었다. 물론 이런 염려들이 거짓이 아니라는 것쯤은 그도 알고 있었다. 하지만 그것은 인간이 자신을 인류와 연결해 주는 무언가를 표현하고자 할 때 쓰는 상투적인 언어로만 표현될 수 있었다. 그런데 이런 언어는 가령 그랑이 일상 속에서 쏟는 노력을 표현할 수 없으므로, 페스트 속에서 그랑 같은 사람이 무엇을 의미하는지 도저히 설명할 수 없었다.

때때로 자정에 황량한 도시의 거대한 침묵 속에서 잠시나마 쪽잠을 자려고 잠자리에 들 때 의사는 라디오 스위치를 돌리고는 했다. 수천 킬로미터 떨어진 세상의 끝에서 누구인지도 모르지만 서투르게나마 연대감을 표현하려는 우정 어린 목소리가 들려왔다. "오랑! 오랑!" 사실 그런 식으로 말하기는 했지만 직접 경험하지 않으면 진정으로 고통을 나눌 수 없다는 끔찍한 무력감을 동시에 증명하게 된다. 그 외침이 바다를 건너왔지만 소용없었고, 리외가 귀를 기울여 보아도 헛수고였다. 목소리가 점점 웅변조로 변하면서 그랑과 웅변가를 타인으로 만들어 버리는, 근본적인 거리만을 더욱 뚜렷하게 보여 줬다. '오랑! 그래, 오랑! 천만의 말씀.' 하고 의사는 생각했다. '함께 사랑하거나 죽는 것 외에는 다른 방법은 없어. 너무 멀리 떨어져 있으니까.'

페스트가 최고조에 달하기 전, 그러니까 이 재앙이 거리를 점령하려고 온 힘을 모으고 있는 동안 꼭 기록해 둬야 할 것이 남아 있는데, 그것은 랑베르처럼 마지막까지 남은 개개인들이 행복을 되찾고 또 페스트로부터 자신의 몫을 보호하기 위해 오랫동안 단조롭고 절망적인 노력을 쏟아부었다는 사실이다. 이것은 그들이 위협적인 굴욕을 거부하는 그들 나름의 방법이었고, 비록 이 거부가 분명히 다른 방법만큼 효과적이지는 않았지만, 서술자의 의견으로는 그것은 충분히 의미가 있었고 또한 허영과 모순 속에서도 각자 마음속에 있는 자랑스러운 무언가를 증명하고 있었다.

랑베르는 전염병이 그를 덮치는 것을 막기 위해 싸웠다. 합법적인 방법으로는 이 도시를 떠날 수 없다는 것이 확실해졌기 때문에 일전에 리외에게도 말했다시피 다른 방법을 쓰기로 했다. 기자는 카페 웨이터로부터 시작했다. 웨이터들은 언제나 모든 일을 꿰뚫고 있었다. 하지만 그가 처음에 물어 본 웨이터들은 특히 이런 종류의 시도를 하면 엄벌을 받게 되리라는 것을 알고 있었다. 어떨 때는 선동가로 오해받는 일까지 있었다. 그가 리외의 집에서 코타르를 만나고 나서야 일이 조금 진척되었다. 그날 기자는 관청에 가 봤지만 결국 허사였다는 이야기를 또 하고 있었다. 며칠 후, 코타르는 거리에서 랑베르를 만나자, 누구한테나 그랬듯이 랑베르를 자연스럽게 대했다.

"여전히 진척이 없나요?" 코타르가 물었다.

"네, 전혀요."

"관청은 못 믿겠어요. 도무지 이해하려고 하질 않아요."

"맞아요. 그래서 저는 다른 방법을 찾고 있지만 쉽진 않네요."

"아! 그렇군요." 코타르가 대답했다.

그는 어떤 경로를 하나 알고 있다고 했다. 그 말을 듣고 깜짝 놀란 랑베르에게 코타르는 오래전부터 오랑에 있는 모든 카페에 자주 드나들어서 그곳 친구들을 통해 그런 일을 하는 조직이 있다는 것을 알게 되었다고 설명했다. 사실, 버는 돈보다 쓰는 돈이 더 많았던 코타르는 배급된 물품의 암거래에 가담하고 있었다. 그래서 가격이 꾸준히 오르고 있는 담배와 싼 술을 다시 팔아서 소소하게 돈을 벌고 있었다.

"확실한가요?" 랑베르가 물었다.

"그럼요, 저한테 권했던 사람도 있었으니까요."

"그런데 하지 않은 겁니까?"

"의심하지 마세요." 코타르는 호인 같은 표정으로 말했다. "저는 떠날 생각이 없었기 때문에 안 한 것이지요. 그럴 만한 이유가 있어서요."

그는 침묵 후에 말끝을 달았다.

"무슨 이유인지 묻지 않으시네요?"

"저와 상관없다고 생각해서요." 랑베르가 대답했다.

"어떤 의미에서는 사실 당신과 상관은 없지요. 그런데 다른 의미에서는…. 결국 확실한 한 가지는 페스트가 돌기 시작한 이후로 저는 훨씬 지내기 좋아졌다는 것이지요."

랑베르는 그의 말을 자르며 물었다.

"그 조직은 어떻게 만날 수 있나요?"

"아! 쉽진 않지요. 저와 가시지요." 코타르가 말했다.

오후 4시였다. 짙은 하늘 아래로 도시가 서서히 익어 가고 있었다. 상점의 모든 차양이 내려져 있었다. 도로는 한산했다. 코타르와 랑베르는 아케이드 거리로 들어가 말없이 오랫동안 걸었다. 페스트가 모습을 드러내지 않는 시간 중 한때였다. 색채와 움직임이 죽은 이 침묵은 여름의 침묵일 수도 있었고 재앙의 침묵일 수도 있었다. 공기가 답답한 것이, 먼지와 열기 때문인지 페스트의 위협 때문인지 확실하지 않았다. 페스트를 찾아내려면 관찰하고 숙고해야 했다. 페스트가 부정적인 징후로만 모습을 드러냈기 때문이다. 페스트에 익숙한 코타르는 가령 여느 때 같으면 있을 수 없는 시원한 곳을 찾다가, 복도에 누워서 숨을 헐떡이고 있어야 할 개들이 보이지 않는다는 사실을 랑베르에게 지적했다.

그들은 팔미에 대로를 걷다가 연병장을 가로질러 마린 구역으로 내려갔다. 왼쪽에는 노란색의 커다란 포목으로 만든 차양이 비스듬하게 내려져 있었고, 그 아래로 녹색으로 칠한 카페가 하나 있었다. 코타르와 랑베르가 카페로 들어가면서 이마의 땀을 닦았다. 그들은 녹색 철제 테이블을 앞에 두고 정원용 접이식 의자에 앉았다. 실내는 텅 비어 있었다. 파리가 공중에서 윙윙거렸다. 건들거리는 카운터 위에 놓인 노란 새장에는 털이 빠진 앵무새 한 마리가 횃대에 힘없이 앉아 있었다. 벽에 걸려 있는, 전쟁 장면을 묘사하고 있는 오래된 그림에는 더께가 쌓이고 거미줄로 뒤덮여 있었다. 모든 철제 테이블에, 그리고 랑베르 앞에도 닭

똥들이 말라붙어 있었다. 닭똥들이 왜 그리 많은 것인지 궁금해 하던 찰나에 잘생긴 수탉 한 마리가 어두컴컴한 구석에서 뛰쳐나왔다.

그 순간 더위가 더 심해지고 있는 것 같았다. 코타르는 옷을 벗고 철제 테이블을 두드렸다. 길고 파란 앞치마를 두른 작달막한 사내가 뒤에서 나와 코타르에게 인사를 하고는 힘찬 발길질로 수탉을 옆으로 밀어냈다. 닭 우는 소리가 들리는 가운데 그 사내는 주문을 받았다. 코타르는 화이트와인을 주문하고는 가르시아라는 사람에 관해 물었다. 땅딸보는 그가 카페에 나타나지 않은 지 벌써 며칠이 지났다고 했다.

"오늘 밤 올 것 같나요?"

"글쎄요." 웨이터가 말했다. "그 사람 일을 저는 모르지요. 하지만 그분이 오는 시간을 잘 알고 계시지 않나요?"

"그렇소. 그건 중요하지 않고, 그 사람한테 소개해 줄 분이 있어서 그러는데…."

웨이터는 젖은 손을 앞치마에 닦았다.

"아. 손님도 그 일을 하시는군요?"

"그래요." 코타르가 말했다.

작달막한 웨이터가 코를 훌쩍이며 말했다.

"그럼, 오늘 저녁에 다시 오세요. 그 사람에게 아이를 보낼게요."

랑베르는 나가면서 그 일이라는 게 무슨 일인지 물었다.

"당연히 암거래지요. 그 사람들은 도시 입구에서 물건을 들여와서 비싼 값에 팔아요."

"그렇군요. 공모자들이 있는 거군요?" 랑베르가 말했다.

"바로 그겁니다."

저녁에 와 보니 차양은 걷혀 있고, 앵무새는 새장 안에서 재잘대고, 사내들은 웃통을 벗고 철제 테이블에 둘러앉아 있었다. 그들 중 한 명은 밀짚모자를 뒤로 젖혀 쓴 채 흰 셔츠의 단추를 가슴팍까지 풀어 헤치고 있어서 초토빛 피부가 드러나 보였다. 그 남자는 코타르가 들어가자 자리에서 일어섰다. 구릿빛의 반듯한 얼굴, 검은색 눈동자의 작은 눈, 흰 치아, 두세 개의 반지를 낀 그는 대략 30대로 보였다.

"안녕하쇼." 그가 말했다. "바에서 한잔합시다."

그들은 조용히 술을 한 잔씩 마셨다.

"나갈까요?" 가르시아가 말했다.

그들은 항구를 향해 내려갔고 가르시아는 코타르에게 무얼 원하는지 물었다. 코타르는 그에게 랑베르를 소개하려는 것은 정확히 암거래 때문이 아니라 '외출'이라고 부르는 그 일을 부탁하려는 것이라고 말했다. 가르시아는 담배를 태우면서 코타르 앞으로 곧장 걸어갔다. 가르시아는 마치 랑베르의 존재를 알아채지 못한 것처럼 랑베르를 '그 사람'이라고 부르면서 질문했다.

"그 사람은 왜 그러고 싶답니까?"

"프랑스에 아내가 있어요."

"아하!"

잠시 후에 다시 물었다.

"그 사람은 무슨 일을 하지요?"

"기잡니다."

"말이 많은 직업이로군."

랑베르는 잠자코 있었다.

"내 친구라니까." 코타르가 말했다.

그들은 조용히 걸었다. 거대한 철조망이 처져 접근이 금지된 방파제에 도착했다. 그러고는 정어리 튀김을 파는 작은 식당으로 향했는데, 그 냄새가 그들이 있는 곳까지 났다.

"어쨌든." 가르시아가 결론을 내렸다. "그 일은 내가 아니고 라울 담당이에요. 그래서 그 친구를 찾아야 하는데 쉽진 않을 겁니다."

"그럼, 숨어 있는 건가?" 코타르가 활기를 띠며 물었다.

가르시아는 대답하지 않았다. 식당 근처에서 그는 걸음을 멈추고 처음으로 랑베르를 돌아봤다.

"모레 아침 열한 시, 꼭대기에 있는 세관 건물 모퉁이에서 봅시다."

그러고는 곧 자리를 뜰 것처럼 하더니 이내 두 남자를 돌아다봤다.

"돈은 내야 해요." 그가 말했다.

확인하려는 것 같았다.

"물론이지요." 랑베르는 고개를 끄덕였다.

잠시 후, 기자는 코타르에게 감사하다고 인사했다.

"아이고, 아닙니다." 코타르가 명랑하게 말했다. "도울 수 있어서 기쁩니다. 그리고 기자시니까 언젠간 은혜 갚을 날이 오겠지요."

이틀 후, 랑베르와 코타르는 도시의 꼭대기로 가기 위해 그늘 한 점 없는 대로를 힘겹게 오르고 있었다. 세관 건물의 일부는 의무실로 바뀌어 있었고, 정문 앞에는 사람들이 진을 치고 있었다. 면회는 금지되어 있었지만, 혹시라도 만날 수 있지 않을까 하는 마음으로 온 사람들과 시시각각으로 변하는 정보를 얻을 요량으로 온 사람들이었다. 어쨌든 이 사람들은 자주 왕래하는 곳이었고, 추측하건대 가르시아가 랑베르와 만나기로 한 장소를 선택하는 데 이러한 점을 고려한 것 같았다.

"참 이상하네요." 코타르가 말했다. "아득바득 떠나려는 게요. 어쨌든 일이 참 재밌네요."

"저는 그렇지 않아요." 랑베르가 말했다.

"아! 물론 감수해야 할 위험은 있지요. 하지만 생각해 보면 전염병 이전에도 복잡한 사거리를 건널 때면 그 정도의 위험은 있었지요."

이때 리외의 자동차가 그들 옆에 멈췄다. 타루가 운전을 하고 있었고, 리외는 반쯤 잠이 든 것 같았다. 그는 잠에서 깨어나 서로를 소개해 주었다.

"우리 구면이에요." 타루가 말했다. "같은 호텔에 묵고 있어요."

그는 랑베르에게 시내까지 태워다 주겠다고 했다.

"아니에요, 저는 여기서 약속이 있습니다."

리외가 랑베르를 쳐다봤다.

"맞아요." 랑베르가 대답했다.

"아!" 코타르가 놀라 물었다. "선생님도 알고 계셨나요?"

"저기 예심판사가 오네요." 타루가 코타르를 바라보며 알려 줬다.

코타르의 안색이 변했다. 실제로 오탕 씨가 거리를 따라 내려오고 있었다. 절도 있지만 힘찬 발걸음으로 그들을 향해 다가오고 있었다. 그는 이 작은 무리를 지나가면서 모자를 벗었다.

"안녕하세요, 판사님!" 타루가 인사했다.

판사는 차에 탄 사람들에게 인사를 하더니, 뒤쪽에 있는 코타르와 랑베르를 보면서 진지하게 고개를 끄덕였다. 타루는 코타르와 랑베르를 소개했다. 판사는 잠시 하늘을 쳐다보고는 참으로 고

난의 시기라며 한숨을 쉬었다.

"타루 씨가 예방 조치를 하고 계신다고 들었습니다. 어떻게 감사한 마음을 전해야 할지 모르겠습니다. 의사 선생님은 전염병이 더 퍼질 거라고 생각하시나요?"

리외는 그러지 않길 바란다고 말했고, 판사는 신의 섭리는 헤아릴 수 없으므로 항상 희망을 가져야 한다는 말을 되풀이했다. 타루는 그에게 이번 일 때문에 일이 바빠졌는지 물었다.

"오히려 우리가 보통법이라고 부르는 것과 관련된 사건은 줄어들고 있어요. 새로운 조치를 심각하게 위반한 사건만 조사하고 있지요. 기존 법률을 지금처럼 잘 준수한 적이 없어요."

"비교하자면 예전 법이 당연히 더 낫기 때문이겠지요." 타루가 말했다.

꿈을 꾸는 듯한 표정으로 하늘을 쳐다보던 판사는 시선을 돌렸다. 그러고는 타루를 싸늘한 표정으로 훑어봤다.

"그게 어떻다는 겁니까? 중요한 건 법이 아니라 처벌이에요. 거기서 우리는 어쩔 도리가 없어요." 그가 자리를 떠나며 말했다.

"저 사람이 제일 원수예요." 코타르는 판사가 떠나자 이렇게 말했다.

자동차가 떠났다.

잠시 후, 랑베르와 코타르는 가르시아가 도착한 것을 봤다. 가르시아는 알은체도 하지 않고 그들에게 와서는 인사 대신에 "기다려야 해요." 하고 말했다.

그들 주변으로는 여자가 대부분인 군중이 정적 속에서 기다리고 있었다. 대부분 바구니를 들고 있었는데, 아픈 친척에게 뭐라도 하나 전해 줄 수 있지 않을까 하는 헛된 희망을 품거나 본인들이 가져온 음식이 환자들에게는 더 낫지 않을까 하는 터무니없는 생각에서 그리한 것이었다. 문 앞에는 무장한 보초병들이 지키고 있었고, 때때로 문과 연병장 사이에 있는 정원 너머로 이상한 비명이 들려왔다. 그러면 좌중은 근심 어린 표정으로 의무실 쪽으로 고개를 돌리는 것이었다.

이 광경을 지켜보던 세 남자는 뒤에서 들려오는 "안녕하세요." 하는 선명하고도 진지한 목소리에 뒤돌아섰다. 더운 날씨에도 라울은 옷을 말끔하게 갖춰 입고 있었다. 키가 크고 건장한 체격의 그는 짙은 색의 더블 버튼 슈트와 턴업 페도라를 쓰고 있었다. 얼굴은 꽤 창백했다. 갈색 눈과 꾹 다문 입술로 라울은 빠르고 정확하게 말했다.

"시내로 가시지요. 가르시아, 자넨 이제 가 봐."

가르시아는 담배에 불을 붙였고 그들은 그에게서 멀어졌다. 그들은 가운데서 걷는 라울의 속도에 맞춰 빠르게 걸었다.

"가르시아한테서 이야기 들었어요." 라울이 말했다. "가능할 겁니다. 어쨌든 일만 프랑은 들어요."

랑베르는 알겠다고 대답했다.

"내일 마린 거리에 있는 스페인 식당에서 같이 점심을 드시지요."

랑베르는 알겠다고 했고, 라울은 처음으로 미소를 지으며 악수했다. 그가 떠난 후 코타르는 사과했다. 자기는 내일 시간이 나지 않는다는 것이었다. 그러나 랑베르에게는 더 이상 그가 필요하지 않았다.

이튿날 기자가 스페인 식당에 도착했을 때 안에 있던 모든 사람이 그에게 일제히 고개를 돌렸다. 햇볕에 바짝 마른 노란색의 좁은 길 아래에 위치한 식당이었는데, 내부는 어두웠고 손님 대부분이 스페인 남자들이었다. 안쪽 자리에 앉아 있던 라울은 기자에게 신호를 보냈고, 랑베르가 다가가자 손님들은 호기심이 사라졌는지 접시로 고개를 돌렸다. 라울은 키가 크고 말랐으며 수염이 덥수룩한 남자와 같이 있었는데, 그는 어깨가 엄청나게 넓었고 얼굴은 말상에다 머리카락은 듬성듬성했다. 검은 털로 뒤덮인 길고 가느다란 팔이 접어 올린 소매 아래로 드러나 있었다. 랑베르를 소개하자 그는 고개를 세 번 끄덕였다. 라울은 그의 이름을 언급하지 않고 그저 '내 친구'라고만 소개했다.

"내 친구가 당신을 도울 수 있다더군요. 당신한테…."

라울은 여종업원이 랑베르에게 주문을 받으러 오자 말을 멈췄다.

"이 친구가 우리 쪽 사람인 보초병들을 알고 있는 다른 두 친구를 당신과 연결시켜 줄 겁니다. 하지만 그게 끝이 아닙니다. 보초병들이 적당한 시기를 결정해야 합니다. 가장 간단한 방법은 도시 입구 근처에서 사는 한 보초병 집에서 당신이 며칠을 지내는 거예요. 하지만 그 전에 내 친구가 보초병을 만나게 해 줄 겁니다. 모든 일이 잘 끝나면 그 사람한테 돈을 주면 됩니다."

그의 친구는 토마토와 피망이 들어간 샐러드를 계속 게걸스럽게 먹으면서 그 말상 머리를 한 번 더 끄덕였다. 그런 다음 스페인 억양이 조금 섞인 말투로, 이틀 후 아침 8시에 성당 정문에서 만나자고 랑베르에게 제안했다.

"이틀 뒤로군요." 랑베르가 되새겼다.

"쉬운 일이 아니에요. 그 친구들을 찾아야 하거든요." 라울이 말했다.

말상의 남자는 한 번 더 머리를 끄덕였고 랑베르는 맥이 좀 풀렸다. 남은 식사 시간은 대화 주제를 찾느라 허비했다. 그러나 랑베르는 그 말상 남자가 축구 선수였다는 것을 알게 되자 대화가 수월해졌다. 그 역시도 축구를 오랫동안 연습했다. 그래서 프랑스 챔피언십, 영국 프로팀의 가치, 더블유w-형 전술에 관해 이야기를 나눴다. 점심 식사가 끝날 때쯤 말상 남자는 활기가 넘쳤고, 랑베르에게 말을 놓아 가며 센터하프보다 중요한 포지션은 없다는 점을 설득하려고 들었다. "알다시피 센터하프는 역할을 분배하는 선수야. 역할 분배, 그게 축구지." 랑베르는 센터포워드로 뛰었지만, 그의 의견에 동의했다. 하지만 토론은 라디오 소리에 겨우 중단되었다. 조용하고 감성적인 선율이 나온 뒤, 페스트로 인해 어제만 137명이 사망했다고 보도했다. 그 자리에 있던 누구도 반응하지 않았다. 말상 남자는 어깨를 으쓱하고는 자리에서 일어섰다. 라울과 랑베르도 그를 따랐다.

헤어지면서 센터하프는 랑베르와 힘차게 악수했다.

"나는 곤잘레스야." 그가 제 이름을 말했다.

랑베르에게 이틀은 너무도 긴 시간이었다. 그는 리외를 찾아가 그간의 진행 상황을 자세히 말했다. 그런 다음 의사의 왕진에 동행했다. 그는 의심 환자가 기다리고 있는 집 앞에서 그와 헤어졌다. 복도에서 달려오는 소리와 목소리가 들렸다. 가족들에게 의사가 왔다고 알리는 소리였다.

"타루가 늦지 않아야 할 텐데…." 리외는 중얼거렸다.

그는 피곤해 보였다.

"전염병이 너무 빨리 퍼지고 있나요?" 랑베르가 물었다.

리외는 그렇지는 않고, 통계 그래프도 점차 느리게 올라가고 있다고 말했다. 다만 페스트와 싸울 수단은 그리 많지 않았다.

"물자가 부족해요." 리외가 말했다. "세계 어느 부대든 물자 부족은 보통 인력으로 대체되지만, 우리는 인력도 부족해요."

"외부에서 의사들과 보건반이 오고 있잖아요."

"그렇긴 하지요. 의사 열 명과 보건대원 백여 명. 언뜻 보면 많은 것 같지요. 하지만 간신히 현재 상태를 감당할 수 있는 수준이에요. 페스트가 확산되면 그마저도 부족해질 겁니다."

리외는 밖에서 들려오는 소리에 귀를 기울이다가 랑베르에게 웃어 보였다.

"그렇군요."

"기자님도 얼른 서두르셔야겠네요."

랑베르의 얼굴에 그늘이 졌다.

"아시겠지만." 그가 작은 목소리로 말했다. "그게 제가 떠나려는 이유는 아닙니다."

리외는 알고 있다고 대답했지만, 랑베르는 말을 이었다.

"적어도 제가 비겁하다고 생각하지는 않아요. 그걸 확신하게 된 일들도 있었고요. 단지 몇 가지 생각들을 참을 수가 없어요."

의사는 정면으로 그를 바라보며 말했다.

"아내분을 다시 만나게 될 겁니다."

"그럴지도 모르지만 이런 상태가 오래갈 것이고, 그러는 동안 아내가 늙는다고 생각하면 참을 수가 없어요. 서른이 되면 늙기 시작하니 무슨 수라도 써야지요. 제 말을 이해하실지 모르겠습니다."

리외는 타루가 도착하자 이해한 것 같다고 중얼거렸고, 타루는 신이 난 듯이 들어왔다.

"좀 전에 파늘루 신부에게 우리와 함께하지 않겠느냐고 묻고

오는 길입니다."

"그랬더니요?" 의사가 물었다.

"잠깐 생각해 보더니 그러겠다고 하더군요."

"반가운 이야기네요." 의사가 말했다. "설교보다 더 나은 분이라는 것을 알게 되어 기쁘네요."

"다들 그렇잖아요." 타루가 말했다. "기회만 주면 됩니다."

그는 미소 지으며 리외에게 눈을 끔뻑했다.

"기회를 주는 것이 인생에서 제가 할 일이에요."

"실례할게요. 이만 가봐야 해서요." 랑베르가 말했다.

약속했던 목요일, 랑베르는 8시 5분 전에 성당 정문에 도착했다. 공기는 아직 꽤 시원했다. 하늘에는 작고 둥근 흰 구름이 지나가고 있었는데, 곧 온도가 단숨에 오를 터였다. 잔디는 말라 있었지만, 여전히 어렴풋하게 습한 냄새가 피어올랐다. 동쪽 집 뒤에서 떠오른 태양이 광장을 장식하고 있는 황금빛 잔 다르크의 투구만을 비추고 있었다. 시계에서 8시를 알리는 종소리가 울렸다. 랑베르는 인적 없는 정문 앞을 서성거렸다. 내부에서 오래된 지하실 냄새와 향냄새가 섞여 풍겨 왔고 희미하게 성가가 들려왔다. 그러다 갑자기 성가 소리가 멈췄다. 검고 작은 형체 10여 개가 성당에서 나와 마을을 향해 종종걸음으로 걸어갔다. 랑베르는 초조해지기 시작했다. 또 다른 검은 형체들이 웅장한 계단을 올라 정문으로 향하고 있었다. 그는 담배에 불을 붙이고 나서야 그 장소가 금연 구역이라는 것이 생각났다.

8시 15분, 성당에서 오르간이 나직하게 연주를 시작했다. 랑베르는 어두운 둥근 천장 아래로 들어갔다. 잠시 후, 조금 전에 자기 앞을 지나갔던 검은 형체들이 성당 안에 모여 있는 것이 보였다.

그들은 우리 도시의 한 작업장에서 급히 제작된 성 로크상이 안치된 임시 제단 앞에서 무릎을 꿇고 있었다. 그래서인지 더 오그라들어 보였고, 마치 응고된 그림자 파편처럼 회색 배경 속으로 번져 들어가더니 이내 사라지는 것처럼 보였다. 주변에 떠다니는 안개보다 약간 짙은 정도였다. 그들 위로 오르간이 끝없이 변주되고 있었다.

랑베르가 나가자 곤잘레스가 이미 계단을 내려가 시내로 향하고 있었다.

"가 버린 줄 알았지." 곤잘레스가 기자에게 말했다. "보통 다들 그러니까."

그는 멀지 않은 곳에서 8시 10분 전에 약속한 친구들을 기다리고 있었다고 설명했다. 그 친구들을 20분이나 기다렸지만 나타나지 않았다고 했다.

"무슨 일이 있는 게 틀림없어. 우리가 하는 일이 항상 수월하진 않거든."

다음 날 같은 시간에 위령탑 앞에서 보자고 다시 약속을 잡았다. 랑베르는 한숨을 쉬며 페도라를 뒤로 젖혀 넘겼다.

"이런 건 아무것도 아니야." 곤잘레스는 웃으며 말했다. "생각해 봐. 한 골을 넣으려면 작전도 짜야 하고 속공도 하고 패스도 해야 해."

"그야 물론이지요." 랑베르도 말했다. "하지만 경기는 1시간 30분이면 끝나잖아요."

오랑의 위령탑은 바다를 볼 수 있는 유일한 장소에 있었는데, 그곳은 항구가 내려다보이는 절벽을 따라 짧게 이어진 일종의 산책로였다. 이튿날 랑베르는 약속 장소에 먼저 도착해서 전쟁터에서 사망한 사람들의 명단을 처음으로 주의 깊게 읽었다. 몇 분 뒤 두 남자가 다가와서 무심하게 그를 바라봤다. 그러다가 산책로 난간에 팔꿈치를 괴고는 텅 비어 황량한 부두를 바라보는 데 완전히 몰두하는 것 같았다. 두 사람은 키가 비슷하고 파란색 바지와 선원용 남색 반소매 셔츠를 입고 있었다. 랑베르는 조금 떨어진 벤치에 앉아 그들을 여유롭게 지켜봤다. 그들은 아마 스무 살도 안 되는 것 같았다. 그때 그를 향해 걸어오며 사과하는 곤잘레스가 보였다.

"여기, 내 친구들이 왔군." 그러더니 그에게 마르셀과 루이라는 두 젊은이를 소개했다. 마주 보니 둘은 많이 닮아서 랑베르는 그들이 형제인가 보다 생각했다.

"자." 곤잘레스가 말했다. "이제 안면도 텄으니까 일을 정리해 보자고."

마르셀인지 루이인지가 자기들이 경비를 서는 날이 이틀 후부터 일주일 동안 계속되니 가장 편한 날을 잡아야 한다고 말했다. 네 명이 서문을 지키는데, 다른 두 명은 직업군인이었다. 이들을 합류시킬 생각은 없다고 했다. 믿을 수도 없거니와 비용도 증가할 터였다. 그러나 가끔은 저녁에 둘이 잘 아는 술집의 뒷방에서 밤을 보낼 때도 있다고 했다. 마르셀인지 루이인지가 랑베르에게 입구 가까이에 있는 자기 집에 머물면서 자기들이 부를 때까지 기다리는 것이 어떻겠느냐고 제안했다. 그러면 빠져나가기 매우 쉬울 것이었다. 그러나 최근에 도시 외곽에 이중 초소를 세운다는 이야기가 있었기 때문에 서둘러야 했다.

랑베르는 그러겠다고 대답하고는 남은 담배 몇 개비를 내밀었다. 그때까지 입을 다물고 있던 한 사람이 곤잘레스에게 비용 문제는 해결되었는지, 선금을 받을 수 있는지 물었다.

"아니." 곤잘레스가 바로 답했다. "그럴 필요 없어, 친구니까. 비용은 떠날 때 받을 거야."

우리는 다시 만날 약속을 정했다. 곤잘레스는 이틀 후에 스페인 식당에서 저녁을 먹지 않겠느냐고 제안했다. 거기에서 보초병의 집으로 갈 수 있었다.

"첫날밤에는 내가 같이 있어 주지." 곤잘레스가 말했다.

다음 날 랑베르는 방으로 올라가는 길에 호텔 층계에서 타루와 마주쳤다.

"리외 씨에게 가는 길인데 같이 가시겠어요?" 타루가 물었다.

"방해가 되는 건 아닌지 모르겠네요." 랑베르는 망설였다.

"그렇지 않아요. 그쪽 이야기를 자주 들었거든요."

기자는 곰곰이 생각하고는 말했다.

"그러면 저녁 식사 후에 시간이 되신다면 늦더라도 호텔 바에서 같이 만나지요."

"리외 씨와 페스트 상황도 봐야 해요." 타루가 말했다.

그날 밤 11시 리외와 타루가 작고 좁은 바에 들어섰다. 30명쯤 되는 사람들이 팔꿈치가 닿을 정도로 가까이 앉아 큰 소리로 이야기를 나누고 있었다. 페스트가 한창인 도시의 침묵 속에서 온 두 사람은 어리둥절한 표정으로 걸음을 멈췄다. 아직도 술을 파는 것을 보니 그런 소란도 납득이 되었다. 랑베르는 카운터 끝에서 등받이 없는 의자에 앉아 손을 흔들었다. 그들은 그를 사이에 두고 양쪽으로 앉았고 타루는 시끄러운 옆 사람을 조용히 밀어냈다.

"술을 안 좋아하시나요?"

"아니요." 타루가 대답했다. "천만에요."

리외는 잔에서 쌉쌀한 허브 냄새를 맡았다. 주변이 소란스러워 대화하기 어렵기도 했지만, 랑베르는 대체로 술에 정신이 팔린 것 같았다. 의사는 그가 취한 건지 아직 판단할 수 없었다. 그들이 앉아 있던 좁은 구석 한쪽을 차지하고 있는 두 테이블 중 한 곳에서 어떤 해군 장교가 양팔에 여자를 끼고서는 덩치가 크고 눈이 충혈된 상대방에게 장티푸스가 퍼졌을 때 카이로에서 겪은 이야기를 하고 있었다. "수용소였지. 원주민을 위한 수용소에 환자용 천막을 세운 뒤 그 주변에 보초선을 쳐 놓고는, 환자 가족들이 민간요법으로 만든 약을 몰래 가지고 들어오면 총으로 쏴 버렸지. 보기 괴로웠지만 그래도 정당한 일이었어." 또 다른 테이블은 잘 차려입은 젊은이들이 차지하고 있었는데, 축음기에서 흘러나오는 '세인트 제임스 인퍼머리Saint James Infirmary'에 묻혀서 그들의 대화는 잘 들리지 않았다.

"잘 되어 가나요?" 리외가 목소리를 높이며 물었다.

"그렇게 되는 중입니다." 랑베르가 말했다. "아마도 일주일 안으로 될지도 모르겠어요."

"안타깝네요." 타루가 큰 소리로 외쳤다.

"왜요?"

타루가 리외를 쳐다봤다.

"오!" 리외가 말했다. "타루 씨는 기자님이 여기에 있으면 우리에게 큰 도움이 될 것 같다고 생각해서 그러는 거예요. 하지만 떠나고 싶은 마음도 잘 알지요."

타루는 술을 한 잔씩 돌렸다. 랑베르는 의자에서 내려와 처음으로 그를 정면으로 바라봤다.

"제가 어떻게 도움이 될까요?"

"그러니까." 타루는 술잔에 손을 내밀면서 말했다. "보건대에 도움이 되겠지요."

랑베르는 고집스레 생각에 빠진 평소의 표정을 지으며 다시 의자에 앉았다.

"우리 보건대가 사람들한테 도움이 될 것 같지 않나요?" 타루는 술을 마시자마자 주의 깊게 랑베르를 바라보며 말했다.

"물론 큰 도움이 되지요." 기자는 이렇게 말하고 나서 다시 술을 마셨다.

리외는 그의 손이 떨리고 있는 것을 봤다. 그가 완전히 취했다고 생각했다.

다음 날, 랑베르가 두 번째로 스페인 식당에 갔을 때에는 이제 막 더위가 식기 시작하는 가운데, 식당 입구에 의자를 내놓고 앉아 초록빛과 금빛으로 물든 저녁을 즐기고 있는 사람들이 있었다. 그는 무리 사이를 지나갔다. 그들은 매캐한 냄새가 나는 담배를 피우고 있었다. 내부는 한적했다. 랑베르는 곤잘레스를 처음 만났을 때 앉았던 안쪽 자리로 가서 앉았다. 그는 여종업원에게 일행이 올 것이라고 말했다. 저녁 7시 30분이었다. 사람들이 저녁을 먹으러 속속 들어와 자리를 잡았다. 음식이 나오기 시작했고, 낮고 둥근 천장 아래에는 식기가 부딪치는 소리와 웅웅거리는 대화 소리로 꽉 찼다. 8시가 되었고 랑베르는 여전히 기다리고 있었다. 조명이 켜졌다. 새로운 손님들이 그의 테이블에 앉았다. 그는 저녁 식사를 주문했다. 8시 30분에 식사를 마쳤지만, 곤잘레스나 두 젊은 남자는 나타나지 않았다. 그는 담배를 여러 개비 피웠다. 실내는 천천히 비어 가고 있었다. 밖에는 밤이 빠르게 찾아왔다. 미지근한 바람이 바다에서 불어와 창문의 커튼을 부드럽게 들어 올렸다. 9시가 되자 식당은 텅 비었고, 여종업원이 놀란 표정으로 그를 바라보고 있다는 것을 알아챘다. 그는 계산을 하고 밖으로 나왔다. 식당 맞은편에 있는 카페가 열려 있었다. 랑베르는 카페의 바에 앉아서 식당 입구를 지켜봤다. 9시 30분, 그는 호텔로 향하면서 어디 사는지도 모르는 곤잘레스를 어떻게 만날 수 있을지 생각했지만 헛수고였다. 모든 걸 다시 시작해야 한다고 생각하니 마음이 심란해졌다.

나중에 리외에게 말한 바에 따르면, 바로 그 순간 어둠 속에서 구급차들이 급하게 내달리는 가운데 랑베르는 문득 깨달았다. 자신이 아내와 자기를 갈라놓은 장벽을 넘기 위해 탈출구를 찾으려고 백방으로 노력하는 그 시간 동안, 오히려 아내에 관해서는 까맣게 잊고 있었다는 사실을 말이다. 그리고 이제 모든 길이 한꺼번에 막혀 버리자 자신의 욕망 속에 아내가 다시 자리 잡았는데, 그 고통이 어찌나 갑작스럽고 폭발적이던지 랑베르는 고통에서 벗어나려고 호텔을 향해 달리기 시작했다. 그런데도 그것들은 떨어지기는커녕 관자놀이를 좀먹어 갔다.

다음 날 아주 일찌감치 그는 리외를 만나러 와서 코타르를 찾을 수 있는지 물었다.

"제가 이제 할 수 있는 일이라고는." 랑베르가 말했다. "그 과정을 다시 시작하는 것뿐이에요."

"내일 저녁에 와 보세요." 리외가 말했다. "타루 씨가 코타르 씨를 불러 달라고 했는데 그 이유는 모르겠습니다. 그 사람이 10시에 올 테니 10시 반에 오세요."

이튿날 코타르가 진료실에 도착했을 때 타루와 리외는 리외의 담당 구역에서 발생한 기대하지 않았던 완치 사례에 관해서 이야기하고 있었다.

"열에 하나지요. 운이 좋았어요." 타루가 말했다.

"오, 글쎄요." 코타르가 말했다. "그건 페스트가 아니었어요."

그들은 코타르에게 페스트가 확실하다고 분명하게 말했다.

"완치된 거 보니 그건 불가능한 이야기예요. 페스트가 힘든 질병이라는 것은 저만큼 알고 계시잖아요."

"대개는 그렇지요." 리외가 말했다. "하지만 꾸준히 하다 보면 놀라운 일도 생기는 법이지요."

코타르가 웃었다.

"그렇지는 않은 것 같군요. 오늘 저녁에 발표된 통계를 들으셨나요?"

코타르를 너그럽게 바라보던 타루는 수치를 알고 있으며 상황이 심각하다고 말했다. 하지만 그것이 의미하는 것은 무엇인가? 특단의 조치가 필요하다는 것이었다.

"아이고! 그건 이미 하고 있잖아요."

"맞아요. 하지만 모두 자신만의 대책을 세워야 합니다."

코타르는 이해할 수 없다는 듯이 타루를 쳐다봤다. 타루는 대비하지 않는 사람들이 너무 많다며 전염병은 모두와 관련된 일이고, 모든 사람이 자신의 의무를 다해야 한다고 말했다. 보건대의 문은 누구에게나 열려 있다는 것이었다.

"그것도 좋은 생각이긴 하지만." 코타르가 말했다. "아무런 소용도 없을 겁니다. 페스트는 너무 강하니까요."

"두고 보면 알겠지요." 타루는 참을성 있게 말했다. "우리가 모든 것을 다 해 본 뒤에요."

그러는 동안 리외는 책상에서 파일들을 옮겨 쓰고 있었다. 타루는 여전히 의자에 앉아서 안절부절못하는 코타르를 바라보고 있었다.

"우리와 함께하지 않는 이유가 있나요, 코타르 씨?"

코타르는 불쾌한 표정으로 일어섰고 둥근 모자를 손에 쥐고 이렇게 말했다.

"그건 제 일이 아닙니다."

그런 다음 허세를 부리는 듯한 말투로 말했다.

"게다가 저는 페스트 안에서 사는 게 더 편해요. 그런데 왜 제가 그걸 멈추는 데 끼어들어야 하는지 모르겠군요."

타루는 갑자기 진실을 깨달은 듯 이마를 탁 쳤다.

"아, 그렇지요. 내가 그걸 잊고 있었네. 페스트가 아니었다면 코타르 씨는 체포되었겠지요."

코타르는 몸을 움찔하더니 넘어질 뻔하다가 의자를 부여잡았다. 리외는 글을 쓰는 것을 멈추고 진지하고 흥미로운 듯이 그를 바라봤다.

"누가 그래요?" 코타르가 소리쳤다.

타루는 놀란 듯이 말했다.

"아니, 당신이 그랬잖아요. 최소한 의사 선생님과 저는 그렇게 이해했습니다."

코타르는 갑자기 분기탱천하여 말을 더듬었는데, 그 말을 알아들을 수 없을 정도였다.

"진정하세요." 타루가 덧붙였다. "저나 의사 선생님이나 고발할 사람들은 아니니까요. 그 일은 우리와는 상관없어요. 그리고 우리도 경찰은 전혀 좋아하지 않아요. 자자, 좀 앉으세요."

코타르는 의자를 바라보고는 머뭇거리다가 자리에 앉았다. 잠시 후 그는 한숨을 내쉬었다.

"그 사람들이 꺼낸 이야기는 지난 이야기요. 잊은 줄 알았는데 누군가 고자질을 했더군요. 나를 소환하더니 수사가 끝날 때까지 대기하라더군요. 하지만 결국 체포될 거라는 걸 알고 있어요."

"심각한 죄인가요?" 타루가 물었다.

"그건 어떻게 보느냐에 따라 달라요. 어쨌든 살인은 아니에요."

"징역감인가요? 아니면 강제노역인가요?"

코타르는 잔뜩 풀이 죽어 있었다.

"징역이겠지요, 운이 좋으면…."

그러나 잠시 후 그는 열변을 토했다.

"그건 실수예요. 누구나 실수를 해요. 나는 그것 때문에 내 집, 내 일상들, 내 지인들과 떨어진다고 생각하면 견딜 수가 없어요."

"아! 그래서 목을 매서 죽을 생각을 한 건가요?" 타루가 물었다.

"네. 바보 같은 짓이었지요, 정말."

리외는 코타르에게 그가 무얼 걱정하는지 이해하지만 아마도 모든 것이 잘될 것이라고 처음으로 입을 열었다.

"아, 이제는 두려울 게 없다는 걸 난 알아요."

"그렇군요." 타루가 말했다. "우리 보건대에 들어오지 않으시겠네요."

코타르는 손에 들고 있던 모자를 뱅뱅 돌리며 불안한 표정으로 타루를 올려다봤다.

"서운해하지 마세요."

"물론 그러지 않아요. 하지만 적어도." 타루는 웃으며 말했다. "병원균을 일부러 퍼뜨리려고는 하지 말아 주세요."

코타르는 자신도 페스트를 원하지 않았고, 그냥 저절로 생겨난 것이며, 덕분에 일이 잘 해결되었지만 그건 자기 잘못이 아니라고 항변했다. 랑베르가 문 앞까지 왔을 때 코타르는 목에 힘을 주고 덧붙였다.

"게다가 제 생각에 당신들은 아무것도 해내지 못할 거예요."

코타르는 곤잘레스의 주소는 모르지만, 그 작은 카페에 가면 언제든 볼 수 있다고 랑베르에게 알려 줬다. 그들은 다음 날에 만나기로 약속을 잡았다. 리외가 어떻게 되는지 알고 싶다고 하자, 랑베르는 타루와 함께 주말 밤에 언제든지 자기 방으로 오라고 했다.

아침에 코타르와 랑베르는 작은 카페로 가서 가르시아에게 저녁때나, 혹시 곤란하면 내일 만나자고 메모를 남겼다. 그날 저녁까지 기다렸지만, 가르시아는 나타나지 않았다. 다음 날, 가르시아가 카페에 와 있었다. 그는 조용히 랑베르의 이야기를 들었다. 그는 그 일에 관해서는 몰랐지만, 주택 검사를 위해 동네 전체가 24시간 동안 통행이 금지됐었다고 했다. 곤잘레스와 그 두 남자가 바리케이드를 넘지 못했을 가능성도 있다는 것이었다. 하지만 그가 할 수 있는 일은 한 번 더 그를 라울과 만나게 하는 것뿐이었다. 당연하게도 이틀 안에 성사될 일은 아니었다.

"보아하니." 랑베르가 말했다. "처음부터 다시 시작해야겠네요."

이틀 후, 길모퉁이에서 라울은 가르시아의 추측이 사실이라는 것을 확인해 줬다. 아랫동네에 출입이 금지된 것이었다. 곤잘레스와 다시 연락해야 했다. 이틀 후, 랑베르는 그 축구 선수와 점심을 먹었다.

"바보 같군." 축구 선수가 말했다. "다시 만날 방법을 미리 정해

놨어야 했는데….”

랑베르도 같은 생각이었다.

“내일 아침, 애들한테 가서 다시 조정해 보자고.”

다음 날 가 보니 그들은 집에 없었다. 내일 정오에 리세 광장에서 만나자는 메모를 남겼다. 그리고 랑베르는 돌아왔는데, 표정이 말이 아니었는지 오후에 그를 만난 타루가 놀랄 정도였다.

“일이 잘 안 돌아가나요?” 타루가 물었다.

“또다시 시작해야 해요.” 랑베르가 대답했다.

그는 약속 날짜를 바꿨다.

“오늘 저녁에 오세요.”

그날 저녁에 두 사람이 랑베르의 객실에 들어갔을 때 그는 누워 있었다. 그들이 오자 랑베르는 일어나 준비해 둔 잔을 채웠다. 리외는 잔을 받으며 일이 잘 진행되고 있는지 물었다. 기자는 한 바퀴 돌아 다시 원점이라면서 곧 마지막으로 만나게 될 것이라고 말했다. 그는 술을 들이켜고는 덧붙였다.

“그 사람들은 물론 안 올 겁니다.”

“벌써부터 그렇게 생각해서는 안 되지요.” 타루가 말했다.

“아직도 모르시네요.” 랑베르는 어깨를 으쓱하며 대답했다.

“뭘요?”

“페스트요.”

“아, 그거!” 리외가 말했다.

“아니요, 페스트는 계속 다시 시작하게 만든다는 걸 모르고 계세요.”

랑베르는 객실 한구석으로 가서 작은 전축을 열었다.

“무슨 음반인가요?” 타루가 물었다. “들어 본 곡 같은데….”

랑베르는 '세인트 제임스 인퍼머리'라고 대답했다.

곡이 반쯤 흘렀을 때 멀리서 두 발의 총성이 들렸다.

"개 아니면 탈주자겠지요." 타루가 말했다.

잠시 후, 음악이 끝나고 구급차 소리가 점점 더 또렷해지고 커지더니 호텔 방 창문 아래로 지나갔고 점차 소리가 멀어지다가 이내 사라졌다.

"이 음반은 별로네요." 랑베르가 말했다. "오늘만 벌써 열 번이나 들었고요."

"그 곡이 그렇게 좋은가요?"

"아니요, 음반이 이거 하나밖에 없어서요."

그러더니 잠시 후 말을 이었다.

"말씀드렸지요, 다시 시작하는 거라고요."

그는 보건대가 어떻게 운영되는지 리외에게 물었다. 보건대는 다섯 개 팀으로 나뉘어 일하고 있었다. 팀을 몇 개 더 만들고 싶어 했다. 기자는 침대에 앉아서 손톱에 신경 쓰고 있는 것 같았다. 리외는 침대 가장자리에 웅크리고 있는, 자그마하고 힘 있게 생긴 그의 옆모습을 살펴봤다. 그는 갑자기 랑베르가 자신을 바라보고 있다는 것을 알아챘다.

"선생님." 그가 말했다. "선생님의 단체에 대해서 많이 생각해봤어요. 제가 선생님과 함께하지 않는 데는 다 그럴 만한 저만의 이유가 있어서예요. 다른 일 같았으면 제가 제 몫을 다 할 수 있었을 텐데 말이지요. 스페인 전쟁에 종군한 적도 있거든요."

"어느 쪽이었나요?" 타루가 물었다.

"패자 쪽이었지요. 그 후로 좀 생각을 하게 되었어요."

"무엇을요?" 타루가 다시 물었다.

"용기에 대해서요. 사람은 위대한 일을 할 수 있다는 것을 이제는 알고 있어요. 하지만 위대한 감정이 생기지 않으면 저는 관심이 가질 않아요."

"인간은 모든 것을 다 할 수 있다는 식으로 들리네요." 타루가 말했다.

"아니에요, 인간은 오랫동안 고통을 참거나 오랫동안 행복할 수 없어요. 그러니까 가치 있는 일은 할 수 없는 것이지요."

그는 두 사람을 쳐다보고는 이렇게 말했다.

"혹시 타루 씨는 사랑을 위해 죽을 수 있나요?"

"잘 모르겠지만, 지금으로서는 그럴 수 없을 것 같네요."

"그것 보세요. 그런데 관념을 위해서 죽을 수도 있다는 것이지요. 눈에 훤히 보여요. 저는 관념 때문에 죽는 사람들이라면 신물이 나요. 저는 영웅주의를 믿지 않아요. 그건 쉬우면서도 치명적이라는 것을 알게 되었어요. 내가 관심 있는 것은 사랑하는 것을 위해 살고 또 죽는 거예요."

리외는 기자의 말을 주의 깊게 듣고 있었다. 그를 빤히 바라보다가 부드러운 목소리로 말했다.

"인간이 곧 관념은 아닙니다, 랑베르 씨."

그가 상기된 얼굴로 침대에서 벌떡 일어났다.

"사랑을 외면하는 순간부터 관념은 곧 어설퍼져요. 정확히 말하자면, 우리는 더 이상 사랑할 줄 모르게 되는 것이지요. 단념하고 사랑할 수 있기를 기다립시다. 그게 정말 불가능하다면 영웅놀이는 그만하고 모두가 해방되기를 기다리자고요. 저는 거기까지만 하렵니다."

리외가 갑자기 피곤하다는 듯이 일어났다.

"랑베르 씨, 옳은 말씀이에요. 절대적으로 맞습니다. 당신이 하려고 하는 일을 절대로 방해하고 싶지 않아요. 제가 보기에도 그것은 옳고 좋은 일이니까요. 하지만 이 말씀은 드려야겠어요. 이 모든 일이 영웅주의 때문은 아닙니다. 성실함이지요. 비웃으실 수도 있겠지만 페스트와 싸우는 유일한 방법은 성실함이에요."

"성실이란 게 뭘까요?" 랑베르가 갑자기 진지한 표정으로 말했다.

"일반적으로 말하는 성실함이란 게 뭔지는 잘 모르겠지만 제 경우에는 제 일을 해내는 거라고 생각합니다."

"아!" 랑베르가 화를 내며 말했다. "제 일이 뭔지 모르겠네요. 어쩌면 제가 사랑을 선택한 것이 틀렸을지도 모르겠군요."

리외는 그를 마주 봤다.

"아니에요, 당신은 잘못한 게 없어요." 그가 힘주어 말했다.

랑베르는 생각에 잠긴 듯이 두 사람을 바라봤다.

"두 분은 이 모든 일에서 잃을 건 없어 보이네요. 선한 편에 선다는 건 더 쉬운 일이지요."

리외는 잔을 비웠다.

"갑시다, 우리에겐 할 일이 있어요."

리외가 나갔다.

타루는 그를 따라가려다가 순간 생각이 바뀐 듯 기자를 향해 돌아서서 이렇게 말했다.

"리외 선생의 부인이 여기서 수백 킬로미터 떨어져 있는 요양원에 있다는 것을 알고 계시나요?"

랑베르는 놀란 듯했지만 타루는 이미 나가고 없었다.

다음 날 아침 일찍, 랑베르는 의사에게 전화를 걸었다.

“도시를 떠날 방법을 찾을 때까지 선생님과 같이 일해도 될까요?”

수화기에서 침묵이 흐르더니 이내 대답이 들려왔다.

“그러시지요, 랑베르 씨. 고맙습니다.”

3부

페스트의 포로들은 그렇게 일주일 내내 최선을 다해 싸웠다. 그리고 그들 중 일부는 랑베르처럼, 우리가 알다시피 여전히 자유인인 양 행동하고 선택권이 있다는 생각까지 했다. 그러나 8월 중순 당시에는 페스트는 사실상 모든 것을 덮쳐 버렸다고 말할 수 있을 정도가 되었다. 더 이상 개인의 운명이 아니라, 모두가 공유하는 페스트라는 사건과 공동의 감정만이 존재했다. 가장 뚜렷했던 것은 이별과 유배의 감정이었는데, 거기에는 두려움과 반항이 내포되어 있었다. 서술자는 더위와 질병이 최고조에 달했을 때의 일반적인 상황을 묘사하고, 예를 들어 살아 있는 우리 시민들의 폭력성과 사망자의 매장, 이별한 연인들의 고통을 여기에 묘사하는 것이 적절하다고 생각한다.

그해의 중간이었던 당시에 페스트가 퍼진 도시에 며칠 동안 바람이 불었다. 그 바람은 오랑 주민들에게는 특히나 두려움의 대상이었다. 도시가 건설된 고원에는 자연적인 장애물이 하나도 없었던 탓에 바람이 맹렬한 기세로 몰아치기 때문이다. 몇 달 동안 비 한 방울 내리지 않아 먼지가 도시를 잔뜩 뒤덮었는데, 바람 때문에 회색 도료가 비늘처럼 벗겨졌다. 바람이 먼지와 종이의 파도를 일으켰고, 그것들은 점점 줄어드는 보행자들의 다리를 때렸다. 거리에서 행인들이 몸을 앞으로 수그린 채 손수건이나 손으로 입을 막고 잰걸음으로 가는 것이 보였다. 저녁에는 저마다 마지막 만남이 될지 모른다며 오래 시간을 보내려고 하지 않았고, 서둘러 집으로 돌아가거나 카페에서 소수로만 모여 만났다. 며칠 동안 그 계절이면 더 일찍 찾아오는 황혼 무렵에 거리는 텅 비었고, 바람만이 쉴 새 없이 불평을 늘어놓았다. 여전히 보이지는 않지만, 들썩이는 바다에서 해초와 소금 냄새가 풍겨 왔다. 인적도 없고 먼지로 하얗게 뒤덮였으며 바다 냄새만 풍기는 이 도시는 바람의 비명이 울려 퍼지는 가운데 불행한 섬처럼 신음하고 있었다.

지금까지는 도심보다는 인구가 많고 형편이 어려운 변두리 지역에서 더 많은 페스트 희생자가 발생했다. 그런데 갑자기 페스트가 점점 더 도심 쪽으로 가까워지는 것 같더니, 상업지구에까지 정착한 것처럼 보였다. 주민들은 바람이 전염병의 씨앗을 퍼뜨리는 원인이라며 바람을 탓했다. 호텔 지배인은 "그게 진흙탕을 만들고 있다."고 말했다. 그러나 어쨌든 간에 중심가에 사는 사람들은 밤에 창문 아래에서 페스트의 우울하고 맥 빠진 호출에 응답하듯 메아리치는 구급차의 사이렌 소리가 점점 더 자주 들리자, 자신들의 차례가 오고 있음을 느끼고 있었다.

시내에서도 특히 피해가 심한 일부 지역을 격리하고, 직무상 불가피한 사람 외에는 지역 밖으로 나가지 못하게 하는 조치가 떨어졌다. 그때까지 그곳에 살던 사람들은 자기들을 괴롭히려고 일부러 그런 조치를 한 것이라 생각하지 않을 수 없었다. 그래서 다른 지역과 비교하면서 그 지역 주민들만 자유인이라는 듯이 생각하고 있었다. 반면 다른 지역 주민들은 힘든 시기에 자신들보다 자유롭지 못한 사람들도 있다고 상상하며 위안으로 삼았다. '나보다 자유롭지 못한 사람들이 있다'는 말이야말로 당시에 유일하게 품을 수 있었던 희망을 요약한 문장이었다.

이 무렵에는 특히 도시 서쪽 외곽에 있는 별장 지역을 중심으로 화재도 증가했다. 조사에 따르면 불행과 죽음을 목격한 후에 눈이 뒤집힌 사람들이 격리에서 풀려난 후 집에 돌아와서 페스트를 죽이겠다는 망상에 빠져 집에 불을 지른 것이었다. 세찬 바람으로 인해 지역 전체가 돌이키지 못할 위험에 빠질 뻔한 적이 수차례라서 이런 일과 싸우는 것은 여간 힘든 것이 아니었다. 당국이 실행하는 주택 소독이 감염 위험을 완전히 제거한다는 점을 아무리 설명해도 소용없었고, 나중에는 결국 순진한 방화범에 대해서는 엄벌에 처할 것이라고 공포하는 수밖에 없었다. 그런데 이 불행한 사람들이 겁을 먹은 것은 감옥에 간다는 생각 때문이 아니라, 시 감옥에서 사망률이 엄청나게 증가한 것을 보면서 징역형은 사형이나 마찬가지라는 생각 때문이었음에 의심할 여지가 없었다. 그 이유는 명백하게도 페스트가 군인, 종교인, 죄수 들처럼 집단생활을 하는 사람들을 맹공격하고 있었기 때문이었다. 죄수 중의 일부가 격리되어 있기는 했지만, 감옥도 공동체였으니 말이다. 이를 증명이라도 하듯이 우리 시의 감옥에서는 죄수만큼이나 교도관들도 전염병으로 인한 사망률이 높았다. 페스트의 눈으로 내려다보면 교도소장부터 말단 죄수에 이르기까지 모든 사람이 유죄 선고를 받은 처지였으니, 아마도 처음으로 절대 정의가 감옥에서 구현된 셈이었다.

당국이 공무 수행 중에 사망한 교도관에게 훈장을 수여하면서 이런 식의 평등에 위계를 도입하려고 시도했지만 헛된 일이었다. 계엄령이 선포되었기 때문에 어떤 면에서는 교도관들도 동원되었다고 볼 수 있어서 사후에 훈장을 수여한 것인데, 죄수들은 별다른 항의를 하지 않았지만, 군부에서는 이를 좋게 받아들이지 않았고, 국민에게 혼란을 줄 수 있다고 지적했다. 당연한 지적이었다. 당국은 그들의 주장을 인정했고, 가장 간단한 방법은 사망한 교도관에게 방역 공로 표창장을 주는 것이라고 생각했다. 그러나 이미 받은 사람들이 있으니, 훈장을 회수한다는 것은 생각할 수 없는 일임에도 군부는 여전히 기존 입장을 견지하고 있었다. 한편 방역 공로 표창장의 경우, 전염병 시대에 이런 훈장을 받기란 흔한 일이었기 때문에 무공훈장을 수여함으로써 얻을 수 있는 사기 진작 효과를 얻을 수 없다는 단점이 있었다. 모두가 다 불만이었다.

더욱이 교도소 당국은 종교 당국만큼은 아니지만 군 당국처럼 대처할 수 없었다. 실제로 도시에서 단 두 곳에만 있는 수도원의 수도사들은 뿔뿔이 흩어져서 신자의 가정에 임시로 거주하고 있었다. 마찬가지로 군 당국은 가능할 때마다 부대를 소규모로 분리해서 인근 학교나 공공건물에 주둔시켰다. 그래서 언뜻 보기에 페스트는 포위된 상태에서 주민 간에 연대를 강요하는 것처럼 보이지만, 실제로는 전통적인 결사 관계를 파괴하고 개개인을 고독 속으로 몰아넣었다. 그로 인해 혼란이 벌어진 것이었다.

이런 상황에 바람까지 더해지면서, 어떤 사람들의 마음에 불을 지핀 게 아닐까, 하는 생각까지 들 정도였다. 도시의 입구는 밤에 여러 차례, 그것도 이번에는 소규모 무장 단체의 공격을 받았다. 총격전이 이어지면서 사람들이 다치고 도망쳤다. 경비 초소가 강화되면서 이런 시도는 즉시 멈췄다. 그러나 탈출 시도만으로도 도시 안에 일종의 혁명 바람이 불었고 폭력 사태가 몇 건 발생했다. 위생을 이유로 폐쇄되거나 화재가 났던 집들이 약탈당했다. 사실

이러한 행위가 계획적이었다고 단정하기는 어렵다. 돌발적인 사건들이 벌어지자, 그때까지만 해도 정직하게 생활하던 사람들까지 손가락질받을 만한 일을 저지르기 시작했고, 다른 사람들이 그 행위를 모방한 것이었다. 그러다 보니 집주인이 자기 집이 불타고 있는 모습을 망연자실한 표정으로 보고 있던 중에, 그 불타는 집으로 뛰어드는 미친 사람들까지 나타나게 된 것이다. 그 모습을 집주인이 가만히 지켜보자, 구경꾼들도 앞다퉈 그들을 따라 했다. 어두운 거리에서 사그라드는 불길로 인해, 그리고 어깨에 짊어진 물건과 가구로 인해 일그러진 그림자들이 불빛을 받으며 사방으로 흩어지는 게 보였다. 이런 사건들로 인해 당국은 별수 없이 페스트 사태를 계엄령과 동일시하게 되었고, 그로부터 법적 조치들을 적용하기 시작했다. 절도범 두 명이 총살되었지만, 사람들이 그리 충격을 받았을지는 의문이다. 너무도 많은 죽음을 목도한 판국에 고작 두 명 정도는 눈에 띄지도 않았기 때문이다. 바다에 물 한 방울 떨어뜨린 격이었다. 사실 비슷한 장면들이 자주 반복되었지만, 당국은 문제에 개입할 엄두조차 내지 못했다. 모든 주민이 충격을 받은 유일한 조치는 등화관제였다. 밤 11시부터 완전한 어둠에 빠진 도시는 돌처럼 변해 버렸다.

달빛이 비치는 하늘 아래에서 도시에는 허연 벽들과 곧은길들이 이어져 있을 뿐 나무의 검은 그림자 한 점 없었다. 산책하는 사람의 발걸음이나 개 짖는 소리에도 도시는 결코 동요하지 않았다. 그 적막한 대도시는 당시 생기 없는 입방체를 모아 놓은 집합에 불과했고, 그 사이에서 잊힌 자선가나 청동 속에 갇혀 영원히 질식해 버린 옛 위인들의 흉상만이 돌이나 쇠로 만든 가짜 얼굴을 가지고, 한때는 인간이었지만 지금은 퇴색된 이미지를 상기시키려고 애쓰고 있었다. 이 보잘것없는 우상들은 답답한 하늘 아래에서 생명이 사라진 교차로에 군림하고 있었다. 야만적이고 냉담한 이 우상들은 요지부동의 지배, 또는 적어도 궁극적인 질서, 즉 페스트와 돌, 어둠이 결국 입을 다물게 만들어 버리는 지하 묘지의 질서를 잘 보여 주고 있었다.

그러나 어둠은 또한 모든 사람의 마음에 있었고, 매장에 관해 보도된 진실은 그 전설처럼 우리 시민들을 안심시키지 못했다. 서술자로서 매장에 관한 이야기를 하지 않을 수 없기에 죄송한 마음이다. 이 점에 관해서 서술자가 비난을 받으리라는 것은 잘 알고 있다. 하지만 이 시기 동안 내내 매장을 해 왔고, 어떤 면에서 다른 많은 시민들과 마찬가지로 서술자 또한 매장 문제를 걱정할 수밖에 없었다는 것이 그나마 유일하게 내세울 수 있는 정당성이다. 어쨌든 서술자가 이런 종류의 의식에 관심이 있기 때문은 아니다. 오히려 산 자들의 사회, 가령 해수욕 같은 것을 선호했다. 그러나 요컨대 해수욕이 금지되었고, 서술자는 산 자들의 사회는 망자들의 사회에 밀려나는 것은 아닐까, 하고 온종일 두려워했다. 그것은 자명한 사실이었다. 물론 그것을 보지 않으려고 애써 눈을 감고 거부할 수도 있지만, 명백한 사실은 무서운 힘을 가지고 있어서 항상 모든 것을 빼앗아 가는 법이다. 예를 들어 사랑하는 사람을 매장해야만 할 때, 무슨 수로 매장을 거부할 수 있겠는가?

전염병 초기 우리 장례식의 특징은 신속성이었다! 모든 절차는 간소화되어 있었고, 일반적인 장례 의식은 폐지되었다. 환자는 가족과 멀리 떨어져 지내다 죽었고 밤을 새우는 의례도 금지되었다. 저녁에 죽은 사람은 혼자 밤을 보냈고, 낮에 죽은 사람은 지체 없이 매장되었다. 물론 가족들에게 통보하기는 했지만, 대부분의 경우 환자와 함께 살고 있던 터라 그들 또한 격리되는 바람에 발이 묶여 있었다. 가족이 고인과 함께 살지 않은 경우에는 염이 끝나고 입관되어 묘지로 떠나는 시간에 참석할 수 있었다.

이런 절차가 리외가 담당하고 있는 임시 병원에서 이루어졌다고 가정해 보자. 원래 학교였던 그 건물에는 본관 뒤쪽에 출구가 있었다. 복도가 내다보이는 넓은 창고에는 관이 놓여 있다. 같은 복도에서 가족들은 이미 뚜껑이 닫힌 채 덩그러니 놓여 있는 관을 보게 된다. 그리고 그 즉시 가장 중요한 일, 즉 서류들에 가장의 서명을 받는 일로 넘어간다. 그런 다음 시신은 그게 화물차든 개조된 대형 구급차든 가리지 않고 자동차에 실린다. 가족들이 그때까지는 허용된 택시를 타면 택시는 전속력으로 외곽 도로를 타고 묘지에 도착한다. 입구에서 헌병들이 자동차를 세운 다음 공식 통행증에 도장을 찍어 주고는 비켜선다. 통행증이 없으면 우리 시민들이 마지막 안식처라고 부르는 그곳에 갈 수 없다. 채워지길 기다리고 있는 여러 구덩이 가운데 한 곳으로 간다. 신부가 시신을 맞이한다. 성당에서 장례를 치르는 것이 금지되었기 때문이다. 기도하는 동안 관을 꺼내 밧줄로 묶은 후 미끄러지듯이 구덩이 안에 내려놓으면 신부는 성수채를 흔드는데, 그사이에 벌써 첫 번째 흙이 뚜껑 위에서 튄다. 구급차는 소독을 위해 조금 먼저 출발하고, 흙이 뿌려지는 소리가 점점 둔해지는 가운데 가족들은 서둘러 택시에 올라탄다. 15분 후 가족들은 집에 도착한다.

따라서 모든 것이 실제로 최대한 빨리, 그리고 최대한 덜 위험한 방향으로 진행되었다. 그리고 적어도 처음에는 이런 방식으로 치러지는 장례가 가족들이 느끼는 자연스러운 감정을 훼손했음이 분명하다. 그러나 전염병 시대에는 이러한 감정들을 고려할 수 없다. 효율성을 위해 모든 것을 희생하게 되는 시기였다. 더욱이 초반에는 격식을 갖춰 땅에 묻히고 싶다는 욕망이 생각보다 널리 퍼져 있어서 이 신속한 방식에 괴로워했지만, 시간이 조금 지난 후에는 식량 배급에 차질이 생기면서 주민들의 관심은 더욱 즉각적인 문제에 쏠리게 되었다. 먹기 위해서 줄을 서야 하고, 절차를 밟아야 하며, 서식을 갖춰야 하는 것에 정신이 팔린 사람들은 주변 사람들이 어떻게 죽어 가고 있는지, 자신은 또 어떻게 죽을지에 관해서 생각할 겨를이 없었다. 따라서 고통스럽게 느껴질 법한 이러한 물질적 어려움은 나중에는 오히려 고마운 일로 여겨졌다. 그리고 이미 봤듯이 전염병이 만연하지 않았더라면 모든 것이 그런대로 괜찮게 흘러갔을 것이다.

관이 점점 귀해지고 수의를 만들 천과 묫자리가 부족해졌다. 무슨 수를 써야만 했다. 언제나 효율을 먼저 따졌던 것처럼 가장 간단한 방법으로 장례를 합동으로 진행하고, 필요한 경우 병원과 묘지를 오가는 횟수를 여러 번으로 늘리는 것이 좋을 듯했다. 예를 들면 리외의 담당 병원에는 당시 5개의 관이 있었는데, 관이 다 차면 구급차에 싣고 묘지로 가서 시퍼렇게 변한 시신을 들것에 옮긴 다음, 이런 용도로 마련된 헛간으로 실어 나른 뒤 순서를 기다렸다. 그렇게 비워진 관에 소독액을 뿌린 뒤 다시 병원으로 가져가서 필요한 만큼 여러 번 다시 사용했다. 이렇게 조직적으로 훌륭하게 처리되자 도지사는 만족해했다. 그는 리외에게 고대 역병 연대기에 따르면 흑인이 시체 운반 수레를 끌었는데, 이보다는 나은 방법이라는 소리까지 할 정도였다.

"그렇네요." 리외가 말했다. "매장하는 건 똑같지만 우리는 파일을 작성하고 있으니 발전한 것은 의심할 여지가 없습니다."

행정상으로는 성공했는데도 현재 절차의 불쾌한 특성 때문에 도청은 장례식에서 친족들을 배제시켜야만 했다. 친족들은 묘지 정문까지만 접근을 허용했는데, 그것도 공식적인 것은 아니었다. 장례의 마지막 단계와 관련해 사정이 조금 바뀌었기 때문이었다. 묘지 끄트머리에 유향나무로 가려진 공터에 거대한 구덩이 두 개가 파여 있었다. 각각 남자용과 여자용이었다. 이런 점에서 볼 때 행정부는 관습을 존중했다. 마지막 수치심마저 포기하는 사태가 벌어진 것은 훨씬 나중의 일이었다. 그것은 품위를 무시하고 여자와 남자를 뒤섞고 포개어 묻어 버린 것이었다. 다행히도 이러한 최후의 혼란은 재앙의 마지막 순간에서야 나타났다. 언급하고 있는 시기에는 구덩이가 분리되어 있었고, 도청은 이 일에 매우 열심이었다. 모든 구덩이의 바닥에는 생석회가 두껍게 깔려 있어서 부글부글 끓으면서 연기가 나고 있었다. 구덩이 가장자리에는 똑같은 석회 덩어리가 기포를 터트리며 공중으로 퍼지고 있었다. 구급차의 이송이 끝나면 들것을 가져가 벌거벗은 채 약간 뒤틀려 있는 시신을 실어 왔는데, 나란히 바닥에 미끄러지듯 내려놓으면 그 위를 생석회로 먼저 덮고 나서 흙을 뿌렸다. 하지만 나중에 들어올 손님을 위해서 일정한 높이까지만 흙을 쌓았다. 그러면 이튿날 친족이 와서 등록부에 서명해야 했는데, 이 점이 가령 인간과 개 사이에 있을 수 있는 차이를 보여 주는 것이었다. 인간의 죽음은 항상 관리가 가능했던 것이다.

이 모든 작업에는 인력이 필요했는데 언제나 모자라기 직전이었다. 간호사들과 무덤 파는 일꾼 중 다수는 처음에는 정식으로 채용된 사람들이었지만, 나중에는 임시로 일하다가 페스트에 걸려 사망하고 말았다. 아무리 예방책을 강구해도 언젠가는 전염되고 마는 것이다. 하지만 생각해 보면 전염병이 도는 기간 내내 이 일을 할 사람이 한 번도 부족한 적이 없었다는 사실에 가장 놀라게 된다. 위기는 전염병이 최고조에 달하기 직전이었다. 당시에 리외가 걱정했던 것도 그럴 만한 이유가 있었다. 간부건 소위 막노동꾼이건 인력이 충분하지 않았다. 그러나 페스트가 사실상 온 도시를 점령한 순간부터 그 지나침은 꽤 편리한 결과를 가져왔다. 경제 전반을 혼란에 빠뜨리고, 그로 인해 상당수의 실업자가 발생한 것이다. 대부분의 경우 간부로 채용되지는 못했지만, 막노동꾼의 채용은 쉬워졌다. 위험한 일일수록 보수는 컸기 때문에, 실제로 그때부터 빈곤이 공포보다 강력하다는 것을 느낄 수 있었다. 의료기관은 지원자 리스트를 작성하고 결원이 발생하는 즉시 첫 번째 대기자에게 연락했고, 그사이에 사정이 생기지 않는 한 반드시 나타나게 마련이었다. 도지사는 유기수든 무기수든 오랫동안 이런 일에 죄수들을 활용하는 것에 관해 망설이고 있었는데, 이런 방식으로 극단적인 조치 없이도 버틸 수 있었기 때문이다. 실업자들이 있는 한 버틸 수 있다는 것이 그의 생각이었다.

8월 말까지 그럭저럭 지낸 우리의 시민들은 최소한 행정 당국이 책임을 다하고 있다고 생각할 만큼, 변변치는 않더라도 마지막 안식처로 갈 수 있었다. 그러나 이제 최후의 수단을 사용하게 된 이야기를 하려면 일련의 사건들에 관해 미리 말하지 않을 수 없겠다. 페스트의 통계 그래프가 정점에서 수평을 그리고 있던 8월부터는 안 그래도 좁은 묘지에, 그나마도 수용할 수 있는 공간이 모자랄 정도로 많은 사람이 희생되었다. 담을 허물고 주변 공간까지 확장했지만 큰 도움은 되지 않았다. 빨리 다른 방법을 찾아야 했다. 우선 밤에 매장하기로 결정했는데, 그런 점에서 여러 가지 번거로운 고려 사항을 생략할 수 있었다. 구급차에 더 많은 시신을 실을 수 있었다. 그러자 변두리 지역에서 등화관제 시간 이후에 규정을 위반하고 산책을 나온 사람들이나 직무상 밖에 나와 있던 사람들은 무미건조하게 사이렌을 울리며 한산한 밤거리를 전속력으로 달리고 있는 길고 하얀 구급차를 만날 수 있었다. 시신들은 서둘러 구덩이에 던져졌다. 점점 더 깊어지는 구덩이 속에 던져진 시신들은 자리를 잡기도 전에 생석회가 얼굴에 부딪히고 흙에 마구잡이로 뒤덮였다.

그런데도 얼마 지나지 않아 더 널찍한 곳을 찾아야 했다. 도지사령에 따라 영구 임대 묘지의 소유권을 수용하고, 그곳에서 발굴된 모든 유골은 화장터로 보내졌다. 머지않아 페스트로 사망한 사람들도 화장터로 보내질 터였다. 따라서 우리는 도시 동쪽의 문밖에 있던 옛 화장터를 이용해야 했다. 경비 초소도 더 멀리 옮겼다. 한 시청 직원이, 한때는 해안 벼랑길을 달렸지만 이제는 운행하지 않는 전차를 다시 이용하자고 건의하면서 당국의 일은 훨씬 수월해졌다. 이를 위해 유람차와 기관차 내부의 좌석을 제거해 개조했고, 화장터까지 우회하도록 만들면서 노선의 기점이 되었다.

여름이 끝날 무렵, 가을비가 내리는 한밤중에 승객도 태우지 않은 채 날이면 날마다 벼랑길을 따라 달리는 이상한 전차 행렬이 바다 위로 요동치는 것이 사람들 눈에 띄었다. 주민들은 마침내 무슨 일이 일어나고 있는지 알아챘다. 순찰대가 벼랑길로의 접근을 막았지만, 여러 무리는 파도가 내려다보이는 바위틈에 숨어 있다가 전차가 지나갈 때 유람차 안으로 꽃을 던져 넣었다. 그럴 때면 꽃과 망자를 실은 전차의 한층 더 흔들리는 소리가 여름밤에 울려 퍼졌다.

어쨌든 처음 얼마 동안은 아침이면 악취가 나는 진한 증기가 도시 동쪽 지역을 떠돌았다. 이 냄새는 불쾌하기는 하지만 누구에게도 해를 끼칠 가능성은 없다는 것이 모든 의사의 의견이었다. 그러나 이 동네 주민들은 페스트가 하늘에서 떨어질 것이라 확신하고는 그곳을 떠나겠다며 으름장을 놓았고, 복잡한 배관 장치를 통해 연기를 다른 곳으로 돌린 다음에야 주민들은 진정했다. 바람이 많이 부는 날에만 동쪽에서 불어오는 희미한 냄새가 새로운 질서 속에 자리 잡았고, 역병의 불길이 매일 밤 그들이 바치는 공물을 집어삼키고 있음을 상기시켰다.

그것은 전염병의 극단적인 결과였다. 그러나 이후에 더 심각해지지 않은 것만으로도 다행스러운 일이었다. 기관들의 기발한 대응책이나 도청의 조치, 심지어 소각로의 처리 능력까지 초과해 버리는 상황이 될 수도 있었기 때문이다. 리외는 그렇게 되면 시신을 바다에 버리는, 절망적인 해결책이 계획되어 있음을 알고 있었고, 푸른 바닷물 위에 떠 있는 괴물 같은 거품을 쉽게 상상할 수 있었다. 또한 그는 통계 수치가 계속 증가하면 아무리 뛰어난 조직이라도 버틸 수 없을 것이며, 도청이 노력한다고 해도 사람들이 군중 속에서 죽어 거리에서 썩게 될 것이며, 공공장소에서 죽어 가는 사람들이 당연한 증오심과 어리석은 희망으로 인해 산 사람에게 매달리는 모습을 보게 되리라는 것을 알고 있었다.

명백한 사실이든 불안감이든 어쨌든 그것들 때문에 우리의 시민들은 자신들이 유배되었고, 그로 인해 느껴지는 이별의 감정을 지울 수 없었다. 이런 점에서 서술자는 가령 옛이야기에 등장하는, 용기를 주는 영웅이나 눈부신 활약처럼 눈길을 끌 만한 사실이 이 연대기에는 없다는 게 얼마나 유감스러운지 모른다.

재앙만큼 보잘것없는 것이 없고 큰 불행은 오래 지속되기 때문에 단조롭기가 그지없다. 이런 불행을 경험한 사람들은 페스트로 인해 끔찍했던 나날들을, 장엄하고 잔혹한 거대한 불꽃이 아니라 오히려 발아래 놓인 모든 것을 짓밟는 끝없는 답보 상태로 기억한다.

그렇다, 페스트가 시작될 때 의사 리외를 따라다녔던 이미지, 사람을 흥분시키는 이미지와 페스트는 아무런 관련이 없었다. 페스트는 우선 신중하고 흠잡을 데 없이 순조롭게 운영되는 하나의 행정이었다. 그러므로 여담이지만, 아무것도 배신하지 않기 위해, 특히 자기 자신을 배신하지 않기 위해 서술자는 객관성을 고집했던 것이다. 일관성을 유지하는 데 필요한 기본적인 것들을 제외하고는 예술적인 효과를 노리며 어떤 것도 변형시키고 싶지 않았다. 그리고 가장 심각하고 일반적인 고통은 바로 이별이었고, 페스트의 그 단계에 나타나는 생이별의 감정에 관해 기록해 두는 것이 양심상 필요한 일이었다 할지라도, 객관성을 유지하기 위해서는 그 고통이라는 것이 이미 비장감을 잃었다는 사실 또한 부정할 수 없다.

우리 시민들, 적어도 이 이별에 가장 고통받았던 사람들은 이런 상황에 익숙해졌을까? 그렇다고 말하는 게 결코 정확한 표현은 아닐 것이다. 정신적으로나 육체적으로 쇠약해졌다고 말하는 편이 더 정확할 것이다. 페스트가 유행하기 시작했을 무렵, 그들은 잃어버린 사람들을 또렷이 기억하며 그리워했다. 하지만 사랑하는 사람의 얼굴, 웃음소리, 행복했던 기억이 있는 그날을 선명하게 기억하면서도 그런 기억을 떠올려보는 그 순간에, 이제는 멀리 떨어진 곳에서 그 사람이 무엇을 하고 있을지 상상하기란 어려웠다. 결국 그 순간 그들에게 기억력은 있지만 상상력은 부족했던 것이다. 페스트가 두 번째 단계에 도달했을 때 그들은 기억마저 희미해졌다. 그 얼굴을 잊은 것이 아니라, 결국 비슷한 의미지만 얼굴에서 살이 없어져서 더 이상 마음속에서 알아볼 수 없게 된 것이다. 그리고 그들은 처음 몇 주 동안은 사랑하고 싶어도 허깨비만 상대해야 한다고 불평하는 경향이 있었지만, 나중에는 기억 속에 간직하고 있던 희미한 색깔조차 잃어버리고 허깨비도 예전보다 더 살이 없어질 수 있음을 깨닫게 되었다. 이별이 길어지자 그들의 것이었던 친밀함은 더 이상 상상할 수 없었고, 또한 손을 얹을 수 있었던 존재가 어떻게 자기 곁에 살고 있었던 것인지도 상상할 수 없었다.

이런 관점에서 볼 때 그들은 보잘것없어서 그만큼 더 효과적으로 페스트의 질서에 진입할 수 있었다. 우리 도시에서 누구도 더 강한 감정을 느끼지 못했다. 모든 사람이 단조로운 감정만을 느끼고 있었다. "끝날 때가 되었는데…." 하고 시민들은 말하곤 했다. 재앙의 시기에 집단의 고통이 끝나기를 바라는 것은 당연한 일이고, 실제로도 끝나기를 원했기 때문이다. 그러나 이렇게 말한다고 해서 초반의 열정이나 불편한 감정을 찾아볼 수 있는 것은 아니었다. 아직 뚜렷하게 남아 있지만 빈약하기만 했던 이성에 따른 말들에 불과했다. 처음 몇 주 동안은 대단한 열정이 뒤따랐지만 곧 사그라들자 의기소침한 상태가 이어졌는데, 이를 체념으로 해석하는 것은 잘못일지 모르지만 역시 일종의 잠재적 동의가 아니라고는 할 수 없었다.

우리의 시민들은 보조를 맞추고 적응해 왔다. 소위 별다른 방법이 없었기 때문이다. 당연하게도 그들은 여전히 불행하고 괴로워하는 태도가 남아 있었지만 더 이상 그런 감정이 절정에 달하지는 않았다. 더구나 예를 들면 의사 리외는 그것이 바로 불행이고, 절망하는 습관이 절망 그 자체보다 나쁘다고 생각했다. 예전에는 생이별 상태에 있어도 실제로 불행하지 않았다. 그때는 그들의 고통 속에는 빛 같은 것이 있었는데, 그것이 꺼져 버린 것이다. 이제는 길모퉁이와 카페, 친구의 집에서 평온하게 넋 놓고 있는 사람들을 볼 수 있었는데, 도시 전체가 대기실처럼 느껴질 정도로 따분한 눈을 하고 있었다. 직업이 있는 사람들은 페스트와 같은 속도로 세심하고 조용하게 일을 했다. 모든 사람이 겸손해졌다. 처음에 헤어진 사람들은 헤어져 있는 사람들에 관해 거리낌 없이 이야기하고 다른 사람들 말하듯 하며 전염병 통계를 보면서 자신들의 이별 상태와 연결해 검토해 보기도 했다. 그때까지 그들은 집단의 불행과 자신들의 고통을 맹렬히 구분해 왔지만 이제는 함께 생각하지 않을 수 없었다. 그들은 기억도 희망도 없이 현실에 안착했다. 사실 모든 것이 그들에게는 현재로 변했다. 페스트가 모든 사람에게서 사랑하고 우정을 나누는 힘을 앗아 갔다는 것을 말하지 않을 수 없다. 사랑에는 약간의 미래가 필요한데 우리에게는 순간들만 남아 있었다.

물론 모든 것이 절대적이지는 않았다. 헤어진 사람들 모두가 이 상태에 이른 것은 아니지만 또 모두가 동시에 그렇게 된 것은 아니었고, 일단 새로운 심리 상태에 빠져들었다가도 갑자기 섬광이 나타나 명석함이 회복되면서 더 싱싱하고 더 날카로운 감수성을 되찾기도 했다는 점을 덧붙여야겠다. 그런 상태에서는 페스트가 끝나기라도 한 것처럼 미래의 계획을 세워 보는 방식의 순간들이 필요했다. 그런 상태에서는 느닷없이 은총이라도 받은 것처럼 질투할 대상이 없음에도 맹렬히 타오르는 질투심으로 고통을 느껴야 했다. 어떤 사람들은 주중의 어떤 날, 물론 일요일과 토요일 오후에 갑자기 되살아나는 것을 느끼면서 무감각에서 깨어나고는 했는데, 이때가 지금은 곁에 없는 사람들과 함께 어떤 의식을 행했던 날이었기 때문이다. 또는, 하루가 끝날 무렵 알 수 없는 어떤 우울감이 밀려와 옛 기억이 되살아나는 듯했지만, 항상 충족되었던 것은 아니다. 저녁 시간은 신자들에게는 양심을 성찰하는 시간이었지만 죄수나 유배된 사람들에게는 성찰할 것이라고는 공허밖에 없어서 가혹한 시간이었다. 그러면 그들은 잠시 주춤하다가 결국 무기력한 상태로 다시 돌아가 페스트 속에 틀어박혔다.

이미 알고 있겠지만 그것은 그들에게 가장 개인적인 것을 포기한다는 것을 의미했다. 페스트가 발생한 초기에, 남들이 보기에는 하등 가치가 없지만 자신에게는 너무나 중요한 소소한 것들이 그렇게 많았다는 사실에 놀랐고, 그렇게 개별적인 것을 경험했다면 이제는 반대로 남들이 관심 있는 것에만 관심을 두고 남들이 하는 생각을 함께했으며 사랑마저도 그들에게는 가장 추상적인 모습으로 나타났다. 얼마나 페스트에 사로잡혔으면 꿈속에서만 희망을 품을 정도였고, '망할 놈의 림프샘 멍울, 이제 좀 끝났으면!' 하는 생각에 스스로 놀랄 정도였다. 그러나 그들은 사실 잠들어 있었고, 그 기간 내내 긴 잠을 잔 것에 불과했다. 도시에는 눈을 뜬 채 잠든 사람들로 가득했는데, 아문 줄 알았던 상처가 밤중에 갑자기 터져 버리는 드문 순간에만 운명에서 벗어나 보는 것이었다. 흠칫 놀라며 깨어난 사람들은 염증이 생긴 입술을 무심코 다시 건드렸다가 순식간에 생생한 고통을 느끼고, 그것과 더불어 사랑 때문에 얼굴을 찡그리게 되었던 것이다. 그랬다가 아침이 되면 그들은 재앙, 즉 다시 일상으로 돌아갔다.

개중에는 이별한 사람들은 어떤 모습인지 물어보는 사람도 있을 것이다. 사실 간단하다. 딱히 어떤 모습도 아니었다. 어쩌면 다른 사람들과 같은 모습, 지극히 평범한 모습이었다. 그들은 도시의 고요함과 치기 어린 소란을 동시에 지니고 있었다. 그들은 비판적인 감각은 잃었지만, 냉정한 겉모습을 얻었다. 예를 들자면 그들 중에 가장 똑똑한 사람들까지도 다른 사람들처럼 신문이나 라디오 방송에서 페스트가 조기 종식할 수 있다는 믿을 만한 근거를 찾는 척하거나, 기자가 지루함에 하품하면서 대충 쓴 논설을 읽으면서 십중팔구는 허황된 희망을 품거나 근거 없는 공포에 사로잡히는 것을 볼 수 있었다. 그렇지 않으면 맥주를 마시거나 환자를 돌보거나 게으름을 피우거나 지치도록 일을 하거나 파일을 정리하거나 음악을 들었다. 다시 말하자면 그들은 더 이상 아무것도 선택하지 않았다. 페스트가 가치관을 없애 버린 것이다. 그리고 그것은 새로 산 옷이나 음식의 품질을 더 이상 신경 쓰지 않는다는 점에서도 드러났다. 우리는 모든 것을 뭉텅이로 받아들였다.

마지막으로 이별한 사람들은 그들이 처음에 가졌던 기묘한 특권이 이제는 없다고 말할 수 있다. 그들은 사랑의 이기주의와 그로부터 얻은 이익을 잃은 것이다. 적어도 이제는 상황이 분명해졌고, 재앙은 모든 사람과 관계가 있는 것이 되었다. 도시의 입구에서 울리는 총소리와 우리의 삶과 죽음에 박자를 맞추는 도장 소리 가운데서, 화재와 서류, 공포와 형식 절차 가운데서, 화장터에서 나는 끔찍한 연기와 구급차의 한가로운 사이렌 소리 속에서 치욕적인 죽음을 기다리면서 명부에 기록되기를 기다리고 있었다. 그러면서 우리는 자신도 모르게 놀랄 만한 재회와 평화를 기다리면서 유배의 빵으로 요기를 하는 것이었다. 우리의 사랑은 의심할 바 없이 여전히 그곳에 있었건만, 단지 쓸모가 없었고 지니기에는 무거웠으며 마음속에서는 무기력하고 범죄나 유죄판결처럼 무익한 것이었다. 그것은 기약 없는 인내와 끈질긴 기다림에 지나지 않았다. 그런 관점에서 보면 시민들 중 일부의 태도는 도시 곳곳에서 식료품점 앞에 길게 늘어선 줄을 떠오르게 했다. 그것은 무한하고 환상이 없는, 똑같은 체념이자 똑같은 인내였다. 이별에 관해서는 단지 천 배 이상으로 감정을 확대해서 생각해야 할 것이다. 당시 이별의 고통은 모든 것을 집어삼킬 수 있는 또 다른 허기였기 때문이다.

어쨌든 우리 도시에서 이별한 사람들의 정신 상태를 정확하게 알고 싶다면, 남녀가 모든 거리로 쏟아져 나오는 동안 나무 한 그루 없는 도시 위로 영원히 지속될 것 같은 먼지 자욱한 황금빛 저녁의 광경을 다시 한번 상기할 필요가 있다. 왜냐하면 이상하게도 여전히 햇빛을 받고 있는 테라스 쪽으로 올라오는 것은, 도시의 모든 언어를 구성하는 자동차나 기계 소음 없이 오직 발소리와 둔탁한 목소리가 만들어 내는 거대한 웅성거림밖에 없었기 때문이다. 짙은 하늘 아래에서 쉭쉭거리는 재앙의 휘파람 소리에 박자를 맞춰, 수천 개의 구두창이 고통스럽게 미끄러지는 소리, 그리고 끝이 없고 질식할 듯한 제자리걸음 소리가 도시 전체를 잠식하며 우리의 마음속에서 사랑을 대신한 맹목적인 고집만이 저녁마다 가장 충실하고 가장 우울한 목소리를 냈기 때문이다.

4부

9월과 10월 동안, 페스트는 도시를 자신의 발아래 납작 엎드리게 했다. 수십만 명의 사람들은 할 수 있는 게 제자리걸음밖에 없었기 때문에 수 주일 동안 계속 제자리걸음만 했다. 하늘에서는 안개와 더위, 그리고 비가 이어졌다. 남쪽에서 소리 없이 날아온 찌르레기와 개똥지빠귀 떼는 도시를 돌아 높이 날아갔다. 파늘루 신부가 도시의 지붕 위에서 휘파람 소리를 내는 이상한 나무 막대기 같다고 했던 그 재앙이 그들을 쫓아 버린 듯했다. 10월 초에는 폭우가 거리를 깨끗이 쓸어 냈다. 그러는 동안에는 이 엄청난 정체 상태보다 더 중요한 사건은 어떤 것도 일어나지 않았다.

그즈음 리외와 그의 친구들은 자신들이 얼마나 피곤한 상태인지 인지하게 되었다. 실제로 보건대 사람들도 그 피로감을 더 이상 소화할 수 없는 지경에 이르렀다. 의사 리외는 자기 자신과 동료들을 지켜보면서 마음속에서 기이한 무관심이 일고 있다는 것을 알게 되었다. 예를 들어 그때까지 페스트와 관련된 모든 새로운 뉴스에 깊은 관심을 보였던 이 사람들은 더 이상 그것에 관심을 두지 않았다. 랑베르의 경우, 최근 호텔에 설치된 격리센터에서 운영 임무를 임시로 맡았는데, 자신이 담당하는 그 많은 사람을 훤히 알고 있었다. 갑자기 병증을 보이는 사람들을 위해 자신이 만든 긴급 이송 시스템의 세부 사항도 전부 알고 있음은 물론이고, 예방 차원에서 격리된 사람들을 대상으로 한 혈청의 효과에 관한 통계까지 기억 속에 새기고 있었다. 그러나 일주일간의 페스트 희생자 수치는 알지 못했고, 실제로 페스트가 더 나빠지고 있는 것인지도 알지 못했다. 그럼에도 결국 머지않아 탈출할 수 있으리라는 희망을 잃지 않았다.

다른 사람들의 경우, 밤낮으로 일에 열중하며 신문도 읽지 않고 라디오도 듣지 않았다. 그들은 발표된 통계 수치에 관심 있는 척했지만 실제로는 멍한 상태로 무관심한 태도를 보였다. 이런 무관심한 태도는 고역에 지칠 대로 지쳐서 그저 일상의 과업이나 겨우 수행하면서, 최종 작전이나 휴전의 날도 더 이상 원하지 않는 대규모 전쟁의 전투원에게서나 상상할 수 있는 모습이었다.

그랑은 페스트에 필요한 수치를 계산하는 업무를 맡고 있었지만, 그 수치가 보여 주는 전반적인 결과에 대해서는 틀림없이 그랑 스스로도 설명하지 못했을 것이다. 피로를 잘 이겨 내고 있던 타루, 랑베르, 리외와는 달리, 그는 건강이 좋았던 적이 없었다. 그런데도 그랑은 시청 보조 직원으로서의 임무와 리외 진료실에서의 비서 업무, 그리고 야간작업까지 병행했다. 그런 탓에 계속 탈진 상태였지만 페스트가 끝난 후 최소 일주일 정도 휴가를 얻어서, '모자를 벗고 경의를 표하시오.'라는 말이 나올 정도로 지금 하고 있는 일을 한번 적극적으로 해 보겠다는, 두세 가지 집착과 같은 생각으로 버티고 있었다. 그러다가 그는 또 갑작스럽게 감상에 빠지고는 했는데, 그럴 때면 리외에게 잔느에 관해서 곧잘 이야기하면서 지금 잔느는 어디에 있을까, 신문을 읽으면서 자기 생각을 하고 있을까 궁금해했다. 그러다 어느 날 리외는 그때까지 한 번도 꺼낸 적이 없었던 아내 이야기를 지극히 평범한 말투로 그와 나누고 있음을 문득 깨닫고는 깜짝 놀랐다. 아내가 자기를 안심시키려 보내는 전보의 내용을 얼마나 믿어야 할지 확신이 서지 않아, 그는 아내의 주치의에게 전보를 보내기로 했다. 답신을 통해 환자의 상태가 악화되었다는 소식과 병의 진행을 막기 위해 모든 조치를 강구할 것이라는 약속을 받았다. 혼자만 알고 있던 그런 소식을 어떻게 그랑에게 털어놓을 수 있었는지는 피곤 때문이었다고밖에 설명할 길이 없었다. 그랑이 잔느에 관해 이야기하다 그의 아내에 관해서 질문을 하는 통에 리외가 대답한 것이었다. "아시잖아요. 그런 병은 요새 잘 낫는다더군요." 하고 그랑이 말했다. 그 말에 리외는 동의했다. 다만 별거가 길어지기 시작해서, 자기가 곁에 있었다면 아내가 병을 이겨 내는 데 도움이 될 수 있었을 텐데, 지금 아내는 틀림없이 외로울 것이라고 말했다. 그러고는 그는 잠자코 있다가 그랑의 질문에만 마지못해 대답할 뿐이었다.

다른 사람들도 비슷한 상태였다. 타루는 더 잘 버텼지만, 그의 수첩을 보면 깊은 호기심은 여전했으나 다양성은 사라지고 있는 것이 보였다. 사실 그 기간 내내 그는 분명 코타르에게만 관심이 있었다. 호텔이 격리센터로 바뀌면서 그는 리외의 집에서 지내게 되었는데, 저녁에 그랑이나 의사가 그날의 결과를 전달해도 거의 귀담아듣지 않았다. 그는 평소에 자기가 열중하고 있던 오랑 사람들의 생활로 금세 화제를 돌리고는 했다.

카스텔에 관해서 말하자면, 혈청이 준비된 것을 의사에게 알리러 왔던 날, 오통 씨네 어린 아들이 막 병원에 실려 왔었다. 리외는 병세를 보아하니 희망이 없어 보였지만, 아이에게 처음으로 혈청을 시험하기로 결정했다. 그때 리외가 카스텔에게 최근 통계 내용을 전달하다가 그가 안락의자에 깊숙이 앉아 곤히 잠들어 있는 것을 봤다. 평소에 다정하면서도 짓궂은 표정을 짓고 있어서 영원히 늙지 않을 것 같던 그가 갑자기 긴장이 풀린 듯 반쯤 벌어진 입술 사이로 한 줄기 침을 흘리면서 피로와 노쇠를 드러내자, 리외는 목이 조이는 듯한 느낌이었다.

리외는 그렇게 유약해지는 것을 느끼면서 자신이 얼마나 피곤한지 알 수 있었다. 그는 감정을 통제할 수 없었던 것이다. 대부분의 경우 내면에 단단히 매듭이 지어져 있고 딱딱하고 메말라 있던 감정들이, 때때로 풀어져 통제할 수 없을 정도로 휘둘리기도 했다. 그럴 때 그의 유일한 방어책은 그 매듭 속으로 피신해서 다시 단단히 조이는 것이었다. 그렇게 하는 것만이 계속 나아가는 가장 좋은 방법임을 그는 알고 있었다. 게다가 환상은 품지 않았는데, 피로 때문에 그나마 품고 있던 환상마저 사라지고 말았다. 언제 끝날지 알 수 없는 이 기간 동안 이제 그의 역할은 치료가 아님을 알았기 때문이다. 그의 역할은 진단하는 것이었다. 발견하고 관찰하고 기록하고 등록하고 선고하는 것이 그의 일이었다. 환자의 아내들은 그의 손을 붙잡고 이렇게 소리쳤다. "선생님, 제발 살려 주세요!" 그러나 그는 목숨을 살리기 위해 거기 있는 것이 아니라 격리 명령을 내리기 위해 거기 있었다. 그의 얼굴에 증오심이 드러났다고 한들 무슨 소용이겠는가? 어떤 날에는 "인정머리도 없군요." 라는 말까지 들었다. 당치 않은 소리! 그는 인정 있는 사람이었다. 그리고 그 덕분에 그는 살기 위해 태어난 사람이 죽는 모습을 하루에 20시간 동안 지켜보면서도 견딜 수 있었다. 인정 때문에 그는 매일 다시 시작할 수 있었다. 이제는 딱 그럴 정도의 인정만 남았다. 그러니 그 정도의 인정으로 어떻게 생명을 살리겠는가?

그렇다, 그가 온종일 나눠 준 것은 구원이 아니라 정보뿐이었다. 물론 그런 것을 인간의 직분이라고 부를 수는 없었다. 하지만 결국 공포에 질려 목숨을 잃어 가는 많은 사람 속에서 여유 있게 직분을 수행할 사람이 누가 있겠는가? 차라리 피로가 남아 있어서 다행이었다. 리외에게 기력이 남아 있었다면 도처에서 풍겨 오는 죽음의 냄새가 그를 감상적으로 만들었을지도 모를 일이었다. 사람이 하루에 4시간 밖에 잘 수 없다면 감상적으로 변할 수밖에 없는 법이다. 우리는 만사를 있는 그대로 본다. 즉 정의의 눈, 추악하고 우스꽝스러운 정의에 따라 만사를 본다. 사형 선고를 받은 다른 사람들도 분명히 그렇게 느끼고 있었다. 사람들은 페스트가 유행하기 전에는 리외를 구원자로 여겼다. 알약 세 개와 주사 한 대로 모든 것을 고쳤고, 사람들은 그의 손을 꼭 쥐고는 복도까지 배웅해 줬다. 기분이 좋기도 했지만, 위험한 일이기도 했다. 그러나 이제는 반대로 그는 병사들을 대동하고 나타나 가족이 열어 줄 때까지 소총 개머리판으로 문을 두드렸다. 그들은 리외를, 그리고 모든 인류를 죽음으로 끌고 가고 싶었던 것이다. 아! 사람은 사람 없이는 살 수 없고, 이 불행한 사람들만큼 그 역시 가진 것이 없으며, 그들의 집을 떠날 때 마음속에서 자라던 동정심을 다른 사람들처럼 리외 자신도 받을 자격이 있음이 진정 마땅했다.

끝이 없을 것만 같던 몇 주 동안, 적어도 이런 생각들이 자신도 이별 상태라는 생각과 더불어 리외의 마음을 휘저어 놓았다. 그리고 그는 친구들의 얼굴에서도 그런 생각을 읽었다. 이 재앙과 계속 싸우던 사람들은 점차 깊은 피로감을 느꼈는데, 이런 상태가 미치는 가장 큰 위험은 외부 사건이나 다른 사람의 감정에 대한 무관심이 아니라 될 대로 되라는 태만함이었다. 당시 그들에게는 절대 필요하지 않은 행동이나 자신의 힘에 부치는 모든 행동을 피하는 경향이 있었기 때문이다. 그래서 이 사람들은 점점 더 자주 체계화되는 위생 수칙을 지키지 않았고, 자신에게도 적용해야 하는 소독 절차 중 일부를 빼먹었으며, 예방 조치도 없이 폐렴성 페스트에 걸린 환자에게 달려가는 일도 있었다. 감염된 집에 가야 한다는 사실을 안 마지막 순간에, 소독약을 뿌리러 정해진 장소로 돌아가는 일은 생각만 해도 피곤하게 느껴졌다. 페스트와 투쟁하는 것이 사람들을 페스트에 취약하게 만든다는 점에서 그것은 위험천만한 일이었다. 결국 그들은 운에 맡겼던 셈이지만 운이란 누구도 바랄 수 없는 것이었다.

그러나 도시에서 지치지도 낙담하지도 않은 듯, 꾸준히 만족스럽게 살아가는 것 같은 한 사람이 있었다. 바로 코타르였다. 그는 다른 사람들과 관계를 유지하면서도 어느 정도 거리를 두고 있었다. 그럼에도 그는 타루의 일을 방해하지 않는 선에서 그를 자주 만나기로 다짐했는데, 타루가 자신의 사건에 관해서 잘 알고 있고, 한편으로는 코타르를 한결같이 진심으로 맞아 줬기 때문이었다. 영원한 기적과도 같이 타루는 아무리 힘들어도 항상 친절했고 세심함을 잊지 않았다. 어느 저녁에는 너무 피곤해서 녹초가 되었지만, 다음 날이면 활력을 되찾았다. "타루 씨는 사나이예요. 말이 잘 통하고 이해심도 얼마나 깊은지…." 하고 코타르가 랑베르에게 말했다.

바로 이런 이유로 그즈음 타루의 수첩에는 대부분 코타르의 성격에 관해서만 적혀 있었다. 타루는 코타르의 반응이나 생각에 관해서 코타르가 털어놓은 대로, 그리고 그가 해석한 대로 묘사하려고 했다. '코타르와 페스트에 대한 보고'라는 제목으로 그 묘사가 수첩의 여러 페이지를 차지하고 있어서, 서술자는 여기서 그 개요를 설명하는 것이 유용하리라 생각한다. 코타르에 관한 타루의 전반적인 의견은 다음과 같이 요약되어 있다. "그는 성장하고 있는 인물이다." 언뜻 보기에도 그는 기분이 좋은 상태에서 성장하고 있었다. 사건이 전개되는 양상에 불만이 없었고, 때로는 타루 앞에서 이렇게 말하며 솔직한 생각을 표현하고는 했다. "물론 나아질 수는 없어요. 하지만 최소한 다른 사람들도 같이 당하고 있는 거잖아요."

타루는 이렇게 덧붙이고 있다.

물론 그 사람도 다른 사람들처럼 위협을 받고 있지만 엄밀히 말하자면 다른 사람들과 함께 위협받고 있는 것이다. 그리고 그는 페스트에 걸릴 수 있다는 것을 심각하게 생각하지 않을 거라고 확신한다. 중대한 질병에 걸리거나 심각한 불안에 휩싸인 사람은 동시에 다른 질병이나 불안에 시달리지 않는다는, 그리 터무니없어 보이지 않는 생각을 가지고 사는 것 같다. "우리가 여러 질병에 동시에 걸릴 수 없다는 사실을 아시나요? 심각한 질병이나 불치병, 중대 암이나 결핵에 걸렸다면 페스트나 장티푸스 같은 것은 걸리지 않을 거예요. 그건 불가능하거든요. 게다가 암 환자가 교통사고로 사망하는 것을 결코 본 적이 없을 테니 말이지요." 하고 내게 말한 적이 있다. 그 말이 맞든 틀리든 그런 생각에 코타르 씨는 기분이 좋아진 것이다. 그가 원하지 않는 것이 있다면 단 한 가지, 바로 다른 사람들과 떨어져 지내는 것이다. 혼자 죄수가 되느니 모든 사람과 함께 포로가 되는 편이 낫다고 했다. 페스트가 있는 한 비밀 조사, 문서, 파일, 납득하기 힘든 예심이나 임박한 체포 같은 것은 있을 수 없다. 엄밀히 말하자면 더 이상 경찰도, 오래되거나 새로운 범죄도, 죄인도 없다. 단지 자유재량으로 내려지는 사면을 기다리는 죄수들뿐인데, 그들 중에는 경찰도 포함되어 있다.

여전히 타루의 해석에 의하면, 코타르가 우리 시민들의 불안과 고통을 관대하고 만족스러운 이해심 깊은 태도로 대하는 충분한 근거가 있었다. 그 근거란 이런 말로 표현될 수 있었다. '계속 떠들어 봐요. 나는 당신보다 먼저 겪었으니까.'

다른 사람들과 떨어지지 않는 유일한 방법은 결국 올바른 양심을 지니는 것이라고 누차 말해도 그는 심술궂게 나를 쳐다보면서 이렇게 말했다. "그렇다면 누구도 남들과 어울릴 수 없어요." 그러더니 "선생님은 염려 마세요. 내가 장담하지요. 사람들을 하나로 모으는 단 한 가지 방법은 페스트를 떠넘기는 거예요. 주위를 좀 둘러보세요." 사실 나는 코타르 씨가 무슨 말을 하고 싶은지, 그리고 요즘 생활이 그에게 얼마나 안락한지 알고 있다. 한때 바로 자신이 보였던 반응을 어찌 인지하지 못하겠는가? 모든 사람과 잘 지내려는 시도, 때때로 길 잃은 행인에게 길을 알려 주는 호의, 또 다른 때 드러내는 불쾌한 기분, 고급 레스토랑을 향해 사람들과 몰려 가 오랜 시간을 보내는 만족감, 매일 극장 앞에서 줄을 서는 군중, 모든 극장과 무도장이 만원을 이루고 모든 공공장소에 파도처럼 퍼져 나가는 무질서한 인파, 모든 접촉을 피하면서도 서로 팔꿈치를 맞대고 이성을 이성에게 다가가게 하는 인간의 온기에 대한 욕구. 이런 것들을 코타르는 먼저 경험했던 것이다. 그것은 분명했다. 여자 경험은 예외였다. 하긴, 여자들한테 그런 얼굴로는…. 그리고 나는 그가 매춘부에게 갈 마음을 먹었다가도 나쁜 취미를 붙였다가는 피해를 입게 될까 봐 미리 단념하고 말았을 것이라 생각한다.

결국 페스트는 그에게 도움이 되었다. 페스트는 고독하면서도 고독하기를 원치 않는 사람을 공범자로 삼는다. 분명히 그런 사람도 공범자인데, 그것도 즐기는 공범자인 것이다. 눈에 띄는 모든 것, 여러 미신, 이유 없는 두려움, 불안한 영혼의 신경과민, 페스트 이야기는 피하고 싶으면서도 결국 끝도 없이 말하게 되는 이상한 버릇, 그 병이 두통에서 시작된다는 사실을 안 이후로 머리가 조금만 아파도 창백해질 정도로 불안해지는 마음, 예민하고 초조하며 결국 불안정해서 망각을 죄로 여기고 바지 단추 하나만 잃어버려도 상심하고 마는 감수성, 이 모든 것이 공범자인 것이다.

타루는 밤에 코타르와 함께 자주 외출했다. 그러고는 그들이 어떻게 해 질 녘이나 어두운 밤중에 어깨를 나란히 하고 어두운 군중 속으로 뛰어들었는지, 가로등이 희미하게 비춰 주는 희고 검은 무리에 휩쓸려 페스트의 냉기를 막아 주는 따뜻한 즐거움을 찾아가는 인간의 행렬에 어떻게 섞여 들어갔는지를 수첩에 적었다. 몇 달 전 코타르가 공공장소에서 찾고 있던 것, 꿈꿔 왔지만 이루지 못했던 사치와 풍족한 삶, 즉 광적인 향락을 이제 주민 전체가 추구하고 있었다. 물가가 걷잡을 수 없이 오르는 동안 그때만큼 사람들이 돈을 낭비한 적이 없었고, 대다수가 필수품이 부족한데도 남겨 둔 돈을 이보다 더 탕진한 적은 없었다. 실업 상태에서 유희가 배로 늘었기 때문이다. 타루와 코타르는 가끔 한 쌍의 연인을 오랜 시간 따라다녔는데, 이 연인들은 전에는 그들의 관계를 숨기려고 했지만 이제는 서로 바짝 달라붙어 그들을 둘러싸고 흥미롭게 쳐다보는 군중은 안중에도 없다는 듯 도시를 활보하고 다녔다. 코타르는 감동한 듯 "거참, 젊은이들이란!" 하고 말했다. 군중의 열기와 그들 주변에서 뿌리는 팁, 그들의 눈앞에서 펼쳐지는 연애를 보고는 희색이 돌면서 큰 소리로 이야기했다.

그러나 타루는 코타르의 태도에 악의는 거의 없다고 생각했다. "내가 그들보다 먼저 겪었소."라는 말에는 승리감보다는 불행이 더 묻어났다. 타루는 이렇게 적고 있다.

그는 하늘과 도시의 벽 사이에 갇힌 저 사람들을 사랑하기 시작한 것 같았다. 예를 들면, 할 수만 있다면 그렇게 나쁘지 않다고 기꺼이 설명해 주고 싶었으리라. 그는 나에게 말했다. "그들이 하는 말이 들리겠지요? 페스트가 끝나면 이걸 해야지, 또 페스트가 끝나면 저걸 해야지, 하는 말들이요. 그들은 평온하게 지내지 못하고 삶을 망치고 있어요. 얼마나 유리한 입장인지조차 깨닫지 못하고 있지요. 내가 체포되면 저렇게 말할 수 있을까요? 체포는 시작이지 끝이 아닙니다. 하지만 페스트…. 제 생각을 말해 볼까요? 그들은 불행해요. 되는대로 내버려두지 않기 때문이지요. 다 근거가 있어서 하는 말이에요."

"사실 그의 말에는 근거가 있었다."라고 타루는 덧붙였다.

그는 오랑 주민들의 모순을 제대로 짚어 냈다. 시민들은 자신들을 하나로 묶어 주는 온기가 필요함을 깊이 느끼는 동시에 불신 때문에 서로에게서 멀어지고 있다. 이웃을 믿을 수 없다는 것, 나도 모르게 그로부터 페스트가 전염될 수 있고, 방심해서 감염시킬 수도 있다는 것을 너무도 잘 알고 있었다. 코타르처럼 사람을 사귀고 싶어도 혹시 밀고자일 수도 있다고 생각하며 지내 온 사람들의 감정을 이해할 수 있었다. 페스트가 어깨에 손을 얹어 놓을 수 있고, 혹시 아직은 무사하다고 기뻐하는 순간에 페스트가 어깨에 손을 얹을 준비를 하고 있다고 생각하며 살아온 사람들의 심정을 충분히 이해할 수 있는 것이다. 가능한 한 그는 공포 속에서도 편안하게 있으려고 한다. 그러나 그들보다 앞서 이 모든 것을 느꼈기 때문에 불확실이 주는 잔인함을 그들과 똑같이 경험하지는 못할 수도 있다고 생각한다. 결국 아직은 페스트로 죽지 않은 우리와 함께 있으므로 그는 자신의 자유와 생명이 파괴되기 직전에 있음을 절실히 느끼고 있다. 그러나 자신은 그 공포를 이미 경험했으니, 이번에는 다른 사람들 차례라는 것을 당연하게 여긴다. 더 정확하게 말하자면 그에게는 공포보다는 혼자 남겨지는 쪽이 더욱 견디기 힘든 것 같다. 이 점이 그가 잘못 생각하는 부분이고, 다른 사람들보다 이해하기 어려운 것도 그것 때문이다. 그러나 그런 이유만으로도 다른 사람보다 그를 이해하기 위해 더 애써 볼 가치가 있다.

마지막으로 타루의 수첩은 코타르와 페스트 환자들에게서 동시에 볼 수 있는 특이한 정신 상태를 뚜렷하게 보여 주는 이야기로 끝이 난다. 이 이야기는 당시의 어려웠던 분위기를 거의 그대로 재현하고 있는데, 서술자는 이 이야기가 중요하다고 생각하는 것도 바로 그런 점이다.

그들은 〈오르페우스와 에우리디케〉*가 공연되고 있는 시립오페라극장에 갔다. 코타르가 타루를 공연에 초대한 것이다. 페스트

* 그리스 로마 신화에 등장하는 연인의 비극적인 사랑을 담은 작품이다. 에우리디케는 오르페우스의 아내로 양치기 아리스타이오스에게 쫓겨 도망치다가 독사에게 물려 죽고 만다.

가 돌던 봄에 한 극단이 공연을 위해 우리 마을에 왔다. 그런데 질병 때문에 발이 묶이자, 극단은 별수 없이 일주일에 1회씩 공연하기로 우리 오페라극장과 합의했다. 그렇게 몇 달 동안 매주 금요일이면 우리 시립오페라극장에서는 오르페우스의 아름다운 탄식과 에우리디케의 힘없는 호소가 울려 퍼졌다. 이 공연은 계속해서 대중의 인기를 끌었고 매번 큰 수익을 올렸다. 가장 비싼 좌석에 앉은 코타르와 타루는 우리의 시민들 중 가장 고상한 사람들로 가득 찬 아래층의 일반 구역을 내려다봤다. 막 도착한 사람들은 입장 시간을 놓치지 않으려고 서두르고 있었다. 무대 전면을 비추는 눈부신 조명 아래에서 연주자들이 조심스럽게 악기를 조율하는 동안, 이 줄에서 저 줄로 옮겨 가며 우아하게 고개를 숙이는 실루엣이 보였다. 나지막한 목소리로 나누는 대화의 소음 속에서 사람들은 몇 시간 전에 어두운 거리에서는 느끼지 못했던 침착함을 회복하고 있었다. 정장 차림이 페스트를 쫓아낸 것이다.

1막이 상영되는 내내 오르페우스는 자신의 처지를 어렵지 않게 한탄했고, 튜닉을 입은 몇몇 여자들이 그의 불행에 관해 우아하게 설명했으며 아리에타* 형식으로 사랑을 노래했다. 관람석에서는 은근하고 열정적으로 반응했다. 2막에서 오르페우스가 악보에도 없는 떨림을 섞고 지나친 비장미를 더해서 지옥의 주인을 눈물로 감동시키려고 했다는 것을 눈치챈 사람은 거의 없었다. 그의 발작에 가까운 몸짓은 가장 신중한 사람들에게도 가수의 연기를 돋보이게 하는 세련된 효과로 보였다.

3막에서 오르페우스와 에우리디케의 이중창(에우리디케가 연인

* 소규모의 아리아.

에게서 떠나는 순간)이 홀 안을 휩쓸자 장내가 술렁거렸다. 가수는 청중의 이러한 반응만을 기다렸다는 듯이, 관객석에서 들려오는 웅성거림이 자신이 느낀 바를 확인해 주는 것이라도 되는 듯이, 그 순간에 고대 의상을 입은 채 팔과 다리를 벌려 기괴한 몸짓으로 무대 앞쪽으로 걸어 나오더니 목가적인 무대 장치 한가운데에 쓰러지고 말았다. 그 무대 장치가 얼마나 시대착오적인지 관객들은 그때 처음으로 끔찍한 방법으로 보였다. 오케스트라가 갑자기 조용해졌고, 일반석 청중들은 자리에서 일어나 천천히 홀을 빠져나가기 시작했는데, 처음에는 예배를 마치고 교회에서 나오듯이, 조문 후에 빈소를 나가듯이, 여자들은 치마를 모아 잡고 고개를 숙인 채, 남자들은 동반한 여자들의 팔꿈치를 잡고 의자에 걸리지 않도록 주의하면서 빠져나갔다. 하지만 점차 움직임이 빨라지고 수군거림이 고함소리로 변하는가 싶더니 모든 청중이 출구 쪽으로 몰려들면서 서로 밀치고 고함을 질러 댔다. 자리에서 일어나 있던 코타르와 타루는 그들이 겪고 있는 삶을 그대로 보여 주는 그 광경을 지켜보면서 그대로 서 있었다. 무대 위에는 광대의 모습으로 분장한 페스트가 쓰러져 있고, 관람석에는 부채나 붉은 의자에 늘어진 레이스 숄 같은, 이제는 쓸모없어진 사치가 버려져 있었다.

9월 초순 동안 랑베르는 리외 옆에서 진지하게 업무에 임했다. 그러다 하루만 휴가를 달라고 요청했는데, 곤잘레스와 두 젊은 사내를 고등학교 앞에서 만나기로 한 날이었다.

그날 정오에, 곤잘레스와 기자는 키가 작은 두 청년이 웃으면서 다가오는 것을 보았다. 지난번에는 운이 나빴다며, 그래도 그 정도는 감수해야 한다고 했다. 어쨌든 그들은 이번 주에는 당번이 아니었다. 다음 주까지는 참아야 했다. 그때 다시 시작해 보자는 것이었다. 랑베르는 그러는 게 좋겠다고 했다. 곤잘레스가 다음 월요일에 만나자고 제안했다. 하지만 이번에는 랑베르를 마르셀과 루이 집에서 묵게 하자고 했다. "자네하고 나하고 약속을 하나 하지. 내가 안 나타나거든 곧장 저 애들 집으로 가. 어디 사는지 가르쳐 줄 거야." 그때 마르셀인지 루이인지가 가장 간단한 방법은 랑베르를 지금 바로 데리고 가는 것이라고 말했다. 까다롭지만 않다면 넷이 충분히 먹을 음식이 있다고 했다. 그러면 그도 다 알게 될 것이라고 했다. 곤잘레스는 아주 좋은 생각이라고 했고, 그들은 항구 쪽으로 내려갔다.

마르셀과 루이는 마린 지역 끄트머리에서 해안도로 쪽으로 난, 시의 출입문 가까이에 살고 있었다. 스페인 양식의 작은 집이었는데, 벽이 두껍고 페인트칠을 한 나무 덧창이 달려 있었다. 방에는 아무런 장식이 없고 어두웠다. 두 청년의 어머니는 웃는 낯에 주름이 자글자글한 스페인 노인이었다. 어머니가 쌀 요리를 내왔다. 도시 안에서 쌀은 거의 바닥이 난 상태였기 때문에 곤잘레스는 요리를 보고 놀라지 않을 수 없었다. "시 출입문 근처에서는 적당히 구할 수 있어요." 하고 마르셀이 말했다. 랑베르는 먹고 마셨고, 곤잘레스는 그가 진짜 친구라고 말했다. 그러는 사이에 랑베르는 앞으로의 일주일에 관해서만 생각하고 있었다.

실제로는 2주를 기다렸다. 보초병의 수를 줄이기 위해 순찰을 15일로 연장했기 때문이다. 그리고 2주 동안 랑베르는 어떻게 보면 새벽부터 밤까지 눈을 딱 감고 쉬지 않고 일하면서 수고를 아끼지 않았다. 밤늦게 잠자리에 들었고, 깊은 잠이 들었다. 한가롭게 지내다가 고된 일을 하는 생활로 갑자기 바뀐 탓에, 그는 자면서 거의 꿈도 꾸지 않았고 기력도 없어졌다. 점점 다가오는 탈출에 관해서도 거의 이야기하지 않았다. 한 가지 주목할 만한 점은 일주일이 지난 어느 날, 의사에게 전날 밤에 처음으로 취하도록 술을 마셨다고 털어놓은 것이다. 술집을 떠나는데 갑자기 사타구니가 붓고 겨드랑이 주위가 움직이기 힘들다는 느낌을 받았다. 페스트라는 생각이 들었다. 그리고 그때 그가 취했던 반응은 리외마저도 적절치 않다고 판단한 것인데, 단지 마을 정상에 있는 작은 광장을 향해 냅다 달리는 것이었다. 그곳에서는 여전히 바다가 보이지 않았지만 하늘은 조금 더 잘 보였다. 그는 도시의 장벽 너머로 아내의 이름을 큰 소리로 불렀다. 집에 돌아와 몸에 감염 징후는 없다는 것을 확인하자 발작에 가까웠던 그 행동이 별로 자랑스럽지 않았다. 리외는 그런 행동을 이해한다며, "어쨌든 그런 짓을 하고 싶을 때가 있어요." 하고 말했다.

"오통 씨가 오늘 아침에 당신에 관해서 이야기하더군요." 리외는 랑베르가 떠나는 순간 갑자기 이렇게 덧붙였다. "당신에 관해 아느냐고 묻더군요. 아는 사이라면 이렇게 전해 달라고요. '밀수 패거리들과 자주 만나지 말라고 충고하세요. 주목받고 있어요.'라고요."

"그게 무슨 뜻일까요?"

"서둘러야 한다는 뜻이지요."

"고맙습니다." 랑베르는 의사와 악수를 했다.

문 앞에서 그가 갑자기 돌아섰다. 리외는 페스트가 시작된 이후 그가 웃는 모습을 처음 봤다.

"왜 제가 떠나는 걸 막지 않으세요? 선생님께는 그럴 방법이 있잖아요."

리외는 평소와 다름없이 고개를 저으며, 그건 랑베르의 일이고, 그는 행복을 선택했으며, 자신은 반대할 이유가 없다고 말했다. 그는 그 문제에 관해서는 무엇이 옳고 그른지 판단할 능력이 없다고 느꼈다.

"그러면 왜 서두르라고 하세요?"

이번에는 리외가 미소 지었다.

"아마도 저 역시 행복을 위해 뭔가를 하고 싶은 게 아닐까요."

다음 날 그들은 더 이상 아무 말도 하지 않고 같이 일했다. 그다음 주가 되자 랑베르는 드디어 작은 스페인 집으로 거처를 옮겼다. 거실에 그가 쓸 침대가 놓여 있었다. 청년들은 밥을 먹으러 집에 오지 않았고, 그에게 외출을 최대한 자제하라고 충고했기에 대부분 거실에서 혼자 지내거나 노모와 이야기를 나눴다. 노모는 몸이 야위었고 활동적이었으며 검은 옷을 입고 있었다. 얼굴은 갈

색에 주름이 많았고, 머리는 아주 하얀 백발이었다. 랑베르를 볼 때마다 말없이 눈으로만 미소를 지었다.

한번은 노모가 아내에게 전염병을 옮길까 봐 걱정되지 않느냐고 그에게 물었다. 그는 그럴 가능성은 희박하고, 이 도시에 남아 있으면 영원히 헤어질 위험이 있으니 이번이 탈출할 기회라고 했다.

"아내가 착한 사람인가요?" 노모가 웃으며 물었다.

"아주 착해요."

"예뻐요?"

"그렇다고 생각해요."

"아하! 그래서 그러시는 거군요." 노모가 말했다.

랑베르는 곰곰이 생각했다. 아마도 그 때문이겠지만 그 이유뿐이라고 할 수는 없었다.

"하느님을 믿지 않나요?" 노모가 또 물었다. 그녀는 아침마다 미사에 다녔다.

랑베르는 믿지 않는다고 말했고, 노모는 또 그래서 그러시는 거군요, 하고 말했다.

"아내를 만나셔야 해요. 잘 생각하셨어요. 그러지 않으면 당신에게 무엇이 남겠어요?"

랑베르는 나머지 시간에 아무런 장식도 없이 초벽만 한 벽 주위를 서성이다가 벽에 못으로 박혀 있는 부채를 쓰다듬거나 식탁보에 달린 양모 공의 개수를 세었다. 저녁이 되자 젊은이들이 돌아왔다. 아직 때가 되지 않았다는 말 외에는 별다른 말을 하지 않았다. 저녁을 먹은 후, 마르셀은 기타를 치고 함께 아니스 술을 마셨다. 랑베르는 생각에 빠진 것 같았다.

수요일에 마르셀은 집에 돌아와 이렇게 말했다. “내일 밤 자정이야. 대기하고 있어.” 함께 초소를 맡은 두 사람 중 한 사람이 페스트에 걸렸고, 같은 방을 쓰던 다른 사람도 격리 중이라고 했다. 그래서 이삼일 동안 마르셀과 루이, 이렇게 둘만 근무하게 된 것이다. 밤에 마지막으로 세부 사항을 정리하면 다음 날이면 가능할 것 같았다. 랑베르는 감사하다고 인사했다. “기쁘세요?” 하고 노모가 물었다. 그는 그렇다고 대답했지만, 생각은 딴 데 있었다.

다음 날, 뿌연 하늘 아래 날씨는 덥고 습해 숨이 막힐 지경이었다. 페스트에 관한 소식은 좋지 않았다. 스페인 노인은 그런데도 평정심을 유지하고 있었다. “세상에는 죄악이 있어요. 그러니 당연한 거예요!”라고 말했다. 마르셀과 루이처럼 랑베르도 상의를 벗어 버렸다. 하지만 어떻게 해 봐도 땀이 어깨에서 가슴까지 흘러내렸다. 덧창을 닫고 있어 어두침침한 집 안에서 그러고 있으니, 그들의 상반신은 거무스름하게 보였고 땀으로 번들거렸다. 랑베르는 말없이 서성였다. 오후 4시가 되었을 때 갑자기 그는 옷을 입더니 나갔다 오겠다고 외쳤다.

“조심해. 오늘밤 자정이야. 모든 준비는 끝났어.” 마르셀이 말했다.

랑베르는 의사의 집으로 갔다. 리외의 어머니는 랑베르에게 도시 위에 있는 병원에 가면 그가 있을 것이라고 말했다. 경비 초소 앞에는 여전히 여러 사람이 돌아다니고 있었다. “지나가요!” 하고 눈이 튀어나온 경관이 말했다. 사람들은 움직이기는 했지만, 주변을 서성이고 있었다. “기다려도 소용없어요.” 하고 말하는 경관의 재킷에는 땀이 배어 있었다. 다른 사람들의 생각도 같았지만, 살인적인 더위에도 그들은 묵묵히 자리를 지키고 있었다. 랑베르가 통행증을 보여 주니 경관은 타루의 사무실을 가리켰다. 문은 안뜰로 향해 있었다. 그는 막 사무실을 떠나던 파늘루 신부를 지나쳤다.

약품 냄새와 축축한 시트 냄새가 나는 작고 더러운 하얀 방에서 타루는 검은 나무로 만든 책상 뒤에 앉아 셔츠 소매를 걷어 올린 채 팔에서 흐르는 땀을 손수건으로 닦고 있었다.

"아직 안 떠났어요?" 그가 말했다.

"네, 리외 선생님과 이야기하고 싶어요."

"병실에 계세요. 선생님 없이도 해결되면 좋겠네요."

"왜요?"

"선생님은 무리하고 있어요. 그래서 나도 가능한 한 수고를 덜어 주려고 해요."

랑베르는 타루를 바라봤다. 그는 전보다 야윈 모습이었다. 피로로 인해 눈과 이목구비가 흐려졌다. 강직했던 어깨는 공처럼 뭉쳐 있었다. 문을 두드리는 소리가 나더니 흰 마스크를 쓴 간호사가 들어왔다. 그는 타루의 책상 위에 파일 뭉치를 올려놓고 마스크 때문에 숨이 막힌 목소리로 "여섯이요."라는 말만 남기고 나갔다. 타루는 기자를 바라보며 파일을 펼쳐 보여 줬다.

"깔끔한 파일이지요? 하지만 내용은 그렇지 않습니다. 어젯밤에 사망한 사람들이거든요."

이마에 주름이 깊이 팼다. 파일 뭉치를 다시 접었다.

"우리에게 남은 것은 숫자 계산뿐이에요."

타루는 책상에 손을 짚고 일어났다.

"곧 떠나는 건가요?"

"오늘밤, 자정에요."

타루는 반가운 소식이라며 몸조심하라고 말했다.

"진심으로 하는 말입니까?"

타루는 어깨를 으쓱했다.

"내 나이쯤 되면 솔직할 수밖에 없어요. 거짓말은 피곤하거든요."

"타루 씨, 실례지만 선생님을 뵙고 싶습니다." 기자가 말했다.

"알고 있습니다. 저보다야 인간적인 분이지요. 이쪽입니다."

"그런 뜻이 아니에요." 랑베르는 침울하게 대답하고는 멈춰 섰다.

타루는 그를 바라보더니 갑자기 미소를 지었다.

그들은 벽을 연두색 페인트로 칠해서 그런지 수족관 같은 빛이 떠도는 좁은 복도를 따라갔다. 이중 유리문 앞에 도착하자, 그 뒤로 기이하게 움직이는 그림자를 볼 수 있었다. 타루는 랑베르를 벽장으로 가득 찬 좁은 방으로 데려갔다. 그는 그중 하나를 열고 소독기에서 거즈 마스크 두 개를 꺼내 그중 한 개를 랑베르에게 건네주며 쓰라고 했다. 기자는 마스크가 소용이 있는 건지 물었고, 타루는 아무런 효과도 없지만 다른 사람들에게 신뢰감을 준다고 말했다.

그들은 유리문을 밀고 들어갔다. 넓은 방이었는데, 여름임에도 창문은 완전히 닫혀 있었다. 벽 위쪽에는 공기를 환기시키는 장치가 윙윙거리고 있었고, 두 줄로 늘어선 회색 침대 위로 구부러진 선풍기 날개가 과열된 공기를 휘젓고 있었다. 사방에서 둔하고 날카로운 신음이 들려오는데 서로 합쳐져 단조로운 하나의 비명만을 만들었다. 창살이 늘어선 높은 창문에서 쏟아져 들어오는 잔인한 빛 속에서 흰옷을 입은 사람들이 천천히 움직이고 있었다. 랑베르는 그 방의 지독한 열기로 인해 불편해진 탓에 신음을 내는 형체 위로 허리를 굽히고 있는 리외를 겨우 알아볼 수 있었다.

의사는 환자의 사타구니를 절개하고 있었고, 침대 양쪽에서 간호사 두 명이 벌어진 사타구니를 단단히 잡고 있었다. 그는 일어나서 보조가 내민 쟁반에 기구를 떨어뜨린 다음 간호사들이 붕대를 감아 주고 있는 남자를 잠시 가만히 바라봤다.

"새로운 소식이 있나요?" 리외가 다가오는 타루에게 물었다.

"파늘루 신부님이 검역소에서 랑베르 씨를 대신해 일하는 것에 동의했어요. 벌써 많은 일을 하셨더군요. 랑베르 씨가 빠진 3반만 재편성하면 됩니다."

리외는 고개를 끄덕이며 찬성했다.

"카스텔 씨는 첫 번째 혈청을 완성했어요. 시도해 보자고 하시더군요."

"아! 그거 잘되었군요." 리외가 말했다.

"마지막으로 여기 랑베르 씨가 왔어요."

리외가 돌아섰다. 기자를 바라보며 그는 마스크 위로 눈살을 찌푸렸다.

"왜 여기 있어요? 여기 있으면 안 되잖아요." 그가 말했다.

타루는 오늘 밤 자정이라고 말했고, 랑베르가 이렇게 덧붙였다

"원칙적으로는요."

모두 말할 때마다 거즈 마스크가 부풀어 오르고 입가가 축축해졌다. 마치 조각상끼리 대화하는 것처럼 약간 비현실적이었다.

"선생님과 이야기하고 싶습니다." 랑베르가 말했다.

"괜찮으시면 같이 나가시지요. 타루 씨의 사무실에서 기다리세요."

잠시 후 랑베르와 리외는 의사의 차 뒷좌석에 앉았다. 타루가 운전했다.

"기름이 별로 없어요. 내일부터는 걸어 다녀야겠어요." 그는 시동을 켜면서 말했다.

"선생님, 저는 떠나지 않고 여러분과 함께 있고 싶습니다." 랑베르가 말했다.

타루는 움찔하지 않았다. 계속 운전했다. 리외는 피로에서 벗어나지 못하는 것 같았다.

"그럼 아내분은요?" 그가 잠긴 목소리로 말했다.

랑베르는 계속 생각해 봤고, 자기 생각은 변함이 없지만 그래도 이곳을 떠나는 것은 부끄러운 일 같다고 말했다. 그러면 두고 온 아내를 사랑하는 것도 힘들어지리라는 것이었다. 그러나 리외는 몸을 일으키며 단호한 목소리로 그건 바보 같은 짓이고, 행복을 선택하는 것은 부끄러운 일이 아니라고 말했다.

"그렇지요. 하지만 혼자서만 행복한 것은 부끄러운 일이지요." 랑베르가 말했다.

그때까지 잠자코 있던 타루가 고개도 돌리지 않은 채 랑베르가 인간의 불행을 함께 나누려고 한다면 다시는 행복할 시간이 없을 것이라고 지적했다. 그는 한쪽을 선택해야 했다.

"그게 아니에요. 나는 항상 내가 이 도시에서 이방인이고, 당신들과 아무 관련도 없다고 생각해 왔어요. 하지만 그동안 내 눈으로 봐 오면서, 좋든 싫든 내가 이곳 사람이라는 걸 깨달았어요. 이 사건은 우리 모두와 관련되어 있으니까요."

아무도 대답하지 않자 랑베르는 초조한 모양이었다.

"잘 알고 있잖아요! 그게 아니라면 이 병원에서 무얼 하고 계시는 겁니까? 여러분은 선택했고, 그래서 행복도 포기하셨잖아요?"

타루도 리외도 여전히 묵묵부답이었다. 의사의 집에 다다를 때까지 침묵이 오랫동안 감돌았다. 랑베르는 다시 한번 더욱 힘주어 마지막으로 질문을 던졌다. 리외만이 그를 향해 얼굴을 돌렸다. 그는 겨우 몸을 일으켰다.

"미안해요, 랑베르 씨. 저는 잘 모르겠습니다. 원하시면 우리와 함께하시지요." 그가 말했다.

자동차가 기울어지는 바람에 그는 입을 다물었다. 그런 다음 앞을 바라보며 말을 이었다.

"세상의 어떤 것도 당신이 사랑하는 것을 외면할 정도의 가치는 없어요. 그런데 나 역시 이유도 모른 채 외면하고 있지만요."

그는 시트에 다시 몸을 기댔다.

"그건 사실입니다. 그뿐이지요. 사실을 인정하고 결론을 끌어내 보지요." 그는 지친 목소리로 말했다.

"어떤 결론이요?" 랑베르가 물었다.

"아! 우리는 치료하면서 동시에 결과를 알 수는 없어요. 가능한 한 치료부터 하지요. 그게 가장 급한 일이에요." 리외가 말했다.

자정이 되자 타루와 리외는 랑베르에게 자신이 조사를 맡은 지역의 지도를 건네주었다. 타루는 손목시계를 보고 고개를 들다가 랑베르와 시선이 마주쳤다.

"미리 알렸나요?"

기자가 시선을 돌렸다.

"쪽지를 남겼어요. 만나러 오기 전에요." 그가 힘겹게 말했다.

카스텔의 혈청을 시험해 본 것은 10월 말이었다. 사실상 그것이 리외의 마지막 희망이었다. 또다시 실패할 경우 의사는 전염병이 여러 달 지속되든, 아무 이유 없이 멈추게 되든 도시 전체가 페스트의 변덕에 놀아날 것이라 확신하고 있었다.

카스텔이 리외를 찾아오기 바로 전날, 오통 씨의 아들이 페스트에 걸렸고 온 가족이 격리되었다. 직전에 집을 떠난 어머니는 두 번째로 격리되었다. 정해진 규정에 따라 오통 씨는 아이의 몸에서 징후를 발견하자마자 리외를 불렀다. 리외가 도착했을 때 아이의 아버지와 어머니는 침대 발치에 서 있었다. 어린 딸은 멀리 떼어 놓았다. 아이는 쇠약해져 있었고, 검사를 받는 동안 신음조차 내지 않았다. 의사가 고개를 들었을 때 판사와 눈이 마주쳤고, 그 뒤로 얼굴이 창백해진 어머니는 손수건으로 입가를 가린 채 눈을 크게 뜨고는 의사의 손짓을 좇았다.

"그게 맞지요?" 차가운 목소리로 판사가 말했다.

"네." 리외는 아이를 다시 바라보며 대답했다.

어머니의 눈이 더 커졌지만 여전히 아무런 말도 하지 않았다. 판사도 잠자코 있다가 낮은 어조로 이렇게 말했다.

"그럼, 선생님, 규정대로 합시다."

리외는 손수건을 입에 대고 있는 아이의 어머니를 바라보지 않았다.

"빨리 진행될 겁니다." 리외가 머뭇거리며 말했다. "전화를 걸었으면 하는데요."

오통 씨가 그를 배웅하겠다고 했다. 그러나 의사는 어머니를 향해 돌아섰다.

"죄송하지만 소지품을 좀 챙겨 주셔야겠습니다. 무엇인지는 아실 테지요."

오통 부인은 망연자실해 보였다. 바닥을 내려다보고 있었다.

"네, 그러려던 참이에요." 부인이 고개를 끄덕였다.

자리를 떠나기 전에 리외는 필요한 것은 없는지 물어보지 않을 수 없었다. 부인은 여전히 아무런 말도 하지 않고 그를 바라봤다. 그러자 이번에는 판사가 시선을 돌렸다.

"없어요."라고 말하고 나서 그는 침을 삼켰다. "다만 우리 아이 좀 살려 주세요."

처음에는 형식적인 절차에 불과했던 예방 격리는 리외와 랑베르의 의해 매우 엄격하게 조직되었다. 특히 가족 구성원은 항상 따로 격리해야 한다고 주장했다. 가족 중 한 사람이 자신도 모르는 사이에 감염된 경우, 질병이 전염될 확률을 줄여야 하기 때문이었다. 리외는 그런 방법이 옳은 것임을 판사에게 설명했다. 그러나 리외는 판사와 그의 부인이 서로를 바라보는 모습을 보고는 그들이 얼마나 혼란스러운지 느낄 수 있었다. 오통 부인과 어린 딸은 랑베르가 관리하는 격리 호텔에서 지낼 수 있었다. 하지만 예심판사가 지낼 수 있는 곳은 도청 도로관리과에서 천막을 빌려 시립운동장에 짓고 있는 격리수용소뿐이었다. 리외가 양해를 구하자, 오통 씨는 모두가 따라야 하는 규칙일 뿐이며 따르는 것이 옳다고 말했다.

오통 씨의 아들은 보조 병원으로 이송되어 한때는 교실로 사용하던 병실에 수용되었다. 그곳에는 병상 10개가 배치되어 있었다. 20시간 정도가 지났고, 리외는 아이의 상태가 절망적이라고 판단했다. 그 작은 체구는 페스트에 잡아먹혀서 아무런 반응도 못 하고 있었다. 이제 막 생겨난 작은 림프샘 멍울도 가느다란 사지를 움직이지 못하게 만들었다. 이미 진 싸움이었다. 그래서 리외는 카스텔의 혈청을 아이에게 써 보기로 했다. 같은 날 밤, 저녁 식사 후 그들은 장시간 접종을 실시했지만 아이로부터 어떠한 반응도 얻지 못했다. 다음 날 새벽, 이 중요한 실험의 결과를 판단하기 위해 모두 아이에게로 향했다.

마비 상태에서 벗어난 아이는 시트 위에서 경련을 일으키며 몸을 뒤척였다. 의사, 카스텔, 타루는 새벽 4시부터 아이 곁에 머물며 병세가 악화되는지 혹은 호전되는지를 면밀히 살펴보고 있었다. 타루는 침대 머리맡에서 육중한 몸을 약간 숙이고 있었다. 리외는 침대 발치에 서 있었고, 그 옆으로 카스텔이 앉아서 침착한 표정으로 오래된 책 한 권을 읽고 있었다. 학교의 낡은 교실에도 조금씩 날이 밝아 왔고 다른 사람들이 속속 도착했다. 먼저 도착한 파늘루 신부는 침대 반대편에 타루와 마주 보며 기대어 서 있었다. 그의 얼굴은 고통스러워 보였고, 며칠을 헌신하며 보내느라 쌓인 피로로 붉어진 이마에는 주름살이 생겨 있었다. 다음으로 조제프 그랑이 도착했다. 7시였는데, 그는 숨을 헐떡여서 미안하다고 사과했다. 잠시 들른 것이라며, 확실하게 알게 된 사실이 있는지 물었다. 말없이 리외는 아이를 가리켰다. 몸은 꼼짝도 하지 않으면서 힘껏 이를 악문 채 베갯잇도 씌우지 않은 베개 위에서 고개만 좌우로 흔들었다. 마침내 교실 끝에 그대로 걸려 있던 칠판에 지우다 만 방정식을 알아볼 수 있을 정도로 날이 밝았을 때 랑베르가 도착했다. 옆 침상에 기대어 담배를 꺼냈다. 그러나 아이를 잠시 바라본 후, 도로 주머니에 넣었다.

계속 앉아 있던 카스텔은 안경 너머로 리외를 바라봤다.

"아이 아버지 소식은 없나요?"

"없습니다. 격리소에 있는걸요." 리외가 대답했다.

의사는 아이가 신음하고 있는 침대의 난간을 꽉 잡았다. 아이는 갑자기 몸이 경직되더니 다시금 이를 악물고는 허리를 뒤로 젖히며 천천히 팔다리를 벌렸다. 의사는 이 작은 환자에게서 눈을 떼지 않았다. 군용 담요 아래 벌거벗은 작은 몸에서 담요 냄새와 시큼한 땀 냄새가 풍겼다. 아이의 몸이 점차 이완되더니 팔다리를 침대 가운데로 모았고 여전히 눈을 감고 있었다. 숨이 가빠지는 것 같았다. 리외는 타루와 시선을 마주치려 했지만 타루가 외면했다.

몇 달 전부터 이 병은 사람을 가리지 않았기 때문에 그들은 아이들이 죽어 가는 모습을 자주 봐 왔다. 그러나 그날 아침처럼 아이가 고통스러워하는 순간을 시시각각 따라간 적은 한 번도 없었다. 물론 죄 없는 아이들에게 가해지는 고통이 그들에게는 언제나 변함없는 실체로서 파렴치한 행위로 느껴지지 않은 적이 없었다. 그러나 적어도 이때까지는 죄 없는 아이가 죽음의 고통을 겪는 모습을 그렇게 오랫동안 직접 바라본 적이 한 번도 없었기 때문에, 그전까지는 어찌 보면 추상적으로만 분노를 느꼈던 셈이었다.

그때 아이는 누군가가 위장을 물어뜯기라도 하는 것처럼 다시 몸을 웅크리며 가늘게 신음했다. 아이는 한참 동안 그렇게 몸을 접은 채 가만히 있었다. 그러다가 페스트라는 맹렬한 바람에 휘어지고 신열이 반복되는 듯이 약하디약한 몸은 오한과 경련으로 흔들렸다. 광풍이 지나가자 아이는 조금 편안해진 것 같았고 열이 빠져나가면서 헐떡이는 아이를 축축하고 유독한 해변에 남겨 둔 것 같았다. 그 해변에서는 휴식이 이미 죽음과 같았다. 불덩이가 세 번째로 또다시 밀물처럼 밀려와 아이의 몸을 약간 들어 올리자, 아이는 몸을 웅크리며 자신을 태우는 불길에 겁을 먹은 듯 머리를 심하게 흔들며 담요를 걷어차 버렸다. 타오르는 듯이 뜨거워진 눈꺼풀 밑으로 눈물이 납빛 얼굴 위로 흐르기 시작했다. 발작이 끝나자, 녹초가 된 아이의 앙상한 두 다리와 48시간 동안 살이 녹아내린 것 같은 팔에 경련이 일더니 엉망이 된 침대 위에서 십자가 형태의 기이한 자세를 취했다.

타루는 몸을 굽혀 큼지막한 손으로 아이의 작은 얼굴에 범벅이 된 눈물과 땀을 닦았다. 한동안 카스텔은 책을 덮은 채 아픈 아이를 바라보고 있었다. 그는 어떤 말을 꺼내려고 했지만 갑자기 목이 잠기는 바람에 기침을 해야 했다.

"아침에 일시적으로 해열된 적도 없었지요, 리외 씨?"

리외는 그렇다고 말하긴 했지만 아이는 일반적인 경우보다 더 오래 견뎠다고 말했다. 벽에 살짝 기댄 채 앉아 있던 파늘루 신부는 맥이 풀린 듯 말했다.

"결국 죽는 거라면 고통만 길어지는 셈이지."

리외는 갑자기 그를 돌아보며 말을 하려고 입을 벌리다가 그만두었다. 잠자코 있으려고 애쓰는 게 역력해 보였다. 그러고는 다시 아이에게 시선을 돌렸다.

교실 안으로 햇살이 쏟아졌다. 다른 다섯 개의 침상에서도 형체들이 움직이며 신음했지만 단결한 것처럼 신중하게 움직였다. 반대편 끝에서 단 한 사람만이 비명을 지르고 있었는데, 고통보다는 놀라움에서 나온 작은 절규처럼 일정한 간격으로 내뱉었다. 아픈 사람에게도 처음 겪는 공포가 아닌 것 같았다. 이제 질병을 다루는 방식에는 일종의 합의가 엿보였다. 아이만이 혼자서 온 힘을 다해 몸부림쳤다. 리외는 굳이 그럴 필요가 없는데도 이따금 아이를 좀 움직이게 하려고 맥박을 쟀고, 그러면서 눈을 감고 피와 파동이 뒤섞인 움직임을 느꼈다. 그때 그는 고통받는 아이와 하나가 된 것을 느꼈으며 건강한 자신의 모든 힘을 다해서 아이를 지탱하려고 애썼다. 하나가 된 지 1분도 되지 않아 두 사람의 심장 박동은 어긋났고 아이는 빠져나가 버렸으며 그의 노력은 허공에 날아갔다. 그는 아이의 얇은 손목을 내려놓고 제자리로 돌아갔다.

흰색 벽을 따라 빛이 분홍색에서 노란색으로 바뀌었다. 창문 너머로 따뜻한 아침이 타닥타닥 소리를 내기 시작했다. 그랑이 떠나면서 다시 오겠다고 말했지만 사람들은 제대로 듣는 것 같지 않았다. 모두들 기다리고 있었다. 아이는 여전히 눈을 감고 있었는데 조금 진정된 것 같았다. 짐승의 발톱처럼 변한 두 손이 침대 가장자리를 가볍게 긁었다. 손이 다시 올라가 무릎 근처의 담요를 긁다가 갑자기 다리를 구부려서 허벅지를 배에 가까이 대고 움직이지 않았다. 처음으로 아이가 눈을 떴고 앞에 있는 리외를 쳐다봤다. 회색 점토처럼 굳어 버린 얼굴의 움푹 들어간 곳에서 입이 벌어지더니 거의 바로 외마디 비명이 터져 나왔다. 그 비명은 호흡할 때 생기는 미묘한 변화가 없고, 갑자기 항의하는 듯한 단조로운 불협화음으로 방안을 가득 채웠다. 사람이 내는 소리 같지 않아서 그 비명은 오히려 모든 인간에게서 한꺼번에 쏟아져 나오는 것 같았다. 리외는 이를 악물었고 타루는 등을 돌렸다. 랑베르는 카스텔 옆으로 갔고, 카스텔은 무릎 위에 펼쳐 놨던 책을 덮었다. 파늘루 신부는 병 때문에 상해 버린 채 온갖 사람들의 비명이 가득 들어찬 아이의 입을 바라보고 있었다. 그가 무릎을 꿇더니 누구의 것인지 모를 신음을 뒤로한 채 조금은 쉰 듯하지만 뚜렷한 목소리로 계속 이렇게 말했다. "신이시여, 이 아이를 구하소서." 아무도 그 소리를 부자연스럽게 여기지 않았다.

그러나 아이는 계속 소리를 질렀고, 그 주위에 있는 환자들이 모두 동요했다. 아까부터 방 끝에서 계속 소리를 지르던 한 환자는 다른 환자들의 신음이 점점 더 커지자, 그 역시도 박자가 빨라지더니 정말 비명을 지르고야 말았다. 신음이 병실 안에서 파도처럼 일어나더니 파늘루 신부의 기도를 덮어 버렸고 리외는 침대 난간에 매달린 채 피로와 혐오감에 취해 눈을 감았다.

눈을 다시 떠 보니 타루가 옆에 와 있었다.

"이만 가 봐야겠습니다. 더 이상은 차마 볼 수가 없네요." 리외가 말했다.

그런데 갑자기 다른 환자들이 조용해졌다. 의사는 아이의 신음이 그렇게 계속 약해지더니 곧 멈췄다는 것을 깨달았다. 그러나 주변의 신음은 아직도 나지막하게, 이제 막 결판이 난 투쟁의 먼 메아리처럼 다시 들려왔다. 투쟁이 다 끝났기 때문이었다. 카스텔은 침대 반대편으로 가서 끝났다고 말했다. 아이는 소리 없이 입을 벌리고 흐트러진 이불 속에서 갑자기 더 작아진 것 같은 몸을 웅크리고는 눈에는 눈물자국이 남은 채로 누워 있었다.

파늘루 신부는 침대로 다가가 신의 가호를 빌었다. 그리고 겉옷을 챙겨 들고 중앙 통로로 나갔다.

"처음부터 다시 시작해야 할까요?" 타루가 카스텔에게 물었다.

늙은 의사는 고개를 끄덕였다.

"아마도요. 아이는 마지막까지 오래 버텼어요."라고 어색한 미소를 지으며 말했다.

리외가 어느덧 밖으로 나가서 심상치 않은 표정으로 성큼성큼 걸으면서 파늘루 신부를 스쳐 지나가자 파늘루 신부가 팔을 뻗어 그를 붙잡으려고 했다.

"저기, 선생님!" 신부가 불렀다.

리외는 여전히 화가 난 듯한 태도로 돌아서며 거칠게 내뱉었다.

"아! 적어도 이 아이는 아무런 죄도 없어요. 잘 아시잖아요?"

그런 다음 그는 돌아서서 파늘루 신부보다 앞서 문을 통과하여 학교 운동장 뒤쪽으로 갔다. 그는 먼지가 앉은 작은 나무들 사이에 놓인 벤치에 앉아 어느덧 눈으로 흘러 들어간 땀을 닦았다. 그는 자신의 마음을 짓누르고 있는 응어리를 풀어 내기 위해 다시 한번 소리라도 지르고 싶은 심정이었다. 무화과나무 가지 사이로 열기가 천천히 쏟아졌다. 아침의 푸른 하늘에 순식간에 희끄무레한 구름이 끼더니 공기에 숨이 막혔다. 리외는 벤치에 등을 기대고 있었다. 그는 나뭇가지와 하늘을 바라보며 천천히 심호흡을 하면서 피로를 삼켰다.

"왜 그렇게 저에게 화가 난 건가요? 나 역시도 이런 걸 보는 게 견딜 수 없습니다." 신부의 목소리가 뒤에서 들려왔다.

리외는 파늘루 신부를 향해 고개를 돌렸다.

"알고 있어요. 죄송합니다. 피곤해서 그런지 제가 지나쳤습니다. 이 도시에서는 반항심만 커지는 때가 있어요." 리외가 말했다.

"이해해요. 우리가 이해할 수 있는 수준을 넘어서는 일이기 때문에 그럴 만하지요. 하지만 아마도 우리는 이해할 수 없는 것을 사랑해야 하는지도 모르지요." 파늘루 신부가 중얼거렸다.

리외는 돌연 벤치에서 일어섰다. 파늘루 신부를 바라보며 그가 할 수 있는 한 최대로 힘차고 열정을 다해 고개를 저었다.

"아니요, 신부님. 저는 사랑에 관해서 그렇게 생각하지 않습니다. 그리고 아이들이 이렇게 고통받는 세상이라면 저는 그 세상을 죽을 때까지 사랑하지 않을 겁니다."

파늘루 신부의 얼굴에는 고민의 그림자가 스쳐 지나갔다.

"아! 선생님. 저는 막 은총이라 부르는 것이 무엇인지 이해했습니다." 그가 서글프게 말했다.

리외는 벤치에 다시 앉았다. 피로가 다시 밀려오자, 그는 한결 부드럽게 대답했다.

"그런 건 저에게 없을 거예요. 신부님과 이런 논쟁은 하고 싶지 않습니다. 신성모독이나 기도 얘기를 떠나서 우리를 하나로 묶는 무언가를 위해 우리는 같이 일하는 것이지요. 중요한 건 그것뿐입니다."

파늘루 신부는 리외 가까이에 와서 앉았다. 그는 감동한 표정이었다.

"네, 맞아요. 선생님도 인간의 구원을 위해 일하고 있어요."

리외는 미소를 지으려고 애썼다.

"인간의 구원은 저에게는 너무 거창한 표현입니다. 저는 그 정도는 아니에요. 제가 관심 있는 것은 인간의 건강이에요. 건강이 최우선이지요."

파늘루 신부는 머뭇거렸다.

"선생님." 그가 불렀다.

그러고는 말을 멈췄다. 그의 이마에서 땀이 흐르기 시작했다. "다음에 뵙지요."라고 중얼거리며 자리에서 일어났을 때 눈은 반짝이고 있었다. 그가 막 떠나려고 하자, 생각에 빠져 있던 리외는 일어나서 그를 향해 다가갔다.

"다시 한번 사과드립니다. 이렇게 무례하게 행동하는 일은 다시 없을 겁니다."

파늘루 신부는 손을 내밀며 서글프게 말했다.

"그런데도 저는 선생님을 설득하지 못했는걸요!"

"그게 무슨 소용입니까? 제가 싫어하는 것은 죽음과 병이에요, 신부님도 아시잖아요. 신부님이 원하든 원하지 않든 우리는 그것들 때문에 함께 고통을 겪고 싸우고 있습니다." 리외가 말했다.

리외는 파늘루 신부의 손을 다시 잡았다.

"보시다시피 하느님은 이제 우리를 갈라놓을 수 없어요." 그가 파늘루의 시선을 피하며 말했다.

파늘루 신부는 보건대에 들어간 후로 병원과 페스트가 발생한 장소를 떠나지 않았다. 그는 보건대원들 사이에서 자신이 있어야 할 것 같은 대열, 즉 제일선에 자리를 잡았다. 그래서 그는 죽음을 보지 않을 수 없었다. 원칙적으로 혈청 주사를 맞았으니 안전하기는 했지만, 목숨을 잃을 염려가 없어지는 것은 아니었다. 겉으로 보기에 그는 항상 평정을 유지하고 있었다. 그러나 아이가 죽는 모습을 오랫동안 지켜본 그날부터 그는 달라진 것 같았다. 그의 얼굴에는 점점 긴장감이 고조되고 있었다. 그리고 그날 리외에게 '사제는 의사의 진찰을 받을 수 있는가?'라는 주제로 짧은 글을 준비하고 있다고 웃으면서 말했다. 그러나 의사는 그런 말보다 더 심각한 무언가가 있음을 느꼈다. 의사가 어떤 내용인지 알고 싶다고 말하자, 파늘루 신부는 남자 신도들을 위한 미사에서 설교를 하게 되었다면서 그 자리에서 자기 생각을 몇 가지 발표할 예정이라고 말했다.

"선생님도 와 주세요. 관심 있는 주제일 겁니다."

신부가 두 번째로 설교를 하는 날에는 바람이 거세게 불었다. 사실 첫 번째 설교 때보다 청중의 수는 적어졌다. 이런 종류의 행사는 더 이상 우리 시민들에게 새롭지 않았다. 시민들이 겪고 있는 어려운 상황에서 '새로움'이라는 단어는 그 의미를 잃고 있었다. 더욱이 사람들은 대부분 종교적 의무를 완전히 저버리지도 않았고, 그 의무를 매우 부도덕한 개인 생활과 일치시키지도 않았다. 대신 일상의 종교 활동을 불합리한 미신으로 바꿔 버렸다. 그들은 미사에 참석하는 것보다 성 로크의 액막이 메달이나 부적을 더 적극적으로 착용했다.

한 예로 우리 시민들은 점술에 과하다 싶을 만큼 빠져들었다. 사실 지난봄에 우리는 페스트가 이제나저제나 끝나기를 기다리고 있었지만, 언제까지 지속될지 제대로 알아볼 생각은 아무도 하지 못했다. 모두가 오래가지 않으리라 생각했기 때문이다. 날이 갈수록 이 불행이 진정 끝나지 않을 것 같아 두려워하기 시작했다. 그리고 그와 동시에 전염병의 종식은 모두의 염원이 되었다. 그래서 점성가들이나 교회의 성자들에게서 유래된 여러 예언이 손에서 손으로 전해졌다. 도시의 인쇄업자들은 이런 열풍을 이용할 수 있다는 것을 재빨리 알아채고는 떠돌고 있는 글들을 대량으로 찍어 내 유통했다. 그들은 대중의 호기심은 끝이 없다는 것을 깨닫고는 시립도서관에서 관련 있는 증언들은 모조리 찾아내 이를 전역에 퍼뜨렸다. 이야기 자체에 예언 내용이 충분하지 않으면 기자들에게 이를 의뢰했다. 그런 점에서 그들은 최소한 그들의 본보기인 몇 세기 전 사람들만큼이나 능력을 보여 줬다.

이러한 예언 중 일부는 신문에 연재되기도 했는데, 전염병만 아니었다면 지금도 신문에서 볼 수 있었을 연애담 같은 글 못지않게 독자의 반응은 뜨거웠다. 일부 예언은 이상한 계산법을 근거로 삼았는데, 그해 연도와 사망자 수, 페스트가 일어난 이후 지나간 개월 수 등으로 계산하는 것이었다. 또 다른 예언들은 역사적으로 심각했던 페스트와 비교하면서 그 속에서 비슷한 점(예언에서는 이를 불변이라 불렀다.)을 강조했으며, 앞선 희한한 계산법에 근거해 교훈을 끌어내려고 했다. 그러나 대중이 가장 높이 평가한 것은 의심할 여지 없이 묵시록에 나올 법한 일련의 사건을 예고하는 것이었다. 각 사건은 우리 도시가 현재 겪고 있는 사건으로도 볼 수 있었고, 또 사건들이 너무도 복잡해 어떤 식으로든 해석이 가능할 정도였다. 따라서 노스트라다무스와 성녀 오딜*이 항상 거론되었는데 언제나 효과가 있었다. 모든 예언의 공통점은 그것이 궁극적으로 사람들은 안심시켜 준다는 점이었다. 그러나 페스트만은 그렇지 않았다.

따라서 이러한 미신은 우리 교민들에게 종교 역할을 대신했다. 파늘루 신부의 설교 때 교회 예배당의 4분의 3 정도만 찬 것도 그런 이유 때문이었다. 설교가 있던 날 저녁, 리외가 도착했을 때에는 현관문을 통해 실타래처럼 스며드는 바람이 청중들 사이를 자유롭게 드나들고 있었다. 교회 안은 싸늘하고 조용했다. 남자들로만 구성된 청중 가운데에 자리를 잡고 앉아서 신부가 설교대로 올라가는 것을 봤다. 신부는 지난 설교 때보다 더 부드럽고 사려 깊은 말투로 말했고, 청중들은 설교를 들을수록 그가 약간은 머뭇거리고 있음을 발견했다. 더 이상한 것은 신부가 이제는 '여러분'이라고 하지 않고 '우리'라고 말하고 있다는 점이었다.

하지만 그의 목소리는 점차 단호해졌다. 여러 달 전부터 페스트가 우리 사이에 있었고, 우리가 사랑하는 사람들의 식탁이나 침대 옆으로 와 앉아 있었고, 우리 옆에서 함께 걸었고, 우리 일터에

* 프랑스 북동부 알자스에서 장님으로 태어났다. 세례를 받으면서 성유가 눈에 닿자 두 눈을 떴다고 한다.

서 우리를 기다리는 것을 여러 번 봐 왔기 때문에, 이제는 페스트에 관해서 더 잘 알게 되었다는 것을 회상하는 식으로 설교를 시작했다. 그러면서 페스트가 쉬지 않고 우리에게 말하고 있는 것, 초반에는 경황이 없어서 제대로 알아듣지 못한 그것을 이제는 잘 받아들일 수 있을 것이라고 재차 강조했다. 파늘루 신부가 같은 장소에서 앞서 설교했던 내용은 여전히 진실이었고, 혹여 그렇지 않다면 적어도 그것이 그의 신념이었다. 페스트는 우리 모두에게 일어날 수 있는 일이기는 하지만 당시 자신은 자비심 없이 그렇게 생각했고 그렇게 설교했다며 자기 가슴을 쳤다. 여전히 사실인 것은 모든 일에는 언제나 배울 점이 있다는 것이었다. 가장 잔인한 시련도 기독교인에게는 여전히 은혜가 된다. 그러므로 시련에서 기독교인이 찾아야 할 것은 정확히 자신의 은혜이며, 그것이 무엇으로 이루어졌는지, 그리고 그것을 어떻게 찾을 수 있는지에 대한 고민이었다.

지금 리외 주변에 있는 사람들은 의자 팔걸이에 팔을 걸치고 최대한 편안하게 앉아 있으려는 것 같았다. 가죽을 입힌 출입문 중 하나에서 부드럽게 닫히는 소리가 났다. 누군가가 일어나서 문을 잡았다. 리외는 그쪽에 정신이 팔리는 바람에 설교를 다시 시작한 파늘루 신부의 말을 거의 듣지 못했다. 요지는 페스트로 인해 벌어진 상황을 설명하는 것이 아니라, 그로부터 배울 수 있는 것을 배우려고 노력해야 한다는 것이었다. 리외가 어렴풋하게 이해한 바에 따르면 설명할 것이 전혀 없다는 것이 신부의 생각이었다. 파늘루 신부가 하느님의 뜻으로 설명할 수 있는 것과 없는 것이 있다고 말하는 부분에서 리외는 설교에 집중할 수 있었다. 물론 선과 악이 있고, 일반적으로 무엇이 그것을 구별하는지 설명하기는 쉬웠다. 하지만 문제는 악을 구분하는 것에서 시작했다. 가령 명백하게 필요한 악과 명백하게 불필요한 악이 있다. 지옥에 빠져서 죽어 가는 돈 후안*과 한 아이의 이야기가 그렇다. 방탕한 자가 지옥에 빠진 것은 옳은 일이나 아이가 그런 고통을 겪는 이유는 이해할 수 없다. 그리고 실제로 아이의 고통과 이 고통이 일으키는 공포, 그리고 아이가 고통을 겪는 이유를 찾는 것만큼 중요한 일은 지구상에 없다. 삶의 나머지 부분에서 신은 우리에게 모든 것을 용이하게 해 주셨고, 종교는 그다지 도움이 되지 못했다. 이제는 반대로 신은 우리를 막다른 벽으로 내몰았다. 그렇게 우리는 페스트의 벽에 둘러싸였고 죽음의 그림자 속에서 은혜를 찾아야 했다. 파늘루 신부는 그 벽을 쉽게 오를 수 있는 이점을 스스로 가질 수 있음에도 이를 거부했다. 아이에게 영원한 기쁨이 그의 고통을 보상할 수 있다고 말하기란 쉬운 일이겠지만, 사실 그는 아무것도 아는 바가 없다고 했다. 실제로 영원한 기쁨이 인간이 겪는 고통을 보상해 줄 거라고 누가 단언할 수 있겠는가? 육체와 영혼을 통해 고통을 몸소 겪으신 주님을 모시는 기독교인은 결코 아닐 것이다. 그렇다, 신부는 십자가로 상징되는 사지가 찢기는 고통을 피하지 않고 아이가 겪는 고통을 마주하며 막다른 벽 아래에 남아 있을 것이다. 그날 청중들에게 그는 두려움 없이 이렇게 말하고 싶다고 했다. "형제들이여, 드디어 때가 되었습니다. 모든 것을 믿거나 모든 것을 부정해야 합니다. 그런데 여러분 중 누가 감히 모든 것을 부정할 수 있겠습니까?"

리외는 신부가 이단자가 되어 간다고 생각할 틈도 없이 신부는

* 17세기 스페인의 전설상의 인물로, 방탕아로 알려져 있다.

곧바로 이런 명령, 즉 이 순수한 요구야말로 기독교인이 입은 은혜임을 강력히 주장했다. 그것이 기독교인의 미덕이라고도 했다. 신부는 자기가 말하고자 하는 미덕 속에는 과격한 점이 있어서 더욱 관대하고 고전적인 도덕에 익숙한 많은 사람의 마음에 충격을 주리라는 것을 알고 있다고 말했다. 그러나 페스트 시대의 종교는 일상의 종교가 될 수 없고, 하느님은 행복한 시기에는 영혼이 쉬고 기뻐하는 것을 허락하고 심지어 그리하길 원하기까지 하지만 불행한 시기에는 영혼이 과격해지기를 원한다는 것이었다. 오늘날 하느님은 그의 피조물인 인간에게 은혜를 베풀어, 전부 아니면 전무라는 가장 위대한 미덕을 발견하고 받아들이도록 우리를 불행에 빠뜨린 것이었다.

지난 세기 동안 한 세속 작가가 교회의 비밀을 폭로한다며 연옥은 없다고 단언했다. 그로 인해 중간은 없으며, 오직 천국과 지옥만이 있을 뿐이고, 인간은 무엇을 선택하느냐에 따라 구원받거나 저주받는 것뿐임을 암시했다. 그것은 파늘루 신부에 따르면 방탕한 영혼만이 주장할 수 있는 일종의 이단이었다. 연옥은 존재하기 때문이다. 하지만 연옥을 지나치게 원하지 않는 시대, 즉 죄가 가볍다고 말할 수 없는 시대가 분명히 있었다. 그 시대에는 모든 죄는 죽음이었고, 모든 무관심이 죄가 되었다. 즉 전부 아니면 전무였다.

파늘루 신부가 말을 멈추자, 리외는 그 순간 밖에서 문 밑으로 불어오는 바람의 불평을 더 잘 들을 수 있었다. 바람이 점점 더 거세지는 것 같았다. 신부는 자신이 말하는, 무조건적인 복종이라는 미덕은 일반적으로 해석하는 것처럼 제한된 의미로는 이해될 수 없으며 흔한 체념도 아니고 어려운 겸손도 아니었다. 그것은 굴종이었지만 굴종하는 자가 동의하는 굴종이었다. 물론 아이의 고통은 정신적으로나 정서적으로나 굴욕적인 일이었다. 그러나 그런 이유로 우리는 굴욕감 속으로 들어가야 한다고 했다. 신부는 자신이 말하고자 하는 것을 표현하기가 어렵다고 청중들에게 양해를 구하면서, 또한 그런 이유로 신이 이를 원하기 때문에 우리도 그것을 원해야 한다고 말했다. 그래야만 기독교인은 몸을 사리지 않고 출구가 완전히 막혀 있더라도 근본적인 선택이라는 근원에 도달하게 될 것이었다. 기독교인은 모든 것을 부정하지 않기 위해 모든 것을 믿는 편을 선택할 것이다. 그리고 지금 이 순간에도 여러 교회에서 림프샘 멍울이 생기는 것은 육체가 감염을 물리치는 자연스러운 과정임을 깨닫고 용감하게도 "신이시여, 그에게 림프샘 멍울을 내려 주소서."라고 기도하고 있듯이, 기독교인이라면 이해할 수 없는 일이라 할지라도 하느님의 뜻에 자신을 내어 맡길 수 있어야 한다고 말했다. "이해하지만 받아들일 수는 없다."라고 말할 수는 없다는 것이었다. 우리에게 주어졌지만 받아들일 수 없는 것의 핵심으로 뛰어들어야 한다. 그래야만 우리는 선택할 수 있다. 아이들의 고통은 우리에게는 쓰라린 빵이지만, 이 빵이 없다면 우리의 영혼은 영적으로 굶주려 죽게 될 것이다.

파늘루 신부가 잠시 말을 쉴 때마다 조용한 소란이 들렸다. 그러자 설교자는 우리는 어떻게 행동해야 하는가, 라는 질문을 느닷없이 청중에게 던지며 설교를 이어갔다. 그는 운명론이라는 끔찍한 단어가 나오리라 믿어 의심치 않는다고 했다. 그런데 이 단어에 '능동적'이라는 형용사만 추가할 수 있다면 그도 그 표현을 마다하지 않을 것이라고 했다. 다시 말하지만, 지난번에 이야기한 아비시니아 기독교인들을 본받아서는 안 된다. 그뿐만 아니라 하느님이 내린 악과 싸우려는 이교도인들에게 페스트를 내려 달라고 큰 소리로 하늘에 간청하면서, 그리스인으로 구성된 보건대를 향해 입고 있는 옷을 던지던 페스트에 감염된 페르시아 교인들을 흉내 낼 생각조차 해서는 안 된다. 그러나 반대로 지난 세기에 전염병이 유행했을 때 감염균이 잠복해 있을 수 있는 습하고 뜨거운 입술이 손에 닿지 않도록, 성채를 핀셋으로 잡고 영성체를 해 줬던 카이로의 수도사들도 따라 해서는 안 된다. 페르시아의 페스트 환자들과 수도사들은 똑같이 죄를 지었다. 페르시아 페스트 환자들은 아이의 고통은 전혀 고려하지 않았고, 카이로의 수도사들은 반대로 고통에 대한 인간적인 공포에 사로잡혔기 때문이다. 두 경우 모두 하느님의 목소리에 귀를 기울이지 않았다는 점에서 핵심에서 벗어나 있었다. 그러나 파늘루 신부가 떠올리고 싶었던 예는 또 있었다. 마르세유에 대규모로 발생한 전염병 기록에 따르면, 메르시 수도원에서 지내던 81명의 수도사 중 전염병에서 살아남은 사람은 4명에 불과했다. 그리고 그 4명 중 3명은 도주한 경우였다. 저자들은 여기까지만 적고 있었는데, 그 이상을 기록하는 것은 직분에 어긋나는 일이었다. 그러나 파늘루 신부는 이를 읽고 77구의 시신이 나왔는데도, 특히 세 형제의 사례가 있는데도 살아남은 1명한테만 집중했다. 신부는 설교대 끝을 주먹으로 내리치면서 이렇게 외쳤다. "형제들이여, 우리는 남아 있는 그 한 사람이 되어야 합니다!"

그렇다고 해서 재앙의 무질서 속에서 사회가 도입한 예방책과 현명한 질서를 거부하라는 것은 아니었다. 무릎을 꿇고 모든 것을 단념하라는 도덕주의자들의 말도 들어서는 안 된다. 단지 한 치 앞이 보이지 않는 어둠 속에서도 앞으로 나아가야만 하고 선을 행하도록 노력해야 한다. 그 외의 것은 아이들의 죽음까지도 신의 뜻에 맡기고 받아들여야 하며 개인적인 힘에 의존해 볼 생각은 말아야 한다.

이 대목에서 파늘루 신부는 마르세유에 전염병이 돌던 당시 벨쥥스 주교가 보여 준 고귀한 행동을 언급했다. 전염병이 끝날 무렵 주교는 본분을 다한 후 더 이상 어찌할 도리가 없다고 생각하고는 음식을 챙겨 집을 벽으로 둘러싼 후 칩거했다. 그를 우상으로 여기던 주민들은 그 모습을 보고 실망한 나머지 주교를 전염시키기 위해 집 주변에 시체를 쌓고 심지어 벽 너머로 시체를 던지기까지 했다. 주교는 너무 나약해진 나머지 자신이 죽음의 세계에 홀로 있다고 생각했는데, 실상은 죽은 자들이 하늘에서 떨어지고 있는 것이었다. 우리도 마찬가지로 페스트로부터 완전히 격리된 섬은 없다는 것을 명심해야 할 것이다. 그렇다. 중간이란 없다. 파렴치한 사건도 응당 받아들여야 한다. 왜냐하면 우리는 신을 증오하거나 아니면 사랑하거나 둘 중 하나를 선택해야 하기 때문이다. 그런데 누가 감히 신을 증오하기로 선택하겠는가?

"형제들이여." 파늘루 신부는 마침내 결론을 내리겠다고 말했다. "하느님의 사랑은 힘겨운 사랑입니다. 그것은 자신을 완전히 포기하고 자신을 경멸하는 것을 전제로 합니다. 그러나 그것만이 아이들이 겪는 고통과 죽음을 사라지게 할 수 있습니다. 그 사랑만이 그것이 필요해지게 만들 수 있습니다. 왜냐하면 그것은 이해할 수 없고, 그저 바랄 수밖에 없기 때문입니다. 어려울지 모르지만 이것이 제가 여러분과 나누고 싶었던 교훈입니다. 이것은 인간의 눈에는 잔인하고 하느님의 눈에는 결정적인 믿음인데, 우리는 그것에 더 다가가야 합니다. 우리는 이 끔찍한 현상과 어깨를 나란히 해야 합니다. 그 정점에서 모든 것이 하나가 되어 평등해지고 허울뿐인 불의 속에서 진리가 솟아날 것입니다. 프랑스 남부의 많은 교회에는 페스트로 죽어 간 사람들이 성가대석이 놓인 포석 아래에 묻혀 있고, 사제들은 그 무덤 위에서 말씀을 전합니다. 그럼으로써 그들이 전파하는 정신은 아이들도 섞여 있는 죽음의 유해에서 솟아나게 합니다."

리외가 밖으로 나갔을 때 반쯤 열린 문 사이로 세찬 바람이 불어와 신자들의 얼굴을 때렸다. 바람이 비 냄새, 그리고 비에 젖은 거리 냄새를 교회 안까지 실어 오는 바람에 신자들은 밖으로 나가기 전에 이미 도시의 모습을 짐작할 수 있었다. 그때 마침 밖으로 나오던 한 늙은 신부와 젊은 부제가 의사 리외 앞에서 날아가려는 모자를 붙잡느라 애를 먹고 있었다. 늙은 신부가 설교에 관해 끝도 없이 설명했다. 그는 파늘루 신부의 유창함을 칭찬했지만, 그가 보여 준 대담한 생각에 관해서는 우려를 나타냈다. 이 설교에는 힘보다 불안이 더 많이 드러났는데, 파늘루 신부 정도의 나이가 되면 성직자란 불안해해서는 안 되는 법이라는 것이었다. 젊은 부제는 바람을 피하려고 고개를 숙인 채, 자기는 파늘루 신부를 자주 만났기 때문에 그의 변화에 관해서 알고 있다고 말했다. 그의 논문은 훨씬 대담할 것이고, 교회 당국으로부터 인쇄 허가를 받지 못할 것이라 확신했다.

"그의 사상은 대체 뭔가?" 늙은 신부가 물었다.

그들은 안뜰에 도착했고, 바람이 그들을 둘러싸고 비명을 지르며 부제의 말을 끊었다. 그가 말할 수 있을 때가 되자 이렇게만 말했다.

"사제가 의사에게 진료를 받는다면 그건 모순이라는 겁니다."

리외가 파늘루 신부의 설교에 관해 이야기하자, 타루는 전쟁 중에 눈을 잃은 청년의 얼굴을 보고는 신앙을 잃은 신부에 관해서 알고 있다고 말했다.

"파늘루 신부 말이 맞아요. 죄 없는 자가 눈을 잃는 순간, 기독교인이라면 믿음을 잃거나 눈을 잃은 것을 받아들여야 해요. 파늘루 신부는 믿음을 잃고 싶지 않으니까 끝까지 갈 거예요. 그가 하고 싶은 말이 바로 그겁니다."

타루의 이런 관찰은 그 이후에 벌어진 불행한 사건들, 그리고 주변 사람들이 이해하지 못했던 파늘루 신부의 행동을 설명하는 데 도움이 될 수 있을까? 그것은 각자가 판단해야 할 것이다.

설교가 있은 지 며칠 후, 실제로 파늘루 신부는 거처를 옮기느라 분주했다. 전염병이 진행되면서 도시 안에서는 이사가 끊이지 않았다. 타루가 호텔을 떠나 리외의 집에서 머물러야 했던 것처럼 신부도 교구에서 마련해 준 아파트에서 나와 교회 신자이자 아직 페스트에 감염되지 않은 노부인의 집에서 머물러야 했다. 이사하는 동안 신부는 피로와 불안이 커지는 것을 느꼈다. 그 때문에 집주인의 존경을 잃고 말았다. 집주인이 성녀 오딜의 예언이 잘 들어맞는다고 열심히 떠들자, 신부는 아마도 피곤한 탓에, 살짝 귀찮다는 기색을 보였던 것이다. 그 후 그는 노부인에게서 최소한의 중립적인 호의라도 얻기 위해 무진장 애를 써 봤지만 성공하지 못했다. 이미 나쁜 인상을 심어 주고 말았던 것이다. 그래서 매일 밤 신부는 거실에 앉아 있는 안주인의 뒷모습을 가만히 바라보다가, 돌아보지도 않은 채 쌀쌀맞게 "안녕히 주무세요, 신부님." 하는 인사를 떠올리며, 뜨개 레이스가 가득한 자신의 방으로 돌아가야만 했다. 그런 저녁이면 잠자리에 들 때마다 머리가 지끈거리며 며칠 전부터 시작된 미열이 손목과 관자놀이에서 빠져나가는 것을 느꼈다.

그 뒤의 일은 여주인의 말을 통해서만 알려졌다. 어느 아침 그녀는 평소처럼 일찍 일어났다. 얼마 후 신부가 방에서 나오지 않는 것을 알아채고는 놀란 마음에 머뭇거리다가 방문을 두드리기로 결심했다. 그는 밤새 한숨도 못 잔 탓에 아침까지도 침대에 누워 있었다. 그는 압박감을 느꼈고, 평소보다 더 혼란스러워 보였다. 여주인의 말에 따르면 의사를 부르자고 정중하게 설득했지만, 어찌나 매몰차게 거절하는지 섭섭할 정도였다고 한다. 그래서 그대로 방에서 나올 수밖에 없었다. 잠시 후 신부는 여주인을 불렀다. 그는 좀 전의 거친 언사에 대해 사과하고, 아무런 증상도 없으니 페스트에 걸린 것은 아니라며, 일시적으로 피곤한 것뿐이라고 말했다. 노부인은 규정을 신경 쓰느라 그렇게 제안했던 것은 아니고, 자신의 안전은 하느님의 손에 달려 있으니 그런 것은 염두에 두지 않으며, 다만 신부의 건강만을 생각했다고 위엄 있게 대답했다. 자신에게 일부 책임이 있다고 생각한 것이었다. 하지만 그가 아무 말도 없자, 여주인의 말을 믿는다는 가정하에, 그녀는 의무를 다하고 싶어서 신부에게 의사를 부르자고 다시 한번 제안했다고 한다. 신부는 이번에도 거부하면서 이런저런 설명을 덧붙였는데, 노부인에게는 당최 알아들을 수 없는 말이었다. 대충 이해한 바로는, 신부가 자신의 원칙에 맞지 않는다는 이유로 진료를 거부했다는 것이다. 여주인은 고열 때문에 신부가 제대로 생각할 수 없다고 판단해서 차를 가져다주는 것에 만족했다고 한다.

상황이 그러했기 때문에 노부인은 자신이 짊어진 의무를 제대로 이행하기로 결심하고 두 시간마다 신부를 살폈다. 가장 놀랐던 증상은 신부가 열에 들뜬 상태로 하루를 보냈다는 점이다. 그는 이불을 걷어찼다가 다시 끌어당기기를 반복했고 땀에 젖은 이마에다 줄곧 손을 얹었다. 몇 번이고 자리에서 일어나 마른기침을 뱉어 내려 했고, 그럴 때면 마치 목구멍 깊은 곳에 있는 솜뭉치가 뽑히지 않아 숨이 막힌 듯 보였다. 이런 고비가 지나면 그는 완전히 기진맥진해져서 뒤로 넘어가 버렸다. 마침내 몸을 다시 반쯤 일으키고 지금까지의 모든 발작보다 더 맹렬히 정면을 응시했다. 그러나 노부인은 의사에게 전화를 걸었다가 공연히 환자에게서 핀잔을 들을까 봐 망설였다. 발작 증세가 있었지만 단순한 열병일 수도 있다고 생각했다.

그래도 오후에 노부인은 신부와 대화를 시도했다. 횡설수설하며 몇 마디로만 대답했다. 다시 한번 설득했다. 그러자 신부는 몸을 일으켜 반쯤 목이 막힌 상태로 의사에게 가고 싶지 않다고 분명하게 대답했다. 그때 노부인은 다음 날 아침까지 지켜보고 신부의 상태가 호전되지 않으면 랑스도크 통신사가 라디오에서 매일 10여 차례씩 반복해서 내보내는 그 번호로 전화하기로 했다. 항상 자신의 의무에 세심히 신경 쓰고 있던 여주인은 밤에 신부 방에 들어가 그를 지켜볼 생각이었다. 그러나 저녁에 그에게 새로 차 한 잔을 가져다준 후, 잠시 눕는다는 것이 그만 다음 날 새벽에야 일어나고 말았다. 노부인은 신부의 방으로 달려갔다.

신부는 꼼짝도 하지 않고 누워 있었다. 전날에는 그리도 붉던 얼굴이 창백해져 있었고, 표정은 아직 그대로여서 더욱 차이가 뚜렷이 보였다. 신부는 침대 위에 걸려 있는 형형색색의 진주 장식 샹들리에를 보고 있었다. 노부인이 들어오자, 그는 그쪽으로 고개를 돌렸다. 여주인에 따르면 그 순간 그는 밤새도록 병마와 싸워서 반응할 힘마저 잃은 것 같았다고 한다. 신부에게 몸은 어떤지 물었다. 그리고 이상하리만치 무심한 목소리로 몸이 좋지는 않지만 의사를 부를 필요는 없다며 규정대로 병원으로 이송시켜 주기만 하면 될 것 같다고 말했다. 겁에 질린 노부인은 전화기로 달려갔다.

리외는 정오에 도착했다. 여주인의 말을 듣고 나자 그는 파늘루 신부의 말대로 너무 늦은 것일지도 모르겠다고 대답했다. 신부는 여전히 무심한 태도로 그를 맞았다. 리외가 신부를 진찰하고 놀랐던 점은 목이 부어 있고 호흡이 곤란할 뿐 그 외에 선腺페스트나 폐페스트의 주요 증상은 전혀 없다는 것이었다. 어쨌든 맥박이 너무 약했고 전반적으로 건강 상태가 심각해서 가망이 거의 없었다.

"페스트의 주요 증상은 전혀 없어요. 그렇지만 의심되는 점들이 있어서 신부님을 격리해야 해요." 그가 파늘루 신부에게 말했다.

파늘루 신부는 예의상 그렇듯이 이상한 미소를 지을 뿐 아무런 말도 하지 않았다. 리외는 전화를 걸러 나갔다가 돌아왔다. 그는 신부를 바라보며 말했다.

"옆에 있을게요."

신부는 기운을 찾은 듯했고, 온기 같은 것이 되살아난 것 같은 시선으로 의사를 바라봤다. 그는 말하기 힘들어했기 때문에 그 어조가 슬픈 것인지 아닌지 분간할 수가 없었다.

"고마워요. 종교인에게는 친구가 없지요. 모든 것을 신에게 맡겼으니까요." 그가 말했다.

그는 침대 머리맡에 있는 십자가를 달라고 하더니 그것을 손에 쥐고 바라봤다.

병원에서 파늘루 신부는 입을 열지 않았다. 그에게 처방된 모든 치료에 자신을 맡겼지만, 십자가는 놓지 않았다. 그러나 신부의 상태는 여전히 불분명했다. 리외의 머릿속에서는 의심이 사라지지 않았다. 페스트 같기도, 아닌 것 같기도 했다. 얼마 전부터 페스트는 진단을 요리조리 피하는 데 재미가 들린 것 같았다. 그러나 파늘루 신부의 경우, 그 후에 벌어진 일로 인해 이러한 불확실성은 중요하지 않게 되었다.

열이 올랐다. 기침은 점차 더욱 거칠어졌고 온종일 환자를 괴롭혔다. 마침내 저녁이 되자 신부는 목을 막고 있던 솜뭉치를 토해냈다. 그것은 피로 물들어 있었다. 열병이 한창인 가운데 파늘루 신부는 무심한 표정을 짓고 있었고, 다음 날 아침 침대에서 몸을 반쯤 늘어뜨린 채 죽어 있었다. 그의 얼굴에는 아무런 표정도 없었다. 의료 카드에 이렇게 기재했다. '병명 미상'

그해의 만성절*은 여느 때와는 달랐다. 물론 날씨는 예년과 같았다. 그런데 갑자기 날씨가 변하더니 늦더위가 어느덧 선선한 날씨로 바뀌었다. 예년과 마찬가지로 여전히 찬바람은 계속 불고 있었다. 큼지막한 구름이 지평선의 이 끝에서 저 끝으로 흘러가면서 집에 그림자를 드리웠고, 구름이 지나가면 11월 하늘의 선선하고 노란 햇빛이 지붕 위로 쏟아졌다. 그리고 처음으로 비옷을 입은 사람이 나타났다. 번들거리는 천들이 놀랄 만큼 눈에 많이 띄었다. 사실 신문에는 200년 전 남부지방에 페스트가 덮쳤을 때 의사들이 자신을 보호하기 위해 기름칠을 한 옷을 입었던 사실이 보도된 바 있었다. 상인들은 그 기회를 틈타 재고로 남아 있던 상품들을 팔아 치웠고, 그 덕분에 저마다 면역이 생기길 기대하고 있었다.

그러나 계절이 바뀌는 징후도 묘지를 찾는 사람이 없다는 사실을 잊게 하지는 못했다. 예년 같으면 여자들 무리가 친척의 무덤에 헌화하기 위해 국화꽃을 들고 전차를 탔는데, 그럴 때면 차내에는 퀴퀴한 국화꽃 향기가 가득했다. 그런 날은 고인 곁에 가서 수개월 동안 잊은 채 내버려두고 지낸 것에 관해 용서를 비는 날

* 그리스도교의 모든 성인을 기념하는 축일로 11월 1일이다.

이었다. 그러나 그해에는 누구도 죽은 사람을 떠올리고 싶어 하지 않았다. 정확히 말하자면 그들은 이미 죽은 사람들을 지나칠 정도로 오랫동안 생각해 왔던 것이다. 그래서 조금은 후회하고 침울한 마음으로 그들을 찾아갈 필요가 없었다. 그들은 더 이상 1년에 한 번씩 찾아가서 변명해야 하는 버림받은 사람들이 아니었다. 그들은 잊고 싶은 불청객이었다. 그런 이유로 그해 만성절은 적당히 넘어가고 말았다. 타루가 점점 빈정거리듯 말한다고 느꼈던 코타르의 말을 빌리자면 매일이 만성절이었다.

그런데 실상 페스트의 불꽃은 화장터에서 매일 같이 신바람을 내며 타오르고 있었다. 사실 사망자 수가 날마다 증가한 것은 아니었다. 그러나 페스트는 절정 상태에서 편안하게 자리를 잡은 채, 성실한 공무원처럼 매일 저지르는 살인에 정확성과 규칙성을 부여하는 것 같았다. 전문가들의 식견에 따르면 원칙적으로 그것은 좋은 징조였다. 끝을 모르고 상승하던 그래프가 오랫동안 정점에서 안정세를 유지하고 있어서, 예를 들면 의사 리샤르 같은 이에게는 바람직한 현상으로 보이는 것이었다. 그러면서 "좋아, 훌륭한 그래프야."라고 말하는 것이었다. 그는 페스트가 소위 정체기에 도달했다고 생각했다. 이제는 감소하는 일만 남은 것이다. 그는 그런 성과를 예상치 못한 성공을 거둔 카스텔의 혈청 덕으로 돌렸다. 늙은 의사 카스텔은 딱히 부인하지 않았지만 실제로 흐름을 예측할 수 없는 전염병의 역사로 볼 때, 마찬가지로 아무것도 예측할 수 없는 것이라고 생각했다. 도청은 오래전부터 민심이 안정되기를 바랐는데 페스트 때문에 방도를 찾을 수 없었고, 의사들의 의견을 듣기 위해 회의를 진행하자고 제안했지만, 그때 마침 의사 리샤르마저 페스트로, 더구나 전염병이 안정세에 있던 그때 사망하고 말았다.

분명 충격적인 상황이었고 아무것도 확신할 수 없는데도, 리샤르의 사망을 계기로 행정 당국은 처음에 보이던 낙관적 태도에서 모순적일 정도로 이제는 비관적 태도로 돌아섰다. 카스텔은 최대한 공을 들여 혈청을 준비하는 데 전념했다. 어차피 병원이나 검역소로 바꿀 수 있는 공공장소도 더 이상 없었지만, 그래도 도청만은 그대로 남겨 둔 것은 회의를 위한 장소가 필요했기 때문이었다. 전반적으로 볼 때 당시 페스트가 상대적으로 안정기에 도달했기 때문에 리외가 계획한 조직에 손이 모자란 적은 결코 없었다. 의사들이나 보조원들이 온 힘을 다해 노력을 쏟고 있었던 것은 사실이었지만, 그렇다고 해서 그 이상의 노력을 요구하는 상황을 상상해 볼 필요는 없었다. 이렇게 말해도 괜찮다면 초인적인 일들을 규칙적으로 계속해야 했을 뿐이다. 폐페스트의 전염은 마치 바람이 환자의 가슴 속에 불을 붙여 놓고 부채질을 하듯이 도시 전역으로 퍼지고 있었다. 환자들은 피를 토하며 더 빨리 죽었다. 새로운 형태의 전염병이 발생하면서 전염될 위험은 더욱 커졌다. 사실 이 점에 관해서는 전문가들의 의견은 늘 달랐다. 그러나 안전성을 높이기 위해 의료진은 소독한 거즈 마스크를 착용해 왔다. 언뜻 보면 페스트는 확산되어야 할 것 같았다. 그러나 선페스트의 사례가 감소하면서 수평을 맞췄다.

시간이 갈수록 식량 보급이 점차 어려워졌고, 그러면서 또 다른 걱정거리들이 생겨났다. 뒤이어 투기가 성행하면서 시장에서는 기본 생필품도 구하기 어려워졌고, 그에 따라 가격이 폭등했다. 따라서 가난한 가정은 매우 힘든 처지에 놓였지만, 부유한 가정은 부족한 것이라고는 거의 없었다. 페스트는 형평성을 통해 우리 시민들 간의 평등을 효과적으로 강화했어야 했지만, 그러기는커녕 저마다 이기심을 발동시켜서 사람들의 마음속에 부당하다는 감정만 더욱 키웠다. 물론 죽음이라는 완전한 평등이 남아 있었지만, 누구도 그것을 원하지 않았다. 굶주림에 시달리던 가난한 사람들은 향수에 젖어 생활이 자유롭고 빵값이 저렴한 인근 도시와 시골을 그리워했다. 그들은 배불리 먹을 수 없다면 이곳을 떠날 수 있도록 허용해야 한다는 생각마저 들었지만, 논리에 맞지 않는 소리였다. 상황이 그렇다 보니 구호가 생겨서 사방으로 퍼졌는데, 도지사가 지나갈 때면 누군가 소리를 지르기도 했고 벽에 나붙기도 했다. '빵이 아니면 공기를' 이 역설적인 구호는 빠르게 진압되었지만 그 심각성은 누가 봐도 부정할 수 없었다.

당연하게도 신문은 어떻게 해서든 낙관적 논조를 유지하라는 명령을 따랐다. 신문에서는 현재 상황을 '침착과 냉정의 감동적인 사례'라는 한마디 말로 표현하고 있었다. 하지만 폐쇄된 도시에서는 비밀이 금세 탄로가 났고, 말기에 공동체가 보여 준 그 '사례'에 속한 사람은 아무도 없었다. 그리고 그 문제의 '침착과 냉정'은 당국이 마련한 예방 격리소나 격리캠프 중 한 곳만 들어가 봐도 충분히 바로 알 수 있었다. 서술자는 다른 곳에 있어야 했기에 그곳에 가 보지 못했고, 그래서 여기에 타루의 증언을 인용할 수밖에 없다.

실제로 타루는 랑베르와 함께 시립경기장에 설치된 캠프를 방문했던 이야기를 노트에 기록해 놨다. 경기장은 거의 도시 입구에 자리 잡고 있었는데, 한쪽에는 전차가 지나가는 거리가, 다른 한쪽에는 도시가 건설된 고원 끝까지 뻗어 있는 공터가 내다보였다. 원래 높은 콘크리트 벽으로 둘러싸여 있는 곳인지라 네 개의 입구에 보초병을 세워 두기만 하면 되었다. 동시에 높은 담은 밖에 있는 사람들이 호기심으로 인해 갇혀 있는 불행한 사람들을 괴롭히지 못하도록 막아 주기도 했다. 반면 이 불행한 사람들은 보이지 않는 곳에서 전차가 지나가는 소리를 들어야 했고, 이보다 더 크게 웅성거리는 소리가 날 때면 관공서의 출퇴근 시간이라는 것을 짐작하기도 했다. 그렇게 그들이 배제된 세상이 불과 몇 미터 밖에서 계속되고 있었지만, 콘크리트 벽이 갈라놓은 이 두 세상은 서로 다른 두 행성에 있는 것보다 서로에게 훨씬 낯선 곳이라는 사실을 알게 되었다.

타루와 랑베르가 운동장으로 찾아간 날은 일요일 오후였다. 랑베르가 만났던 축구 선수 곤잘레스와 동행했다. 랑베르는 곤잘레스를 다시 찾아내 운동장을 교대로 감시하는 일을 부탁했고, 그가 마침내 받아들였다. 랑베르는 캠프 관리자에게 그를 소개해야 했다. 곤잘레스는 두 사람을 만났을 때, 페스트가 돌기 전이라면 지금쯤에는 바로 시합 전에 옷을 갈아입을 시간이라고 말했다. 지금은 경기장이 공적인 일에 동원되었으므로 이제는 불가능해졌으니, 곤잘레스는 자신을 완전히 할 일 없는 사람으로 여기는 것 같았다. 이런 이유도 있어서 그는 감시 일을 주말에만 하겠다는 조건으로 받아들였다. 하늘은 약간 흐렸는데, 곤잘레스는 코를 벌름거리더니 비도 안 오고 덥지도 않아서 경기하기 딱 좋은 날씨라며 안타까운 마음을 드러냈다. 그는 라커룸의 물파스 냄새며, 쓰러져가는 관람석이며, 황갈색 운동장에서 눈에 띄는 밝은 색깔의 유니폼들이며, 휴식 시간에 마시던, 마른 목을 날카롭게 찌르던 레모네이드 같은 것들을 떠올렸다. 게다가 타루는 곤잘레스가 변두리 지역의 울퉁불퉁한 거리에서도 돌만 보면 발로 차고는 했다고 적고 있다. 그는 돌을 하수구로 곧장 날려 보내려고 했는데, 그것이 성공하면 '1대 0'이라고 외쳤다. 또한 담배를 다 태우면 곧장 꽁초를 자기 앞에다 떨어뜨리고는 허공에서 발로 재빨리 차 냈다. 운동장 근처에서 놀던 아이들이 지나가던 그들을 향해 공을 보내자, 곤잘레스는 정확히 아이들에게 공을 돌려보냈다.

그들은 마침내 운동장에 들어갔다. 관람석은 사람들로 가득했다. 그러나 땅은 수백 개의 붉은 천막으로 덮여 있었고, 그 안에 있는 침구와 보따리 들이 멀리서도 보였다. 격리자들이 더위나 비를 피할 수 있도록 관람석을 그대로 두었다. 다만 해가 지면 그들은 천막으로 돌아가야 했다. 관람석 아래에는 새로 설치한 샤워실이 있었고, 선수들이 라커룸으로 쓰던 곳은 사무실과 의무실로 바뀌었다. 격리자 대부분이 관람석에 모여 있었다. 다른 사람들은 이리저리 배회했다. 어떤 사람들은 천막 입구에 웅크리고 앉아서 멍하니 이 모든 것을 바라보고 있었다. 관람석에서는 많은 사람이 무언가를 기다리는 듯 주저앉아 있었다.

"이 사람들은 낮에 뭘 하나요?" 타루가 랑베르에게 물었다.

"아무것도 안 해요."

실제로 거의 모든 사람이 팔을 건들거리고 있었지만 손에 쥔 것은 아무것도 없었다. 이 거대한 군집은 이상할 정도로 조용했다.

"처음에는 말소리가 잘 들리지 않을 정도였어요. 그런데 날이 갈수록 말수가 줄어들더군요." 랑베르가 말했다.

그의 기록을 보면 그들을 이해할 수 있었다. 처음에는 천막 안에 빽빽하게 모여서 파리 소리를 듣거나 몸을 긁적이며 시간을 보내다가, 자기 이야기를 가만히 들어 주는 사람을 만나면 분노나 공포에 관해 떠들어 대는 것을 볼 수 있었다고 했다. 캠프가 초만원이 된 후로는 그들에게 귀 기울이는 사람이 점점 줄어들었다. 그래서 결국 입을 다물고 서로 경계할 수밖에 없었다. 실제로 불신 같은 것이 잿빛으로 빛나는 하늘에서 붉은 캠프 위로 떨어지고 있었다.

그렇다, 다들 경계하는 표정이었다. 강제로 격리된 사람들이기 때문에 이유가 없지도 않았다. 그래서 스스로 이유를 찾고는 두려운 표정을 보인 것이다. 타루가 봤던 사람들은 모두 멍한 눈빛을 하고 있었고, 자신이 이룬 삶으로부터 완전히 격리되어 고통받는 것처럼 보였다. 그렇다고 계속 죽음만 생각할 수는 없는 노릇이었기 때문에 아무것도 생각하지 않았다. 그들은 휴가 중이었다. 타루는 이렇게 쓰고 있다.

> 최악은 그들이 잊힌 사람들이라는 것과 그들 또한 그 사실을 알고 있다는 것이었다. 그들을 아는 사람들은 다른 생각을 하느라 그들을 잊었고, 그것은 이해할 만한 일이었다. 그들을 사랑하는 사람들 역시 그들을 캠프에서 빼내기 위해 계획을 세우고 절차를 밟느라 지칠 수밖에 없었기 때문에 그들을 잊기도 했다. 탈출시킬 생각만 하다 보니 탈출시켜야 할 사람들에 관해서는 생각하지 않았다. 그것도 당연한 일이었다.
>
> 그리고 결국 우리는 최악의 불행 속에서 누군가를 생각한다는 것은 진정 불가능하다는 것을 깨닫게 된다. 누군가를 진정으로 생각한다는 것은 집안일, 날아다니는 파리, 식사, 가려움에도 정신이 팔리지 않고 매 순간 생각하는 것이다. 그러나 파리나 가려움 같은 것은 여전히 존재한다. 그래서 인생은 살기 힘든 것이다. 그리고 그들도 그 사실

을 너무나 잘 알고 있다.

그들에게 돌아온 관리자가 오통 씨가 그들을 만나고 싶어 한다고 말했다. 그는 곤잘레스를 자신의 사무실로 안내한 다음 두 사람을 관람석 구석으로 데려갔다. 홀로 앉아 있던 오통 씨가 일어나 그들을 맞았다. 그는 여전히 같은 옷차림을 하고 있었는데, 셔츠 목깃이 빳빳한 것도 여전했다. 타루는 그의 관자놀이에 있는 털들이 대부분 곤두서 있고, 구두의 한쪽 끈이 풀린 것만 눈에 들어왔다. 판사는 피곤해 보였고, 말하는 동안 한 번도 상대방의 얼굴을 똑바로 쳐다보지 않았다. 그는 만나서 반갑고, 리외 선생에게 신세를 많이 졌는데 감사하다는 말을 전해 달라고 했다.

두 사람은 잠자코 있었다.

"필립이 너무 힘들게 가지 않았길 바랍니다." 판사가 잠시 뜸을 들인 후 말했다.

타루가 그의 아들의 이름을 들은 것은 그때가 처음이었고, 무언가 달라졌다는 것을 알 수 있었다. 지평선 위로 태양이 가라앉고 있었고, 구름 사이로 빠져나온 햇볕이 관람석을 비춰서 세 사람의 얼굴은 금빛으로 빛났다.

"아니에요. 그렇게 힘들지는 않았어요." 타루가 말했다.

그들이 자리를 떠나자 판사는 해가 비추는 방향을 계속 바라보고 있었다.

그들은 곤잘레스에게 인사를 하러 갔다. 그는 교대표를 보고 있었다. 선수는 웃으면서 악수를 했다.

"적어도 라커룸은 찾았어. 이게 어디야." 그가 말했다.

얼마 지나지 않아 관리자가 타루와 랑베르를 다시 데려가고 있었는데, 관람석에서 '찍찍' 하는 잡음이 크게 들렸다. 좋았던 시절에 경기 결과나 팀을 소개하는 데 사용되었던 확성기가 이제는 격리자들에게 천막으로 돌아가 저녁 식사를 배급받으라고 알리고 있었다. 사람들은 느릿느릿 관람석을 떠나 발을 질질 끌며 천막 쪽으로 걸어갔다. 모두가 돌아가자, 기차역에서나 볼 법한 소형 전기 자동차 두 대가 큰 냄비를 싣고 천막 사이를 지나갔다. 사람들이 팔을 내밀자 큼지막한 냄비에 국자를 푹 담갔다가 두 국자를 퍼서 반합에 덜어 줬다. 차는 다시 움직였다. 그리고 다음 천막에서 똑같이 나눠 줬다.

"과학적이네요." 타루가 관리자에게 말했다.

"네, 과학적이지요." 관리자가 만족스러운 듯 대답하며 악수했다.

황혼이 깃들고 있었고 하늘은 맑았다. 부드럽고 시원한 빛이 천막을 비췄다. 고요한 저녁, 사방에서 숟가락과 접시가 부딪치는 소리가 들려왔다. 천막 위로 박쥐들이 날아다니다가 갑자기 사라졌다. 벽 반대편에서는 전차가 선로를 변경하면서 비명을 질렀다.

"판사가 참 안되었네. 내가 뭔가를 좀 해 줘야겠는데. 뭘 도울 수 있을까?" 타루가 중얼거렸다.

이런 캠프가 여러 개 있었지만, 서술자는 조심스럽기도 하고 직접적으로 아는 바가 없어서 더 이상 언급할 수 없다. 그나마 말할 수 있는 것은 이러한 캠프의 존재, 거기서 풍겨 오는 사람 냄새, 해 질 녘 들려오는 확성기 소리, 비밀스러운 벽, 버림받은 장소에 관한 공포 같은 것들이 시민들의 사기를 무겁게 짓누르면서 낙담과 불안은 더욱 커졌다는 것이다. 당국과의 마찰과 충돌도 더욱 심해졌다.

11월 말이 되자, 아침에는 꽤 추웠다. 억수 같은 비가 쏟아져 도로를 흠뻑 적셔 씻어 냈고 하늘은 맑게 닦였으며 빛나는 거리 위로는 구름 한 점 없었다. 매일 아침 힘을 잃은 태양이 도시에 반짝이는 햇빛을 퍼뜨렸다. 저녁이 되면 오히려 공기는 다시 훈훈해졌다. 타루가 의사 리외에게 자신을 조금 보여 주기로 결심한 것은 바로 그때였다.

길고 고된 하루를 보낸 어느 날, 밤 10시쯤 리외가 늙은 천식 환자의 집으로 왕진하러 가는 데 타루가 동행했다. 하늘이 구시가지의 집들 위로 부드럽게 빛나고 있었다. 어두운 교차로에서는 미풍이 소리 없이 불었다. 한적한 거리를 걷다가 두 남자는 노인의 수다와 맞닥뜨리게 되었다. 그는 불평해 대는 놈들이 많다는 둥 늘 똑같은 놈들만 수지맞는다는 둥 위험한 짓을 하다가는 큰 화를 입는다는 둥, 그다음에는 손을 긁으면서 무슨 소동이 벌어질 거라는 둥 리외가 치료하는 동안 쉬지 않고 떠들어 댔다.

그들은 위층에서 사람들이 걸어 다니는 소리를 들었다. 타루가 궁금해하는 것 같았는지 환자의 아내는 이웃집 여자들이 테라스에 나와 있는 것이라고 설명했다. 테라스에서 아름다운 경치를 볼 수 있고, 서로 이어져 있어서 이웃집 여자들이 밖에 나가지 않고도 서로의 집을 오갈 수 있다는 것도 알게 되었다.

"맞아, 한번 올라가 보시구려. 거긴 공기도 좋으니까." 노인이 말했다.

올라가 보니 테라스에는 아무도 없었고 의자 세 개만 놓여 있었다. 한쪽으로는 멀리까지 테라스가 줄지어 보였고, 그 끝에는 컴컴한 돌덩어리가 드러나 있었는데, 그것이 첫 번째 언덕이었다. 반대편으로는 몇몇 거리와 보이지 않는 항구 너머로 하늘과 바다가 희미한 불빛으로 뒤섞여 있는 수평선이 보였다. 절벽이라고 알고 있는 그 너머로 어디서 나오는지 모를 한 줄기 불빛이 규칙적으로 나타났다가 사라지고는 했다. 봄부터 다른 항구로 돌려보내는 선박을 위해 등대는 계속 불빛을 비추고 있었다. 바람에 닦여 윤기가 나는 하늘에서 투명한 별들이 빛나고, 등댓불이 먼 곳까지 비추면서 하늘에 회색빛이 지나갔다. 향료와 돌 냄새가 미풍에 실려 왔다. 완전히 침묵에 잠겨 있었다.

"좋군요." 리외가 앉으면서 말했다. "마치 페스트는 존재하지 않는 것 같아요."

타루는 돌아서서 바다를 바라봤다.

"네, 좋네요." 잠시 후 그가 대꾸했다.

그는 의사 옆으로 와서 앉더니 조심스럽게 의사를 바라봤다.

하늘에서 불빛이 세 번 나타났다. 그릇이 깨지는 소리가 거리 안쪽에서 들려왔다. 어느 집에선가 문이 닫히는 소리가 들렸다.

"리외 씨." 타루는 평소처럼 자연스럽게 말했다. "제가 누구인지 알려고 하신 적이 없었지요? 저를 친구로는 생각하시나요?"

"네, 친구라고 생각해요. 다만 여태껏 우리에게는 그럴 시간이 부족했던 거지요." 의사가 대답했다.

"그렇다면 다행이네요. 그럼 지금 친구로서 함께하는 시간인 건가요?"

대답 대신 리외는 미소를 지었다.

"자, 그럼…."

멀리 떨어진 어떤 거리에선가 자동차 한 대가 젖은 노면에서 오랫동안 미끄러지는 것 같았다. 자동차가 멀어진 후 고함 소리가 들려오면서 침묵이 깨졌다. 그런 다음 침묵이 하늘과 별의 무게만큼 두 사람에게 다시 내려앉았다. 타루는 여전히 의자에 웅크리고 앉아 있는 리외를 바라보더니 일어나서는 테라스 난간에 걸터앉았다. 그의 모습은 하늘을 배경으로 실루엣을 그리고 있는 거대한 형체로밖에는 보이지 않았다. 그는 오랫동안 말을 이었고, 그 이야기를 재구성해 보면 다음과 같다.

간단히 말하자면 리외 씨, 나는 이 도시와 페스트를 알기 오래전부터 이미 페스트 때문에 힘들었어요. 말하자면 나도 남들과 마찬가지라는 것이지요. 페스트를 모르는 사람들도 있고 페스트가 있어서 좋다는 사람들도 있고 페스트가 있다는 것을 알고 빠져나가려는 사람도 있어요. 저는 항상 빠져나가려고 했습니다.

저는 젊었을 때 제가 결백하다고 생각했어요. 아무 생각 없이 살았던 것이지요. 쉽게 괴로움을 느끼는 타입이 아니었기 때문에 사회생활도 그런대로 잘했어요. 저한테는 모든 일이 순조로웠어요. 머리도 좋았고 여자들도 잘 따랐고요. 어쩌다 불안하기는 했어도 이내 사라졌지요. 그러다가 어느 날은 곰곰이 생각해 봤어요. 이제는….

말해 두자면 저는 선생님처럼 가난하지 않았어요. 제 아버지는 차장검사였는데 상당한 지위였지요. 아버지는 티는 내지 않았지만 선한 사람이었어요. 어머니는 소박하고 겸손한 분이었고요. 저는 어머니를 무척 사랑했어요. 그렇지만 그런 이야기는 하고 싶지 않군요. 아버지는 저를 애지중지하며 키워 주셨는데, 언제나 저를 이해하려고 노력하셨던 것 같아요. 아무래도 아버지는 밖에서 바람을 피우신 모양이었어요. 그것 때문에 화가 난 적은 결코 없어요. 아버지는 언제나 예상 가능한 행동을 하셨고, 그래서 누구도 놀라는 법이 없었어요. 간단히 말하자면 그리 튀는 분은 아니었던 것이지요. 아버지가 돌아가시고 난 지금 생각해 보면 성인처럼 사시진 않았지만, 나쁜 사람은 아니었다고 생각해요. 모든 면에서 중간이었던 것이지요. 그런 유형의 사람에게 우리는 적당한 애정을 느끼고 애정을 오래 유지하게 되지요.

그런 아버지에게도 특이한 점이 딱 하나 있었어요. 《전국 철도 여행 안내》를 항상 침대 머리맡에 두었다는 점이지요. 아버지는 휴가 때마다 작은 별장이 있는 브르타뉴에 가는 것 빼고는 여행을 다니는 분이 아니셨어요. 그러면서도 파리-베를린 간의 열차 출발 시각과 도착 시각, 리옹에서 바르샤바까지 가려면 어디서 언제 갈아타야 하는지, 이 수도에서 저 수도까지 정확한 주행거리는 얼마인지 정확하게 알고 계셨어요. 브리앙송에서 샤모니까지 어떻게 가는지 알고 계시나요? 아마 역장들도 모를 겁니다. 하지만 아버지는 막힘없이 대답하고는 했어요. 이런 지식을 쌓기 위해 아버지는 매일 밤 연구했고, 그것을 오히려 자랑스럽게 여기시더군요. 저는 그게 너무 재밌었어요. 그래서 종종 질문을 하고,《전국 철도 여행 안내》에서 아버지의 대답을 확인하면서 실수하지 않으셨다는 것을 알 수 있었지요. 그런 소소한 연습들 덕분에 부자 관계는 더할 나위 없이 좋아졌어요. 제가 청중이 되어 드렸고, 그런 저의 선의에 아버지가 고마워하셨거든요. 저 역시도 철도의 우수성에 또 다른 가치가 있다는 것을 알게 되었어요.

말을 하다 보니, 이 정직한 분을 지나치게 중요한 인물로 만들까 봐 걱정되네요. 어쨌든 제가 어떤 결정을 내려야 할 때 간접적으로만 영향을 미쳤기 때문이에요. 고작 저에게 어떤 계기를 주신 것뿐이에요. 제가 열일곱 살이었을 때 아버지는 저에게 재판을 방청해 보라고 하셨어요. 그때 중죄재판소에서는 중대한 사건을 다루고 있었는데, 아버지는 분명 최고의 모습을 보여 줄 수 있다고 생각하셨을 거예요. 저 또한 그런 의식이 젊은 사람의 상상력을 자극하고, 아버지가 선택한 직업을 저 또한 선택하도록 아버지가 밀어붙이려는 거구나, 하고 생각했어요. 저는 그러겠다고 했어요. 그러면 아버지가 좋아하실 것 같았고, 집에서만 보던 모습이 아닌 다른 모습도 보고 싶었기 때문이에요. 별다른 이유는 없었어요. 그전까지만 해도 저는 법정에서 일어나는 일들이 혁명 기념일 열병식이나 시상식처럼 자연스럽고 불가피한 것처럼 보였어요. 그저 추상적으로만 생각했기 때문에 꺼려질 것도 없었지요.

하지만 그날 일이라면 죄인의 모습 하나만 기억하고 있어요. 그가 실제로 유죄라고 믿었지만 문제는 그게 아니었어요. 죄인은 나이는 삼십대 정도였고, 빨간 머리에 키가 작았는데, 자기가 저지른 짓과 앞으로 자신에게 일어날 일에 진심으로 겁을 먹고 모든 것을 인정하기로 결심한 것 같았어요. 몇 분이 흐른 뒤 그 사람에게만 눈이 갔어요. 그는 마치 너무 강한 빛에 겁먹은 올빼미 같았지요. 넥타이 매듭은 셔츠 깃 각도에 딱 들어맞지 않았고, 오른손의 손톱을 물어뜯고 있었는데…. 어쨌든 더 이야기하진 않을게요. 이만하면 선생님도 그가 살아 있는 사람이었다는 것은 이해하실 테니까요.

그런데 그때까지 제가 그 사람을 '피고'라는 편리한 범주에서만 생각하고 있다는 것을 문득 깨달았어요. 그때 아버지를 까맣게 잊고 있었던 것은 아니지만 뱃속을 조이는 무언가가 그 피고에게만 관심을 쏟게 만들었거든요. 아무것도 제 귀에 들어오지 않았어요. 사람들이 말을 제대로 들어 보지도 않고 살아 있는 사람을 죽이려 한다는 생각이 들자, 파도와 같은 엄청난 본능이 일어나서 나를 밀어 버리는 것 같았어요. 정신을 차린 건 아버지가 구형을 내릴 때였어요.

붉은 법복을 입은 아버지는 선량하지도 다정하지도 않았고, 입에서는 엄청난 문장들이 마치 뱀처럼 끝도 없이 튀어나왔어요. 아버지가 사회의 이름으로 그 남자에게 사형을 구형하고, 목을 치라고 요구하고 있다는 것을 알게 되었지요. 아버지는 실제로 "저 머리는 땅으로 떨어져야 마땅합니다."라고 말할 뿐이었지요. 결국에는 그게 그거였어요. 아버지는 그 머리를 얻었으니까요. 단지 그 일을 할 사람이 아버지가 아니라는 것뿐이지요. 저는 재판이 끝날 때까지 그 사건을 계속 지켜봤고, 그 불행한 남자에게 아버지라면 느끼지 못할 극도의 친밀감을 느꼈어요. 하지만 아버지는 관례에 따라, 정중하게는 최후의 순간이라고 하지만 가장 비열한 살인이라고 불러 마땅한 그 처형에 참석하셨을 거예요.

그날부터 저는 《전국 철도 여행 안내》를 볼 때마다 지독한 혐오를 느꼈어요. 또 그날부터 정의, 사형 선고, 형 집행에 관해 엄청난 공포를 느끼면서 관심을 가지게 되었고, 아버지가 형이 집행되는 날에는 반드시 새벽 일찍 일어났다는 사실을 알고 현기증마저 느꼈지요. 그런 날이면 아버지는 자명종을 맞춰 놓으셨어요. 이런 이야기를 섣불리 어머니한테 할 수는 없었지만, 그때 어머니를 더 주의 깊게 살펴보게 되었지요. 그랬더니 두 분 사이에 남은 것은 더 이상 아무것도 없으며 어머니가 체념한 삶을 살고 있다는 것을 알게 되었어요. 전에 제가 말했듯이 그런 점이 어머니를 용서하는 데 도움이 되기도 했지요. 나중에야 어머니를 용서할 것은 하나도 없었다는 것을 알게 되었지요. 왜냐하면 어머니는 결혼할 때까지 평생 가난하게 살았고 가난에서 체념을 배우셨거든요.

선생님은 아마도 제가 바로 집을 떠났을 거라 짐작하실 거예요. 그러진 않았고, 몇 달, 거의 일 년은 더 집에서 지냈어요. 하지만 마음에 병이 들었지요. 어느 날 아버지가 일찍 일어나야 하니 자명종을 가져오라고 하셨어요. 그날 밤, 저는 밤새도록 잠을 이루지 못했습니다. 다음 날 아버지가 집에 돌아오시기 전에 집을 나왔어요. 그 후에 일어난 일을 바로 이야기하자면, 아버지가 저를 찾으셨고 아버지를 만나러 갔어요. 가서는 아무 설명 없이 아버지가 강제로 집으로 들어가게 만들면 죽어 버리겠다고 담담하게 말했어요. 아버지는 천성적으로 온화했기 때문에 결국 제 뜻을 받아들이시면서 제멋대로 사는 것은 어리석은 짓이라고 말씀하시고(아버지는 제 행동을 그렇게 말했고, 저는 굳이 설명하려 들지 않았어요.), 수많은 조언을 하시면서 진심에서 우러나온 눈물을 참으셨어요. 그런 후 꽤 시간이 지나서 어머니를 정기적으로 만나러 갔다가 아버지와 마주쳤어요. 아버지는 그런 관계로 만족하셨던 것 같아요. 저로서는 아버지에 대해서 어떤 적개심도 없었고, 그저 서글픈 마음만 있었어요. 아버지가 돌아가신 후 어머니를 모시고 살았는데, 어머니가 돌아가시지 않았다면 지금도 같이 살고 있을 거예요.

제가 이렇게 길게 서두를 늘어놓는 것은 사실 그게 모든 것의 시작이기 때문이에요. 지금부터는 빨리 이야기할게요. 부유하게 살다가 열여덟 살에 처음으로 빈곤을 겪었어요. 돈을 벌기 위해서 오만가지 일을 다 해 봤지요. 성과가 나쁘지는 않았어요. 하지만 제가 관심 있는 것은 사형 선고였어요. 저는 그 빨간 머리 올빼미와 결판을 내고 싶었어요. 그래서 흔히 말하는 정치에 뛰어들었어요. 저는 페스트 환자가 되고 싶지는 않았던 것뿐이에요. 내가 살고 있는 이 사회가 사형을 선고하는 사회였으니, 그에 맞서 싸우면 살인과 싸우는 것이라고 믿었어요. 저는 그렇게 믿었고 다른 사람들도 저에게 그렇게 말했는데 결국 대부분이 사실이었어요. 그래서 제가 사랑하고 사랑하기를 멈추지 않는 사람들과 함께 일했어요. 오랫동안 그들과 함께했지요. 제가 투쟁을 함께하지 않은 나라는 유럽에서는 없어요. 그럼, 다음으로 넘어갈게요.

물론 우리 또한 사형 선고를 내릴 때가 있다는 건 잘 알고 있었어요. 더 이상 아무도 죽이지 않는 세상을 만들려면 몇 명의 죽음은 필요하다고들 하더군요. 그건 어떤 면에서는 사실이었지만 결국 저에게는 이런 종류의 진실을 품고 갈 능력이 없었는지도 몰라요. 확실한 것은 제가 망설였다는 거예요. 하지만 저는 그 올빼미를 줄곧 생각하고 있었고, 그 생각은 멈추지 않을 것 같았어요. 헝가리에서 사형을 집행하는 것을 봤던 그날까지 말이에요. 아이였던 나를 사로잡았던 그 현기증이 어른이 된 내 눈을 캄캄하게 만들었어요.

사람이 총살당하는 모습을 보신 적 있나요? 물론 없으시겠지요. 보통 초청을 받아야 해서 참석자가 미리 정해지게 되지요. 그래서 사람들이 판화나 책에서나 볼 수 있게 된 것이지요. 눈가리개, 말뚝, 그리고 멀찌감치 서 있는 군인 몇 명, 이런 모습으로요. 천만에요. 총살 집행반이 사형수로부터 백오십 센티미터 떨어져 있다는 사실을 아시나요? 사형수가 두 걸음만 앞으로 나오면 가슴에 총부리가 닿게 된다는 사실을 알고 계셨나요? 그 짧은 거리에서 소총병들이 심장 부위에 집중사격하고, 그중에 큰 총알은 주먹이 들어갈 만큼 큰 구멍을 몸에 만든다는 것을 알고 계세요? 모르시겠지요. 그런 일을 자세히 말하는 법은 없으니 선생님도 모르셨겠지요. 페스트 환자들에게는 생명보다 인간의 잠이 더 신성해요. 우리는 선량한 사람들의 잠을 방해해서는 안 됩니다. 그걸 방해하려면 악취미가 있어야 하는 법이고, 취미란 고집을 부리지 않는 것임을 모두가 알고 있어요. 그런데 저는 그때 이후로 잠을 잘 자지 못하고 있어요. 악취미를 버릴 수 없었고 여전히 고집을 부리고 있어요. 다시 말하자면 그 생각을 멈추지 않고 있는 것이지요.

그때 저는 적어도 제 온 영혼을 다해 페스트와 싸우고 있다고 믿었던 긴 세월 동안 계속 전염병 환자로 살아왔다는 것을 깨달았어요. 수천 명의 죽음에 간접적으로 동의했고, 심지어 죽음을 초래할 수밖에 없는 행동이나 원칙을 바람직하다고 여기면서 나 자신이 그러한 죽음을 부추겼다는 사실도 알았지요. 다른 사람들은 그런 것에 신경 쓰지 않는 것 같았어요. 적어도 자발적으로 그런 이야기를 꺼낸 적은 없었어요. 저는 목이 멜 정도로 괴로웠어요. 그들과 함께였지만 여전히 혼자인 셈이었지요. 이런 거북한 마음을 다른 사람들에게 드러내면 그들은 무엇이 문제인지 잘 생각해 보라면서, 아무리 애를 써도 삼킬 수 없는 것을 삼키게 만드는 감동적인 이유를 내세웠어요. 하지만 위대한 페스트 환자들, 즉 붉은 법복을 입은 사람들도 나름의 이유가 있고, 군소 페스트 환자들이 내세우는 불가항력의 이유와 요청을 내가 인정한다면 위대한 페스트 환자들의 요구 또한 거부할 수 없다고 대답했어요. 그랬더니 붉은 법복을 입은 사람들이 옳음을 인정하는 태도는 곧 사형 선고를 내리는 권한을 전적으로 일임한 것이라고 지적하더군요. 하지만 저는 한번 양보하기 시작하면 끝도 없다고 생각했어요. 내가 옳았다는 것을 역사가 증명한 것 같아요. 이제는 누가 더 많이 죽이는지 경쟁하는 것 같으니까요. 그들은 모두 살인에 빠져 있어요. 달리 방도가 없는 것이지요.

어쨌든 제 문제는 이치를 따지는 문제가 아니었어요. 문제는 붉은 머리 올빼미였고 더러운 사건이었어요. 페스트에 감염된 입이 쇠사슬에 묶인 남자에게 사형 선고를 내리고 죽음에 이르기까지 전부 계획된 그 더러운 모험 말입니다. 그 남자는 살해당할 그날을 뜬눈으로 기다리면서 고통스러운 시간을 보내는 것이지요. 제 문제는 가슴에 난 구멍이었어요. 그래서 저는 저 구역질 나는 도살장을 단 한 번이라도 정당화하는 것을 거부하겠다고 생각했어요. 그렇습니다. 그렇게 더 명확하게 볼 수 있을 때까지 고집스럽고 맹목적인 자세를 지켜 나갈 거예요.

그 이후로 변한 게 없어요. 아무리 간접적이고, 아무리 선의에서 시작된 것이라고 할지라도 나 역시 살인자였다는 사실에 오랫동안 부끄럽고 또 부끄러웠어요. 시간이 지나면서 저는 다른 사람들보다 나은 사람들조차도 오늘날 죽이거나 죽임을 당하지 않을 수 없다는 것을 깨달았어요. 왜냐하면 그런 논리 속에서 살고 있고, 사람을 죽이지 않으면 이 세상에서는 꼼짝도 할 수 없기 때문이지요. 그래요. 저는 계속 수치심을 느꼈어요. 우리 모두가 페스트 속에 있다는 것을 깨달았어요. 그래서 평화를 잃었지요. 저는 오늘도 평화를 찾아서 모두를 이해하고 누구에게도 치명적인 적이 되지 않으려고 노력하고 있어요. 저는 다시 전염병 환자가 되지 않기 위해서는 필요한 일을 해야 하고, 그래야 우리가 평화를 되찾을 수 있으며, 평화가 아니라면 적어도 떳떳한 죽음을 바랄 수 있는 유일한 것임을 이제는 알고 있어요. 이것이 사람들을 구원할 수 있고, 구원하지 못하더라도 최소한 그들에게 해를 끼치지 않고 가끔은 조금이라도 도움이 될 겁니다. 그렇기에 좋은 이유든, 나쁜 이유든, 어떤 형태로든 죽음을 초래하거나 그런 행위를 정당화하는 모든 것을 거부하기로 한 거예요.

그러므로 이 전염병이 가르쳐 준 것이라고는 선생님과 함께 싸워야 한다는 것 말고는 아무것도 없어요. 저는 모든 사람이 자신 안에 전염병을 가지고 있다고 확신해요(맞아요, 리외 씨, 저는 인생에 관해 모르는 것이 없어요.). 왜냐하면 누구도 페스트 앞에서 무사하지 않으니까요. 그리고 방심하는 순간 다른 사람의 얼굴에 입김을 뿜어서 전염시키지 않도록 자신을 항상 감시해야 해요. 병균이 그러는 것은 자연스러운 일이니까요. 그 외에 휴식, 건강, 청렴, 순수는 결코 멈춰서는 안 되는 의지예요. 거의 아무도 감염시키지 않은 정직한 사람은 가능한 한 방심하지 않도록 주의하는 사람이에요. 주의가 산만해지지 않으려면 의지와 긴장감이 필요하니까요! 그렇습니다, 리외 씨. 페스트 희생자가 되는 것은 정말 피곤한 일이에요. 하지만 페스트 희생자가 되지 않으려는 것은 더 피곤한 일이지요. 그래서 최근에 모두가 피곤해 보이는 것이고요. 오늘날에는 누구나 어느 정도는 페스트 환자이기 때문이에요. 그런 이유로 죽음이 아니면 그런 상태에서 해방될 것 같지 않은 극도의 피로를 경험하는 것이지요.

그러다 보니 더 이상 제가 이 세상에 쓸모가 없고, 살인을 포기한 순간부터 결정적으로 추방을 선고받았다는 사실을 알게 되었어요. 역사는 다른 사람들이 만들어 가겠지요. 제가 그 사람들을 평가할 수 없다는 것도 알아요. 합리적인 살인자가 되기에는 자질이 부족하니까요. 그러니까 이것은 우월성이 아니에요. 하지만 저는 나 자신이 되고자 했고 겸손을 배웠어요. 이 땅에 재앙과 희생자가 있고, 우리는 가능한 한 재앙 편에 서는 것을 거부해야 한다는 말씀을 드리고 있는 겁니다. 이런 이야기가 선생님께 조금 단순해 보일 수 있습니다. 단순한지 아닌지는 모르겠지만 그것이 진실이라는 것은 알고 있어요. 저는 그럴듯한 추론을 자주 들었어요. 그런 추론들 때문에 머리가 이상해질 뻔했고, 다른 사람들도 살인에 동의할 만큼 머리가 돌아 버렸어요. 그래서 인간의 모든 불행은 명확하게 말하지 않는 데에서 시작된다는 것을 깨달았어요. 그 때문에 나는 명확하게 말하고 행동하여 올바른 길로 나아가기로 마음먹었습니다. 그렇기에 전염병과 희생자만 있을 뿐 그 이상은 말하지 않아요. 그러다가 저 자신이 재앙이 된다고 할지라도 적어도 그 재앙에 동조하지는 않을 겁니다. 차라리 결백한 살인자가 되고 싶습니다. 보시다시피 그리 큰 야심은 아니에요.

물론 진정한 의사라는 세 번째 범주도 필요하겠지만 흔히 만날 수 있는 것도 아니고, 진정한 의사가 되기도 쉽지 않을 거예요. 그런 이유로 피해를 최소화하기 위해 항상 희생자들 옆에 있기로 한 거예요. 희생자들 곁에 있어야 적어도 우리가 어떻게 세 번째 범주, 즉 마음의 평화에 도달할 수 있을지 알 수 있어요.

타루는 말을 마치면서 다리를 흔들어 발로 테라스를 가볍게 툭툭 쳤다. 잠시 침묵이 흐른 뒤, 의사는 몸을 약간 일으키면서 타루에게 마음의 평화를 얻기 위해 어떤 길을 택해야 하는지 생각해 봤느냐고 물었다.

"그럼요, 바로 공감이지요."

멀리서 구급차 사이렌이 두 번 울렸다. 조금 전만 해도 희미하게 들리던 절규가 도시의 끝자락에 있는 돌 많은 언덕 근처로 다시 모여들고 있었다. 동시에 폭발음 같은 것이 들렸다. 그 후 침묵이 찾아왔다. 리외는 등대가 불을 두 번 깜빡이는 것을 바라보고 있었다. 바람이 점점 강해지는 것 같더니, 동시에 바다에서 불어온 바람에 소금 냄새가 실려 왔다. 절벽에 부딪히는 파도의 숨소리가 뚜렷하게 들렸다.

"결국." 타루가 솔직하게 말했다. "제가 관심 있는 것은 사람이 어떻게 성인이 될 수 있는가예요."

"하지만 신을 믿지 않잖아요."

"바로 그렇기 때문이지요. 하느님 없이 성인이 될 수 있을까, 하는 것이 제가 아는 유일한 구체적인 문제예요."

고함 소리가 들리던 쪽에서 갑자기 큰 빛이 터져 나왔고 어렴풋한 함성이 바람을 거슬러 두 사람에게 들려왔다. 빛은 곧 약해졌고 멀리 테라스 가장자리에는 불그스름한 빛만 남아 있었다. 바람이 잦아들자, 사람들의 비명, 뒤이은 총소리, 군중의 함성이 또렷하게 들려왔다. 타루는 자리에서 일어나 귀를 기울였다. 더 이상 아무 소리도 들리지 않았다.

"시 입구에서 또 싸움이 벌어졌나 보네요."

"이제 끝났나 봅니다." 리외가 말했다.

타루는 그건 절대로 끝나지 않았다고, 여전히 피해자가 있을 것이라고 중얼거렸다. 그것이 세상의 이치라고 중얼거렸다.

"그럴지도 모르지요." 의사가 대답했다. "아시겠지만 저는 성인들보다 패배자들에게 연대감을 더 많이 느껴요. 저는 영웅주의나 성인 같은 건 좋아하지 않거든요. 제가 관심 있는 것은 인간이 되는 거예요."

"네, 우리는 같은 것을 추구하고 있지만 제가 야심이 덜할 뿐이지요."

리외는 타루가 농담을 하고 있다고 생각하면서 그를 바라봤다. 그러나 하늘에서 내려온 희미한 빛 속에서 그의 슬프고도 진지한 얼굴이 보였다. 다시 바람이 불었고, 리외의 피부에 닿은 바람이 미지근했다. 타루는 몸을 움직였다.

"우정을 위해서 우리가 뭘 해야 하는지 아세요?" 그가 물었다.

"원하시는 대로 하지요." 리외가 대답했다.

"해수욕이에요. 미래의 성인에게 걸맞은 즐거움이지요."

리외는 웃었다.

"통행증이 있으면 부두에 갈 수 있어요. 결국 전염병 속에서 사는 것은 너무 어리석은 일이에요. 물론 인간은 희생자들을 위해 싸워야 해요. 하지만 무언가를 사랑하지 않는다면 싸워서 뭘 하겠어요?"

"그렇지요. 자, 갑시다." 리외가 말했다.

잠시 후 차는 항구의 철책 앞에서 멈췄다. 달이 떠 있었다. 우윳빛 하늘이 사방으로 창백한 그림자를 드리우고 있었다. 그들 뒤로는 도시가 있었고, 거기에서 나오는 뜨겁고 역겨운 숨결이 그들을 바다 쪽으로 밀었다. 보초병에게 통행증을 보여 주자 그는 한참을 들여다봤다. 그들은 초소를 통과해 포도주와 생선 냄새가 밴 들통들이 가득한 평지를 가로질러 방파제로 향했다. 도착하기 직전에 아이오딘 냄새와 해초 냄새가 풍겨 와 바다가 가까이 있음을 알려 줬다. 그리고 파도 소리가 들렸다.

커다란 방파제 블록들 아래에서 바다는 부드러운 휘파람을 불고 있었다. 블록 위로 올라가자 벨벳처럼 두껍고 동물처럼 유연하며 매끄러운 바다가 나타났다. 그들은 바다를 향해 바위 위에 자리를 잡았다. 물이 천천히 부풀어 올랐다가 가라앉았다. 바다의 잔잔한 호흡으로 기름을 바른 듯 반질거리는 반사광이 물 위로 나타났다가 사라졌다. 그들에게 밤은 무한히 펼쳐져 있었다. 리외는 손가락 밑으로 우둘투둘한 바위를 느끼면서 이상한 행복감에 취해 있었다. 타루에게 고개를 돌리자, 친구의 평온하고 진지한 얼굴에서도 행복을 엿볼 수 있었다. 그 행복감은 어느 것도, 살인조차 잊지 않았다.

그들은 옷을 벗었다. 리외가 먼저 바다로 뛰어들었다. 처음에는 차갑던 물이 다시 떠올랐을 때에는 미지근하게 느껴졌다. 평영으로 몇 번 헤엄치니, 그날 밤 바다는 몇 달 동안 저장해 둔 열을 지상에서 받아 왔는지 아직 따뜻한 온도를 유지하고 있었다. 그는 규칙적으로 헤엄쳤다. 그가 발차기를 하자 발 뒤로 길게 거품이 생겼고, 물은 팔 아래로 흘러내려 다리로 흘러 달라붙는 것 같았다. 물이 세게 튀는 소리로 타루가 바다에 뛰어들었다는 것을 알았다. 리외는 배영 자세로 누워서 달과 별이 가득한 하늘을 가만히 보고 있었다. 그는 길게 숨을 쉬었다. 그러자 밤의 고요함과 고독 속에서 이상하게도 물 튀기는 소리가 점점 더 또렷하게 들렸다. 타루가 가까이 오자 곧 그의 숨소리가 들렸다. 리외는 몸을 뒤집어서 친구와 나란히 같은 리듬으로 헤엄쳤다. 타루가 그보다 더 힘차게 전진하는 바람에 리외는 속도를 높여야 했다. 몇 분 동안 그들은 같은 속도와 힘으로 나아갔고 세상으로부터 멀리, 도시와 페스트로부터 마침내 해방되어 전진했다. 리외가 먼저 멈췄고, 차가운 해류가 도는 곳을 피해서 천천히 돌아왔다. 두 사람은 한마디 말없이 바다의 기습에 놀라 서둘러 헤엄쳤다.

그들은 다시 옷을 입고 아무 말도 없이 떠났다. 하지만 그들은 같은 마음이었고, 그날 밤의 기억은 달콤했다. 멀리서 페스트 보초병이 보였을 때, 리외는 타루가 자기처럼 그 병을 잠시나마 잊어서 좋았는데 이제 다시 시작이네, 라고 생각하고 있다는 것을 알 수 있었다.

그렇다, 우리는 다시 시작해야 했고 페스트는 너무 오랫동안 누구도 빼먹는 법이 없었다. 12월 내내 페스트는 우리 시민들의 가슴에서 타올랐고, 화장터 가마에 불을 지폈으며, 빈손으로 서성이는 유령 같은 사람들로 캠프를 가득 채웠다. 페스트는 들쭉날쭉했지만, 느긋한 속도로 전진을 멈추지 않았다. 당국은 추운 날씨가 페스트의 진행을 막아 줄 것이라 기대했지만 페스트는 며칠 동안 계속된 첫 추위도 이겨 냈다. 더 기다려야 했다. 오래 기다리다 보면 더는 기다리지 않게 되는 만큼 도시 전체는 미래 없는 삶을 살아가고 있었다.

의사로 말하자면 그에게 주어진 평화와 우정은 한순간이었고 내일이라는 미래는 없었다. 병원이 또 생기게 되자 리외가 만나는 사람은 환자들뿐이었다. 그러는 사이에 리외가 주목한 것은 페스트가 점점 폐페스트로 변해 가는 반면, 환자들이 어느 정도 의사에게 협조적인 태도를 보였다는 사실이었다. 초반에는 좌절하거나 어리석은 짓을 하기도 했지만, 그런 태도가 바뀌어서 자신에게 무엇이 이로운지 올바로 생각하는 것 같았고, 가장 이로운 것을 스스로 알아서 요구했다. 환자들은 줄곧 마실 것을 요구했고 모두가 따뜻한 것을 원했다. 의사도 피곤함을 느꼈지만 그래도 이런 경우에는 외롭다는 생각이 덜했다.

12월 말경, 리외는 아직 캠프에서 지내고 있는 예심판사 오통 씨에게서 한 통의 편지를 받았다. 편지에는 자신은 격리 기간이 지났음에도 행정부에서는 입소 날짜를 알지 못하는지 여전히 캠프에 갇혀 있는데, 분명 어떤 착오가 있다는 내용이 적혀 있었다. 며칠 전에 캠프에서 나간 그의 아내가 도청에 항의했더니 불친절하게 대하며 도청은 그런 실수를 하지 않는다고 했다는 것이다. 리외는 랑베르에게 중재를 부탁했고, 며칠 후에 오통 씨는 퇴소했다. 실제로 착오가 있었고 리외는 그 점에 화가 났다. 오통 씨는 야위었고, 힘없이 손을 들어 사람은 실수할 수 있는 법이라고 힘주어 말했다. 의사는 그가 무언가 변했다는 생각이 들었다.

"어떻게 하시겠어요, 판사님? 처리할 서류들이 잔뜩 쌓여 있을 텐데요." 리외가 말했다.

"글쎄요. 휴가를 내려고 합니다." 판사가 대답했다.

"정말 쉬셔야 해요."

"그런 말씀이 아니라 캠프로 돌아가고 싶다는 겁니다."

리외는 깜짝 놀랐다.

"거기서 막 나오신 거잖아요!"

"제가 잘못 말한 것 같군요. 그 캠프 행정실에 자원봉사자 자리가 있다고 들었습니다."

판사는 동그란 눈을 조금 굴리며 머리카락을 정돈했다.

"바쁘게 지내려는 거예요. 바보 같은 이야기지만 제 아이와 헤어졌다는 사실도 덜 느껴지겠지요."

리외는 그를 바라봤다. 딱딱하고 밋밋한 눈빛 속에서 갑자기 부드러움이 자리 잡는 것은 있을 수 없는 일이었다. 하지만 그의 눈빛은 더 흐려졌으며 금속처럼 맑았던 빛은 사라져 버렸다.

"물론이지요. 원하시면 제가 알아봐 드릴게요." 리외가 말했다.

실제로 의사는 그 일을 알아봐 줬다. 페스트가 도는 도시에서의 삶은 크리스마스까지 지속되었다. 타루는 어디에서나 효과적으로 평정을 유지했다. 랑베르는 두 명의 젊은 보초병 덕분에 아내와 은밀하게 편지를 주고받을 수 있게 되었다고 의사에게 털어놓았다. 가끔 아내의 편지를 받는다는 것이었다. 그러면서 리외에게도 이 방법을 이용하라고 권유했고, 리외는 이를 받아들였다. 그는 몇 달 만에 처음으로 편지를 썼는데, 여간 힘이 들지 않았다. 아예 잊은 말도 있었다. 편지는 발송되었다. 답장을 받기까지는 오래 걸렸다. 코타르는 소소한 암거래로 돈을 벌어 부자가 되었다. 그랑은 크리스마스 기간에 별로 재미를 보지 못했다.

그해 크리스마스는 복음의 축제라기보다는 지옥의 축제였다. 불빛도 없이 텅 빈 가게, 창문에 걸린 모형 초콜릿과 빈 상자, 어두운 얼굴들이 가득한 전차 등 과거의 크리스마스를 연상시키는 것은 아무것도 없었다. 예전에는 부자든 가난한 사람이든 모두 함께 즐겼던 축제였지만 이제는 지저분한 가게 뒷방 구석에서 특권층이 비싼 값을 치르고 얻은, 몇 안 되는 외롭고 수치스러운 기쁨 외에 다른 것은 없었다. 교회에는 감사 기도보다는 탄식만이 가득했다. 황량하고 얼어붙은 도시에서 몇몇 아이들은 자신들을 위협하는 것이 무엇인지도 모른 채 뛰놀고 있었다. 하지만 누구도 감히 아이들에게, 인간의 고통만큼 오래되고, 젊은 날의 희망만큼 새로운 그 옛날의 우상, 선물을 잔뜩 싣고 오는 그 우상에 대해서 이야기하지 않았다. 모든 이의 마음속에는 아주 오래되고 아주 음울한 희망, 즉 죽지도 못하게 만드는 희망, 삶에 대한 단순한 고집밖에는 남아 있지 않았다.

그랑은 그 전날 약속 장소에 나타나지 않았다. 걱정스러운 마음에 리외는 아침 일찍 그의 집으로 갔지만 그를 만나지는 못했다. 모두에게 이 사실을 알렸다. 11시쯤 랑베르는 병원으로 와서 의사에게 그랑이 먼 곳에서 일그러진 표정으로 거리를 배회하는 것을 봤는데, 이내 그를 놓쳤다고 알려 줬다. 의사와 타루는 차를 타고 그를 찾으러 나섰다.

정오에도 날씨는 추웠다. 차에서 내린 리외는 그랑이 나무로 깎아서 만든 장난감으로 가득 차 있는 진열창에 바짝 달라붙어 있는 모습을 멀리서 발견했다. 이 늙은 공무원의 얼굴에는 눈물이 하염없이 흐르고 있었다. 리외는 그 눈물의 의미를 알고 있었기 때문에, 목구멍 깊숙한 곳에서 비슷한 것을 느끼고 있었기 때문에 마음이 심란했다. 리외 역시도 크리스마스 가게 앞에서 불행한 남자의 약혼과 잔느가 그에게 기대어 행복하다고 말했던 순간을 떠올렸다. 먼 세월의 깊은 곳에서 잔느의 생생한 목소리가 이런 격정의 중심에서 그랑에게 되살아났음이 분명했다. 리외는 그 순간 울고 있는 이 늙은 남자가 무슨 생각을 하고 있는지 알았고, 그와 마찬가지로 사랑 없는 세상은 죽은 세상과 같고, 감옥과 일, 용기에 지친 나머지 우리에게도 한 인간의 얼굴과 애정 어린 마음을 요구하는 때가 찾아오기 마련이라고 생각하고 있었다.

그랑은 유리창에 비친 리외를 알아봤다. 그는 눈물을 멈추지 않고 돌아서서 유리창에 기대어 리외가 다가오는 것을 지켜봤다.

"아! 선생님." 그가 말했다.

리외는 다 안다는 듯이 고개를 끄덕였지만, 어떤 말도 할 수 없었다. 그 슬픔은 리외 자신의 슬픔이었고, 그 순간 그의 마음을 뒤틀었던 것은 모든 인간이 겪고 있는 고통 앞에서 갑자기 치솟는 엄청난 분노였다.

"네, 그랑 씨."

"아내에게 편지를 쓸 시간이 있었으면 좋겠습니다. 아내가 알 수 있도록… 후회 없이 행복할 수 있도록…."

리외는 거의 강제로 그랑을 붙잡고 걸었다. 그랑은 거의 끌려가다시피 하면서도 말끝을 더듬거리며 계속 말했다.

"너무 오랫동안 계속되고 있어요. 이제는 될 대로 되라는 생각이 들어요. 어쩔 수 없지요. 아, 선생님! 제가 겉으로는 평온해 보이지요. 하지만 평온해 보이기까지 늘 엄청나게 노력해야 했어요. 그런데 이제 더는 못 하겠어요."

그는 사지가 다 떨리고 눈에는 광기가 돌더니 멈춰 섰다. 리외는 그의 손을 잡았다. 손이 타는 듯 뜨거웠다.

"돌아가야 해요."

그러나 그랑은 그에게서 도망쳐 몇 걸음을 더 뛰더니 멈춰 서서 팔을 벌리고는 앞뒤로 휘청거리기 시작했다. 그는 몸을 돌리더니 얼어붙은 도로 위에 쓰러졌고, 흐르는 눈물로 얼굴은 지저분했다. 지나가던 사람들은 갑자기 멈춰 섰고, 다가올 엄두를 내지 못했다. 리외는 그랑을 두 팔로 부축하지 않을 수 없었다.

그랑은 이제 그의 침대에서 호흡조차 힘들어했다. 폐가 감염되어 있었다. 리외는 생각에 빠졌다. 그랑에게는 가족이 없었다. 그를 병원으로 이송해서 뭘 하겠는가? 그를 돌볼 사람은 타루와 자신뿐…. 그랑의 피부는 퍼렇게 변했고, 눈빛은 흐려진 채 베개에 파묻혀 있었다. 타루가 상자 조각들을 모아 벽난로에 불을 붙였고, 그랑은 약해진 장작불을 뚫어지게 바라보고 있었다. "몸이 좋지 않네요." 그가 말했다. 말을 할 때마다 폐 깊은 곳에서 불길이 타는 듯 탁탁거리는 소리가 흘러나왔다. 리외는 그에게 말을 하지 말라고 하면서 다시 돌아오겠다고 했다. 환자는 묘한 미소를 지어 보였는데, 애정 같은 것이 묻어났다. 그는 힘겹게 눈을 깜빡였다. "내가 여기서 나가게 되면 모자를 벗고 경의를 표하겠습니다, 선생님!" 그러나 그 직후에 그는 탈진 상태에 빠지고 말았다.

몇 시간 뒤, 리외와 타루가 와 보니 환자는 침대 위에서 반쯤 몸을 일으키고 앉아 있었다. 리외는 그의 얼굴에서 그의 몸을 뜨겁게 만드는 병세의 진전을 보고 덜컥 겁이 났다. 하지만 그는 정신은 더 멀쩡한 것 같았고 이상하리만치 공허한 목소리로 서랍에 있는 원고를 가져다 달라고 부탁했다. 타루가 종이 뭉치를 건네자, 그는 보지도 않고 꼭 껴안았다가 의사에게 건네주면서 읽어 보라고 손짓했다. 50쪽 남짓한 짧은 원고였다. 의사는 원고를 훑어봤다. 쪽마다 똑같은 문장이 적혀 있었는데, 수없이 베끼고 고치고 삭제한 것들뿐이었다. 5월이니, 말을 탄 여인이니, 숲의 오솔길이니 하는 말들이 여러 방식으로 끊임없이 배열되어 있었다. 작업에는 설명이 덧붙여 있었는데 때로는 지나치게 길고 변형된 문장도 포함되어 있었다. 마지막 장 끝에는 정성 들여 쓴 잉크 빛이 선명한 글씨로 "사랑하는 잔느, 오늘은 크리스마스예요…."라는 말이 적혀 있었다. 그 위에는 앞의 문장들이 최종적으로 정성스럽게 적혀 있었다. "읽어 주세요."라고 그랑이 말했다. 리외가 문장을 읽었다.

"5월 어느 아름다운 아침, 우아한 한 여인이 굉장한 알레잔 암말을 타고 부르고뉴의 숲의 꽃이 가득한 오솔길을 달리고 있었다."

"그건가요?" 노인이 열에 들뜬 목소리로 말했다.

리외는 그를 쳐다보지 않았다.

"아! 알겠어요. 아름답다, 아름답다는 표현은 적당하지 않아요.” 노인이 흥분하며 말했다.

리외는 담요 위에 놓인 그의 손을 잡았다.

“놔두세요, 선생님. 저는 시간이 별로 없는 것 같아요….”

그는 가슴을 힘겹게 들썩이더니 갑자기 울부짖었다.

“태워 버리세요!”

의사는 머뭇거렸지만, 그랑이 하도 괴로운 목소리로 명령을 반복하는 바람에 리외는 원고를 거의 꺼져 가는 불 속에 던져 넣었다. 실내는 빠르게 밝아졌고 짧은 열기로 따뜻해졌다. 의사가 환자에게 돌아왔을 때 환자는 등을 돌린 채 누워 있었고 얼굴은 거의 벽에 닿아 있었다. 타루는 마치 상관없다는 듯 창밖을 내다봤다. 리외는 혈청을 주사한 후 그랑이 밤을 넘기지 못할 것 같다고 타루에게 말했고, 타루는 자신이 남아 있겠다고 했다. 의사는 그러라고 했다.

밤사이 그랑이 죽을지도 모른다는 생각에 그는 괴로웠다. 그러나 다음 날 아침, 리외는 그랑이 침대에 앉아 타루와 이야기를 나누는 모습을 봤다. 열은 내렸다. 남은 것은 전반적인 피로 증세뿐이었다.

“오! 선생님, 제가 틀렸어요. 하지만 다시 시작할 거예요. 다 기억하고 있거든요. 두고 보세요.”

“기다려 봅시다.” 리외는 타루에게 말했다.

그러나 정오가 되어도 아무런 변화가 없었다. 저녁이 되자 그랑은 살아났다고 봐도 무방할 정도로 나아졌다. 리외는 그의 소생을 이해할 수 없었다.

하지만 같은 시기에 한 여자 환자가 리외에게 이송되어 왔는데, 그 환자는 절망적인 상태라고 판단되어 병원에 도착하자마자 격리시켰다. 그 소녀는 혼수상태였고 폐페스트의 모든 증상을 보이고 있었다. 그러나 다음 날 열은 떨어졌다. 의사는 그랑의 경우처럼 아침에 증상이 호전되는 것을 경험상 여전히 나쁜 징조로 여기고 있었다. 정오가 될 때까지도 열은 다시 오르지 않았다. 그날 밤 열이 이삼 부 정도 올라갔다가 다음 날에는 정상으로 돌아왔다. 소녀는 비록 쇠약해졌지만, 침대 위에서 편하게 숨을 쉬고 있었다. 리외는 타루에게 소녀가 살아난 것은 아주 이례적인 일이라고 말했다. 그러나 주중에 그의 관할 구역에서 비슷한 사례가 네 건이나 더 발견되었다.

그 주가 끝날 무렵, 늙은 천식 환자는 몹시 흥분한 표정으로 의사와 타루를 맞았다.

"이제 되었어. 그놈들이 다시 나와."

"누가요?

"누구긴! 쥐지, 쥐!"

4월 이후로 죽은 쥐가 발견된 적은 없었다.

"다시 시작되는 걸까요?" 타루가 리외에게 물었다.

노인은 손을 비비고 있었다.

"그놈들이 뛰어다니는 걸 꼭 봐야 한다니까! 정말 재밌어."

그는 살아 있는 쥐 두 마리가 거리로 난 문을 통해 그의 집으로 들어가는 것을 본 것이다. 이웃들은 자기 집에도 쥐가 나왔다고 말해 줬다. 어느 집의 지붕 밑에서 몇 달 동안 잊고 있었던 소란스러운 소리가 다시 들려왔다. 리외는 매주 초에 발표되는 통계 수치를 기다렸다. 통계에 따르면 병은 후퇴하고 있었다.

5부

전염병이 갑작스럽게 감소 추세를 보이는 것은 예상치 못한 일이었지만 우리의 시민들은 그렇다고 선뜻 기뻐하지도 않았다. 지난 몇 달을 그렇게 지내면서 해방에 대한 열망이 강해진 만큼 신중함 또한 배우게 되었기 때문에, 전염병의 종식을 그리 기대하지 않는 데 더 익숙해진 것이었다. 그러나 이 새로운 사실은 사람들의 입에 오르내렸고, 마음 깊은 곳에 숨겨진 커다란 희망이 꿈틀대고 있었다. 그 나머지는 별로 중요하지 않았다. 통계 숫자가 내려가고 있다는 엄청난 사실에 비하면 새로운 페스트 환자는 그리 중요하지 않았다. 대놓고 이야기하지는 않았지만, 건강한 시절을 은근히 기다리고 있다는 징후가 나타났다. 그중 하나는 우리의 시민들이 무심한 듯했지만, 페스트가 끝난 후 삶을 어떻게 꾸려 나갈지에 관해서 그때부터 기꺼이 이야기를 나눴다는 점이다.

지난 삶의 편리함은 단번에 회복될 수 없으며 재건보다 파괴가 더 쉽다는 데에 모두가 동의했다. 식량 보급만 조금 개선될 수 있었고, 그렇게 되면 당장 시급한 불은 끌 수 있으리라 생각했다. 그러나 실제로 이러한 가벼운 발언과 동시에 터무니없는 희망이 걷잡을 수 없을 정도로 터져 나왔는데, 그 정도가 심해 우리 시민들도 느낄 정도였다. 그럴 때면 당장 내일 해방되는 것은 아니라고 서둘러 단언했다.

실제로 전염병은 다음 날에도 당장 멈추지는 않았다. 그러나 이성적으로 기대했던 것보다 더 빨리 약화되었다. 1월 초에도 추위는 유난히 끈질기게 오래 갔고, 도시 위 하늘은 결정처럼 굳은 것 같았다. 그러면서도 하늘은 전에 없이 푸르렀다. 온종일 변함없는 얼음 광채가 우리 도시를 계속 빛으로 가득 채웠다. 깨끗한 공기 속에서 페스트는 3주 연속 줄어들었고, 늘어선 시신의 수도 점점 줄어드는 것 같았다. 페스트는 몇 달 동안 비축해 놓은 힘을 짧은 시간에 대부분 잃었다. 그랑과 리외의 소녀 환자처럼 안성맞춤이던 먹잇감을 놓친다든가, 어떤 동네에서는 이삼일 동안 악화되는가 하면 또 다른 동네에서는 완전히 사라졌고, 월요일에는 희생자가 늘어났다가 수요일에는 거의 아무도 죽지 않는 식이었다. 그렇게 숨을 헐떡이며 서두르는 것을 보면 페스트는 긴장과 피로로 질서를 잃어 가고 힘의 바탕이었던 수학적 효율성마저 상실한 것 같았다. 카스텔의 혈청은 그때까지 부정되었던 일련의 성공을 한꺼번에 얻게 되었다. 의사들이 취한 조치는 아무 효과도 없는 것 같았는데, 갑자기 확실한 효과를 거두는 듯도 했다. 갑작스러운 약세로 이번에는 페스트가 쫓기면서 지금까지 열세였던 군대에 힘이 실리는 것 같았다. 때로 전염병은 악착같이 버티면서 일종의 맹목적인 폭발을 일으켰고 환자 서너 명의 목숨을 앗아가기도 했다. 그들은 전염병에 있어 불운한 사람들이었고 희망을 품은 채 죽임을 당한 사람들이었다. 격리캠프에서 나온 오통 판사가 그런 경우였는데, 타루는 그가 운이 나빴다고 말했다. 판사의 죽음을 두고 한 말인지 그의 삶을 두고 한 말인지는 알 수 없었다.

감염률이 전반적으로 감소하고 있었다. 도청의 발표도 처음에는 소극적으로 은근한 희망만을 내비칠 뿐이었지만, 마침내 승리를 확신했으며 페스트가 두 손을 들었다는 확신을 대중의 마음속에 심어 주기까지 했다. 그러나 실제로는 승리라고 결론 짓기는 어려웠다. 질병이 왔던 데로 사라지고 있다는 것을 확인하지 않을 수 없었다. 그에 대응하는 전략이 변한 것은 아니었다. 어제까지는 효과가 없었던 전략이 오늘은 효과를 나타냈던 것뿐이다. 병이 자신의 힘을 소진했거나 아니면 목표를 모두 달성한 후 철수하는 것처럼 보였다. 어떤 면에서 보면 제 역할이 끝난 것이었다.

그럼에도 도시에서 변한 것은 아무것도 없었다. 낮에는 항상 조용했지만 저녁에는 코트와 목도리를 두른 군중이 거리를 점령했다. 영화관과 카페도 여전히 성업 중이었다. 그러나 자세히 살펴보면 사람들의 얼굴은 조금 더 여유로워졌고, 때로는 웃는 모습도 볼 수 있었다. 그러고 보니 지금까지 거리에서 웃는 사람이 아무도 없었음을 깨닫게 되는 것이었다. 실제로 몇 달 동안 도시를 둘러싸고 있던 불투명한 베일에 구멍이 났는데, 사람들은 월요일마다 라디오 뉴스를 통해서 그 구멍이 커지고 있으며 결국에는 숨 쉴 수 있으리라고 확인할 수 있었다. 아직은 부정적인 안도감이어서 솔직하게 표현하지는 않았다. 그러나 예전 같으면 기차가 떠났다든지, 배가 도착했다든지, 자동차 운행이 다시 가능하게 될 것 같다는 소식을 들을 때면 의심하는 마음부터 들었던 게 사실이었다. 1월 중순에 그렇게 발표했더라도 아무도 놀라지 않았을 것이다. 분명 이런 변화가 대단하지는 않았다. 그러나 미묘한 차이를 통해 우리 시민들이 희망으로 가는 길에서 실제로 큰 진보를 이뤘음을 알 수 있었다. 게다가 아무리 보잘것없다 해도 주민들이 희망을 품게 된 그 순간부터 페스트의 통치는 끝났다고 볼 수 있었다.

1월 한 달 내내 우리의 시민들이 서로 모순된 반응을 보인 것은 사실이었다. 그야말로 그들은 설렘과 우울을 번갈아 겪었다. 그런 이유로 통계 수치가 가장 양호했을 때에도 새로운 탈출 시도가 몇 건 있었음을 기록할 수밖에 없었다. 탈출은 대부분 성공했기 때문에 당국과 경비 초소는 크게 당황했다. 실제로 이때 탈출했던 사람들은 감정대로 자연스럽게 행동한 것이었다. 어떤 사람들에게 페스트는 떨쳐 버릴 수 없는 뿌리 깊은 회의론을 불러일으켰다. 희망은 더 이상 그들을 붙잡을 수 없었다. 전염병의 시대가 끝났음에도 그들은 여전히 페스트의 기준에 맞춰 지냈다. 그들은 사건의 흐름에 뒤처져 있었다. 반대로 그때까지 사랑하는 사람들과 떨어져 지냈던 다른 사람들 중 일부는 목표가 눈앞으로 다가온 지금, 어쩌면 죽을지도 모른다거나 그리운 사람을 다시는 못 만나게 되어 오래 고생한 보람이 없을지 모른다는 생각 때문에 갑작스러운 공포에 사로잡힌 것이다. 오랜 세월 격리되고 낙심한 채 지낸 다음, 그렇게 일어난 희망의 바람이 어떤 열광과 초조함에 불을 질러 놓은 것 같았다. 몇 달 동안 그들은 격리와 유배 생활을 겪으면서도 막연한 끈기로 인내하며 기다렸는데, 그렇게 희망이 생기자마자 두려움과 실망을 너끈히 견뎠던 태도가 무너져 내렸다. 페스트의 걸음걸이를 마지막까지 따라갈 수 없게 된 그들은 페스트를 제치기 위해 미친 듯이 서둘렀던 것이다.

그런데 동시에 낙관주의의 징후도 자연스럽게 나타났다. 물가가 크게 하락한 것도 그중 하나였다. 순수하게 경제학의 관점에서는 이러한 움직임을 설명할 수 없었다. 문제는 해결되지 않았고, 도시 입구에서의 검역 절차는 유지되었으며, 보급품도 거의 개선되지 않았다. 따라서 우리는 마치 페스트가 모든 곳에 영향을 미치며 쇠퇴하는 것 같은 순전히 정신적인 현상을 목격하고 있는 것이었다. 동시에 예전에는 모여 살았지만 질병으로 헤어져야 했던 사람들은 낙관주의에 사로잡혔다. 도시에 있는 두 수도원은 자체적으로 재조직되기 시작했고 공동생활도 재개할 수 있었다. 병사들도 마찬가지로 비어 있던 병영에 다시 집결했다. 그들은 평소의 주둔지 생활을 다시 시작했다. 이러한 소소한 사실들은 중요한 신호였다.

주민들은 1월 25일까지 은근한 흥분 속에서 지냈다. 그 주에는 통계치가 매우 낮아져서 의료 위원회와 협의한 후 도청에서는 전염병이 종식될 것으로 보인다고 발표했다. 실제로 공동 발표문에는 주민들도 기꺼이 동의하겠지만, 신중함을 유지하기 위해 향후 도시 입구를 2주간 계속 폐쇄하고 예방책을 한 달 동안 더 유지한다고 발표했다. 이 기간에 위험한 징후가 조금이라도 감지되면 "현 상태를 유지해야 하며 그 후에도 조치는 지속될 것"이었다. 모두가 추가 사항을 형식적인 것으로 받아들였고, 1월 25일 밤 도시는 즐거운 동요로 가득 찼다. 여느 즐거움에 동참하기 위해 도지사는 건강했던 시절처럼 등화관제를 해제하라고 명령을 내렸다. 환해진 거리에서, 그리고 차갑고 청명한 하늘 아래서 우리 시민들은 무리를 지어 떠들썩하게 웃음을 터뜨리며 밖으로 나왔다.

물론 많은 집이 여전히 덧창을 닫고 지냈고, 어떤 가족들은 침묵 속에서 밤을 보냈으며, 또 어떤 집은 비명으로 가득 찼다. 하지만 유족들 가운데 많은 사람은 다른 가족의 목숨이 위태롭지 않을까 하는 두려움이 마침내 사라졌기 때문에, 또는 목숨을 지키기 위해 더 이상 노심초사하지 않아도 되었기 때문에 깊은 안도감을 느꼈다. 그러나 그 순간에도 병원에서 페스트와 싸우고 있는 가족, 예방 격리소나 자기 집에 머물면서 다른 사람들처럼 자신들에게도 재앙이 끝나기를 바라는 가족들은 다른 사람들이 누리는 기쁨에 아랑곳하지 않았다. 이들도 분명 희망을 품고 있었지만 예비로 남겨 두었고, 실제로 그럴 권리를 가질 때까지는 희망이 소진되는 것을 거부했다. 모두가 누리는 환희 속에서 임종의 고통과 기쁨의 중간 지점에서 그렇게 기다리던 고요한 밤을 밝히고 기다리는 것이 그들에게는 더욱 가혹하게만 느껴지는 것이었다.

그러나 이러한 예외적인 경우도 있었지만, 다른 사람들의 만족감은 전혀 줄어들지 않았다. 의심할 바 없이 페스트는 아직 끝나지 않았으며 페스트가 앞으로 그 사실을 증명해 줄 터였다. 그러나 몇 주 전부터 모든 이의 마음속에서 이미 기차가 칙칙 소리를 내며 끝없는 선로를 달리고, 배는 반짝이는 바다 위로 긴 자국을 남기고 있었다. 다음 날이면 마음은 더욱 차분해지고 의심은 다시 커질 것이다. 그러나 일단 도시 전체가 몸을 부르르 떨고는, 돌로 된 뿌리를 박고 서 있던 어둡고 움직임 없는 밀폐된 장소를 벗어나 마침내 생존자들을 가득 태우고 움직이기 시작한 것이다. 그날 저녁 타루와 리외, 랑베르, 그리고 다른 사람들은 군중 틈에 섞여 걸으면서 그들 역시 몸이 둥둥 떠다니는 것 같았다. 대로에서 벗어난 지 오래되었는데도 타루와 리외는 그들을 뒤따라오는 기쁨의 소리가 여전히 들렸고, 덧창이 닫힌 창문들을 따라 걸어가고 있을 때에도 그 소리는 계속 쫓아왔다. 피곤해서인지 덧창 너머로 계속 들려오는 그 괴로움을 멀리 있는 거리를 가득 메운 기쁨과 분리할 수 없었다. 다가오는 해방은 웃음과 눈물이 뒤섞인 모습이었다.

소음이 점점 더 크고 즐겁게 울려 퍼지던 순간, 타루는 걸음을 멈췄다. 어두컴컴한 보도 위에 어떤 형체가 가볍게 달려가고 있었다. 고양이였다. 고양이를 본 것은 지난봄 이후로 처음이었다. 고양이는 길 가운데에 잠시 서서 머뭇거리더니, 발을 핥고 그 발로 재빨리 오른쪽 귀를 긁적이다가 다시 조용히 달려서 어둠 속으로 사라졌다. 타루는 미소를 지었다. 그 작달막한 노인도 만족했을 것이다.

그러나 전염병이 슬그머니 나왔던 알 수 없는 소굴로 돌아가기 위해 떠나는 것처럼 보인 순간, 그 후퇴에 당황해하는 사람이 적어도 한 명 있었다. 타루의 수첩 내용에 따르면 그는 바로 코타르였다.

사실 통계 수치가 떨어지기 시작하면서 타루의 일지는 조금 이상해진다. 피곤했던 것인지는 몰라도 글씨는 읽기 어려워지고 한 화제에서 다른 화제로 건너뛰고 있었다. 게다가 처음으로 객관성이 떨어지면서 개인적인 판단으로 대체되고 있었다. 실제로 코타르의 사건에 관한 꽤 긴 문장 중간에 고양이와 함께 있는 노인에 관한 짧은 서술이 등장한다. 타루에 따르면 페스트가 유행한 후에도 그가 흥미로워했던 이 인물에 관한 고찰이 사라진 적은 결코 없었다. 이 노인은 전염병 이후에도 여전히 타루의 관심을 끌 만큼 흥미로운 인물이었는데, 타루 자신이 그에 관한 호의가 줄어든 것은 아니었지만 어쨌든 불행하게도 노인은 더 이상 그의 관심을 끌지 못할 것 같았다. 그도 그럴 것이 타루는 그 노인을 다시 보려고 찾아간 적이 있었다. 1월 25일 저녁이 지나고 며칠 후, 타루는 좁은 거리 모퉁이에 진을 치고 있었다. 고양이들은 전과 다름없이 햇볕 웅덩이 속에서 몸을 녹이고 있었다. 그러나 그 시간이 되어도 덧창은 고집스레 닫혀 있었다. 그 후 며칠 동안 타루는 덧창이 다시 열리는 것을 보지 못했다. 그 작은 노인이 화가 났거나 죽은 것이라 생각했다. 만약 그가 화가 났다면 페스트가 자기에게 잘못했기 때문이고, 만약 죽었다면 노인 천식 환자에게도 그랬듯 그가 과연 성인이었던 건 아닌지 생각해 볼 필요가 있다고 적어 놓았다. 타루는 그 노인을 성인이라고 생각하지는 않았지만, 노인의 경우 그런 '징후'가 있다고 느꼈다. 그다음에는 "아마도 우리는 신성함 근처까지만 닿을 수 있을 것이다. 이렇다면 우리는 겸손하고 자비로운 사탄주의에 만족해야 할 것이다."라고 노트에는 적혀 있었다.

여전히 코타르에 관한 관찰이 뒤섞인 채 이런저런 많은 고찰이 적혀 있었는데, 그중 일부는 이제는 회복기에 들어서 아무 일도 없었던 것처럼 직장에 복귀한 그랑에 관한 이야기였고, 다른 일부는 리외의 어머니에 관한 이야기였다. 리외의 집에서 같이 지내면서 타루가 그의 어머니와 나눈 몇 안 되는 대화, 노부인의 태도, 그 미소, 페스트에 관한 그녀의 생각 등이 꼼꼼하게 기록되어 있었다. 타루는 특히 노부인의 겸손한 태도를 강조했다. 그중에서도 모든 것을 단순한 문장으로 표현하는 방식, 조용한 거리가 내다보이는 창문을 특히 좋아해서 황혼이 방 안으로 들어와 잿빛 광선이 차차 짙어지면서 움직이지 않는 그림자를 녹여 버릴 때까지 약간은 꼿꼿하게 앉아 두 손을 가만히 놓은 채 주의 깊은 시선으로 창문 앞에 조용히 앉아 있는 모습, 이 방에서 저 방으로 이동할 때 보이는 우아함, 타루 앞에서 한 번도 제대로 드러낸 적은 없지만 행동이나 말에서 엿보이는 선량함, 마지막으로 부인은 생각하지 않고도 모든 것을 알고 있었고, 말없이 어둠 한가운데서도 그 어떤 광선도, 심지어 페스트의 광선도 맞설 수 있다는 사실을 특히 강조하고 있었다. 그다음 문장들은 알아보기 힘들었고 쇠퇴의 증세를 다시 보여 주기라도 하듯 개인적인 내용이 담겨 있었다. "우리 어머니도 그러셨다. 자신을 드러내지 않는 어머니의 겸손함을 좋아했고, 어머니야말로 내가 늘 함께하고 싶었던 사람이었다. 돌아가신 지 8년이 지났지만 나는 어머니가 돌아가셨다고 말할 수 없다. 평소보다 조금 더 존재를 숨기고 계셨을 뿐이다. 그래서 내가 뒤돌아보면 어머니는 이제 거기 안 계셨던 것이다."

이제 코타르의 이야기로 돌아갈 필요가 있다. 통계 수치가 하락한 이후로 코타르는 이런저런 핑계를 대 가며 리외를 여러 차례 방문했다. 그러나 실제로 그는 매번 리외에게 전염병이 앞으로 어떻게 될지 예측을 물어 보고는 했다. "그렇게 예고도 없이 갑자기 멈출 수 있다고 생각하시나요?" 그는 그런 점에 대해 회의적이라고 공언했다. 그러나 그가 자꾸 되묻는 것을 보면 본인도 확신하지는 못하는 것 같았다. 1월 중순에 리외는 매우 낙관적으로 답변했다. 그리고 매번 이러한 답변에 코타르는 기뻐하기보다는 불쾌해하거나 심지어 어떤 날은 실망하기도 하는 등 다양한 반응을 보였다. 그 후 의사는 통계를 보면서 아무리 희망적이어도 승리를 선언하는 것은 섣부른 일일지도 모른다고 그에게 말하게 되었다.

"달리 말하면 아무것도 모른다는 이야기네요. 어느 날 다시 터질 수도 있다는 말씀이군요?" 코타르가 말했다.

"그렇지요. 회복이 빨라질 수 있는 것처럼 그 반대의 경우도 가능하지요."

모두가 이 불확실성을 걱정하고 있었지만, 이 불확실성이 코타르를 눈에 띄게 안도하게 만들었고, 타루가 보는 앞에서 그는 이웃 상인들과 대화를 나누면서 리외의 생각을 퍼뜨리려고 애썼다.

그리 어려운 일도 아니었다. 처음으로 얻은 승리의 열기가 사라지자, 도청의 발표에 흥분했던 사람들의 마음속에서 다시 의심이 생겨났기 때문이다. 코타르는 사람들이 걱정하는 것을 보며 안도감을 느꼈다. 다른 때는 낙담하여 "그래요, 결국 도시의 문은 열리겠지요. 두고 보세요. 다들 나 같은 건 잡혀가도 본체만체할 테니까요!" 하고 타루에게 말했다.

1월 25일이 되자 모두가 그의 정신이 불안정하다는 것을 알아챘다. 그토록 오랫동안 이웃과 화해하려고 노력하더니, 이제는 사람들과 완전히 사이가 틀어져 버렸다. 겉보기에 그는 적어도 세상과 절연하고 하룻밤 사이에 외로이 생활하기 시작했다. 우리는 더 이상 그가 좋아했던 식당이나 극장, 카페에서 그의 모습을 볼 수 없었다. 그렇다고 해서 그가 전염병이 돌기 전에 살았던 모호하지만 절제된 삶으로 돌아간 것 같지도 않았다. 그는 자신의 아파트에서 완벽하게 은둔하며 살았고 근처에 있는 식당에서만 배달을 시켰다. 저녁에만 슬그머니 나가서 필요한 물건을 샀고, 가게에서 나오자마자 사람 없는 거리로 뛰쳐나갔다. 그때 타루가 그와 마주친 적이 있었는데, 그에게서 짧은 말 한두 마디밖에는 들을 수 없었다. 그러다가 느닷없이 사교적으로 변해 전염병에 관해서 이러저러한 이야기를 하며 사람들의 의견을 구하고 매일 저녁 군중의 흐름에 즐겁게 다시 휩쓸려 다니는 그를 볼 수 있었다.

도청의 발표가 있던 날, 코타르는 발길을 완전히 끊었다. 이틀 후, 타루는 거리를 배회하던 그를 만났다. 코타르는 그에게 교외까지 동행해 달라고 부탁했다. 온종일 피곤했던 탓에 타루는 망설였다. 그러나 코타르는 졸라 댔다. 그는 매우 불안해 보였고 정신없이 손짓발짓을 하며 빠르고 큰 소리로 말했다. 그는 타루에게 도청이 발표했으니 이제 전염병이 종식될 것이라 생각하는지 물었다. 물론 타루는 그렇다고 해서 재앙이 멈췄다고 보기는 어렵지만, 전염병이 예고 없이 멈출 수 있으리라 생각하는 편이 합리적이라고 대답했다.

"그렇군요, 예고 없이. 예측할 수 없는 경우는 언제나 있는 법이지요." 코타르가 말했다.

게다가 타루는 도시 입구의 문을 다시 열기까지 도청이 2주의 유예 기간을 뒀기 때문에 예상치 못한 상황에 어떤 식으로든 대비하고 있다고 강조했다.

"당국이 참 잘했군요." 여전히 침울하고 불안한 표정으로 코타르가 말했다. "상황이 돌아가는 걸 봐서는 도청에서 괜한 소리를 한 건지도 모르니까요."

타루는 그럴 가능성이 있다고 하면서도 차후에 도시를 개방하고 일상으로 돌아가는 것을 고려하는 편이 더 나을 것이라고 말했다.

"그 점은 인정하지요, 인정하고 말고요. 하지만 일상으로 돌아간다는 게 무슨 뜻인가요?" 코타르가 그에게 물었다.

"새로 나온 영화를 보러 극장에 가는 것이지요." 타루는 웃으면서 말했다.

하지만 코타르는 웃지 않았다. 그는 전염병이 도시에서 어떤 것도 바꾸지 않았을 것이라고 생각하는지, 모든 것이 이전처럼, 그러니까 아무 일도 일어나지 않았던 것처럼 지낼 수 있는지 알고 싶어 했다. 타루는 전염병이 도시를 바꿀 수도 있고, 그렇지 않을 수도 있다고 생각했다. 물론 우리 시민들의 가장 큰 소망은 아무것도 바뀌지 않은 것처럼 행동하는 것이며, 따라서 그런 어떤 의미에서는 아무것도 변하지 않으리라 생각했던 것이다. 하지만 다른 한편으로 아무리 그러고 싶어도 모든 것을 잊을 수는 없고, 전염병은 최소한 마음속에 흔적을 남길 것이라고 생각한다고 말했다. 그러자 코타르는 자기는 마음에는 관심이 없고, 마음은 심지어 그의 걱정거리 중에서도 가장 사소한 것이라고 딱 잘라 말했다. 연금 수령자인 그가 관심 있는 것은 체제 자체가 변하지 않을지, 가령 모든 공공 서비스가 과거처럼 운영될 수 있을지 하는 것이었다. 그래서 타루는 그 점에 관해서는 모른다고 인정할 수밖에 없었다. 그가 생각하기에는 전염병으로 인해 중단되었던 모든 서비스가 다시 시작되려면 약간의 어려움이 있을 것 같았다. 적어도 기존 서비스를 재구성해야 하는 등 여러 가지 새로운 문제들이 발생할 수 있다고 말했다.

"아! 그렇겠네요." 코타르는 말했다. "사실 모든 사람이 처음부터 다시 시작해야 할 테니까요."

두 사람은 산책하다가 코타르의 집 근처에 도착했다. 코타르는 활기가 넘쳤고 낙관적으로 생각하려고 했다. 도시가 다시 시작하기 위해 과거를 청산하고 새롭게 살아나는 모습을 상상하고 있었다.

"그럼요. 무엇보다 코타르 씨도 일이 잘 풀릴 겁니다. 어떤 의미에서는 새로운 삶이 시작되는 거니까요." 타루가 말했다.

그들은 문 앞에 서서 악수했다.

"네, 그 말씀이 맞아요. 처음부터 다시 시작하는 것은 좋은 일이지요." 코타르는 점점 더 흥분해서 말했다.

그런데 어두운 복도에서 두 남자가 불쑥 나타났다. 코타르가 저 사람들이 왜 왔는지 모르겠다고 말했지만 타루는 그 말을 들을 새가 거의 없었다. 옷을 차려입은 사복경찰처럼 보이는 사내들은 코타르에게 그의 이름이 코타르인지를 물었고, 이에 코타르는 웅얼웅얼 얼버무리며 돌아서더니, 상대방도, 타루도 뭘 어찌해 볼 새도 없이 어둠 속으로 냅다 돌진했다. 놀란 마음이 가라앉자 타루는 그들에게 원하는 것이 무엇인지 물었다. 그들은 조심스럽고 정중한 태도로 조사할 것이 있다고 말했다. 그러고는 코타르가 갔던 방향으로 조용히 떠났다.

집으로 돌아온 타루는 이 일을 글로 남겼고, 이내 피로감을 언급했다(글씨가 그것을 분명히 증명하고 있다.). 아직도 해야 할 일이 많지만, 피곤하다는 이유로 준비가 되어 있지 않으면 안 된다고 적고는, 과연 자신은 준비가 되어 있는지 자문했다. 그는 마지막으로, 인간은 낮이나 밤에 비겁해지는 시간이 있는데, 자기가 두려운 것은 그 시간뿐이라고 대답 대신 적어 놓았다. 타루의 수첩은 여기서 끝나 있었다.

이틀 후, 도시가 개방되기 며칠 전, 의사 리외는 전보가 와 있는지 궁금해하면서 정오에 집으로 돌아왔다. 이때도 페스트가 한창일 때만큼 지쳐 있었지만, 최종적인 해방을 기다리면서 모든 피로가 싹 가셨다. 그는 이제 희망을 품었고, 희망을 품은 것이 기뻤다. 사람이 항상 의지를 다지며 긴장을 늦추지 않고 살 수는 없는 노릇이었다. 그리고 투쟁을 위해 묶어 놓았던 힘을 마지막에 풀어놓는 것은 참으로 즐거운 일이었다. 기다리고 있던 전보의 내용이 기분 좋은 내용이라면 리외는 다시 시작할 수 있을 것이다. 그리고 그는 누구나 다시 시작해야 한다고 생각했다.

그는 수위실을 지나가고 있었다. 창문에 기대어 있던 새로 온 수위가 그에게 미소를 지었다. 계단을 올라가면서 리외는 피로와 궁핍으로 창백해진 자기 얼굴을 그려 봤다.

그렇다, 추상이 끝나면 그는 다시 시작할 것이다. 거기에 약간의 행운이 따르면…. 문을 여는 순간 그를 보자마자 그의 어머니가 타루의 몸 상태가 좋지 않다고 말했다. 그는 아침에 일어나긴 했지만 나올 수 없었고, 좀 전에 다시 잠이 들었다. 리외 부인은 걱정하고 있었다.

"별일 없을 거예요." 아들이 말했다.

타루는 몸을 완전히 쭉 뻗고 있었다. 두통이 생겨서 머리를 베개에 파묻고 있었는데, 두툼한 담요 아래로 그 튼튼한 가슴의 윤곽이 드러나 있었다. 열이 있었고 두통 때문에 힘들어했다. 그는 리외에게 확실하지 않지만 페스트의 증상일 수도 있다고 말했다.

"아니요, 아직 정확하지 않아요." 타루를 진찰한 후 리외가 말했다.

그러나 타루는 갈증에 시달렸다. 복도로 나와 의사는 어머니에게 페스트 초기 같다고 말했다.

"아! 그럴 리 없어. 이제 와서!"

그리고 곧이어 말했다.

"집에서 치료하자, 베르나르."

리외는 생각에 잠겼다.

"저한테는 그럴 권리가 없어요." 리외가 말했다. "도시는 곧 개방될 거예요. 어머니가 안 계셨더라면 누구보다 제가 먼저 그렇게 했을 거예요."

"베르나르, 우리 둘 다 여기 있게 해 주렴. 내가 예방접종을 받은 지 얼마 안 되었다는 걸 알고 있잖니?"

의사는 타루 역시 그랬지만, 아마도 피로 때문에 마지막 혈청 주사 맞는 것을 잊었거나 몇 가지 예방 조치를 잊었을 수 있다고 말했다.

리외는 이미 진료실로 가고 있었다. 방으로 돌아왔을 때 그가 엄청난 양의 혈청 앰풀을 들고 있는 것이 보였다.

"아! 역시 그거였군요." 타루가 말했다.

"아니에요, 그저 예방 차원에서 하는 거예요."

타루는 말없이 팔을 내밀었고, 다른 환자들에게 놓아 주던 그 주사를 오랫동안 맞았다.

“오늘 저녁까지 지켜보지요.” 리외는 타루를 똑바로 바라봤다.

“격리되나요, 선생님?”

“페스트에 걸린 건지 아직 확실하지 않아요.”

타루는 애써 웃어 보였다.

“격리시키지 않고 혈청을 주사하는 경우는 처음 보는데요.”

리외가 돌아섰다.

“어머니와 제가 돌볼 거예요. 여기에 있는 게 더 나을 거예요.”

타루는 잠자코 있었고, 앰풀을 정리하던 의사는 그가 말을 하면 돌아서려고 기다렸다. 결국 그는 침대 쪽으로 향했다. 환자는 그를 바라보고 있었다. 얼굴은 피곤했지만 회색빛 눈동자는 차분했다. 리외가 그에게 미소를 지었다.

“가능하면 주무세요. 나중에 다시 올게요.”

문 앞에서 그는 타루가 자신을 부르는 소리를 들었다. 그는 다시 그에게 다가갔다.

그러나 타루는 자신이 말하려는 것을 어떻게 표현해야 할지 어려워하는 것 같았다.

“리외 씨, 저에게는 사실대로 말해 주세요. 그러는 게 좋겠어요.” 마침내 타루가 말을 꺼냈다.

“약속할게요.”

타루는 미소를 지으면서 두툼한 얼굴을 일그러뜨렸다.

“고마워요. 나는 죽고 싶지 않아요. 그러니 싸울 겁니다. 하지만 제가 지더라도 좋게 마무리하고 싶어요.”

리외는 몸을 굽혀 그의 어깨를 꼭 쥐었다.

“아니에요, 성인이 되려면 살아야지요. 싸우세요.” 그가 말했다.

낮에는 매서웠던 추위가 조금 누그러지는가 싶더니 오후가 되자 거센 비와 우박이 쏟아졌다. 해 질 녘에는 하늘이 조금 맑아진 반면, 추위는 더욱 심해졌다. 리외는 저녁이 되어서야 집으로 돌아왔다. 외투도 벗지 않은 채 친구가 있는 방으로 들어갔다. 어머니는 뜨개질을 하고 있었다. 타루는 꼼짝도 하지 않는 것 같았지만 고열로 하얗게 질린 그의 입술을 보니 그가 고군분투하고 있음을 알 수 있었다.

"몸은 좀 어때요?" 의사가 물었다.

타루는 침대에 누워 두꺼운 어깨를 살짝 으쓱했다.

"아무래도." 그가 말했다. "저는 싸움에서 질 것 같아요."

의사는 그를 향해 몸을 숙였다. 불타는 피부 속에서 림프샘에 결절이 생겨 있었고, 그의 가슴에서는 몸 깊은 곳에서부터 온갖 소음이 울려 퍼지는 것 같았다. 타루에게는 이상하게도 두 가지 증상이 동시에 나타났다. 리외는 일어서면서 혈청의 효과가 아직 완전히 나타날 시간이 되지 않았다고 말했다. 타루가 뭐라고 하려 했지만 그의 목구멍에서부터 나오는 열병으로 인해 말마저 녹아버리고 말았다.

저녁을 먹은 후, 리외와 그의 어머니는 타루 옆에 앉았다. 그에게는 투쟁의 밤이 시작되었고, 리외는 전염병이라는 악마와의 힘든 싸움이 새벽까지 계속될 것임을 알고 있었다. 타루의 강한 어깨와 넓은 가슴은 그가 가진 최고의 무기가 아니었다. 리외가 일찍이 바늘로 뽑아낸 피, 영혼보다 그 핏속에 있는 더 내밀한 무엇, 어떤 과학도 밝힐 수 없는 그것이 차라리 무기였다. 그는 그저 친구가 싸우는 것을 지켜볼 수밖에 없었다. 몇 달 동안 실패를 반복해 왔기 때문에 자신이 하려고 했던 일, 가령 화농을 촉진시키거나 강심제를 주사하는 것이 어떤 효과가 있는지 잘 알고 있었다.

실제로 그의 유일한 할 일은 자극을 받았을 때 비로소 모습을 드러내는 우연에 기회를 주는 것뿐이었다. 그런데 그 우연은 반드시 작동해야 했다. 리외는 페스트의 예기치 못한 모습에 자신이 당황하고 있다는 것을 깨달았기 때문이다. 페스트는 자기를 퇴치하기 위해 세워진 전략을 교묘히 피하려 애쓰고 있었다. 그러다가 예상치 못한 곳에서 나타나기도 하고, 이미 자리 잡았다고 여긴 곳에서 사라지기도 했다. 페스트는 사람들을 놀라게 하려고 또다시 애를 쓰고 있었다.

타루는 꼼짝도 하지 않고 싸우고 있었다. 그는 밤새 단 한 번도 악의 공격에 몸부림치지 않았고, 온 힘을 다해 묵묵히 싸울 뿐이었다. 하지만 그는 아무런 말도 하지 않았다. 그렇게 단 한 순간도 방심할 수 없음을 인정하는 셈이었다. 리외는 떴다 감았다 하는 친구의 눈을 통해서만 투쟁의 단계를 파악했다. 안구에 밀착되거나 축 늘어지고 하는 눈꺼풀을 통해 시선은 한곳에 고정되어 있거나 의사나 그의 어머니를 따라다녔다. 리외와 눈이 마주칠 때마다 타루는 있는 힘껏 미소 지었다.

한순간 거리에서 다급한 발소리가 들렸다. 발소리는 조금씩 가까워지더니 결국 빗물이 가득 고인 거리를 가득 채웠다. 비가 다시 내리기 시작했고, 곧 우박과 뒤섞여 도로를 마구 때렸다. 창문 앞에 걸린 거대한 벽걸이 천이 물결쳤다. 방의 어두운 곳에서 리외는 빗소리에 잠시 정신이 팔렸다가 침대맡에 있는 조명이 환하게 비추고 있는 타루를 다시 바라봤다. 그의 어머니는 뜨개질을 하면서 가끔 고개를 들어 환자를 주의 깊게 살폈다. 이제 의사가 할 일은 모두 끝났다. 비가 그치자, 방 안에는 보이지 않는 전쟁에서 들려오는 고요한 소란으로 무거운 침묵이 감돌았다. 수면 부족으로 예민해진 탓인지, 의사는 전염병 내내 자신을 따라다니던 부드럽고 규칙적인 휘파람 소리가 들려오는 것 같은 착각에 빠졌다. 그는 어머니에게 가서 주무시라는 손짓을 했다. 어머니는 고개를 저으며 거절했는데, 그 눈은 빛을 내면서 바늘 끝에 코가 제대로 걸려 있는지 주의 깊게 살폈다. 리외는 일어나 환자에게 물을 마시게 하고 다시 돌아와 앉았다.

잠깐의 소강상태를 이용해 사람들은 인도를 빠르게 걸었다. 발소리가 줄어들고 멀어졌다. 의사는 처음으로 오늘 밤이, 늦게까지 거리가 보행자들로 가득 차 있고 구급차 소리도 없었던 과거의 밤과 비슷하다고 생각했다. 페스트로부터 해방된 밤이었다. 추위와 빛, 군중에게 쫓겨난 페스트는 도시의 어두운 곳에서 빠져나와 이 따뜻한 방으로 피신해 타루의 무기력한 몸에 최종 공격을 쏟아붓는 것 같았다. 이 재앙은 더 이상 도시의 하늘을 휘젓지 않았다. 그러나 그것은 이제 방 안의 무거운 공기 속에서 부드럽게 휘파람을 불었다. 리외가 몇 시간 전부터 듣고 있던, 바로 그 소리였다. 그곳에서도 그는 페스트가 멈추고 패배를 선언하기를 기다려야 했다.

새벽이 되기 직전에 리외는 어머니 쪽으로 몸을 기울였다.

“가서 주무시고 여덟 시에 저와 교대하세요. 잠들기 전에 소독하시고요.”

리외 부인은 일어나 뜨개질을 정리하고 침대로 향했다. 타루는 이미 한동안 눈을 감고 있었다. 땀이 흘러 단단한 이마에는 머리카락이 뭉쳐 있었다. 리외 부인은 한숨을 쉬었고 환자는 눈을 떴다. 그에게 몸을 기대고 있는 온화한 얼굴을 봤고, 오르락내리락하는 열을 뒤로하고 미소를 잃지 않았다. 하지만 이내 눈이 감졌다. 혼자 남은 리외는 어머니가 앉아 있었던 안락의자에 자리를 잡았다. 거리는 고요해졌고, 이제 완벽한 침묵만이 남았다. 아침의 냉기가 방에서 느껴지기 시작했다.

의사는 졸다가 새벽의 첫 자동차 소리에 잠에서 깼다. 그는 몸을 부르르 떨었고, 타루를 살펴서 증세가 약화되어 환자가 잠들어 있는 것을 파악했다. 자동차나 마차의 나무 바퀴나 철 바퀴가 굴러가는 소리가 멀리서 들려왔다. 창밖은 아직 날이 어두웠다. 의사가 침대 쪽으로 다가가자 타루는 무표정한 눈으로 그를 바라봤다. 아직 잠에서 덜 깬 것 같았다.

"좀 잔 거 맞지요?" 리외가 물었다.

"네."

"숨 쉬는 건 편해요?"

"조금요. 그게 무슨 의미가 있는 건가요?"

리외는 잠자코 있다가 잠시 후 이렇게 말했다.

"아니요, 타루 씨. 아무런 의미도 없어요. 아침에는 일시적으로 차도가 있다는 걸 당신도 알고 있잖아요."

타루는 그 말에 동의했다.

"고마워요. 항상 정확하게 말해 주세요."

리외는 침대 발치에 앉아 있었다. 길고 단단한 그의 다리가 옆에 있는 것이 느껴졌다. 타루의 숨소리가 거칠어졌다.

"열이 다시 시작될 것 같아요. 그렇지요, 리외 씨?" 그가 숨을 헐떡이며 말했다.

"네, 정오에는 알게 되겠지요."

타루는 눈을 감았다. 힘을 모으고 있는 것 같았다. 그의 얼굴에서 지친 표정을 읽을 수 있었다. 그는 자신의 깊은 내부 어딘가에서 이미 끓기 시작한 그 열이 올라오기를 기다리고 있었다. 그가 눈을 떴을 때 그의 시선은 흐릿했다. 리외가 그를 향해 몸을 기울이고 있음을 알았을 때에만 눈을 반짝였다.

"물 좀 마셔요." 리외가 말했다.

타루는 물을 마시고 다시 누웠다.

"오래 가네요." 그가 말했다.

리외는 타루의 팔을 잡았지만 타루는 시선을 돌리고 더 이상 반응하지 않았다. 그리고 내부에서 둑이라도 무너진 듯, 열이 이마에까지 밀려들었다. 타루의 시선이 의사에게 돌아왔을 때 의사는 긴장된 얼굴로 그에게 용기를 북돋고 있었다. 타루는 여전히 억지로 미소를 지었지만 꽉 다문 턱과 입술은 그대로였다. 그러나 굳은 얼굴 속에서도 그의 눈은 여전히 용기로 빛나고 있었다.

7시에 리외 부인이 방으로 들어왔다. 의사는 진료실로 돌아와 병원에 전화를 걸어 대체 근무자를 배치했다. 그는 또한 진료를 연기하기로 하고 진료실 소파에 잠시 누웠다가 곧장 일어나 방으로 돌아왔다. 타루는 리외 부인 쪽으로 고개를 돌리고 있었다. 그는 허벅지 위에 두 손을 겹쳐 올린 채 의자에 웅크리고 있는 작은 그림자를 보고 있었다. 그가 너무 뚫어지게 어머니를 보고 있던 탓에 리외 부인은 자기 입술에 손가락을 대었다가 일어나서 침대 맡에 있는 조명을 껐다. 그러나 커튼 뒤에서 햇빛이 새어 들었고, 잠시 후 어둠 속에서 환자의 얼굴이 드러나자 리외 부인은 그가 여전히 자기를 보고 있다는 것을 알았다. 그를 향해 몸을 숙여 베개를 정돈해 준 후 몸을 일으켜서 땀에 젖어 엉망이 된 머리카락 위에 손을 잠시 얹었다. 그때 멀리서 들려오는 나지막한 목소리가 들렸다. 고맙다고, 이제는 모든 게 괜찮다는 말이 어렴풋하게 들렸다. 어머니가 다시 자리에 앉자 타루는 눈을 감았고, 입술은 굳게 다물고 있었지만 지친 얼굴이 다시 웃고 있는 것 같았다.

정오가 되자 열이 최고조에 달했다. 오장육부에서부터 기침을 토해 내려는 듯 환자의 몸이 뒤흔들렸다. 림프샘은 더 이상 부어오르지 않았다. 관절의 오목한 곳에 나사가 박힌 듯이 여전히 딱딱하게 그 자리에 있었고, 리외는 절개하기 어렵다고 판단했다. 열과 기침을 오가면서 타루는 가끔 친구들을 바라봤다. 그러나 그가 눈 뜨는 횟수는 줄어들었고, 피폐해진 얼굴은 햇빛 속에서 매번 더욱 창백해졌다. 발작처럼 경련을 일으켜 온몸이 흔들리는 폭풍이 지나가더니 그의 모습을 번쩍이며 비추던 번개도 점점 드물어졌다. 타루는 천천히 이 폭풍의 깊은 곳으로 떠내려가고 있었다. 리외 앞에는 미소가 사라지고 무기력한 가면 하나만 존재할 뿐이었다. 그토록 가까웠던 인간이 이제는 창에 찔리고 초인적인 악에 의해 불태워지며 하늘에서 불어오는 증오에 찬 바람에 온몸이 뒤틀려서 그의 눈앞에서 페스트의 물속으로 잠기고 있었다. 그는 다시 한번 무기도 처방도 없이 빈손으로 망연자실한 채 이 재앙에 맞서 해안에 남아 있어야 했다. 결국 리외는 자신의 무력함에 눈물을 흘렸고, 타루가 갑자기 벽으로 돌아누우며 몸의 어딘가에서 근원의 끈이 끊어진 것처럼 힘없는 신음을 내며 죽어 가는 것을 차마 보지 못했다.

그다음 밤은 투쟁의 밤이 아니라 침묵의 밤이었다. 리외는 세상과 단절된 방에서 이제 옷을 제대로 차려입은 시신 위로 예기치 못한 고요가 떠돌고 있다는 것을 느꼈다. 며칠 전 어느 날 밤, 도시 입구 출입문이 습격당한 이후 아래쪽에서는 페스트가 소리를 지르는 가운데 테라스 위에서 느꼈던 그 고요였다. 그는 사람들이 죽게 내버려두고 온 침대에서 솟아오른 침묵에 관해 이미 생각한 적 있었다. 그것은 어디에서나 똑같은 휴식, 똑같은 엄숙한 시간, 전투 뒤에 따르게 마련인 똑같은 진정 상태, 즉 패배의 침묵이었다. 하지만 그의 친구를 지금 감싸고 있는 침묵은 페스트로부터 해방된 도시의 침묵과 정확하게 일치했기 때문에 이번에야말로 결정적인 패배임을 리외는 분명히 느꼈다. 그리고 그 패배는 전쟁은 끝났지만 평화 자체를 치유할 길 없는 고통으로 만든 패배라는 것을 절실히 느꼈다. 의사는 결국 타루가 평화를 되찾았는지는 알 수 없지만, 적어도 그 순간에는 아들을 잃은 어머니나 친구를 묻은 사람들에게 결코 휴전이 찾아오지 않는 것과 마찬가지로 리외 자신에게도 평화를 되찾는 일은 결코 없으리라는 것을 알았다.

밖은 여전히 추운 밤이었고, 맑고 차디찬 하늘에는 얼어붙은 별들이 떠 있었다. 어두침침한 방에서 우리는 창문에 닿는 추위와 북극으로부터 불어온 차디찬 숨결을 느꼈다. 침대 근처에서 리외 부인은 침대 전등의 불빛을 받으며 여느 때와 같은 자세로 앉아 있었고, 전등에서 멀리 떨어져 방 한가운데에 있던 리외는 안락의자에서 기다리고 있었다. 아내 생각이 났지만, 매번 물리쳤다.

밤이 시작될 무렵, 지나가는 사람들의 발소리가 추운 밤 속에서 맑게 울려 퍼졌다.

"다 처리했니?" 리외 부인이 물었다.

"네, 전화했어요."

그런 다음 그들은 조용히 밤을 지새웠다. 리외 부인은 가끔 아들을 바라봤다. 그가 어머니의 그런 표정을 한 번이라도 마주쳤다면 미소를 지어 보였을 것이다. 익숙한 밤의 소음이 거리에서 연달아 들려왔다. 아직 허용되지 않았지만, 자동차가 다시 도로를 돌아다니고 있었다. 자동차들이 도로를 핥으며 재빠르게 사라졌다가 다시 나타나고는 했다. 말소리, 누군가를 부르는 소리, 돌아오는 침묵, 굽은 길에서 삐걱대는 두 대의 전차, 알 수 없는 소리, 그리고 다시 밤의 숨결이 들렸다.

"베르나르?"

"네."

"피곤하지 않니?"

"괜찮아요."

그는 어머니가 무슨 생각을 하고 있는지 알고 있었고, 지금 이 순간 자신을 사랑한다는 것도 알고 있었다. 그러나 그는 또한 누군가를 사랑한다는 것이 그리 대단한 일이 아니며, 사랑이 아무리 강하더라도 그만큼 제대로 표현할 수 없다는 것 또한 알고 있었다. 그래서 그와 그의 어머니는 항상 침묵 속에서 서로를 사랑할 것이다. 그리고 어머니 혹은 자신은 평생 그들의 사랑을 고백하지 못한 채 죽을 것이다. 마찬가지로 그는 타루 바로 옆에서 살았고, 그날 밤 그들의 우정을 진정 경험할 새도 없이 그는 죽고 말았다. 말 그대로 타루는 전쟁에서 진 것이다. 그렇다면 리외는 무엇을 얻었는가? 그는 페스트를 겪었고 페스트에 대한 추억이 생겼고, 우정을 알게 되어 우정에 대한 추억이 생겼고, 사랑을 알게 되어 언젠가 그것을 추억하리라는 것을 알았다. 전염병과의 전쟁에서 인간이 얻을 수 있는 것은 지식과 추억뿐이었다. 아마도 그것이 바로 타루가 말한 바 있는 전쟁에서 이긴다는 것이었으리라!

다시 차 한 대가 지나갔고, 리외 부인은 의자에 앉은 채 몸을 살짝 움직였다. 리외는 어머니에게 미소를 지었다. 어머니는 자신은 피곤하지 않다며 곧장 이렇게 말했다.

"너 그 산으로 휴양을 다녀오는 게 좋겠구나."

"그럴게요, 어머니."

그렇다. 그는 거기서 쉴 수 있을 것이다. 왜 안 되겠는가? 그것 역시 기억을 위한 구실이 될 것이다. 그러나 전쟁에서 승리한다는 것이 결국 그런 것이라면, 희망하는 것은 다 잃은 채 아는 것과 기억하는 것만 가지고 살아간다면 얼마나 괴로운 삶일까. 타루가 살아온 삶이 아마 그런 삶이리라. 그래서 환상이 없는 삶이 얼마나 메마른 것인지 그는 잘 알고 있었다. 희망 없이는 마음의 평화도 있을 수 없다. 타루는 인간이 인간에게 선고를 내릴 수 있는 권리를 거부했다. 그럼에도 남을 단죄하지 않을 수 있는 사람은 아무도 없고, 피해자들조차도 때로는 사형 집행인이 된다는 사실을 알고 있었다. 타루는 비탄과 모순 속에서 살면서 단 한 번도 희망을 경험하지 못했던 것이다. 이것이 그가 성스러움을 추구하고 인간에 대한 봉사로 마음의 평화를 찾으려고 했던 이유였을까? 사실 리외는 그에 관해서는 아는 바가 없었고 그것은 하등 중요하지 않았다. 그가 간직하게 될 타루의 유일한 모습은 두 손으로 자동차의 운전대를 잡고 운전하는 한 남자의 모습 아니면 이제는 움직이지 않고 누워 있는 육중한 육체의 모습일 것이다. 삶의 온기와 죽음의 모습, 그것이 바로 인식이었다.

그런 이유에서 의사 리외는 아침에 전해 들은 아내의 사망 소식을 차분하게 받아들였다. 그는 진료실에 있었다. 그의 어머니가 그에게 거의 뛰다시피 들어오더니 전보를 건네줬고 배달원에게 팁을 주러 도로 나갔다. 다시 돌아왔을 때 아들은 전보를 펼친 채 손에 들고 있었다. 어머니가 그를 쳐다봤지만 그는 항구 위로 떠오르는 장엄한 아침의 모습을 창을 통해 뚫어지게 바라보고 있었다.

"베르나르." 리외 부인이 불렀다.

의사는 멍한 눈빛으로 어머니를 돌아봤다.

"무슨 전보니?" 어머니가 물었다.

"그거예요." 의사는 솔직하게 말했다. "일주일 전이네요."

리외 부인은 창문 쪽으로 고개를 돌렸다. 의사는 침묵했다. 그런 다음 그는 어머니에게 울지 말라고 하고, 예상했던 일이지만 그래도 마음이 아프다고 말했다. 그러면서도 이런 고통이 놀랄 만한 일은 아니라는 것을 그도 알고 있었다. 여러 달 전부터, 그리고 이틀 전부터 계속되고 있는 바로 그 고통이었다.

2월의 어느 화창한 새벽, 마침내 도시의 문이 열렸다. 사람들, 신문, 라디오는 물론이고 도청도 발표문을 통해 그날을 축하했다. 물론 서술자는 이 사람들 속에 섞여서 기뻐하지 못하는 사람들 중 한 명이었지만, 이제 그에게 남은 일은 문이 열린 이후 이어진 기쁨의 시간들을 전달하는 것이다.

밤낮으로 성대한 축제들이 계획되었다. 동시에 기차들이 역에서 연기를 뿜어 내기 시작했고, 먼바다에서 들어오는 선박들은 뱃머리를 이미 항구로 향했다. 이렇게 이별에 괴로워하던 모든 사람에게 이날이 바로 원대한 재회의 날임을 분명히 드러나고 있었다.

여기서 우리는 수많은 우리 시민들을 사로잡은 이별의 감정이 어떻게 변했을지 쉽게 상상할 수 있을 것이다. 낮에 우리 도시로 들어오는 기차에 탄 승객이 떠나는 열차에 탄 승객만큼이나 많았다. 2주간의 유예 기간 동안 사람들은 좌석을 예약해 놓고도 모두가 도청의 결정이 번복될지도 모른다며 마음을 졸였다. 도시에 들어온 일부 승객들도 불안감에서 완전히 벗어나지 못하고 있었다. 가까운 사람들의 소식은 대충 알고 있었지만 다른 사람들이나 도시 자체가 어떻게 되었는지는 전혀 몰랐기 때문이다. 그러나 이것은 헤어져 있는 동안 열정을 모조리 불태우지 않았던 사람들에게만 해당하는 일이다.

사실 열정적인 사람들은 고정관념에 빠져 있었다. 그들에게 변하는 것은 오직 한 가지뿐이었다. 유배 생활과 진배없던 몇 달 동안, 그럴 수만 있다면 빨리 가라고 시간을 밀어붙이고 재촉하고 싶었는데, 막상 도시가 눈에 들어오니 이번에는 반대로 시간이 천천히 흘러가기를 바라며 기차가 브레이크를 밟고 서서히 정지하자 시간도 함께 정지하기를 바랐다. 사랑하지 못하고 여러 달 동안 잃어버린 시간에 대해 어렴풋하면서도 격렬한 감정이 생겨나 기쁨의 시간은 기다림의 시간보다 두 배는 천천히 흘러가야 한다는 보상을 막연하게나마 요구하게 되었던 것이다. 그리고 대합실이나 승강장에서 그들을 기다리고 있던 사람들도 랑베르처럼 똑같이 조바심이 났고 똑같이 혼란에 빠져 있었다. 랑베르의 아내는 벌써 몇 주 전부터 소식을 듣고는 도시에 들어오기 위해 필요한 절차를 밟아 놓았다. 페스트가 몇 달 동안 지속되면서 추상적으로 만들어 버린 사랑이나 애정이 그것들을 지탱해 주던 살아 있는 존재와 마주하게 되는 순간을 랑베르는 가슴 졸이며 기다리고 있었기 때문이다.

그는 전염병이 시작되었을 때 도시에서 단번에 뛰쳐나와 사랑하는 사람을 만나러 달려가고 싶었던 그 사람으로 돌아가고 싶었을 것이다. 그러나 이제는 불가능하다는 것을 그는 알고 있었다. 페스트가 그를 변화시켰고 혼란스럽게 만들었던 것이다. 그가 힘껏 부인해 보려고도 했지만 막연한 불안처럼 마음속에 계속 남아 있었다. 어떤 의미에서 페스트가 하루아침에 종식되어서 평정을 잃은 것이라고 느꼈다. 행복이 전속력으로 다가오고 있었고, 일은 기대보다 빠르게 진행되었다. 모든 것이 한꺼번에 회복될 것이고, 기쁨은 불에 덴 것과 같아서 음미할 겨를이 없다는 것을 랑베르는 깨달았다.

정도의 차이는 있었지만, 사실 모두가 랑베르와 마찬가지였다. 그러므로 그 모든 사람에 관해서 이야기할 필요가 있다. 기차역 승강장에서 각자의 생활을 다시 시작해야 하는 그들은 서로 시선과 미소를 나누며 여전히 공동체임을 느끼고 있었다. 그러나 갑자기 기차에서 연기가 보이기 시작하자 모호하기는 했지만 쏟아지는 기쁨에 싸여, 유배에 대한 감정은 어느덧 사라져 버렸다. 기차가 정지하고, 잊고 있던 그 몸들을 기쁜 마음으로 서로의 팔로 휘감았던 그 순간, 그 승강장에서 시작된 기나긴 이별은 순식간에 끝이 났다. 랑베르는 자신을 향해 달려오는 형체를 알아볼 겨를이 없었다. 어느덧 그의 가슴팍에 뛰어들었기 때문이다. 그는 아내를 두 팔로 안고 익숙한 머리카락만이 보이는 머리를 꼭 끌어안았다. 그는 눈물을 흘렸다. 현재의 행복 때문인지 아니면 너무 오랫동안 억압되어 온 아픔 때문인지는 알 수 없었다. 적어도 그 눈물 때문에 그의 어깨에 파묻힌 아내의 얼굴이 그리도 꿈꿔 온 그 얼굴인지 아니면 반대로 낯선 여자의 얼굴인지 확인하지 못한 것은 분명하다. 그 의심이 사실인지는 조금 있으면 알게 될 것이다. 지금으로서는 페스트가 다녀갔든 아니든 사람의 마음이란 변하지 않는다고 믿는 사람처럼 행동하고 싶었다.

모두가 서로 꼭 껴안고, 나머지 세계에는 눈감아 버리고, 겉으로는 페스트와의 전쟁에서 승리한 것처럼, 같은 기차를 타고 왔지만 아무도 마중 나온 사람이 없다는 것을 알고 나서야 오랜 무소식이 마음속에 불러일으킨 두려움을 확인해야만 하는 그런 사람들은 잊은 채, 집으로 돌아갔다. 잊힌 사람들은 이제 동료라고는 생생한 아픔밖에 없으며, 그 순간 죽은 사람에 관한 추억밖에는 매달릴 곳이 없다는 점에서 사정이 완전히 달랐기에 이별의 슬픔은 극에 달해 있었다. 그들과 이름 모를 구덩이나 잿더미 속에 녹아 없어진 사람들로 인해 모든 기쁨을 잃은 어머니, 배우자, 연인들에게 페스트는 여전히 계속되고 있었다.

하지만 누가 이런 고독에 관해 생각해 주겠는가? 정오가 되자 아침부터 공중을 맴돌던 차가운 숨결이 태양에 물러나고 도시 위로 승리한 듯한 햇빛이 끊임없이 쏟아졌다. 낮은 정지되어 있었다. 언덕 꼭대기에 있는 요새의 대포가 고요한 하늘을 향해 끊임없이 천둥소리를 냈다. 고통의 시간은 끝났지만 망각의 시간은 아직 오지 않은 그 벅찬 순간을 축하하기 위해 온 동네 사람들이 밖으로 뛰쳐나왔다.

사람들은 모든 곳에서 춤을 췄다. 밤새 교통량이 상당히 증가했고 늘어난 차량 때문에 거리가 혼잡해져 통과하기 힘들었다. 오후 내내 종소리가 크게 울렸다. 그러면 파란 황금빛 하늘은 종소리로 가득 찼다. 교회에서는 감사의 축복이 낭송되고 있었다. 동시에 축제 장소들은 터질 듯이 성황을 이루었고, 미래에 대한 걱정 없이 카페는 마지막 남은 술을 나눠 주고 있었다. 카운터 앞은 흥분한 사람들로 붐볐고, 그중에는 사람들이 쳐다보는 것에도 아랑곳하지 않고 포옹하는 커플이 많았다. 모두가 소리를 지르거나 웃고 있었다. 몇 달 동안 저마다 영혼에 비축해 온 생명력을 마치 생존 기념일이라도 되는 양 그날 다 소진해 버렸다. 그 순간만큼은 출신이 전혀 다른 사람들도 서로 스쳐 가며 친밀감을 느꼈다. 실제로 죽음도 실현하지 못한 평등과 해방의 기쁨이 최소 몇 시간 동안 실현되고 있었다.

그러나 이 흔해 빠진 활기로 모든 것을 설명할 수는 없었다. 늦은 오후 랑베르와 함께 거리를 가득 메운 사람들은 무심한 듯했지만 더 미묘한 행복을 감추고 있었다. 많은 커플과 가족들은 사실 평화롭게 걷고 있는 것처럼 보였다. 그러나 대부분은 자신들이 고통받았던 곳을 찾아 미묘하게 순례하고 있었다. 그 목적은 페스트의 숨겨진 혹은 분명한 징후, 그리고 그 역사의 흔적을 새로운 사람들에게 보여 주는 것이었다. 어떤 경우에는 안내자 역할을 하며 많은 것을 경험하고 페스트를 겪은 동시대 사람인 것에 만족했다. 그래서 아무런 공포심도 일으키지 않은 채 위험했던 이야기를 하는 것이었다. 이러한 즐거움은 해롭지 않았다. 그러나 다른 경우에는 소름 끼치는 여정이어서, 어떤 연인은 추억을 되살리면서 달콤한 불안에 빠져서 함께 있는 여자에게 "그때, 바로 여기서 당신을 원했지만 당신은 여기에 없었어."라고 말하는 것이었다. 이 열정적인 여행객들은 서로를 알아볼 수 있었다. 그들은 걷고 있는 혼란의 한가운데서 섬을 이루어 속삭이고 비밀 이야기를 털어놓고 있는 것이었다. 사거리의 오케스트라보다 오히려 그들이 진정한 해방을 알리는 사람들이었다. 말없이 서로를 껴안은 채 행복한 얼굴로 걸어가는 연인들이야말로 그 소용돌이 속에서 행복한 사람 특유의 의기양양함과 부당함을 드러내며, 이제는 페스트가 사라졌고 공포의 시대가 끝났음을 확인해 줬던 것이다. 그들은 우리가 한때 경험했던 광기의 세상, 사람을 죽이는 일이 파리를 죽이는 것만큼 일상화되었던 무지막지한 세상, 뚜렷이 규정된 야만성, 계산된 광란, 현재가 아닌 모든 것에는 무관심했던 감금 상태, 죽지 않은 사람들을 아연실색하게 만든 죽음의 냄새, 이런 것들이 자명한 사실임에도 태연하게 부정하고 있었다. 그럼으로써 그들은 매일매일 화장터의 아궁이에 쌓인 채 고기 타는 냄새가 섞인 연기가 되어 증발했고, 한편 나머지 사람들은 무력함과 두려움의 사슬에 묶여 차례를 기다리고 있던 얼빠진 민중이었다는 사실을 부정하고 있었다.

어쨌든 이것은 의사 리외가 변두리 지역을 향해, 종소리와 대포, 음악과 귀청이 찢어질 듯한 비명 사이를 가로지르며 혼자 걷던 와중에 눈에 들어온 것이었다. 그의 일은 계속되었고 환자가 없는 날은 없었다. 도시를 비추는 아름답고 섬세한 빛 속에서 구운 고기와 아니스 술의 냄새가 예전처럼 퍼지고 있었다. 그의 주위에서 사람들은 하늘을 향해 얼굴을 들고 행복한 표정을 지었다. 남자들과 여자들은 상기된 얼굴로 욕망으로 인한 흥분과 긴장으로 소리를 지르며 부둥켜안고 있었다. 그렇다, 페스트는 공포와 함께 끝났고, 서로를 부둥켜안은 그 팔은 페스트가 유배와 격리의 동의어였음을 보여 주는 것이었다.

리외는 몇 달 동안 지나가는 사람들의 얼굴에서 읽은 비슷한 유사성에 처음으로 이름을 붙일 수 있었다. 이제 그는 주변을 둘러보는 것으로 충분했다. 가난과 궁핍 속에서 페스트가 끝날 무렵, 사람들은 이미 오래전부터 해 왔던 역할, 망명객의 의상을 입게 되었다. 처음에는 얼굴에서 이제는 복장에서, 부재와 먼 고향을 말해 주는 망명객의 역할 말이다. 페스트로 도시의 문이 닫힌 순간부터 그들은 그저 떨어져 살았고, 모든 것을 잊게 해 주는 사람의 온기와도 단절되었다. 정도의 차이는 있지만 이 남녀들은 도시 곳곳에서 어떤 재회를 열망했다. 그 재회는 모두 다른 성질의 것이었지만 불가능한 것은 똑같았다. 그들 대부분은 부재자, 육체의 온기와 애정, 그리고 일상을 돌려 달라고 온 힘을 다해 소리치고 있었다. 어떤 사람들은 자신도 모르는 사이에 편지, 기차, 배와 같이 평범한 우정의 수단으로는 더 이상 만날 수 없음에 괴로워했다. 드물기는 했지만, 그렇기에 다른 사람들은 딱히 뭐라고 정의할 수 없지만, 타루처럼 그들에게 바람직한 것으로 보이는 그 유일한 무엇과의 재회를 원하고 있었다. 마땅히 부를 만한 이름이 없었기 때문에 그들은 때로 그것을 평화라고 불렀다.

리외는 여전히 걷고 있었다. 그는 걸어가다 보니 주변에서 군중이 늘어나고 소음은 커졌으며 가려던 변두리 지역은 그만큼 뒤로 물러나는 것처럼 보였다. 그는 조금씩 큰 소리를 지르는 커다란 무리에 녹아들었고, 그 비명이 적어도 일부는 자신이 내는 비명임을 점점 더 잘 이해하게 되었다. 그렇다, 모두가 영혼만큼이나 육체적으로도 힘들었던 휴가, 별도리 없는 유배 생활, 절대 채워지지 않는 갈증으로 함께 고통을 겪은 것이다. 시체 더미들, 구급차 사이렌 소리, 운명으로 받아들일 수밖에 없었던 경고, 공포심을 일으키던 끈질긴 답보 상태, 마음속에 솟구치던 무서운 반항, 이런 것들 사이에서 하나의 거대한 웅성거림이 겁에 질려 있던 사람들에게 진정한 조국을 찾아야 한다고 경고하고 있었다. 그들 모두에게 진정한 조국은 이 답답한 도시의 벽 너머에 있었다. 그 조국은 언덕 위의 향기로운 수풀 속에, 바닷속에, 자유로운 고장들과 사랑의 무게 속에 있었다. 그 밖의 모든 것에는 혐오감을 느끼고 등을 돌리면서 그 조국을 향해서, 행복을 향해서 다시 돌아가고 싶었다.

이런 유배와 재회에 대한 열망이 어떤 의미인지에 관해서 리외는 아는 바가 없었다. 사방에서 밀치고 말을 걸어오는 군중 틈에서 그는 차츰 덜 붐비는 거리로 들어섰다. 그러는 와중에 그런 것들이 의미가 있다거나 없다거나 하는 것은 중요하지 않고, 인간의 희망에 어떤 것이 대답이 될 수 있는지를 알아야 한다고 생각했다.

그는 이제 그 대답이 무엇인지 알고 있었다. 거의 인적이 없는 교외의 첫 번째 거리에서 더 잘 알게 되었다. 대단치 않은 스스로에 관해 만족하면서 사랑의 보금자리로 돌아가기만을 바랐던 사람들은 때때로 보상을 받았다. 물론 그들 중 일부는 그들이 기다리던 사람을 잃고 도시 안을 외롭게 계속 걸어 다녔다. 전염병이 돌기 전에 단번에 사랑을 이루지 못하고, 여러 해 동안 원수같이 지내며 맹목적으로 어렵게 화합을 추구하다가 결국 결합한 연인들처럼, 두 번 헤어지지 않은 사람들은 행복할 것이다. 리외도 마찬가지였지만 그들은 경솔하게도 시간에 의지했던 자들이었다. 그들은 영원히 헤어지고 말았다. 그러나 의사가 헤어지면서 그날 아침 "용기 내세요. 지금이야말로 정신을 차려야 할 때입니다."라고 말해 줬던 랑베르 같은 사람들도 있었다. 이들은 잃은 줄 알았던 사람을 망설이지 않고 되찾았다. 그들은 적어도 한동안은 행복할 것이다. 그들은 이제 인간이 언제나 원하고 가끔 손에 넣을 수 있는 것이 있다면 그것은 바로 인간에 대한 애정임을 알게 되었다.

반대로 상상조차 못 한 일을 지향했던 사람들은 결국 아무 대답도 얻지 못했다. 타루는 그가 이야기하던 그 어려운 평화를 찾은 것 같았지만 죽음 속에서만 찾을 수 있었고, 그것을 찾았을 때에는 그에게 아무런 도움이 되지 않았다. 오히려 리외가 집 문턱에서 본, 희미한 불빛 속에서 온 힘을 다해 껴안고 열정을 가지고 서로를 바라보고 있는 다른 사람들이 그들이 원하는 것을 얻었다면, 그것은 자기들의 힘으로 얻을 수 있는 것만을 요구했기 때문이다. 그리고 리외는 그랑과 코타르가 사는 거리로 들어서는 순간,

인간만으로, 가난하지만 동시에 엄청난 인간의 사랑만으로 만족하는 사람들이 적어도 가끔은 기쁨으로 보답받는 것이 옳다고 생각했다.

이 연대기도 거의 끝나 간다. 이제 의사 베르나르 리외가 서술자임을 고백해야 할 때이다. 그러나 최근 사건을 이야기하기 전에, 자신이 개입하게 된 이유를 설명하고 객관적인 증인으로서 기록하고자 노력했다는 점을 분명히 하고 싶다. 페스트가 판치던 내내 그는 직업 덕분에 시민 대부분을 만나고 그들의 감정을 들을 수 있었다. 그래서 그는 자신이 보고 들은 바를 옮겨 적기에 유리한 입장에 있었다. 그럼에도 적절한 신중함을 가지고 이 일을 하고 싶었다. 전반적으로 그는 자신이 본 것 이상을 적으려 하지 않았고, 페스트를 함께 겪어 온 사람들이 마음에 품고 있지도 않은 생각들을 만들어 내서 이야기하지 않도록, 우연히 혹은 불행한 인연으로 손에 들어온 글만을 활용하려고 노력했다.

모종의 범죄에 관해 증인으로 소환되었을 때에도 그는 선량한 증인에 걸맞게 어느 정도 신중한 태도를 지켰다. 그러나 동시에 그는 양심에 어긋나지 않게 피해자의 편에 서서 그들이 공통으로 가지고 있는 유일한 확신, 그러니까 사랑, 고통, 이별에 동참하고 싶었다. 그렇기에 시민들의 고민 중에 그가 공유하지 않은 고민이 없고, 자신의 것이 아닌 상황이 하나도 없었다.

충실한 증인이 되기 위해서는 무엇보다 모든 행위, 문서, 그리고 소문을 기록해야 했다. 그러나 그가 개인적으로 전하고 싶은 이야기인, 자신의 기대와 시련에 관해서는 침묵하려고 했다. 만약 그런 이야기를 언급했다면, 시민들을 이해하고 이해시키려는 의도로 그리했던 것이고, 대체로 막연한 부분에 가능한 한 정확하게 형태를 부여해 보려는 의도에서 그리한 것이었다. 사실 이러한 이성적인 노력은 조금도 힘들지 않았다. 수천 명의 페스트 환자의 목소리에 자신의 확신을 대놓고 보태고 싶은 유혹에 사로잡혔을 때에도, 자신의 고통 중에 어느 것 하나도 동시에 타인의 고통이 아닌 것이 없으며, 혼자서 고통을 겪는 일이 너무나 잦은 이 세계에서 그런 사정은 오히려 다행이라는 생각에서 참았다. 확실히 그는 모든 사람을 위해 이야기해야 했다.

그러나 우리 시민들 중에 의사 리외가 변호할 수 없는 사람이 적어도 한 명은 있다. 사실 타루는 어느 날 리외에게 이렇게 말했다. "그의 유일한 죄는 아이들과 사람들을 죽게 만드는 것을 마음속에서 동의했다는 거예요. 나머지에 대해서는 이해할 수 있어요. 그러니까 그걸 용서하는 건 나로서는 힘든 일이네요." 이 연대기를, 무지한 마음, 그러니까 고독한 마음을 가지고 있는 그 사람에 관한 이야기로 끝을 맺는 것은 당연한 일이다.

그가 축제로 시끌벅적한 대로를 떠나 그랑과 코타르가 사는 거리로 막 들어서려고 했을 때 의사 리외는 경찰들의 봉쇄로 가로막혔다. 예상하지 못한 일이었다. 멀리서 들려오는 축제 소음 때문에 동네는 조용해졌고, 그는 조용한 만큼 황량하게 느껴졌다. 그는 신분증을 꺼냈다.

"안 됩니다, 선생님. 사람들을 향해 총을 쏘는 미친놈이 있어요. 그러니까 거기 잠시 계세요. 선생님의 도움이 필요할지도 모르니까요."

그때 자신을 향해 다가오는 그랑이 보였다. 그랑 또한 아무것도 모르고 있었다. 경찰이 통행을 막고 있었는데, 알고 보니 그의 집에서 총소리가 나고 있다는 것이었다. 열기 없는 태양의 마지막 햇빛에 황금빛으로 물든 아파트 정면이 보였고, 그 주변에는 맞은편 인도까지 쭉 뻗어 있는 커다란 공터가 있었다. 길 한가운데에 떨어진 모자와 더러운 천 조각이 선명하게 눈에 띄었다. 리외와 그랑은 길 반대편으로 경찰들이 멀찌감치 쳐 놓은 통행 제한선을 볼 수 있었는데, 그 뒤로 몇몇 동네 주민들이 재빠르게 지나다녔다. 자세히 보니 아파트 맞은편 건물 문 앞에서 총으로 무장한 채 숨어 있는 경찰도 볼 수 있었다. 집의 모든 덧창은 닫혀 있었다. 그런데 3층에 있는 덧창 하나가 반쯤 떨어져 나간 것 같았다. 거리에는 완전한 침묵이 흘렀다. 우리한테는 도시 중심에서 퍼져 나오는 음악 소리만이 띄엄띄엄 들려왔다.

그때 맞은편 건물 중 한 곳에서 두 발의 총성이 울리더니 망가진 덧창에서 파편이 튀었다. 그런 다음 다시 침묵이 흘렀다. 오래전, 그날의 소란을 생각해 보면 리외에게는 지금 이 상황이 조금 비현실적으로 보였다.

"코타르 씨네 창문이네요." 그랑이 갑자기 매우 흥분하며 말했다. "그런데 코타르 씨는 도망갔잖아요."

"왜 총을 쏘는 건가요?" 리외가 경찰에게 물었다.

"주의를 딴 데로 돌리려고 그러는 겁니다. 건물 안으로 들어가려는 사람들한테 총을 쏘고 있어요. 우리는 필요한 장비를 싣고 올 차를 기다리고 있어요. 경찰 한 명이 총에 맞았습니다."

"왜 경찰을 쐈나요?"

"우리도 모르지요. 사람들이 거리에서 즐기고 있었어요. 그래서 첫 번째 총성이 들렸을 때는 몰랐지요. 두 번째 들렸을 때에야 비명이 터졌고 누군가가 다쳐서 모두 달아났어요. 진짜 미친놈이지 뭡니까!"

다시 찾아온 침묵 속에서 시간이 늑장을 부리는 것 같았다. 갑자기 길 반대편에서 개 한 마리가 지나가는 것이 보였다. 리외가 오랜만에 보는 개였다. 지저분한 스패니얼 강아지는 벽을 따라 종종걸음을 쳤다. 그때까지 주인이 숨겨 둔 게 분명했다. 문 근처에 도착한 개는 머뭇거리다가 뒷다리로 앉아 벼룩을 핥으려고 몸을 뒤로 젖혔다. 경찰들이 개를 부르려고 여러 번 휘파람을 불었다. 개는 고개를 들고 천천히 도로로 가서 모자 냄새를 맡기 시작했다. 그때 3층에서 총성이 들렸고 개는 얇은 천 조각처럼 뒤집혀서 앞발을 격렬하게 떨다가 결국 옆으로 쓰러졌다. 이에 대응해 맞은편 문에서 대여섯 번의 총성이 들렸고 연이어 덧창이 부서졌다. 다시 조용해졌다. 해가 조금 방향을 틀었고, 그림자가 코타르의 창문에 가까워지기 시작했다. 의사 뒤쪽 거리에서 브레이크 소리가 조용히 울렸다.

"저기 왔군." 경찰이 말했다.

경찰들은 밧줄과 사다리, 그리고 방수포로 싼 길쭉한 상자 두 개를 들고 그들 뒤에서 나왔다. 그들은 그랑의 아파트 맞은편 건물 사이에 있는 골목으로 들어갔다. 잠시 후 밖에서는 보이지 않았지만 어떤 움직임이 느껴졌다. 그런 다음 사람들은 기다렸다. 개는 더 이상 움직이지 않았고, 이제 어두운 웅덩이 속에 잠겨 있었다.

갑자기 경찰들이 들이닥친 집의 창문에서 기관총 사격이 터졌다. 사격이 계속되면서 목표물인 덧창은 말 그대로 너덜너덜해지고 검은 표면이 드러났지만 그랑과 리외가 있는 곳에서는 아무것도 분간할 수 없었다. 총격이 멈췄을 때, 한 집 정도 떨어진 다른 모퉁이에서 두 번째로 기관총이 탕탕 소리를 냈다. 총알이 창틀 안으로 들어갔는지 벽돌 파편이 튀었다. 그 순간 경찰 세 명이 길을 건너 아파트 문 안으로 달려갔다. 이어서 곧장 다른 세 명이 돌진했고 기관총 사격이 멈췄다. 우리는 조금 더 기다렸다. 건물 안에서 시작된 두 번의 폭발음이 멀리서 들려오는 것 같았다. 소란스러워지더니 셔츠 바람의 키가 작은 남자가 끝도 없이 비명을 지르면서 끌려 나온다기보다는 들려 나오는 것이 보였다. 기적처럼 거리의 덧창이 모두 열렸고, 호기심 많은 사람들로 창문은 꽉 찼다. 수많은 사람이 집 밖으로 나와 경계선 뒤로 모여들었다. 잠시 후 우리는 길 한가운데에 있는 그 작은 남자를 봤다. 마침내 그가 제 발로 땅을 디디자, 경찰들이 그의 팔을 뒤로 붙잡았다. 그는 소리를 지르고 있었다. 한 경찰이 그에게 다가가 침착하게 주먹으로 힘껏 두 번 후려쳤다.

"코타르 씨네요. 미쳐 버렸군요." 그랑이 중얼거렸다.

코타르가 쓰러졌다. 경찰이 바닥에 누워 있는 그 사내에게 힘껏 발길질을 했다. 그러자 당황한 한 무리의 사람들이 의사와 그의 늙은 친구에게 다가왔다.

"비키세요!" 경찰이 말했다.

리외는 그 무리가 지나가는 쪽으로 시선을 돌렸다.

그랑과 의사는 사라져 가는 석양 속에서 자리를 떴다. 그 사건이 잠들어 있던 동네의 무기력을 흔들어 놓은 듯 고립된 거리들은 다시 한번 환호하는 군중의 웅성거림으로 가득 찼다. 집 아래에서 그랑은 의사에게 작별 인사를 했다. 그는 그 일을 하러 가는 길이었다. 그러나 위층으로 올라가려다 말고 잔느에게 편지를 썼다며 그래서 지금 마음이 편하다고 의사에게 말했다. 그러고는 다시 그 문장을 쓰기 시작했다고 했다. "형용사를 다 지웠어요."

그리고 심술궂게 웃으며 모자를 벗고 경례했다. 그러나 리외는 코타르를 생각하고 있었고, 늙은 천식 환자의 집으로 향하는 동안 그의 얼굴을 주먹으로 후려칠 때 나던 둔탁한 소리가 그를 쫓아왔다. 아마도 죽은 사람에 관해 생각하는 것보다 죄인에 관해 생각하는 편이 더 괴로운 일인지도 모른다.

리외가 노인 환자의 집에 도착했을 때에는 밤이 이미 하늘 전체를 집어삼킨 후였다. 멀리서 자유를 만끽하는 소리가 방에까지 들려왔고 노인은 차분하게 계속 콩을 옮겼다.

"기쁠 만도 하지." 그가 말했다. "세상이 돌아가려면 만사가 필요한 법이지. 그런데 선생 친구는 어떻게 되었소?"

폭발음이 그들에게까지 들려왔지만 평화로운 소리였다. 아이들이 폭죽을 터뜨리고 있었던 것이다.

"그 친구는 죽었어요." 리외는 청진기를 웅웅 소리를 내는 노인의 가슴에 가져다 댔다.

"저런!" 노인은 약간 놀란 표정으로 말했다.

"페스트 때문에요." 리외가 덧붙였다.

"그렇군요. 좋은 사람들이 떠나는군. 인생이 그런 거지요. 하지만 그 친구는 자기가 원하는 게 무엇인지 아는 사람이었어." 잠시 뒤 노인이 이렇게 털어놨다.

"왜 그런 말씀을 하시는 겁니까?" 의사가 청진기를 내려놓으며 말했다.

"그냥요. 그 친구는 아무 말이나 하지는 않더군요. 어쨌든 난 그 친구가 마음에 들었어요. 그냥 그랬다는 거요. 사람들은 '페스트다. 우리가 페스트를 이겼다.'라면서 난리를 치지. 별것도 아닌 일에 훈장이라도 달라고 할 판이고. 그런데 페스트란 게 대체 뭐겠소? 그게 바로 인생이야. 바로 그거지."

"규칙적으로 찜질을 하세요."

"아! 걱정 마시오. 아직 시간이 많아서 난 모두가 죽는 것을 보고 죽게 될 테니. 나는 살아남는 방법을 아니까 말이요."

멀리서 기쁨의 탄성이 그에게 대답하는 듯했다. 의사는 방 가운데에 우뚝 서 있었다.

"테라스에 가 봐도 될까요?"

"아무렴! 위에서 사람들을 보고 싶은 게로군. 편할 대로 하시게. 하지만 사람들은 매일 똑같아."

리외는 계단으로 향했다.

"선생, 페스트로 죽은 사람들을 위한 기념비를 세운다던데 사실인가?"

"신문에서는 그런다더군요. 비석이나 명판이요."

"그럴 줄 알았지. 그리고 연설도 하겠군."

노인 껄껄대며 웃었다.

"여기서도 다 들려. '우리의 희생자들은….' 그러고는 요기를 하러 가겠지."

리외는 이미 계단을 올라가고 있었다. 크고 차가운 하늘이 집 위에서 반짝였고, 언덕 근처에서는 별들이 부싯돌처럼 단단해지고 있었다. 그 밤은 타루와 그가 페스트를 잊으려고 테라스에서 보냈던 그 밤과 크게 다르지 않았다. 절벽 기슭의 바다는 그때보다 훨씬 시끄러웠다. 공기는 고요하고 가벼웠으며, 미지근한 가을바람에 실려 오는 짭조름한 숨결도 없었다. 그러나 도시의 소음이 파도 소리와 함께 테라스 아래로 밀려와 부딪혔다. 그러나 오늘밤은 반항의 밤이 아닌 해방의 밤이었다. 멀리서 불그스름한 밤이 그곳에 불빛 찬란한 대로와 광장이 있다는 것을 말해 주고 있었다. 이제 해방된 밤 속에서 욕망은 자유로워졌고 우렁찬 욕망의 소리가 리외한테까지 밀려 왔다.

어둑한 항구에서 열린 공식적인 축하 행사에서 첫 번째 불꽃이 솟아올랐다. 사람들은 길고 은은한 감탄사로 불꽃을 맞이했다. 코타르도, 타루도, 그리고 리외가 사랑했지만 잃은 남자들과 여자들도, 죽은 사람들도, 범죄자들도 모두 잊혔다. 노인의 말이 옳았다. 인간은 늘 똑같았다. 그러나 그것이 인간의 힘이자 순수함이었다. 무엇보다 리외가 모든 슬픔을 넘어서 그들과 자신이 통한다고 느끼는 것도 바로 그 점 때문이었다. 함성이 더 힘차고 길어지면서 테라스 아래까지 밀려 들어오는 와중에 하늘에서는 형형색색의 불꽃 다발이 더 많아졌다. 그 모습을 바라보며 의사 리외는 침묵하는 사람이 되지 않기 위해, 페스트 희생자들에 관해 증언하기 위해, 적어도 그들에게 가해진 불의와 폭력에 관한 기억을 남기기 위해, 그리고 그 속에서 우리가 배운 것, 즉 인간에게는 경멸해야 할 것보다 존경해야 할 것이 더 많다는 것만이라도 말해 두기 위해, 지금 여기서 끝맺으려고 하는 이야기를 글로 쓰기로 결심했다.

그러나 이 연대기가 최종 승리의 연대기가 될 수 없음을 알고 있었다. 성인이 될 수 없고 재앙을 받아들일 수 없기에 의사가 되려고 애쓰는 모든 사람이 개인적인 고통에도 굴하지 않고 수행해 나가야 할 것에 대한 증언일 뿐이다.

도시에서 솟아오르는 환희의 비명을 들으며 리외는 이 환희가 항상 위협받고 있음을 떠올리고 있었다. 기쁨에 취한 군중은 여전히 모르고 있으나, 책에서 읽을 수 있는 사실, 즉 페스트균은 죽지 않고 사라지지도 않는다는 것, 수십 년 동안 가구나 옷 속에서 잠복할 수 있다는 것, 침실, 지하실, 트렁크, 손수건, 잡다한 서류 속에서 끈질기게 기다린다는 것, 아마도 어느 날 인간에게 불행과 교훈을 주기 위해 페스트가 쥐를 다시 깨우고, 행복한 도시를 죽이려고 그것들을 보낼지도 모른다는 것을 알고 있었기 때문이다.

작가 연보

1913년 11월 7일. 알제의 몽도비에서 프랑스계 알제 이민자 집안의 아들로 태어나다.

1923년 프랑스의 중등학교 리세에 입학하다.

1930년 알제 대학에 입학했으나 폐결핵으로 학업을 중단하다. 이 시기에 평생의 스승인 장 그르니에를 만나다.

1934년 시몬 이에와 결혼하다.

1935년 플로티누스에 관한 논문으로 철학 학사 학위 과정을 마치다. 에세이집《안과 겉》집필을 시작하다.

1936년 시몬 이에와 결별하다. 알제 대학을 졸업하고 친구들과 함께 '노동극단'을 창단하다.

1937년 희곡 〈아스튀리의 반란〉을 집필하나 상연이 금지되다.

1938년 에세이집《안과 겉》을 발표하다. 〈알제 레퓌블리캥〉지의 기자로 일하다.

1940년 〈파리 수아르〉지에서 일하다. 수학자이자 피아니스트인 프랑신 포르와 결혼하다.

1942년 소설《이방인》, 철학적 에세이《시지프 신화》를 발표하다.

1943년 레지스탕스 비밀 지하 신문 〈콩바〉의 편집진으로 참여하다.

1944년 희곡 〈오해〉, 〈칼리굴라〉를 책 한 권으로 엮어 발표하다.

1947년 소설《페스트》를 발표하다.

1949년 폐결핵이 재발하여 2년간 은둔생활을 하다.

1951년 철학적 문제작《반항하는 인간》을 발표하다.

1956년 소설《전락》을 발표하다.

1957년 노벨 문학상을 수상하다.

1960년 1월 4일, 몽트로 근교 빌블르뱅에서 교통사고로 사망하다. 프랑스 남부 시골 마을 루르마랭의 공동묘지에 묻히다. 훗날 아내 프랑신 카뮈도 함께 묻히다.

페스트

초판 1쇄 인쇄 2024년 08월 23일
초판 1쇄 발행 2024년 08월 30일

지은이 알베르 카뮈
옮긴이 구영옥
펴낸이 이효원
편집인 노현주
마케팅 추미경
디자인 이용석(표지), 이수정(본문)
펴낸곳 올리버
출판등록 제395-2022-000125호
주소 경기도 고양시 덕양구 삼송로 222, 101동 305호(삼송동, 현대헤리엇)
전화 070-8279-7311 **팩스** 02-6008-0834
전자우편 tcbook@naver.com

ISBN 979-11-93130-89-6 03860

*값은 뒤표지에 있습니다.
*잘못된 책은 구입하신 서점에서 바꾸어 드립니다.

* 도서출판 올리버는 탐나는책의 교양서 브랜드입니다.

올리버 세계교양전집 목록

01 **사람을 얻는 지혜** 발타자르 그라시안 지음 | 황선영 옮김

02 **자유론** 존 스튜어트 밀 지음 | 이현숙 옮김
서울대, 연세대, 고려대 선정 필독 교양서

03 **명상록** 마르쿠스 아우렐리우스 지음 | 김수진 옮김
하버드대, 옥스퍼드대, 시카고대 선정 필독 교양서

04 **군주론** 니콜로 마키아벨리 지음 | 민지현 옮김
하버드대, 옥스퍼드대, 서울대 선정 필독 교양서

05 **부는 어디에서 오는가** 월러스 워틀스 지음 | 김주리 옮김

06 **데일 카네기 인간관계론** 데일 카네기 지음 | 주정자 옮김

07 **데일 카네기 성공대화론** 데일 카네기 지음 | 신예용 옮김

08 **데일 카네기 자기관리론** 데일 카네기 지음 | 도지영 옮김

09 **인간 실격** 다자이 오사무 지음 | 임지인 옮김

10 **사양** 다자이 오사무 지음 | 이재현 옮김

11 **이방인** 알베르 카뮈 지음 | 구영옥 옮김
1957년 노벨 문학상 수상 작가
미국대학위원회 선정 SAT 추천도서

12 **동물 농장** 조지 오웰 지음 | 윤영 옮김
《타임》 선정 '20세기 100대 영문 소설'
미국대학위원회 선정 SAT 추천도서

13 **도련님** 나쓰메 소세키 지음 | 임지인 옮김
서울대 선정 필독 교양서

14 **자기 신뢰 · 운명 · 개혁하는 인간** 랄프 왈도 에머슨 지음 | 공민희 옮김

15 **노인과 바다** 어니스트 헤밍웨이 지음 | 서나연 옮김
노벨 문학상 수상 작가, 1953년 퓰리처상 수상작

16 **소크라테스의 변명 · 크리톤 · 파이돈 · 향연** 플라톤 지음 | 최유경 옮김

17 **데미안** 헤르만 헤세 지음 | 이민정 옮김
노벨 문학상 수상 작가, 괴테상 수상 작가
서울대 선정 필독서

18 **1984** 조지 오웰 지음 | 주정자 옮김
하버드대생이 가장 많이 읽는 책 20
서울대 지원자들이 가장 많이 읽은 책 20

19 **톨스토이 단편선** 레프 니콜라예비치 톨스토이 지음 | 민지현 옮김

20 **군중심리** 귀스타브 르 봉 지음 | 최유경 옮김
《르몽드》 선정, 세상을 바꾼 20권의 책

21 **유토피아** 토머스 모어 지음 | 김용준 옮김

22 **프랑켄슈타인** 메리 셸리 지음 | 윤영 옮김
미국대학위원회 선정 SAT 추천도서
《뉴스위크》 선정 세계 최고의 책 100선

23 **예언자** 칼릴 지브란 지음 | 김용준 옮김

24 **벤자민 버튼의 시간은 거꾸로 간다** F. 스콧 피츠제럴드 지음 | 이민정 옮김

25 **변신 · 시골 의사** 프란츠 카프카 지음 | 윤영 옮김
서울대 권장도서 100선
미국대학위원회 선정 SAT 추천도서

26 **지킬 박사와 하이드 씨** 로버트 루이스 스티븐슨 지음 | 조진경 옮김
하버드대 신입생 권장도서
《가디언》 선정 '모든 사람이 꼭 읽어야 할 책'

27 **싯다르타** 헤르만 헤세 지음 | 최유경 옮김
노벨 문학상 수상 작가, 괴테상 수상 작가
서울대, 연세대, 고려대 선정 추천도서

28 **젊은 베르테르의 슬픔** 요한 볼프강 폰 괴테 지음 | 민지현 옮김

29 **수레바퀴 아래서** 헤르만 헤세 지음 | 정다은 옮김
노벨 문학상 수상 작가, 괴테상 수상 작가
국립중앙도서관 선정 청소년 권장도서

30 **햄릿** 윌리엄 셰익스피어 지음 | 홍수연 옮김

31 **위대한 개츠비** F. 스콧 피츠제럴드 지음 | 정윤희 옮김
《타임》 선정 '20세기 100대 영문 소설'
미국대학위원회 선정 SAT 추천도서

32 **페스트** 알베르 카뮈 지음 | 구영옥 옮김
1957년 노벨 문학상 수상 작가
국립중앙도서관 선정 청소년 권장도서